열하일기,

웃음과
역설의
유쾌한
시공간

20주년 기념 리커버판
열하일기, 웃음과 역설의 유쾌한 시공간

발행일
20주년 기념 리커버판(개정2판) 2쇄
2024년 1월 18일(癸卯年 乙丑月 辛巳日)
초판 1쇄 2003년 3월 25일

지은이
고미숙

펴낸이
김현경

펴낸곳
북드라망
주소. 서울시 종로구 사직로8길 24 1221호(내수동, 경희궁의아침 2단지)
전화. 02-739-9918
팩스. 070-4850-8883
이메일. bookdramang@gmail.com

ISBN
979-11-92128-40-5 03810

책으로 여는 지혜의 인드라망, 북드라망
bookdramang.com

열하일기,

웃음과 역설의 유쾌한 시공간

고미숙 지음

출간 20주년 기념 리커버판

BookDramang
북드라망

20주년 기념 리커버판을 내며

초판을 낸 지 꼭 20년이 흘렀다. 강산이 두 번 바뀔 세월이다(요즘 같은 속도라면 서너 번, 아니 열 번쯤은 바뀌었을 듯^^). 초판이 나오던 날, 미국의 이라크 침공이 시작되는 바람에 몹시 우울했던 기억이 난다. 그럼 지금은? 2022년에 시작된 우크라이나와 러시아 간의 전쟁은 여전히 진행 중이고, 그 와중에 지난 10월 7일 이스라엘·팔레스타인 지역에서 유례없이 끔찍한 전쟁이 발발했다. 이 끝없는 폭력의 악순환 앞에서 우울을 넘어 망연자실하는 중이다.

초판을 내고 2003년 4월 하순, 공동체 후배 몇 명과 연암이 갔던 길을 따라 요동벌판에서 베이징을 거쳐 열하로 이어지는 코스를 다녀왔다. 요동에선 천지를 뒤흔드는 모래바람을 만났고, 베이징에선 아시아의 지축을 뒤흔든 '사스와의 전쟁'을 목격했다(그 체험을 『문화일보』에 연재했는데, 그 여행기가 부록으로 첨가되었다). 그

때의 사스가 코로나 바이러스로 진화했고, 코로나는 지난 3년간 전인류를 꼼짝없이 묶어 놓았다. 나는 생각했다. 이런 대재앙을 겪고 나면 문명의 비전이 바뀔 것이라고. 소유에서 자유로! 자본에서 생명으로! 지금은? 이런 기대가 얼마나 유치한 낭만의 소산이었는지를 사무치게 깨닫는 중이다.

이 책 덕분에 나는 중원 대륙, 그리고 열하로의 여행을 수시로 다녀올 수 있었다. 마흔이 넘어서야 겨우 비행기를 타본 나로서는 파격적인 행보였다. 『열하일기』가 나의 시야와 일상을 동아시아 전체로 확장시켜준 것이다. 고전의 힘은 이토록 세다!

2012년 여름에는 OBS팀과 함께 '신열하일기' 다큐멘터리 촬영을 위해 다시 한번 연암의 여정을 고스란히 되밟게 되었다. 게다가 이번에는 배를 타고 단둥丹東에서 출발했다. 그때 압록강에서 분단의 아픔을 생생하게 느꼈던 기억이 난다. 덕분에 전혀 다른 중국, 아주 낯선 열하를 체험하게 되었다. 결국 그것은 이전과는 전혀 다른 길이었다. 누구도 같은 길을 두 번 지나갈 수 없음을 비로소 알게 되었다. 그 여행기와 사진들이 역시 부록으로 덧붙여졌다.

연암은 서재에 앉아 머리로 사유하지 않았다. 그에게는 길이 곧 글이고, 삶이 곧 여행이었다. 연암이 지나갈 때마다 중원천지에서 침묵하고 있던 단어들이, 문장들이, 그리고 이야기들이 잠에서 깨어나 웅성거리기 시작했다. 연암은 그것들을 무심하게, 그리고 열정적으로 '절단, 채취'했다. 걸으면서 쓰고, 쓰기 위해서 다시 걸었던 연암, 그리고 그의 분신이기도 한 『열하일기』. 나는 그간의 여행들을 통해 책을 쓸 때와는 전혀 다른 방식으로 『열하일기』를 만난 셈이다. 그런 까닭에 내게 있어 『열하일기』는 여전히 가슴 벅찬 설렘의 대상이다.

* * *

책을 내고 참으로 많은 선물을 받았다. 가장 큰 선물은 아마도 독자들의 분에 넘치는 사랑, 그리고 '길벗들'과의 만남일 것이다. '인복'이 없이는 단 하루도 살아가기 힘든 나 같은 존재에게 이보다 더 큰 행운은 없으리라. 20주년을 기념할 수 있다는 것 자체가 그 결정적 증거다^^. 이 20주년 리커버판을 읽는 독자들에게 그간의 세월 동안 내가 『열하일기』로 인해 마주친 기쁨과 행운이 생생하게 전해졌으면, 참 좋겠다.

나 역시 그 사이에 무수한 생의 변곡점들을 맞이했다. 그 하이라이트는 아마도 이 책의 출판사인 북드라망과 내 공부와 일상의 거처인 '감이당&남산강학원'의 탄생일 것이다(그 사이에 이미 수많은 이웃 공동체들도 생겨났다. 규문, 나루, 사이재, 도담학당, 인문공간 세종, 하심당 등등. 와우, 놀랍다!).

또 하나 기쁜 소식은 초판의 부록에서 했던, 연암과 다산의 차이를 탐색하겠다는 약속을 지킬 수 있게 된 것이다. 『두개의 별 두개의 지도』(다산과 연암 라이벌 평전)가 바로 그것이다. 독자들에게 좋은 선물이 되기를 바란다.

어디 그뿐인가. 『열하일기』로 시작된 나의 공부와 글쓰기는 『동의보감』으로, 명리학으로, 『주역』과 불경으로 나아가고 있다. 이 모든 공부의 출발점에 『열하일기』가 있다는 사실! 그런 점에서 연암 박지원은 내 인생의 스승이고 길벗이다! 아니, 비전이고 지도다! 부디 독자 여러분에게도 그런 마주침이 일어나게 되기를!

2023년 11월
남산 아래 대중지성의 베이스캠프 '깨봉빌딩'에서
고미숙

2003년 초판 머리말

하나—나는 천재를 좋아하지 않는다. 무슨 일이든 90퍼센트의 실패를 겪은 뒤에야 10퍼센트의 성취를 이루는 둔재의 '콤플렉스' 때문이기도 하지만, 그보다는 대부분의 천재들이 지닌 원초적 '싸늘함'이 체질에 안 맞기 때문이다(참고로, 나는 어떤 사람을 평가할 때 이념보단 체질을 더 중시한다. 체질이 훨씬 더 정직하기 때문이다).

연암 박지원은 천재다. 내 지적 범위 내에서는 그 견줄 바가 없을 정도로 뛰어난 두뇌의 소유자다. 그런데도 그는 나를 매혹시켰다. 다름 아닌 그의 유머 때문이다. '유머'는 기본적으로 따뜻한 가슴에서 나온다. 말하자면, 그는 천재인데도 가슴이 따뜻한, 천지간에 보기 드문 사람인 것이다. 나는 단언할 수 있다. 동서고금의 천재 가운데 그처럼 유머를 잘 구사한 인물은 없으리라고(있어도 할 수 없고^^). 천재의 유머! 아니, 더 정확히는 유머의 천재! 그러니 어떻게 그를 사랑하지 않을 수 있겠는가?

이국땅의 한 점포에서 벽에 쓰인 〈호질〉虎叱을 촛불 아래 '열나게' 베껴 쓰자, 주인이 묻는다. 그걸 대체 뭐에 쓰려느냐구. 조선에 돌아가 친구들에게 보여줘 한바탕 배꼽 잡고 웃게 만들려고 한다는 게 연암의 답변이었다. 〈호질〉보다 연암의 행동이 더 배꼽 잡을 일 아닌가?

하지만 누군가 내게 대체 왜 이 책을 썼느냐고 묻는다면, 나도 이렇게 답할 작정이다. 연암이 얼마나 '유머의 천재'인지 널리 알리고 싶었다고, 『열하일기』의 웃음을 사방에 전염시키고 싶었다고, 그 웃음의 물결이 삶과 사유에 무르녹아 얼마나 열정적인 무늬들을 만들어내는지를 보여주고 싶었노라고.

둘——이 책을 쓰는 동안 많이 아팠다. 몸을 추스르느라 산에 오르기 시작했다. 북한산과 도봉산, 수락산이 가까이 있다는 것이 그렇게 고마울 수가 없었다. 산에 다녀올 때마다 그만큼 힘이 생겼고, 그 힘으로 글을 쓸 수 있었다. 산들의 기운이 연암의 웃음과 함께 독자들의 가슴속에 전해졌으면, 정말 기쁘겠다.

가장 멋진 산행은 설악산이었다. 봉정암 진신사리탑 위에서 본 용아장성과 공룡능선의 장엄한 모습이 지금도 눈에 선하다. 설악의 숨겨진 진경珍景들을 안내해준 임영철씨와 함께했던 친구들, 그리고 주말마다 함께 산을 오르는 연구실 '등산반' 친구들에게 고마움을 전한다. 무엇보다 늘 그 자리에 그렇게 있어준 산들에게 이 책이 작은 보답이 되었으면 좋겠다.

혹시라도 산을 지키는 나무들의 애꿎은 생명만 희생시킨 건 아닌지, 다만 두려울 따름이다.

2003년 2월

대학로 '카페 트랜스'에서

고미숙

차례

일러두기

1. 본문에서 인용되는 저작이나 단행본에는 겹낫표(『 』)를, 논문이나 시, 그림 등의 작품에는 낫표(「 」)를 사용했습니다. 다만 『열하일기』의 경우, 그 구성의 특성상 가랑이표(〈 〉)를 따로 사용했는데, 『열하일기』 「산장잡기」편의 〈일야구도하기〉 같은 경우입니다.

2. 본문의 『열하일기』 인용문은 고미숙·김풍기·길진숙이 함께 번역하고 북드라망에서 펴낸 『세계 최고의 여행기 열하일기』 상·하편과 2009년 돌베개에서 출간한 『열하일기』 1·2·3(김혈조 옮김), 한국고전번역원(http://db.itkc.or.kr/)의 『열하일기』 번역을 두루 참고하였습니다.

3. 본문의 연암의 글은 한국고전번역원의 『연암집』을 참고하였고, 이 외의 인용문에 대해서는 부록의 '함께 읽어야 할 텍스트'에서 밝혀 놓았습니다.

Prologue

여행 · 편력 · 유목

여행

나는 여행을 좋아하지 않는다. '길맹' 혹은 '공간치痴'라고 불릴 정도로 워낙 방향 감각이 없기도 하지만, 웬만큼 멋진 풍경이나 스펙터클한 기념비를 봐서는 도통 감동을 받지 않는 '쿨'한 성격 탓이기도 하다. 한마디로 공간 지각력이 제로에 가까운 편인데, 거기다 남한 최고의 오지인 강원도 정선군에 속한 산간 부락인 함백 탄광 출신이라 이국적 풍경에 대한 호기심이 별로 없다는 것도 또 하나의 이유가 될 수 있다.

어린 시절 내게 여행이란 늘 기차를 타고 도시를 향해 가는 것이었을 뿐, 이국적 풍경을 찾아 떠난다는 의미는 전혀 없었다. 온통 산으로 둘러싸여 사계절 변화무쌍한 풍광을 즐길 수 있는데, 대체 무엇이 아쉬워 또 다른 '풍경'을 찾아다닌단 말인가. 지금 돌이켜 보면, 내가 살던 그곳이 바로 도시인들이 꿈꾸는 이국적 공간이었던 셈이다. 도시인이 된 지 꽤나 오래되었건만, 지금도 여름이면 계곡으로, 바닷가로 혹은 해외 휴양지로 피서를 떠나는 '휴가 풍속'은 여전히 생소하기만 하다.

하기야 이런 건 사소한 핑계에 불과한 건지도 모르겠다. 내가 여행에 대해 냉소적인 진짜 이유는 일시적으로 스쳐 지나가는 '파노라마식 관계'를 믿지 않기 때문이다. 파노라마란 무엇인가? 차창 밖으로 펼쳐지는 풍경의 퍼레이드다. 거기에는 그 공간을 가로지르는 인간의 얼굴과 액션action이 지워져 있다. 또, 그때 풍경은 자연이라고 하기도 어렵다. 그것은 생명의 거친 호흡과 약동이 생략된 '침묵의 소묘'일 따름이다. 이런 구도에선 오직 주체의 나른한 시선만이 특권적 지위를 확보한다. 시선이 '클로즈 업'되는 순간, 대상은 전적으로 거기에 종속될 뿐.

도시인들이 보는 전원, 동양인의 눈에 비친 서구, 서구가 발견한 동양. 사실 이런 건 모두 외부자가 낯선 땅을 '흘깃' 바라보고서 자신의 상상 속에서 만들어낸 허상이 아니던가. 그 허상이 막강한 힘을 발휘하여 한 시대와 사회를 '주름잡는' 표상이 되면 모두 그것을 자명한 진리로 받아들이고, 그 다음엔 그것을 대상에 위압적으로 덧씌우는 식의 악순환을 얼마나 반복했던지.

내가 아는 한 여행이란 이런 수준을 넘기가 어렵다. 하긴, 그런 건 여행이라기보다 관광觀光이라고 해야 적절할 것이다. 그러므로 여행을 통해 새로운 신체적 체험과 삶의 낯선 경계가 펼쳐질 수 있다는 걸 나는 믿지 않는다. 게다가 지금은 바야흐로 인터넷을 통해

지구촌이 한눈에 조망되는 시대가 아닌가.

2002년 초 난생처음으로 비행기를 타고 베이징北京에 간 적이 있다. 마흔이 넘도록 비행기를 타보지 못했다는 걸 알고 경악을 금치 못한 몇몇 후배들에 의한 강제출국(?)이었다. 특별한 기대를 하지도 않았건만, 나는 비행기가 그렇게 무미건조하고 옹색한 데 정말 놀랐다. 기차 여행이 주는 쾌적함, 설레임, 비전vision 따위는 기대조차 할 수 없었다. 꽉 끼는 의자와 좁은 통로, 고공高空을 오를 때의 기괴한 소음, 양식·한식·간식이 뒤섞인 국적 불명(혹은 인터내셔널?)의 식사. 오직 폼나는 건(?) 지독하게 복잡한 출입국 통과 절차뿐이었다.

그런데 그보다 더 어이없는 건 여행지에서였다. 그 유명한 천안문과 자금성 앞에 섰을 때, 나는 여행의 감격은커녕 허탈감을 금할 수 없었다. '이건 뭐, 티브이나 영화에서 본 것과 똑같잖아'라는 생각에 사로잡혔기 때문이다. 천안문과 자금성의 규모가 별볼일 없어서가 아니라, 그 엄청난 스케일이 평범하게 느껴질 만큼, 나는 이미 영상이 실물을 압도하는 시대를 살고 있었던 것이다. 천안문뿐 아니라, 이름난 고적지일수록 그런 허전함은 피할 길이 없었다. 뭔가 여행을 하고 있다는 느낌을 받은 건 '빵과자' 장사, 만두가게 등이 늘어선 '70년대형' 뒷골목이거나 지난 시대에는 흥성했으나 지금은 쇠락한 서적의 거리 '유리창'琉璃廠 같은 곳을 배회할 때뿐이었다. 그런 데서 뭔가 '찐한' 감흥을 느낀 건 풍경의 이질성 때문이라기보다 그 공간들이 지닌 시간적 낙차, 혹은 무상감 때문이었던 것 같다(3부를 펼치면, 내가 왜 유리창에서 벅찬 감격을 느꼈는지 눈치채게 될 것이다).

아무튼 이래저래 짧은 중국여행 이후 여행에 대한 원초적 냉소는 더더욱 치유할 길이 없어진 셈이다. 이질적인 마주침과 신체적 변이를 경험하지 못한다면, 어떤 화려한 여행도 타인에게 과시하기 위한 '패션' 혹은 '레저' 이상이 되기 어렵다. 하나의 문턱을 넘는 체험이 되지 않는 여행이 대체 무슨 의미가 있단 말인가? 여행에 대한 나의 평가는 대충 이렇다.

그런 내가 어떻게 『열하일기』라는 여행기의 '열광적' 팬이 되어 그것을 안내하는 글을 쓰게 되었던가?

편력

나는 편력遍歷을 좋아한다. 20대 시절, 내 사주에는 역마살이 끼어 있다고 어떤 얼치기 점쟁이가 말한 적이 있다. 그걸 들었을 때 나는 아주 기뻤다. 그리고 돌이켜보면, 그 점쟁이는 얼치기가 아니었다. 이후의 내 삶의 여정을 보면 편력의 연속이었기 때문이다.

여행을 싫어하는 자의 편력이라? 여행이 주로 지리적 이동을 통해 낯선 세계를 체험하는 것이라면, 편력은 삶의 여정 속에서 예기치 않은 일들에 부딪히는 것을 말한다. 고대 희랍 철학자 '에피쿠로스'Epikouros 식으로 말하면, 직선의 운동 속에서 일어나는 편위偏違, 이른바 '클리나멘'clinamen이 그것인 셈. 돌연 발생하는 방향선회,

그것이 일으키는 수많은 분자적 마주침들, 편위란 이런 식으로 정의될 수 있을 터, 내가 『열하일기』를 만나기까지의 과정도 이런 우발적인 편위들을 통해서였다.

대학시절, 나름대로 독일 문학에 심취했던 내가 한국 고전문학을 택하게 된 건 정말 우연이었다. 졸업반 무렵, 당시 비평가로 이름을 날리던 김흥규 선생님의 강의를 신청했는데, 그게 현대비평이 아니라 엉뚱하게도 '고전소설 강독'이었다. 강의 변경을 하기도 뭣하고 해서 그냥 들었는데, 그때 얼떨결에 『춘향전』, 『홍길동전』을 읽으면서 인생행로가 급선회하게 되었다. 난생처음 원전으로 읽은 고전들은 기묘한 울림으로 내 신체에 육박해 들어왔다. 그리고 그것은 탁월한 안내자의 인도로 인해 더한층 증폭되었다. 고전에 대한 갈증 때문인지 아니면 논리와 열정으로 가득찬 교수법에 대한 감동 때문인지는 알 수 없지만, 어쨌든 내 지적 욕망은 한국 고전문학으로 방향을 선회하게 되었다. 첫번째 클리나멘.

전공 기초지식은 물론이고 한문에 대한 최소한의 소양도 없이 고전문학을 택한 나는 무식의 용맹함 말고는 아무런 무기가 없었다. 선배들의 '멸시천대'(?) 속에서 고전문학의 여러 장르 가운데 가장 짧고 쉬운 '시조'時調로 석사논문을 쓰고 박사과정에 들어갔다. 곁다리로 하는 말이지만, 내 인생에서 가장 힘들게 쓴 글을 꼽으라면, 나는 단연 석사논문을 들 것이다. 당시는 손으로 직접 필사하는 시대였는데, 그때 소모된 원고지를 쌓아 놓는다면 아마도 족히 한 리어카는 될 것이다. 수없이 고쳐 쓴 뒤 선배들에게 보여주면 가차없는 교정 지시가 내려지고, 또 다시 고쳐 쓴 뒤 지도교수에게 보이면 완전히 시뻘건 '피바다'(빨간 볼펜으로 교정을 했기 때문)가 되어 되돌아왔다. 이 과정을 몇 번이나 거쳤는지 손가락으로 꼽기도 어려울 지경이다.

당시 나는 돈도 없었고, 연애도 제대로 안 되는 한심한 청춘이었지만, 그런 건 정말 고민거리도 되지 않았다. 나를 사로잡은 건 오직 글쓰기에 대한 욕망뿐이었다. 멋진 글을 쓸 수만 있다면, 파우스트처럼 영혼이라도 팔 수 있을 것 같은 심정으로 '뜨거운 한철'을 통과했다. 물론 그렇게 '산전수전'을 겪었지만, 석사논문은 평범하기 그지없는 '물건'이 되었을 뿐이다. 워낙 밑바닥에서 시작했기 때문이다. 그리고 지금은 제목도, 내용도 잘 기억나지 않는다. 하지만 그것을 쓰기까지 겪은 수련과정은 이후 내 지적 편력의 '불멸'의 초석이 되었다. 지식이란 그렇게 스승과 제자, 선배와 후배 사이를 넘나드는 '흐름'이라는 것을 온몸으로 배운 기회이기도 했다. 돌이켜보면, 그런 식의 지적 풍토가 있었다는 것이 내겐 얼마나 큰 행운이었던지. 안타깝게도 이후 그런 행운을 누렸다는 풍문을 누구한테서도 들어보지 못했다. 대학의 위기, 인문학의 황폐함 같은 흉흉한 담론이 떠돌 때면, 내게는 늘 석사논문을 쓰던 그 화려한(?) 시절이 주마등처럼 스쳐 지나간다.

어쨌든 이런 경로를 거쳐 박사과정에 들어가 고전문학 풍토에 좀 익숙해지려는 순간, 이번에는 마르크스주의라는 회오리에 휩쓸리게 되었다. 1987년 6월항쟁 이후 7, 8월 노동자투쟁이 거세지면서 대학원에도 마르크스주의가 본격적으로 유입되기 시작한 것이다. 학생운동권에서는 이미 입문의 기초가 되었음은 물론, 노선을 둘러싸고 온갖 정파로 분화되고 있었건만, 고전문학이라는 변방(!)의 연구자들에게까지 물결이 몰아친 건 노동자들이 본격적으로 거리에 나선 이후였다. 물론 당시 내 나이도 20대 후반, 청춘의 막바지에 들어섰으니 이래저래 '뒷북'치는 꼴을 면하기 어려웠던 셈이다. 그러나 늦바람이 무섭다고, '늦깎이'로 읽기 시작한 『공산당선언』, 『독일이데올로기』, 『프랑스혁명사 3부작』에 나는 한마디로 '번개를 맞은' 것 같은 충격을 받았다. '변증법'과 '유물론'을 통해 그때까지 희뿌옇게 시야를 가리고 있던 삶과 사유의 추상성이 한방에 날아가버렸을 뿐 아니라, 무엇보다 마르크스의 수사학은 '환희' 그 자체였다. 그렇게 '프로페셔널'하고 전투적인 내용을 그토록 선정적(?)이고 생기발랄한 언어로 구성할 수 있다니! 석사논문을 쓴 이후 내 영혼을 장악하고 있었던 글쓰기에 대한 통념이 전면적으로 수정되는 순간이었다. 두번째 클리나멘.

이후 박사과정 내내 마르크스주의는 내게 있어 세계관과 방법론의 토대이자 구심점이었다. 사설시조辭說時調건, 19세기 '대중시조'건, 잡가雜歌건 나는 고전문학을 마르크스주의와 결합하기 위해 전력투구했다. 그것만이 내가 할 수 있는 유일한 '계급투쟁'이었고, 동시에 나의 삶과 지식이 변혁운동에 동참한다는 걸 증명할 수 있는 유일한 방편이기도 했다(솔직히 나는 당시에 벌어진 노선투쟁에 대해 지금도 정확하게 파악하지 못하고 있다. 이쪽 편인가 하고 생각했는데, 한참 지나고 보면 다른 쪽 줄에 서 있는 적도 적지 않았다. 그만큼 후미에서 근근히 따라가고 있었던 것이다). 19세기 시조를 예술사적 흐름 속에서 조망한 박사논문은 그런 안간힘의 최종 결정판이었다. 고전문학에 대한 열정과 마르크스에 대한 사랑, 박사논문을 한 마디로 요약한다면 아마 이쯤 되지 않을지. 박사논문은 어떻게 썼냐고? 아주 쉽게(!) 썼다. 그 사이에 컴퓨터가 비약적으로 발전한 데다, 고전문학계에서 좌충우돌하며 쌓은 연륜도 있어 특별한 '수난' 없이 통과했다. 그래서 석사 시절에 겪은 '피바다'가 더 그리운지도 모르겠다.

아무튼 박사논문을 쓴 뒤, 나는 마침내 황량한 광야에 섰다. 소속도 지위도 없는 30대 후반의 박사 실업자로. 이미 마르크스는 유행 저편으로 밀려났고, 혁명을 꿈꾸었던 사람들은 각기 자신의 터전으로 뿔뿔이 흩어졌다. 그래서 다시 '빈털털이가 되어' 공부를 처음 시작하던 그 시점으로 되돌아갔다. 서태지와 「모래시계」에 열광하는 한편, 몇몇 구좌파(?) 동료들과 『자본』을 한 구절 한 구절 낭독하고, 루카치의 '리얼리즘론'을 원텍스트와 함께 읽어가던 도중, 푸코와 들뢰즈/가타리, 이른바 68혁명 이후의 철학자들과 접속한 것이 그 즈음이었다. 세번째 클리나멘.

'그들'(!)과의 만남 이후 나는 그간 '철의 강령'처럼 지니고 다녔던 '근대, 민중, 민족'이라는 척도를 '놓아버렸다'. 마지막으로 '문학'이라는 척도까지. 이 모든 것들이 궁극적으로는 '근대주의'라는 목적론의 산물이었다는 걸 깨달았기 때문이다. 마르크스주의조차도 궁극적으로는 그 '필드'field에서 벗어나지 못했다는 걸 뼈아프게 확인해야 했다. 근대성에 대한 계보학적 탐색을 시작한 것도 그때부터다.

그리고 지금까지와는 전혀 다른 종류의 편력이 시작되었다. '탈근대' 혹은 '근대 외부'라는 새로운 화두를 들게 되면서 삶과 지식, 혁명과 일상에 대한 새로운 실험을 시작한 것이다. 구체적으로 말하면 전위로서 80년대를 통과한 친구들을 만나 집합적 관계를 구성하면서 분과학의 경계를 가로지르는 횡단을 감행하게 된 것. 80년대에 혁명은 '가까이 하기엔 너무 먼 당신'이었다. 그러나 이제 혁명은 나의 지식과 일상 곳곳에서 살아 숨쉬는 '벗'과 같은 존재였다. 그 이후 〈수유연구실+연구공간 '너머'〉라는, 좀 길지만 아무 데서나 끊어 읽어도 무방한 이름을 가진 지식공동체가 내 삶의 거처가 되었다. 처음 수유리에서 시작하여 지금 대학로 한복판에 오기까지 나는 이 '필드'에서 수많은 친구들을 만났고, 온갖 지식의 향연에 참여하였다. '세계는 넓고 공부할 건 정말 많구나!' '벗이 있어 먼 데서 찾아오면 또한 즐겁지 아니한가?'有朋自遠方來 不亦樂乎 이 게 그동안 내가 터득한 삶의 지혜다(이후 수많은 변전을 거쳐 지금은 〈남산강학원〉과 〈감이당〉이 내 활동의 거처가 되었다).

그 인연조건에 의해 2001년 봄 마침내 『열하일기』를 만났다! 당시 연구실 멤버들이 문학계간지를 만드는 일에 참여하고 있었는데, 창간호에 '동서양의 외부자'들을 다루는 특집을 꾸미게 되었다. 카프카, 루쉰, 이상, 박지원 등 한 시대를 주름잡은 거물급(?) 작가

들이 선정되었다. 그런데 순전히 고전문학 전공자라는 이유만으로 내가 연암 박지원을 담당하게 된 것이다. 이런 걸 들뢰즈/가타리의 용어로 '배치'의 산물이라고 하는 것일 터, 그런 점에서 나와 박지원의 만남은 연구실의 지적 실험과 집합적 관계에 의해 벌어진 '일대사건'이었다. 생각하면, 참 신기하기 짝이 없다. 고전문학 연구자이면서, 그것도 18세기를 연구대상으로 삼았던 내가 정작 학교에 몸담고 학위논문을 쓸 때는 읽을 필요도, 엄두도 내지 않고 방치했던 그 텍스트를 긴 우회로를 거쳐 만나게 되다니! '운명적인 해후!'

그렇게 외적 강압(?)에 의해 집어든 『열하일기』는 내가 지금까지 읽은 어떤 텍스트하고도 견주기 어려운 무엇이었다. 다시 말하면 그것은 그동안 내가 학습한 표상체계로는 도저히 해독 불가능한, 일종의 '책기계'였다. 거기에 담긴 것은 스쳐 지나가는 여행이 아니라, 이질적인 사유들이 충돌하는 장쾌한 편력이자 대장정이었다. 파노라마적 관광도 아니고, 정처없이 떠도는 유랑도 아닌, 마주치는 것마다 강렬한 악센트를 부여할 수 있는 시공간적 편력. 그래서 그것은 더 이상 여행이라는 이름으로도, 편력이라는 이름으로도 불릴 수 없는 무엇이었다. 그것은 오직 '유목'이라는 이름으로만 불릴 수 있는 것이었다.

유목

유목은 단순한 편력이 아니다. 그렇다고 유랑도 아니다. 그것은 움직이면서 머무르는 것이고, 떠돌아다니면서 들러붙는 것이다. '지금, 여기'와 온몸으로 교감하지만, 결코 집착에 사로잡히지 않는다. 어디서든 집을 지을 수 있어야 하고, 언제든 떠날 수 있어야 한다. 한마디로, 그것은 세상 모두를 친숙하게 느끼는 것이지만, 마침내는 세상 모든 것들을 낯설게 느끼는 것이다.

> "고향을 감미롭게 생각하는 사람은 아직 허약한 미숙아다. 모든 곳을 고향이라고 느끼는 사람은 상당한 힘을 갖춘 사람이다. 그러나 전세계를 낯설게 느끼는 사람이야말로 완벽한 인간이다."
> ― 신비주의 스콜라 철학자 위그 드 생빅토르Hugues de Saint Victor

에드워드 사이드의 『오리엔탈리즘』에 인용되면서 널리 회자된 구절이다. 친숙함과 낯섦의 끝없는 변주, 여행이 도달할 수 있는 최고의 경지가 바로 거기일 터, 이 아포리즘만큼 유목의 성격에 대해 잘 말해주는 것도 드물다.

『열하일기』를 만난 뒤, 나를 사로잡은 가장 큰 의문은 '어떻게 이제서야 이 텍스트를 접하게 된 것일까?' 하는 것이었다. 결론은 내가 받은 교육과정 어디에도 『열하일기』를 통째로 읽는 코스는 없었다는 것. 이유는 간단했다. 문학이라는 척도에 의해 『열하일기』가 낱낱이 해부되었기 때문이다. 〈호질〉〈허생전〉 같은 소설적 텍스트거나, 혹은 〈상기〉〈야출고북구기〉〈일야구도하기〉 같은 명문名文 등으로 분해되어 파편적으로만 학습되었던 것이다. 『열하일기』라는 대양大洋이 아니라, 중간에 언뜻언뜻 보이는 산호초들만을 완상한 셈이었다고나 할까. '문학'이라는 제도는 그토록 허망한 것이다. 유목을 허용하지 않는 정착민의 말뚝!

『열하일기』를 처음 읽었을 때, 나는 모든 여행기는 그렇게 쓰여지는 줄 알았다. 그래서 탐욕적으로 여행기의 고전들을 섭렵하기 시작했다. 『동방견문록』을 비롯하여 『이븐 바투타 여행기』, 『돈키호테』, 『을병연행록』 등등. 하지만 그 어떤 것도 『열하일기』에 견줄 수 있는 것은 없었다. 왜냐면 그것들은 모두 '여행'에 관한 기록이었기 때문이다. 이국적 풍광과 습속을 나열하거나 낯선 공간에서 벌어지는 기이한 스토리를 엮어가거나, 기념비와 사적들, 사람들의 이름을 밑도 끝도 없이 주절대거나. 무엇보다 거기에는 '유머'가 없었다. 이븐 바투타의 지리한 언설은 정말, 끔찍할 지경이었다. 사람 이름은 또 왜 그렇게 긴지(보통이 한 줄, 심한 건 서너 줄인 경우도 있었다)! 『돈키호테』조차도 『열하일기』에 비하면 따분한 편에 속한다. 결국 형식이 어떻든 그 텍스트들은 스쳐 지나가는 외부자의 파노라마에 불과했다. 그런 점에서 명실상부한 여행기들임에 틀림없다.

그러나 『열하일기』는 여행기가 아니다. 여행이라는 장을 전혀 다른 배치로 바꾸고, 그 안에서 삶과 사유, 말과 행동이 종횡무진 흘러다니게 한다는 점에서 그렇다. 이 흐름 속에서 글쓰기의 모든 경계들, 여행자와 이국적 풍경의 경계, 말과 사물의 경계는 여지없이 무너진다. 카프카라면 아마 이런 경지를 이렇게 표현했으리라.

인디언이 되었으면! 질주하는 말잔등에 잽싸게 올라타, 비스듬히 공기를 가르며, 진동하는 대지 위에서 거듭거듭 짧게 전율해봤으면, 마침내는 박차를 내던질 때까지, 실은 박차가 없었으니까, 마침내는 고삐를 집어던질 때까지, 실은 고삐가 없었으니까, 그리하여 눈앞에 보이는 땅이라곤 매끈하게 풀이 깎인 광야뿐일 때까지, 이미 말모가지도 말대가리도 없이. (「인디언이 되려는 소망」 전문)

박차와 고삐, 말모가지와 말대가리의 경계가 없는 인디언의 말달리기. 인디언과 말, 그리고 광야의 경계조차 사라진 '고요한 질주'! 유목민에게 중요한 것은 바로 이런 강렬한 '액션'의 흐름뿐이다. 그 흐름 속에서 모든 경계는 사라진다. 아니, 한 시인의 말을 빌리면, '모든 경계에는 꽃이 핀다!'

『열하일기』는 바로 그런 유목적 텍스트다. 그것은 여행의 기록이지만, 거기에 담긴 것은 이질적인 대상들과의 '찐한' 접속이고, 침묵하고 있던 사물들이 살아 움직이는 발견의 현장이며, 새로운 담론이 펼쳐지는 경이의 장이다. 게다가 그것이 만들어내는 화음의 다채로움은 또 어떤가. 때론 더할 나위 없이 경쾌한가 하면, 때론 장중하고, 또 때론 한없이 애수에 젖어들게 하는, 말하자면 멜로디의 수많은 변주가 일어나는 텍스트, 그것이 『열하일기』다.

따라서 『열하일기』는 일회적이고 분석적인 독서를 허용하지 않는다. 그것은 읽을 때마다 계속 다른 장을 펼쳐보인다. 계속 다르게 사유하도록 독자들을 부추긴다. 그래서 『열하일기』를 읽을 때마다 내 지적 편력기에는 계속 새로운 이정표들이 그려진다. 나도 이제 편력이 아니라, 유목을 하고 싶다! 내 글쓰기도 유목적 지도가 되었으면! 삶과 지식의 경계가 사라져, 삶이 글이 되고 글이 삶이 되는 '노마드'nomad가 되기를! 어느덧 내 욕망의 배치는 이렇게 바뀌고 말았다.

그 즐거움과 경이로움을 좀더 많은 벗들과 함께하기 위해 이 글을 쓴다. 이 여정마다에서 새로운 마주침들이 일어나기를! 그 마주침 자체가 또 하나의 유목이 될 수 있기를!

1

"나는 너고, 너는 나다"

젊은 날의 초상

태양인

거대한 몸집에 매의 눈초리. 연암의 둘째 아들 박종채朴宗采가 쓴
『나의 아버지 박지원』(박희병 옮김, 원제는 『과정록』過庭錄)에는 대략
이런 인상을 풍기는 한 선비의 초상화가 실려 있다(특별한 표기가
없는 한, 1부 전체의 내용은 이 책에서 인용된 것임을 밝힌다). 조선시대
인물화는 몇몇 특수한 경우를 제외하곤 대략 엇비슷하기 때문에
이 그림 역시 '연암다운'(?) 분위기를 선명하게 포착했다고 보기는
어렵다. 아마 연암에 대해 잘 알지 못하는 사람이 이 그림을 본다
면, 그저 절의가 곧고 기상이 드높은 유학자 정도로 기억할 터이다.

그러나 마음을 크게 먹고(?) 한 번 더 들여다보면, 연암의 신체
적 특징 몇 가지가 감지되기는 한다. '훤칠한 풍채', '윤기 흐르는 안
색, 쌍꺼풀진 눈, 크고 흰 귀', '수십 보 떨어진 담장 밖에까지 들릴
정도로 크고 우렁찬 목소리', '말술을 마시고도 자세가 흐트러지지
않았으며 일단 논쟁이 붙으면 사흘 밤낮을 쉬지 않았다는 다혈질

연암 박지원 초상 박지원의 손자인 박주수(朴珠壽)의 그림으로, 후손 박찬우가 소장하고 있다. 매서운 눈매와 우람한 몸집이 인상적이다. 이 몸으로 그 무더운 8월에 열하에 갔으니, 얼마나 고생이 심했을까. 그것도 '무박나흘'로. 그런데도 몸져 눕지 않은 걸 보면, 정말 건강한 체질이었던 것 같다. '순양의 기품을 타고'났다는 '태양인 박지원'의 힘과 에너지가 느껴지는 초상이다. 그러나 여기서 단지 한 '거인'의 카리스마만을 본다면, 당신은 아직 연암을 온전히 이해한 게 아니다. 그의 신체 곳곳에(특히 수염) 출렁이는 유머와 빛나는 패러독스를 감지할 수 있어야 비로소 당신은 연암의 진면목에 다가갈 수 있으리라. 부탁건대, 독자들은 부디 이 책을 읽는 중간중간 이 초상을 거듭 음미해주시기를. 계속 그의 얼굴이, 신체가 다르게 느껴지는 변화를 체험하게 될 터이니.

적 기질' 등등.

한마디로 연암 박지원은 넘치는 활력과 카리스마를 자랑했던 인물인데, 한 지인은 그러한 기질을 "순양의 기품을 타고나 음기가 섞이지 않았다"는 식으로 표현한 바 있다. 요즘 유행하는 '사상의 학'四象醫學에 빗대 말하자면, 소위 '태양인'에 해당하는 셈이다. 물론 사상의학을 체계화한 동무東武 이제마李濟馬의 『동의수세보원』東醫壽世保元은 1900년이나 되어야 비로소 완성되니 연암 당시엔 그런 식의 체질 분류가 정착되지는 않았을 터이나, 중국 고대의 의학서 『황제내경』黃帝內經의 전통에 따르더라도 연암은 '태양증'이라 분류될 정도로 양기陽氣가 강했던 모양이다.

그와 관련한 흥미로운 일화가 하나 있다. 만년에 면천군수를 지내던 시절, 성 동문에 올라 "앞이 훤히 트여 가슴속의 찌꺼기를 씻어낼 만하구나"라며, 밤늦도록 달구경을 하다 돌아온 적이 있다. 그날 밤 귀신이 그 동리의 한 여자에게 들러붙었다. 귀신이 그 여자를 통해 말하기를, "나는 원래 객사에 있었는데, 새 군수가 부임해 오자 그 위엄이 무서워 동문에 피해 있었다. 그런데 이제 군수가 동문에 와서 달을 구경하니 나는 어디 갈 데가 없다. 그러니 지금부터 너한테 붙어 살아야겠다!"고 했다. 발광하여 고래고래 소리치는 여인을 남편이 붙들어다 관아 문 밖에 데려다 놓았는데, 관아 업무가 시작되어 일을 집행하는 연암의 쩌렁쩌렁한 목소리를 듣자 놀라 울부짖으며 달아났다. 그 이후 병이 싹 나았음은 물론이다.

귀신을 질리게 할 정도의 '양기'라? 그래서인지 그에게는 시대와 불화한 지식인들이 숙명처럼 끌고 다니는 어두운 그림자가 전혀 없다. 그는 고독함조차도 밝고 경쾌하게 변화시킨다.

사흘 낮을 이어 비가 내리니 가련하게도 필운동弼雲洞의 번성하던 살구꽃이 다 떨어져 붉은 진흙으로 변하고 말았네. (……) 긴긴 날 무료히 앉아 홀로 쌍륙雙六을 즐기자니, 바른손은 갑이 되고 왼손은 을이 되어, 오五를 부르고 백百을 부르는 사이에 그래도 피아의 구분이 있어 승부에 마음을 쏟게 되고 번갈아 가며 적수가 되니, 나도 정말 모를 일이지, 내가 나의 두 손에 대하여도 역시 편애하는 바가 있단 말인가? 이 두 손이 이미 저것과 이것으로 나뉘어졌다면 어엿한 일물一物이라 이를 수 있으며 나는 그들에 대해 또한 조물주라 이를 수 있는데, 오히려 사정私情을 이기지 못하고 편들거나 억누르는 것이 이와 같단 말인가? 어저께 비에 살구꽃이 비록 시들어 떨어졌지만 복사꽃은 한창 어여쁘니, 나는 또 모를 일이지, 저 위대한 조물주가 복사꽃을 편들고 살구꽃을 억누른 것 또한 저들에게 사정私情이 있어서 그런 것인가? (「남수에게 답함」答南壽)

여기에 담긴 심오한 철학적 내용은 일단 덮어두기로 하자. 그저 비가 주룩주룩 오는 봄날, 혼자 우두커니 앉아서 양손을 갑과 을로 나눠 '쌍륙놀이'를 하는 광경만을 떠올려보자. 게다가 승부에 집착하여 한쪽 손을 편들 정도로 놀이에 빠져 있는 모습이란! 생각만 해도 저절로 유쾌해지지 않는가. 세상이 알아주지 않는 불평지

신윤복 그림 「쌍륙: 쌍륙삼매(雙六三昧)」 한량으로 보이는 선비들이 기생들과 쌍륙놀이에 빠져 있다. 쌍륙놀이란 일종의 보드게임으로, 두 편이 15개씩의 말을 가지고 2개의 주사위를 굴려 던져나온 숫자의 합만큼 말을 움직여서 자신의 모든 말을 판 밖으로 내보내면 승리하는 게임이다. 조선시대 때 특히 사대부가의 여인들에게 큰 인기를 끌었는데, 일본 식민지 시기에 화투에 밀려 사라졌다고 한다.

기와 고독을 전혀 다른 방식으로 표현하는 이 빛나는 명랑성!

이제마의 『동의수세보원』에는 태양인을 이렇게 규정하고 있다. "타고난 바탕은 막힘이 없이 통하는[疏通] 장점이 있고, 재주와 국량은 교우交遇에 능하다." 이 구절은 기막힐 정도로 정확하게 연암의 기질과 일치한다. 그는 진정 지식과 일상, 글쓰기에서 막힘이 없었으며, 우정이 지상목표였을 정도로 사람을 사귀는 능력이 탁월했다. 물론 태양인은 한 고을의 인구를 1,000으로 잡을 때 불과 3~4명에서 10명에 불과할 정도로 드문 체질이다. 그것은 그만큼 세상을 평탄하게 살기 어렵다는 뜻이기도 하다.

연암이 바로 그러했다. 화통하여 막힘이 없었지만, 위선적이거나 명리를 따지는 사람들에 대해서는 조금도 마음을 허락하지 않았다. 예컨대 그는 담소를 좋아하여 누구하고나 격의없이 며칠이고 이야기하는 것을 즐겼다. 그러나 마음에 맞지 않는 사람이 말 중간에 끼어들기라도 하면 그만 기분이 상해 하루 종일 그 사람과 한마디 말도 나누지 않았다고 한다. 자신도 이런 기질을 잘 알아서, "이것은 내 기질에서 연유하는 병통이라 고쳐보려고 한 지 오래지만 끝내 고칠 수 없었다. 내가 일생 동안 험난한 일을 많이 겪은 것은 모두 이 때문이었다"고 토로하기도 했다. 스스로 질병이라 여길 정도의 이 '투명한 열정'이 그의 삶을 계속 주류의 사이클로부터 벗어나게 했으리라. 하지만 그로 하여금 인식과 글쓰기의 새로운 지평을 열도록 추동한 힘 역시 바로 그 투명한 열정의 소산일 터, 이 또한 생의 역설이라면 역설인 셈이다.

우울증

연암燕巖 박지원朴趾源은 1737년(영조 13년) 2월 5일 새벽, 서울 서소문 밖 야동冶洞에서 박사유朴師愈와 함평 이씨 사이의 2남 2녀 중 막내로 태어났다. 뒷날 집안 사람이 어느 북경의 점쟁이에게 그의 사주를 물었더니, "이 사주는 마갈궁磨蝎宮에 속한다. 한유韓愈와 소식蘇軾이 바로 이 사주였기 때문에 고난을 겪었다. 반고班固와 사마천司馬遷과 같은 문장을 타고났지만 까닭없이 비방을 당한다"고 했다나. 소급해서 적용해보자면, 이 사주풀이는 비교적 적중한 편이다. 한유와 소식, 반고와 사마천에 견줄 만한 불후의 문장가가 되었고, 명성에 비례하여(?) 갖은 구설수와 비난에 시달렸으니.

그의 집안인 반남 박씨가는, 조광조趙光祖의 문인으로 중종 때 사간司諫을 지낸 박소朴紹 이후 명문 거족이었다. 연암에게 깊은 영향을 끼친 할아버지 박필균朴弼均은 신임사화辛壬士禍로 노론과 소론이 분열될 당시, 집안의 당론을 노론으로 이끄는 한편, 영조 즉위 후 정계에 진출하여 적극적으로 활동한 인물이다. 출신 성분으로 보면 조선 후기 권력의 핵심부인 노론 경화사족京華士族의 일원인 셈이다.

처가쪽 역시 마찬가지다. 연암은 16세 때 전주 이씨와 결혼한 후, 장인 이보천李輔天과 그 아우인 이양천李亮天의 지도를 받으면서 학업에 정진했는데, 이들은 송시열宋時烈에서 김창협金昌協으로 이어지는 노론 학통을 충실히 계승한 산림처사였다. 이 집안은 대대로 청렴함을 자랑했기 때문에 명망에 걸맞은 부를 누리지는 못했다. 하지만 요즘처럼 돈이 지배하는 시대가 아니라, 평생 가난을 면치 못했을지언정 출신에 대한 콤플렉스 따위는 없었다. 이것은 중세 지식인들의 생애를 이해하는 데 있어 꼭 새겨두어야 할 사안이다. 가난하지만 언제든 권력의 중심부로 진입할 수 있는 계보에 속하는 인물과 비록 권력의 중심부에 있다 해도 평생 출신의 멍에를 안고 살아가야 하는 인물 사이에는 도저히 메울 수 없는 '천양天壤의 거리'가 있기 때문이다.

주류 가문의 촉망받는 천재가 밟아야 할 코스란 명약관화하다. 과거를 통해 중앙정계로 진출하여 세상을 경륜하는, 이른바 '입신양명'의 길. 연암 또한 처음에는 이 길을 그대로 밟아나간다. 스무 살 무렵부터 몇몇 벗들과 팀을 짜서 요즘의 고시생들처럼 근교의 산사를 찾아다니며 과거 준비에 몰두한다. 그러나 예기치 않은 복병을 만난다. 우울증이 몸을 덮친 것이다.

> 계유·갑술년 간 내 나이 17,8세 즈음 오랜 병으로 몸이 지쳐 있을 때 집에 있으면서 노래나 서화, 옛 칼, 거문고, 이기彝器: 골동품와 여러 잡물들에 취미를 붙이고, 더욱더 손님을 불러들여 우스갯소리나 옛이야기로 마음을 가라앉히려고 백방으로 노력해보았으나 그 답답함을 풀지 못하였다. (「민옹전」閔翁傳)

귀신까지 쫓아버릴 정도의 양기와 '마갈궁'의 사주를 타고난 인물이 우울증에 빠졌다? 그것도 한창 '기운생동'氣運生動하는 청년기에? 아직 '산전수전'을 겪지도 않았고, 권력투쟁의 '뜨거운 맛'도 경험하지 않았는데 말이다. 아마 그의 생애 가운데 이렇게 '의기소침'한 경우는 이때가 유일할 듯싶다.

이 우울증은 사나흘씩 잠을 못 이루는 불면증에다 거식증까지 동반하는, 한마디로 중증이었다. 음악, 서화, 칼, 거문고 등에 탐닉하거나 재밌는 이야기를 통해 자신을 달래보아도 별반 효과가 없을 정도로 병의 뿌리가 깊었다. 사춘기의 '통과제의' 같은 것이었을까. 아니면 젊은 날의 '이유 없는 방황'이었을까. 원인이 뭐든 중요한 건 청년 연암의 내부에 참을 수 없는 동요가 일어났다는 사실이다. 그리고 그것은 입신양명이라는 '제도적 코스'와의 격렬한 마찰음이기도 했다. 언제나 그렇듯 질병은 다른 삶을 살라는, 문턱을 넘으라는 몸의 신호요 메시지이기 때문이다.

'마이너리그'―『방경각외전』

병을 치료하는 방법에는 여러 가지가 있다. 명의를 찾아 몸을 의탁하거나 약이나 침, 혹은 특별한 양생술에 의존하거나, 아니면 물 좋고 공기 좋은 한적한 곳을 찾아 요양을 하거나. 그런데 앞에서 보았듯이 연암은 아주 독특한 치료법을 택한다. 저잣거리에 떠도는 이야기들을 채집하여 글로 옮기는 '짓'(!)을 하고 있는 것이다.

글쓰기를 치료의 방편으로 삼은 건 그렇다 치고, 글의 소재들이 주로 시정의 풍문, 그것도 익살스럽고 우스꽝스러운 야담들이라는 건 정말 희한하기 짝이 없다. 성인들의 말씀이나 현자의 지혜를 찾아다니는 게 아니라 시정에 떠도는 '이야기'를 통해 마음을 수양하다니. 이런 발상이 대체 어떻게 가능했던 것일까?

그 내막을 좀더 상세히 파악할 수 있는 텍스트가 「민옹전」과 「김신선전」이다. 「민옹전」의 주인공 '민옹'閔翁은 말 그대로 이야기꾼이다. 어릴 때부터 옛사람의 기이한 절개나 거룩한 역사를 그리워하여 때로는 의기에 북받쳐 흥분하기도 했던 괴짜인데, 그의 이야기는 "참으로 활발코, 괴이코, 황당무계하고, 걸쩍걸쩍해서 듣는 자치고 누구나 마음이 상쾌하게 열리지 않는 이가 없다".

연암은 우울증을 치료하기 위해 그를 불러들인다. '나는 특히 음식 먹기를 싫어할뿐더러 밤이면 잠을 이루지 못하는 게 병이 되었나봐요' 하자, 민옹은 곧 몸을 일으켜 치하致賀를 올린다. 당황하는 연암. 민옹의 진단은 이렇다. "당신은 집이 가난한데 다행히 음식을 싫어하신다니 그렇다면 살림살이가 여유있지 않겠수. 그리고 졸음이 없으시다니 낮밤을 겸해서 나이를 곱절 사시는 게 아니우. 살림살이가 늘어가고 나이를 곱절 사신다면 그야말로 수壽와 부富를 함께 누리는 게 아니시우"── 병을 고통이 아니라, 삶의 능력 혹은 행운으로 변환시키는 역설 혹은 아이러니!

그런가 하면 「김신선전」의 주인공 김홍기金弘基는 도가道家 수련자다. 그는 나이 열여섯에 장가를 들었으나 한 번 관계하여 아들 하나를 낳고는 다시 접근하지 않았다. 그러자 두어 해 만에 몸이

별안간 가벼워 국내의 명산에 골고루 놀아서 늘 한숨에 수백 리를 달린 뒤에야 해가 이르고 늦음을 따졌다. 밥을 먹지 않고, 겨울이 되어도 솜옷을 입지 않고, 여름에도 부채를 흔들지 않았다. 머물 때에 일정한 주인이 없고, 다닐 때도 일정한 곳이 없을뿐더러, 올 때도 미리 기일을 알리지 않고, 갈 때에도 약속을 남기는 법이 없다. '무협지' 풍으로 말하면, '바람의 아들'이라고나 할까.

청년 박지원은 그의 자취를 찾아서 전국을 헤맨다. 김홍기는 가는 곳마다 강렬하고도 깊은 흔적을 남기지만 결코 모습을 드러내지는 않는다. 그 장면들을 열심히 따라가다보면, 문득 김홍기라는 기인奇人보다 그 기인을 찾아 헤매는 청년 박지원이 더욱 기이하게 느껴진다. 대체 그는 무엇 때문에 김홍기의 흔적을 뒤쫓고 있는 것일까. 혹 그는 김홍기가 아니라, '자기 자신'을 찾아 헤맨 것이 아니었을까. 특히 결말부에서 '신선이란 벽곡辟穀; 곡식은 안 먹고 솔잎 등을 조금씩 먹고 사는 것하는 자가 아니라 울울히 뜻을 얻지 못하는 자'라고 하는 데에 이르면, 김홍기와 청년 연암의 얼굴은 그대로 오버랩된다.

민옹이든 김신선이든 둘 다 세상의 주류적 가치나 표상 외부에 사는 존재들이다. 그들은 지배적 코드로부터 벗어나 전혀 다른 종류의 삶을 추구한다. 그래서 자유롭다! 연암이 이들을 찾아다니고, 그들의 이야기로부터 위안을 얻는 것은 그의 병의 뿌리가 어디에 있는지를 얼마간 짐작케해준다. 그는 자신이 이제 밟아가야 할 '홈 파인 공간'이 주는 무거움 때문에 밥을 먹을 수도, 잠을 잘 수도 없었던 것이 아닐까? 그래서 그는 그런 중력장치에서 벗어난 존재들과 접속함으로써 치유의 가능성을 찾고자 했던 것이 아닐지.

그런 점에서 『방경각외전』放璚閣外傳은 일종의 마이너minor들의 보고서다. 민옹과 김신선은 특히 '튀는' 인물들이고, 그 밖의 경우도 대략 유사한 계열에 속한다. 「마장전」馬駔傳에 나오는 송욱, 조탑타, 장덕홍 등은 거리를 떠도는 '광사'狂士들이고, 「광문자전」廣文者傳의 주인공 광문이는 비렁뱅이이며, 「예덕선생전」穢德先生傳의 주인공 엄항수嚴行首는 서울 변두리에서 똥을 져다주면서 먹고사는 분뇨장수, 「우상전」虞裳傳의 주인공인 우상 이언진李彦瑱은 역관 신분인 탓에 국내에서는 전혀 빛을 보지 못하다가 일본에서 이름을 날린 불우한 문장가다.

직업도 신분도 다르지만, 이들은 주류major에서 벗어난 '소수자'라는 공통점을 지닌다. 이들을 묘사하는 연암의 언어는 역설로 가득 차 있다. 똥을 져 나르는 엄항수가 정신적으로는 가장 고결하다고 하는 것이나 양반이 되려고 그토록 갈망하던 정선부자가 양반문서를 보고서는 '당신네들이 나를 도둑놈이 되라고 하시유' 하며 달아나는 것, 송욱이나 광문자 같은 '거리의 자식'들도 군자들의 위선적인 사귐은 하지 않겠다고 선언하는 것 등 『방경각외전』의 이야기는 온통 고정관념을 뒤흔드는 역설로 흘러넘친다. 이를테면, 언더그라운드에서 웅성거리던 '마이너들의 목소리'가 연암의 입을 빌려 지상을 활보하게 되었다고나 할까.

흥미로운 건 아주 뒷날 탄생된 소위 〈허생전〉許生傳 역시 탄생의 경로가 『방경각외전』과 흡사하다는 사실이다. 이 이야기는 『열하일기』 「옥갑야화」玉匣夜話 편에 실려 있는데, 하루는 연암이 옥갑에서 비장들과 머리를 맞대고 밤 드리밤 깊도록 이야기를 나누다가 역관들의 '비하인드 스토리'를 듣게 된다. 그 과정에서 자신도 예전에 윤영尹映이란 이에게 들은 '거부巨富 변씨卞氏와 허생許生의 이야기'를 풀어 놓게 되는데, 그게 바로 〈허생전〉이다. 그 과정을 조금 살펴보기로 하자.

내 나이 스무 살1756년 무렵, 봉원사에서 글을 읽고 있었다. 한 손님이 있었는데, 그는 식사를 아주 조금밖에 하지 않았으며 밤새도록 잠도 자지 않고 도인법導引法; 도가에서 선인이 되기 위한 양생법의 하나을 행하고 있었다. 그리고 정오가 되면 문득 벽에 기대앉아서 약간 눈을 감고 용호교龍虎交; 도가의 양생법를 하였다. 연배가 상당히 높았으므로 나는 그에게 공손히 대하였다. 그때 그가 나에게 허생의 일과 염시도·배시황·완홍군부인 등에 대한 이야기를 해주었는데, 몇만 마디 말이 계속 이어지면서 몇날 밤을 끊이지 않았다. 그 이야기는 기괴하고 신기하여 모두 들을 만했다. 그때 그는 자신의 이름이 윤영이라고 했다. 이때가 바로 병자년1756년 겨울이다.

그로부터 18년 뒤, 연암은 다시 그를 만난다. 세월이 많이 흘렀음에도 얼굴은 그대로였고 발걸음 또한 나는 듯했다. 그러나 그는 자신이 윤영임을 부인하였다. 이름을 숨기고 속세를 유희하며 '구름에 달 가듯이' 떠도는 존재였던 것. 결국 창작의 시공간은 다르지만 〈허생전〉 역시 『방경각외전』의 텍스트 구성법과 동일한 패턴을 밟고 있다.

'소설사의 선구'로 칭송받는 문제적 텍스트들은 이렇게 해서 탄생되었다. 훗날 그는 이 작품들을 습작 혹은 유희문자 정도로 치부하고, 그 가운데 「역학대도전」易學大盜傳 같은 작품은 스스로 없애 버리기도 했지만, 이 '마이너리그'는 문학사적 성취 여부와는 별개로, 연암의 글쓰기가 향하는 방향 및 잠재적 폭발력을 예고하고 있다는 점에서 충분히 의미심장하다.

탈주·우정·도주

미스터리

예로부터 훌륭한 글은 얻어보기 어려운 법　　從古文章恨橘鱗

연암 시를 본 이 몇이나 될까?　　幾人看見燕岩詩

우담바라 꽃이 피고 포청천이 웃을 때　　優曇一現龍圖笑

그때가 바로 선생께서 시 쓸 때라네　　正是先生落筆時

이 시는 '연암그룹'의 일원인 박제가朴齊家의 것이다. 3천 년에 한 번씩 피는 꽃, 우담바라. 살아서는 서릿발 같은 재판으로 이름을 날리고 죽어선 염라대왕이 되었다는 포청천包靑天. 본명은 포증包拯, 송나라 때 유명한 판관이다. 한때 「포청천」이라는 중국 드라마가 우리나라에서 폭발적인 인기를 끈 적이 있었다. 그에게서 웃는 모습을 기대하기란 요원하다. 그런데 박제가는 연암의 시짓기를 우담바라 꽃과 포청천의 웃음에 비유했다.

또 다른 친구 이덕무李德懋도 "연암의 산문은 천하에 오묘하다.

그러나 공은 시만큼은 몹시 삼가 좀처럼 지으려 하시지 않았다. 그래서 포청천이 잘 웃지 않아 그가 한 번 웃는 일이 100년에 한 번 황하가 맑아지는 데 비견된 것처럼 많이 얻어볼 수 없다"고 비슷한 불평을 토로한 바 있다. 두 사람 모두 연암이 평생 동안 지은 시가 고체시, 근체시를 합해 50여 수 정도에 지나지 않음을 허풍과 익살로 빗댄 것이다. 저 향촌의 재주 없는 선비들도 적게는 수백 수에서 많게는 수천 수에 이르는 시를 남기는 게 조선조의 관례임을 떠올리면, 두 사람의 과장적 제스처도 그저 '수사적 표현'으로 치부할 일만은 아니다. '한유와 소식, 반고와 사마천의 문장을 타고났으며', '붓으로 오악五嶽을 누르리라'는 꿈의 예시를 받았다는 그가 어째서 시짓기엔 그토록 인색했던 것일까? ── 미스터리 하나.

당시 아버지의 문장에 대한 명성은 이미 세상을 떠들썩하게 했다. 그래서 과거시험을 치를 때마다 시험을 주관하는 자는 아버지를 꼭 합격시키려 하였다. 아버지는 그것을 눈치채고 어떤 때는 응시하지 않았고 어떤 때는 응시는 하되 답안지를 제출하지 않으셨다. 하루는 과거시험장에서 고송孤松과 괴석怪石을 붓 가는 대로 그리셨는데, 당시 사람들은 아버지를 어리석다고 비웃었다.

아들 박종채의 회고록 중 일부다. 문장으로 이름을 날리던 젊은 유학자가 과거시험 보기를 거부하고, 거기에다 한술 더 떠 기껏 응시하고선 답안지를 제출하지 않거나 고송과 괴석을 그리고 나오다니. 시험지에다 그림을 그리고 나온 건 내가 아는 한 연암이 유일한 케이스다. 또 한번은 이런 일도 있었다. 회시會試에 응시하지 않으려 했는데, 꼭 응시해야 한다고 권하는 친구들이 많았다. 그래서 억지로 시험장에 들어가긴 했으나 답안지를 내지 않고 나왔다. 그때 장인이 시골집에 머물러 있었는데 그 아들에게 말하기를, "지원이 회시를 보았다고 하여 나는 그다지 기쁘지 않았는데, 시험지를 내지 않았다는 얘기를 들으니 몹시 기쁘구나"라고 했다나. 그 사위에 그 장인, 한마디로 점입가경이다.

과거의 관문을 통과하기 위해 무진장 노력했으나 시대가 용납하지 않아서, 아니면 제도적 부정의 횡포 때문에 제도권으로의 진입을 봉쇄당한 천재들은 무수히 있었다. 하지만 거꾸로 시험 주관자는 어떻게든 합격시키기 위해 백방으로 노력하는데, 정작 당사자가 관문에 들어서기를 끝내 거부한 경우는 찾기 어렵다. 대체 왜? ― 미스터리 둘.

언뜻 무관해 보이지만, 이 두 가지 미스터리는 교묘하게 맞물려 있다. 아니, 그 이전에 이것들은 그가 청년기에 겪은 우울증에 연원이 닿아 있기도 하다. 이 미스터리들을 풀 수 있다면, 독자들은 청년기 이후 연암의 생애를 좀더 근경에서 지켜볼 수 있을 것이다.

분열자

청년기의 우울증을 거쳐 30대, 젊음의 뒤안길을 통과하면서 연암은 마침내 과거를 폐하고 재야의 선비로 살아가기로 결심한다. 박종채의 회고록을 보면, 연암을 자기 당파로 끌어들이려는 조정의 벼슬아치들에 대한 염증이 그 원인이라고 암시되어 있다. 하지만 선뜻 납득되지는 않는다. 소인배 없는 시절이 어디 있었으며, 당파싸움 또한 어제오늘 일이 아닌 바에야, 그 정도로 아예 '초연히 세상에서 벗어나'겠다는 실존적 결단을 내렸다면 좀 지나친 결벽증 아닌가.

좀더 무게가 실리는 건 정국政局에 대한 심각한 회의다. 스승이자 절친한 친구이기도 한 처숙妻叔 이양천이, 영의정에 소론계 인물이 임명된 조치에 항의하다 흑산도에 위리안치圍籬安置되는 형벌을 받았고, 또 벗 이희천李羲天이 왕실을 모독하는 기사가 실린 중국 서적을 소지한 혐의로 처형을 당한 충격적인 사건이 있었으며, 유언호俞彦鎬, 황승원黃昇源 등 그의 지기들이 잇달아 정쟁에 휘말리는 사건을 체험하게 되었다. 이런 과정 속에서 정치에 대한 환멸이 자리잡게 되었다는 것이다. 충분히 그럴 법하다.

하지만 이것도 부분적으로만 타당하다. 사화의 피바람이 그치지 않았던 조선왕조에서, 더욱이 세상을 경륜하는 것을 학문의 유일한 척도로 삼는 유학자가 이런 정도의 난맥상을 못 견뎌 뜻을 접는다는 건 뭔가 석연치 않다. 따지고 보면 과연 그 정도의 격랑이 없는 시대가 있었던가? 더구나 이용후생利用厚生을 지식의 모토로 삼았을 만큼 철저한 현실주의자였던 그가.

물론 이 저간의 사정들이 함께 작용하긴 했을 터이다. 하지만 그 모든 것 이전에 그는 선천적으로 제도와 질서와는 절대로 친화할 수 없는 신체적 기질을 타고난 것이 아닐지. 사실 한 인간의 생을 규정하는 건 거창한 명분이나 사명감 따위가 아니다. 특히 '기가 센' 인물일수록 시대가 부과한 기대 지평과 어긋나는 경우가 종종 있다. 그때의 균열이 정치경제학적 인과관계나 이념적 명분으로 환원될 수 있는 건 결코 아니다. 무의식적으로 혹은 지각 불가능의 상태에서 '돌연' 인생 코스가 전혀 다른 국면으로 접어드는 경우가 훨씬 더 많지 않은가. 예컨대 그를 못 견디게 한 건 정쟁이나 권력의 부패 이전에 과거장의 타락상이었던 듯하다.

> 어제 과거에 응시한 사람이 줄잡아 수만 명이나 되었지만 창명唱名: 급제자 발표은 겨우 스무 명밖에 아니 되니 이야말로 만에 하나라이를 만하지 않겠소. 시험장의 문에 들어갈 때 서로 밟고 밟히고 죽고 다치고 하는 자들이 수도 없으며, 형제끼리 서로 외치고 부르고 뒤지고 찾곤 하다가, 급기야 서로 만나게 되면 손을 잡고 마치 죽었다 살아난 사람이나 만난 듯이 여기니, 죽을 확률이 십 분의 구라 이를 만하지요. 지금 그대는 능히 십 분의 구의 죽을 확률에서 벗어나서 만에 하나의 이름을 얻었소. 나는 그 많은 사람들 속에서 만에 하나의 영광스러운 발탁을 미처 축하하기 전에, 속으로 사망률이 십 분의 구에 달하는 그 위태로운 장소에 다시 들어가지 않아도 되는 것을 축하할 따름이오. 즉시 몸소 축하해야 마땅하겠으나, 나 역시 십 분의 구의 죽음에서 벗어난 뒤라 지금 자리에 쓰

「소과응시」(부분) 조선시대 선비들에게 있어 과거는 일생일대의 큰 행사였다. 입신양명을 이룰 수 있는 유일한 관문이었기 때문이다. 하지만 사대부들의 숫자는 늘어나고 자리는 한정되어 있으니, 과거제도의 권위도 추락하고 말았다. 조선 후기 들어 과거제도가 부패하면서 '자리 빼앗기'에 컨닝까지 과거 시험장은 도떼기시장이 따로 없을 지경이었다. 그림에서 보듯 응시자 한 명에 수행원이 너댓 명인 데다 마치 유람을 온 듯한 포즈들이다. 연암 같은 기질로 이런 분위기를 참아내기란 정말 어려웠을 것이다.

러져 신음하고 있으니 병이 조금 낫기를 기다려주기 바라오.

「북쪽 이웃의 과거 급제를 축하함」賀北隣科이라는 글의 일부다. 과거시험장이라고 하면 우리에겐 궁중악이 우아하게 깔리는 가운데 비원 뜰을 가득 메운 선비들이 나란히 정좌한 채 근엄한 표정으로 붓을 놀리는 장면이 떠오르지만, 실제 상황은 그와 전혀 달랐던 모양이다. 전국 각처에서 수험생들이 올라오면, 그들의 수행원들까지 포함해서 시험 당일 전에 이미 고사장 바깥이 장바닥이 되었고, 또 당일날은 좋은 자리를 차지하려는 수행원들 사이의 '닭싸움'으로 북새통을 이루었으니, 수만 명이 서로 짓밟으며 형과 아우를 불러댄다는 연암의 표현이 결코 과장이 아니었던 듯하다.

연암은 단지 제도의 부조리를 풍자하기 위해 이 글을 쓴 것 같지는 않다. 실제로 아수라장에서 간신히 벗어나 머리를 싸매고 끙끙 앓으면서 후회막심해하는 표정이 생생하게 손에 잡힐 듯하기 때문이다. 사태가 이러하다면, 이미 십대 후반 입신양명의 문턱에서 '과거알레르기 증후군'을 앓았던 그로서는 체질적 거부반응이 한층 심화될 수밖에 없었을 것이다.

또 설령 과거제도가 제대로 시행된다 해도, 그는 무엇보다 "고정된 하나의 틀로 천만 편의 똑같은 글을 찍어내는" 바로 그 과문科文을 참을 수 없었다. "사마천과 반고가 다시 살아난대도 / 사마천과 반고를 배우진 않으리라"고 하여 고문古文을 답습하는 문풍을 격렬히 조롱했던 그가 까다롭기 그지없는, 게다가 다만 격률의 완성도만 테스트하는 과문의 구속을 어찌 참을 수 있었으랴. 아니, 더 나아가 관료로서의 진부한 코스를 어찌 선택할 수 있었으랴. 어떻게든 과거에 입문시키려는 주최측의 그물망을 피해 끊임없이 탈주를 시도했던 근본적인 이유가 여기에 있었던 게 아닐까?

포획과 탈주, 이후에도 이런 '시소 게임'은 계속된다. 뒤늦게 음관隱官으로 진출했을 때, 음관들을 위한 특별 시험을 실시하면서 한 사람도 빠지지 말라는 왕명이 있었음에도 그는 근무지인 경기도 제릉으로 '날쌔게' 달아난다. 과거를 포기한 정도가 아니라, 어떻게든 시험을 치르게 하여 관료로 진출시키려는 포섭의 기획을 계속 와해시켰던 것이다. 말하자면 연암은 흔히 떠올리듯, 원대한 뜻을 품었으나 제도권으로부터 축출당한 '불운한 천재'가 아니라, 체제의 내부로 끌어들이려는 국가장치로부터 끊임없이 '클리나멘'을 그으며 미끄러져 간 '유쾌한 분열자'였던 것.

그렇다면 시짓기에 그토록 인색했던 까닭에 대해서도 대충 감이 잡힐 듯하다. 그는 사실 매우 뛰어난 시인이었다. 「총석정에서 해돋이를 보고」叢石亭觀日出를 비롯하여 남아 있는 작품들은 그 기상이나 수사학이 더할 나위 없이 빼어나다. 그런데도 그가 시를 멀리한 이유는 알고 보면 꽤나 단순하다. "그 형식적 구속 때문에 가슴속의 말을 자유롭게 쏟아낼 수 없음을 못마땅하게 여겼"기 때문이다. 동아시아 엘리트 집단의 공통 문법이자 문화적 징표인 한시의 형식도 견디지 못했던 연암. 거기에는 어떤 명분이나 사회적 이유를 떠나 태생적으로 '탈코드화된' 기질적 속성이 자리하고 있었던 것이다.

그는 만년에 자식들에게도 과거로 출세하기를 바라지 말라고 당부했고, 실제로 자식의 영달에도 무심했다. 그와 관련한 흥미로운 삽화 하나. 한번은 아들이 정시를 보는 날이었는데, 그때가 마침 연암골로 들어가는 날이었다. 친지들은 모두들 틀림없이 약속을 취소하고 집에서 시험 결과를 기다릴 것이라 생각했다. 그러나 연암은 아무 일도 없다는 듯 태연히 짐을 챙겨 길을 떠났다고 한다. 가는 도중에도 일절 마음의 동요가 없었음은 물론이다. 한마디로 그는 원초적으로 '비정치적인', 아니 '권력 외부'를 지향한 인간이었던 것이다. 대체 누가 이 사람의 탈주를 막을 수 있으랴!

'연암그룹'

아버지(연암)는 늘 남들과 함께 식사하는 걸 좋아하셨다. 그래서 함께 식사하는 사람이 언제나 서너 사람은 더 됐다.

참 재밌는 장면이다. 늘 사람들에 둘러싸여 있는 연암의 일상을 잘 보여주기 때문이다. 지배적 코드로부터의 탈주는 한편으론 고독한 결단이지만, 다른 한편 그것은 늘 새로운 연대와 접속으로 가는 유쾌한 질주이기도 하다. 과거를 포기하고 체제 외부에서 살기로 작정했지만, 연암에게 '고독한 솔로'의 음울한 실루엣은 전혀 없다.

그는 세속적 소음이 끊어진 산정의 고고함을 추구한 것이 아니라, 오히려 사회적으로 부과된 짐을 훌훌 털어버리고서 온갖 목소리들이 웅성거리는 시정 속으로 들어갔다. 젊은 날 '우울증'을 치유하기 위해 저잣거리의 풍문을 찾아 헤맸던 것처럼. 그리고 거기에서 수많은 친구들을 만난다. 벗을 부르는 일이야말로 '태양인 박지원'의 타고난 능력 아니던가.

물론 십대에 이미 그러했듯 연암의 친구들은 재야 지식인, 서얼庶孼, 이인異人, 광사狂士 등 주류 바깥에 있는 '소수자' 혹은 '외부자'였다. 그런 점에서 그의 우정은 삼강오륜의 위계적 규범을 깨는 것이면서 소수자들의 연대라는 윤리학적 실천의 의미를 지닌다.

그들은 그저 교양과 사교를 위한 사귐이 아니라, "매번 만나면 며칠을 함께 지내며, 위로 고금의 치란治亂과 흥망에 대한 일"로부터 "제도의 연혁, 농업과 공업의 이익 및 폐단, 재산을 증식하는 법, 환곡을 방출하고 수납하는 법, 지리, 국방, 천문, 음악, 나아가 초목, 조수鳥獸, 문자학, 산학算學에 이르기까지 꿰뚫어 포괄하지 아니함이 없"는 새로운 지식인 집합체였다. 이름하여 '연암그룹'! 구체적으로는 홍대용과 정철조, 서얼인 박제가와 이덕무, 유득공, 무인武人 백동수 등이 이 그룹의 핵심멤버다.

열하로 가는 길에도 이 친구들은 그와 함께한다. 연암은 여정 곳곳에서 자신보다 앞서 연행燕行을 체험한 홍대용, 이덕무, 박제가의 흔적을 계속 확인한다. 예컨대 「피서록」避暑錄의 한 대목을 보면, 풍윤성에 올라 수염이 아름다운 한 선비를 만나는 장면이 있다. 그

선비가 연암에게 다가와 반갑게 인사를 나누면서, "당신은 필시 초
정楚亭 박제가의 일가시죠" 한다. 연암이 놀라 그 사연을 물으니, 그
전해 박제가가 이덕무와 함께 그 고을을 지나며 한 집의 벽에다 글
을 남겼다는 것이다.

이에 변계함, 정진사 각珏과 더불어 함께 그 집을 찾으니 날이 벌써
어둑어둑하였다. 주인이 등불 넷을 켜서 벽을 밝혀주기에 그 시를
한 번 낭독하니 이것은 곧 우리 집이 전동典洞에 있을 때에 형암(이
덕무)이 왔다가 지은 것이다.

"쓸쓸한 가을 소식 저 나무가 먼저 아네　　沈瀏秋令樹先知
춥고 더움 다 잊으니 바보되고 말았구나.　　任忘暄凉做白癡 ……"

백로지 두 폭을 붙여서 쓴 것인데, 글씨 자태가 물 흐르듯 하고 한
글자의 크기가 마치 두 손바닥을 맞대어 놓은 것 같다. 전날에 우
리들이 중국 일을 이야기할 때에 부질없이 그리워만 하다가 이 몇
해 사이에 차례로 한 번씩 구경하였을 뿐 아니라, 이렇게 먼 만리
타향에서 이 시를 읽으매 마치 친구의 얼굴을 보는 듯싶었다.

이런 식으로 연암의 친구들은 『열하일기』 곳곳에서 얼굴을 드
러낸다. 이들이 나눈 우정의 파노라마는 따로 책을 엮어야 할 정도
로 다채롭지만, 여기서는 간략한 스케치 정도로 만족하기로 한다.

먼저 담헌湛軒 홍대용洪大容은 연암보다 여섯 살 위지만 평생 누구보다 도타운 우정을 나누었다. 그 또한 과거를 폐하고 재야 지식인의 길을 갔는데, 특히 과학과 철학에서 '천재적 재능'을 발휘했다. 연암은 「홍덕보홍대용의 字 묘지명」에서 "율력에 조예가 깊어 혼천의渾天儀 같은 여러 기구를 만들었으며, 사려가 깊고 생각을 거듭하여 남다른 독창적인 기지가 있었다. 서양 사람이 처음 지구에 대하여 논할 때 지구가 돈다는 것을 말하지 못했는데, 덕보는 일찍이 지구가 한 번 돌면 하루가 된다고 논하니, 그 학설이 오묘하고 자세하여 깊은 이치에 닿아 있었다"고 격찬했다.

홍대용 또한 연암에 앞서 연행의 행운을 누렸다. 특히 북경에서 엄성嚴誠, 육비陸飛, 반정균潘庭筠 등 절강성 출신 선비들과 만나 '뜨거운 우정'을 나눈다. 이른바 '천애天涯의 지기'들을 만난 것. 그의 연행록을 보면, 이들 사이의 뜨거운 사귐과 홍대용의 단아하면서도 명석한 품성이 생생하게 담겨 있다(한문판이 『담헌연기』, 한글판 버전이 『을병연행록』이다). 아울러 홍대용은 음률의 천재였기 때문에 '구라철사금'歐羅鐵絲琴: 양금洋琴을 해독하여 사방에 퍼뜨리거나, 풍금의 원리에 대해 명쾌하게 변론하는 등 음악사적으로도 탁월한 자료를 많이 남겼다. 홍대용이 죽은 뒤 연암이 집에 있는 악기들을 버리고 한동안 음악을 듣지 않았던 것도 그 때문이다. 홍대용이 영천군수로 있을 무렵, 연암협에 은거하고 있던 연암에게 '얼룩소 두 마리, 농기구 다섯 가지, 줄 친 공책 스무 권, 돈 2백 냥'을 보내며, "산중에 계시니 밭을 사서 농사를 짓지 않을 수 없을 테지요. 그리고 의당 책을 저술하여 후세에 전해야 할 것이외다"라고 했다. 친구에 대한 자상한 배려가 돋보이는 대목이다.

석치石癡 정철조鄭喆祚는 담헌에 비하면 지명도가 아주 낮지만, 그 또한 뛰어난 재야 과학자였다. 기계로 움직이는 여러 기구, 무거운 것을 들어올리는 인중기, 물건을 높은 데로 나르는 승고기, 회전 장치를 한 방아, 물을 퍼올리는 취수기 등을 손수 제작했으나 지금은 남은 것이 없다고 한다. 『열하일기』「알성퇴술」謁聖退述 편에 보면 북경의 관상대에 올라 혼천의를 비롯한 천문기구들을 보면서 정철조를 떠올리는 장면이 나온다.

뜰 한복판에 놓여 있는 물건들은 내 친구 정석치의 집에서 본 것들과 비슷했다. 그러나 이튿날 가보면, 기계들을 모두 부서뜨려 더 볼 수가 없었다. 언젠가 홍대용과 함께 그의 집을 찾아갔는데, 두 친구가 서로 황黃·적도赤道와 남南·북극北極 이야기를 하다가 머리를 흔들기도 하고, 고개를 끄덕이기도 하였다. 나한테는 그 이야기들이 아득하기만 하여 이해하기가 어려웠다. 나는 자느라고 듣지 못하였지만, 두 친구는 새벽까지 어두운 등잔을 마주 대하고 이야기를 나누었다.

홍대용과 정철조, 두 친구는 머리를 맞대고 황도, 적도, 남극, 북극 등 '지구과학'에 대해 열나게 토론하고 있는데, 옆에서 꾸벅꾸벅 졸다 잠을 청하는 연암의 모습이 한 편의 '시트콤'이다. 하지만

박제가(왼쪽), 홍대용(오른쪽)의 초상 박제가 초상은 1790년 청나라 화가 나빙이 그린 것이다. 화질이 안 좋아 박제가의 풍모가 잘 드러나지는 않는다. 서자 출신이었지만 연암그룹의 핵심 멤버였고, 북학파 가운데서도 급진파에 속했다. 청문명을 동경한 나머지 중국어 공용론을 펼치기도 했다. 홍대용은 연암의 가장 절친한 친구이자 18세기 사상사의 빛나는 별. 지전설, 지동설 등 당시로선 파천황적 이론을 펼친 뛰어난 과학자이기도 하다. 엄성이 그린 이 초상화의 우아하고 부드러운 터치가 홍대용의 풍모를 그대로 보여주는 듯하다. 엄성은 홍대용이 유리창에서 사귄 중국인 친구 중의 하나로, 죽을 때 홍대용이 보내준 먹과 향을 가슴에 품고서 숨을 거두었다. 그것만으로도 둘 사이의 우정이 얼마나 뜨겁고 절절했는지 짐작하고도 남음이 있다. 붓끝에 담긴 엄성의 사랑을 느껴보시기를!

이때 주위들은 이야기로 뒷날 열하에서 중국 선비들한테 온갖 '장광설'을 늘어 놓으며 우쭐댔으니 참, 연암처럼 친구복을 톡톡히 누린 경우도 드물다.

앞에 나온 박제가와 이덕무는 유득공柳得恭과 함께 모두 서얼 출신으로, 연암의 친구이자 학인들이다. 정조가 왕권 강화책의 일환으로 세운 아카데미인 규장각의 초대 검서관檢書官이라는 공통점도 있다. 흥미로운 건 이들 모두 정조가 끔찍이 싫어했던 소품문을 유려하게 구사한 작가들이라는 점이다. 특히 이덕무는 18세기를 대표하는 '아포리즘의 명인'이다. 『이목구심서』耳目口心書와 『선귤당농소』蟬橘堂濃笑에는 '나비처럼 날아서 벌처럼 쏘는' '청언소품'清言小品들로 흘러넘친다. 서얼 출신인 데다 자신을 '간서치'看書痴, 곧 책만 읽는 멍청이라고 부를 정도로 책벌레였던 그는 가난과 질병을 숙명처럼 안고 살았다. 유득공 역시 그 점에서는 마찬가지였을 터, 여기 두 사람의 눈물겨운 에피소드가 하나 있다.

내 집에 좋은 물건이라곤 단지 『맹자』孟子 일곱 편뿐인데, 오랜 굶주림을 견딜 길 없어 2백 전에 팔아 밥을 지어 배불리 먹었소. 희희낙락하며 영재 유득공에게 달려가 크게 뽐내었구려. 영재의 굶주림 또한 하마 오래였던지라, 내 말을 듣더니 그 자리에서 『좌씨전』左氏傳을 팔아서는 남은 돈으로 술을 받아 나를 마시게 하지 뭐요. 이 어찌 맹자가 몸소 밥을 지어 나를 먹여주고, 좌씨가 손수 술을 따라 내게 권하는 것과 무에 다르겠소. 이에 맹자와 좌씨를 한없이 찬송하였더라오. 그렇지만 우리들이 만약 해를 마치도록 이 두 책을 읽기만 했더라면 어찌 일찍이 조금의 굶주림인들 구할 수 있었겠소. 그래서 나는 겨우 알았소. 책 읽어 부귀를 구한다는 것은 모두 요행의 꾀일 뿐이니, 곧장 팔아치워 한번 거나히 취하고 배불리 먹기를 도모하는 것이 박실樸實함이 될 뿐 거짓 꾸미는 것이 아니라는 것을 말이오. 아아! 그대의 생각은 어떻소?

역시 연암그룹의 일원인 이서구李書九에게 보낸 편지다. 오로지 책이 삶의 전부인 지식인이 책을 팔아 밥을 먹어야 하는 이 지독한 아이러니! 이덕무, 그리고 그의 친구들의 아포리즘은 이런 '절대빈곤'과 '무소유'의 한가운데서 솟구친 열정의 기록이었다.

백동수白東脩도 흥미로운 캐릭터 중의 하나다. 1789년 가을, 정조는 백동수를 박제가, 이덕무 등과 함께 불러들인다. 정조의 명령은 '새로운 무예서武藝書를 편찬하라'는 것. 이름도 미리 정해놓았다. 『무예도보통지』武藝圖譜通志, 곧 무예에 관한 실기를 그림과 설명으로 훤히 풀어낸 책이라는 뜻. 이덕무에게는 문헌을 고증하는 책임이, 박제가에게는 고증과 함께 글씨를 쓰는 일이, 그리고 백동수에게는 무예를 실기로 고증하는 일과 편찬 감독이 맡겨졌다. 당시 백동수는 40대 중반으로 국왕 호위부대인 장용영壯勇營 초관의 직책에 있었다. 일개 초관에 불과한 인물에게 조선 병서의 전범이 될 책의 총책임을 맡기다니! 그러나 그가 당대 창검무예의 최고수라는 것을 염두에 둔다면 그다지 놀랄 일만도 아니다.

장수 집안의 서자인 그는 십대부터 협객들을 찾아다니며 무예를 익혔다. 특히 당대 최고의 검객 김광택金光澤을 스승으로 모시고 검의 원리를 깨우쳤다고 한다. 최고의 경지에 올랐다고는 하나, 당시는 문반 엘리트가 판치는 세상이었다. 연암이 한 글에서 말했듯이, '임금에게 충성하고 나라를 위해 죽으려는 뜻'은 사대부에게도 부끄럽지 않았건만, 시운時運은 그를 용납하지 않았다. 무인에다 서자, 결국 그 또한 조선왕조 '마이너'의 일원이었을 뿐이다. 그가 연암그룹과 일찌감치 의기투합할 수 있었던 것도 그 때문일 터이다. 이덕무와는 처남매부지간이자 평생의 지기였고, 박제가와는 둘도 없는 친구였으며, 연암과도 역시 그러했다. 이들의 얼굴은 이 책 곳곳에서 마주치게 될 것이다. 마치 영화의 '카메오'처럼.

생의 절정, '백탑청연'

에피쿠로스, 스피노자, 이탁오李卓吾, 연암 ——이들의 공통점은? 정답은 '우정의 철학자'. 20대의 마르크스가 박사논문 『데모크리토스와 에피쿠로스 자연철학의 차이』(고병권 옮김)에서 재조명한 에피쿠로스는 '우정의 정원'으로 유명하고, '내재성의 철학'을 통해 기독교적 초월론을 전복한 스피노자 역시 우정과 연대를 윤리적 테제로 제시한 바 있다. 명말明末 양명좌파陽明左派의 기수였던 이탁오는 "스승이면서 친구가 될 수 없다면 진정한 스승이 아니다. 친구이면서 스승이 될 수 없다면, 그 또한 진정한 친구가 아니다"라며 배움과 우정의 일치를 설파한 중세 철학의 이단자다. 이처럼 시공간을 넘어 주류적 사상의 지형에서 탈주한 이들의 윤리적 무기는 언제나 우정이었다.

연암에게 있어서도 우정론은 윤리학의 '알파요 오메가'였다. 이미 『방경각외전』의 「마장전」 서序에서 "벗이 오륜五倫의 끝에 자리를 잡은 것은 결코 낮은 위치여서가 아니라, 마치 흙이 오행五行 중에서 끝에 있으나, 실은 사시四時의 어느 것에 흙이 해당치 않음이 없는 것과 같을 뿐이다. 그러므로 아무리 부자가 친함이 있고, 군신이 정의를 지니고, 부부가 분별이 있고, 장유長幼가 차례가 있다 하더라도 붕우의 믿음이 없다면 아니될 것이다. 그리고 오륜이 제자리를 잃었을 때에는 오로지 벗이 있어서 그를 바로잡아 줄 수 있는 것이다. 그러므로 벗의 위치가 비록 오륜의 끝에 있으나 실은 그 넷을 통괄할 수 있는 것"이라고, 연암 특유의 우정론을 펼친 바 있다. 이 우정론은 단순한 우정예찬이 아니라, 우도友道를 중심으로 나머지 사륜四倫의 위계를 전복한다는 점에서 파격적이다.

이후 그의 우정론은 한결 깊고 넓어진다. 한 에세이에서 그는 이렇게 말한다. "벗이란 '제2의 나'다. 벗이 없다면 대체 누구와 더불어 보는 것을 함께하며, 누구와 더불어 듣는 것을 함께하며, 입이 있더라도 누구와 함께 맛보는 것을 같이하며, 누구와 더불어 냄새 맡는 것을 함께하며, 장차 누구와 더불어 지혜와 깨달음을 나눌 수 있겠는가? 아내는 잃어도 다시 구할 수 있지만 친구는 한 번 잃으면 결코 다시 구할 수 없는 법, 그것은 존재의 기반이 송두리째 무너지는 절대적 비극인 까닭이다.”

그러므로 그는 우정의 성리학적 표상인 '천고千古의 옛날을 벗 삼는다'는 말을 조문하고, '아득한 후세에 나를 알아주는 이를 기다린다'는 형이상학적 명제를 비웃는다. 즉 그가 말하는 바 '우도'란 초월적 원리에 종속된 도덕적 규범이 아니라, '지금, 여기'에서의 생을 능동적으로 구성하는 것이자 '나'의 경계를 넘어 끊임없이 다른 것으로 변이되는 능력의 다른 이름이다.

당연한 일이지만, '친구에 살고 친구에 죽는' 이런 윤리는 연암만의 것이 아니다. 연암그룹에 속한 인물들은 하나같이 이런 실천적 우정론에 공명했다. 특히 이덕무의 다음 글은 동서고금을 관통하여 '친구'에 관한 가장 아름다운 아포리즘에 속한다.

만약 한 사람의 지기를 얻게 된다면 나는 마땅히 10년간 뽕나무를 심고, 1년간 누에를 쳐서 손수 오색실로 물을 들이리라. 열흘에 한 빛깔씩 물들인다면, 50일 만에 다섯 가지 빛깔을 이루게 될 것이다. 이를 따뜻한 봄볕에 쬐어 말린 뒤, 여린 아내를 시켜 백 번 단련한 금침을 가지고서 내 친구의 얼굴을 수놓게 하여 귀한 비단으로 장식하고 고옥古玉으로 축을 만들어 아마득히 높은 산과 양양히 흘러가는 강물, 그 사이에다 이를 펼쳐 놓고 서로 마주보며 말없이 있다가, 날이 뉘엿해지면 품에 안고서 돌아오리라. (『선귤당농소』)

가슴 깊이 사무치지만 결코 '센티멘털'에 떨어지지 않는 이 오롯한 '친구 사랑'! 이덕무의 섬세한 필치와 감각이 한껏 발휘된 이 글에는 연암그룹의 윤리적 지향점이 고스란히 담겨 있다.

실제의 삶에 있어서도 그러했다. 연암의 생애에서 가장 빛나는 대목은 의기투합하는 벗들과 서로 어울려 뒹굴던 때였다. 이름하여 '백탑白塔에서의 청연淸緣'! 백탑은 파고다(탑골) 공원에 있는 원각사지 10층석탑을 말한다. 당시 연암과 그의 벗들이 이 근처에서 주로 살았기 때문에 생긴 명칭이다. 1772년에서 1773년 무렵 연암은 처자를 경기도 광주 석마의 처가로 보낸 뒤 서울 전의감동에 혼자 기거하면서 이 모임을 주도하게 된다. 박제가가 쓴「백탑청연집서」白塔淸緣集序에는 당시 연암의 풍모 및 이 그룹의 분위기가 마치 영화처럼 생생하게 담겨 있다.

지난 무자戊子, 기축己丑년 어름 내 나이 18,9세 나던 때 미중美仲 박지원 선생이 문장에 뛰어나 당세에 이름이 높다는 소문을 듣고 탑 북쪽으로 선생을 찾아 나섰다. 내가 찾아왔다는 전갈을 들은 선생은 옷을 차려 입고 나와 맞으며 마치 오랜 친구라도 본 듯이 손을 맞잡으셨다. 드디어 지은 글을 전부 꺼내어 읽어보게 하셨다. 이윽고 몸소 쌀을 씻어 다관茶罐에다 밥을 안치시더니 흰 주발에 퍼서 옥소반에 받쳐 내오고 술잔을 들어 나를 위해 축수祝壽하셨다. 뜻밖의 환대인지라 놀랍기도 하고 기쁘기도 한 나는, 이는 천고에나 있을 법한 멋진 일이라 생각하고 글을 지어 환대에 응답하였다.

신분도 다르고, 나이도 거의 제자뻘 되는 친구를 극진한 정성을 다해서 맞이하는 연암의 풍모를 보라! 당시 이덕무의 사립문이 그 북쪽에 마주 서 있고, 이서구의 사랑舍廊이 서쪽 편에 있었으며, 수십 걸음 떨어진 곳에 서상수徐常修의 서재가 있었다. 또 북동쪽으로 꺾어진 곳에 유금柳琴, 유득공의 집이 있었다. 기묘하게도 이들은 그 시절 같은 구역에 살고 있었는데, 이 글은 박제가가 이 그룹에 합류하게 되는 순간을 담은 것이다. 이후 그는 한번 이곳을 방문하면 집에 돌아가는 것을 잊고 열흘이고 한 달이고 머물면서 시문詩文과 척독尺牘; 편지글을 짓고, 술과 풍류로 밤을 지새곤 했다. 얼마나 이 교유交遊에 몰두했던지 아내를 맞이하던 날, 박제가가 삼경이 지나도록 여러 벗들의 집을 두루 방문하는 '해프닝'이 일어났을 정도다.

이들은 매일 밤 모여 한곳에선 풍류를, 다른 한편에선 명상을, 또 한쪽에선 세상의 이치를 논하는 모임을 이어갔다. 연암의 「취답운종교기」醉踏雲從橋記가 그 생생한 리포트다. 어느 날 밤, 한 떼의 벗들이 연암의 집을 방문했다. 먼저 온 손님이 있어 연암과 담소를 나누자, 이들은 일제히 거리로 나와 산책하며 술을 마신다. 손님을 보내고 뒤따라 나온 연암도 함께 술을 마시고 운종가로 나와 달빛을 밟으며 종각 아래를 거닐었다. 밤은 깊어 이미 삼경. 거리에선 개떼들이 어지러이 짖어대고 있었는데, 오견獒犬이라 불리는 몽고산 개가 동쪽으로부터 왔다. 이 개는 사나워서 길들이기 어렵고 아무리 배고파도 불결한 음식은 먹지 않는다. 사람 뜻을 잘 알아, 목에다 붉은 띠로 편지를 매달아주면 아무리 멀어도 반드시 전해주는 명견이다. 혹 주인을 만나지 못하더라도 반드시 주인집 물건을 물고서 돌아와 신표로 삼는다고 한다. 해마다 사신을 따라 들어오지만, 대부분 적응하지 못하고 굶어 죽는다.

사람들은 이 개를 '호백胡白이'라고 부른다. 오랑캐 땅에서 온 흰둥이라는 뜻이다. 이덕무는 먼저 이름을 바꿔 주었다.

> 무관(이덕무)이 술에 취해 '호백'豪伯이라고 이름 붙여주었다. 잠시 후 어디 갔는지 알 수 없게 되자, 무관은 구슬프게 동쪽을 향해 서서 마치 친구라도 되는 듯이 '호백아!' 하고 이름을 부른 것이 세 차례였다. 사람들이 모두 크게 웃었다. 시끄러운 거리의 개떼들이 어지러이 내달리며 더욱 짖어댔다.

'호백이'의 고독한 모습에 자신들의 처지를 오버랩시킨 것일까? '호백'豪伯: 호탕한 녀석 혹은 멋진 놈이라는 '별명'에는 결코 불의와 타협하지 않겠다는 의미가 실려 있기 때문이다. 그렇다 해도 '호백이'를 부르는 소리에 왠지 서글픔이 느껴지는 건 어쩔 수 없다. 개들이 짖어대는 소리를 들으며 그들은 운종교 위에서 이야기를 나누는데, 언젠가 다리 위에서 춤추던 친구, 거위를 타고 장난치던 친구 등의 이야기가 실타래처럼 펼쳐진다. 그러다 보면 새벽 이슬에 옷과 갓이 젖고, 개구리 소리와 함께 아침이 밝아온다. 이것이 이들이 함께 보낸 날들의 풍경이다.

내친 김에 하나 더. 이 '지식인 밴드'는 음악에도 조예가 깊어 이들의 모임에는 늘 음악이 함께했다. 홍대용의 탁월한 음률 감각은 이미 앞에서도 말했거니와, 그밖에도 이들 주변에는 풍류인들이 적지 않았다. 효효재嘐嘐齋 김용겸金用謙 역시 그중 한 사람. 그는 당시 도시 유흥의 번성을 주도한 예인들의 패트론 중 하나였다.

당시 거문고를 잘 연주하던 음악가로 김억金檍이라는 사람이 있었는데, 새로 조율한 양금을 즐기기 위해 홍대용의 집을 방문했다. 마침 김용겸이 달빛을 받으며 우연히 들렀다가 생황과 양금이 번갈아 연주되는 소리를 듣게 되었다. 그러자 김용겸이 책상 위의 구리 쟁반을 두드리며 『시경』詩經의 한 장을 읊었는데 흥취가 한참 무르익을 즈음, 문득 일어나 나간 뒤 돌아오지 않았다. 홍대용과 연암은 함께 달빛을 받으며 그의 집을 향해 걸었다. 수표교에 이르렀을 때 바야흐로 큰 눈이 막 그쳐 달이 더욱 밝았다. 아, 그런데 김용겸이 무릎에 거문고를 비낀 채 갓도 쓰지 않고 다리 위에 앉아 달을 바라보고 있는 게 아닌가. 그래서 다들 환호하며 술상과 악기를 그리로 옮겨 흥이 다하도록 놀다가 헤어졌다.

이런 식으로 그들은 한 시절을 함께 보냈다. 그런 점에서 '백탑청연'은 연암 생애의 하이라이트이자 중세 지성사의 빛나는 '별자리'다. 그들은 체제와 제도가 부과한 삶으로부터 벗어나 새로운 윤리와 능동적인 관계를 구성했고, 그 안에서 자신의 욕망과 능력을 마음껏 발산했다. 북벌론北伐論에서 북학北學으로 사상사의 중심을 변환한 것도, 고문의 매너리즘에서 벗어나 다양한 문체적 실험을 감행한 것도 모두 이런 역동적 관계 속에서 가능했던 것이리라.

연암이 '연암'으로 달아난 까닭은?

연암은 타고난 '집시'vagabond였다. 과거를 포기한 뒤로, 서로는 평양과 묘향산, 남으로는 속리산과 가야산, 화양동과 단양 등 여러 명승지를 발길 닿는 대로 떠돌아 다녔다. 과거를 포기한 젊은이가 할 수 있는 유일한 즐거움이 유람 말고는 달리 없었던 것이다.

1765년 가을 금강산 유람 때의 일이다. 유언호와 신광온申光蘊이 나란히 말을 타고 와 금강산 유람을 제의하자, 연암은 부모님께서 계시니 마음대로 멀리 갈 수가 없다고 거절했다. 두 친구가 먼저 떠난 뒤, 연암의 조부가 "명산에는 인연이 있는 법이거늘 젊을 적에 한번 유람하는 게 좋다"고 허락했다. 하지만 노자가 없었다. 그때 한 지인이 들렀다 나귀 살 돈 100냥을 쾌척하여 돈은 마련되었는데, 데리고 갈 하인이 없었다. 이에 어린 여종으로 하여금 골목에 나가 이렇게 소리치게 했다. "우리집 작은 서방님 이불짐과 책상자를 지고 금강산에 따라갈 사람 없나요?" 마침 응하는 사람이 몇 명 있었고, 이에 새벽에 출발해 의정부 가는 길에 있는 다락원에 이르러 먼저 떠난 두 벗을 만났다. 뛸 듯이 기뻐하는 친구들. 그의 빼어난 시 「총석정에서 해돋이를 보고」가 이때 지어졌다.

그가 연암골을 발견한 것도 전국을 정처없이 유람하던 이 즈음이었다. 협객 백동수와 합류한 어느 날 백동수는 그를 이끌고 개

김홍도의 「총석정도」(叢石亭圖) 연암은 젊은 날 유람 중 총석정에서 해돋이를 보고 장시(長詩)를 남겼다. 워낙 시짓기를 꺼려했던 그로서는 매우 특이한 이력이다. 감동이 남달랐던가 보다. 자신도 이 작품이 흡족했던지『열하일기』에도 전문을 다시 수록했다. 아래에 시의 몇 구절을 옮겨보니 김홍도의 화필과 함께 연암의 시적 정취도 음미해보시기를.

…………

총석정은 예서 십 리	此去叢石只十里
기필코 넓은 바다 마주하여 해돋이를 보리라	正臨滄溟觀日昇
하늘과 물 잇닿아 경계가 없고	天水瀨洞無兆朕
성난 파도 벼랑에 부딪히니 벼락이 이는 듯	洪濤打岸霹靂興
거센 바람 휘몰아치니 온 바다 뒤집히고	常疑黑風倒海來
뿌리째 산이 뽑혀 바위더미 무너지는 듯	連根拔山萬石崩
고래와 곤의 싸움에 육지 솟아난들 괴이할 것 없고	無怪鯨鯤鬪出陸
대붕이 날아올라 바다 옮겨간들 걱정할 것 없다네	不虞海運値搏鵬

…………

성에서 멀지 않은 금천군 연암으로 향했다. 연암골은 황해도 금천군에 속해 있었고 개성에서 30리 떨어진 두메산골이었다. '연암'燕巖은 제비바위라는 뜻으로, 평계平溪 주위에 있는 바위 절벽에 제비 둥지가 많다고 해서 붙여진 이름이다. 처음 화장사華藏寺에 올라 동쪽으로 아침 해를 바라보니 산봉우리가 하늘에 꽂힌 듯했다. 시내를 따라 거슬러 올라가니 기이한 땅이 있었는데, 언덕은 평평하고 산기슭은 수려했으며 바위는 희고 모래는 깨끗했다. 검푸른 절벽이 깎아지른 듯 마치 그림 병풍을 펼쳐놓은 듯했다. 고려시대에는 목은牧隱 이색李穡과 익재益齋 이제현李齊賢 등 쟁쟁한 명망가들이 그곳에 살았지만 당시에는 황폐해져 있었다. 그래서 두 친구가 찾았을 때는 화전민들만 약초를 캐고 숯을 구우며 살고 있었다. 둘은 갈대 숲 가운데서 말을 세우고 채찍으로 높은 언덕배기를 구획지으면서 말했다. "저기라면 울타리를 치고 뽕나무를 심을 수 있겠군. 갈대에 불을 질러 밭을 갈면, 한 해에 조를 천 석은 거둘 수 있겠네."

시험 삼아 쇠[鐵]를 쳐서 바람을 타고 불을 놓으니, 꿩은 깍깍대며 놀라 날고, 새끼 노루가 앞으로 달아났다. 팔뚝을 부르걷고 이를 쫓다가 시내에 막혀 돌아왔다. 둘은 서로 돌아보고 웃으며 말하였다. "백 년도 못 되는 인생을 어찌 답답하게 목석같이 살면서 조나 꿩, 토끼를 먹으며 지낼 수 있겠는가?"

하기야 어찌 서글프지 않으랴. 아무리 풍광이 빼어난 곳일지언정, 젊은 날부터 뒷날 물러나 생계를 꾸릴 터전을 마련해놓아야 하다니. 하지만 연암은 '연암골'이 마음에 꼭 들었다. 마침내 이곳에 은거하기로 마음을 정하고 '연암'을 자신의 호號로 삼는다.

1778년 연암은 전의감동에서의 빛나는 '밴드' 생활을 청산하고 황해도 연암동으로 떠난다. 그러나 이것은 젊은 날의 유쾌한 유람이 아니라 일종의 도주였다. 1776년 정조가 즉위하자, 정조의 왕위계승을 꺼려하던 인물들이 대거 숙청되면서 정조의 즉위에 결정적인 역할을 한 홍국영洪國榮이 정계의 실력자로 부상한다. 홍국영의 세도정치가 시작된 것이다. 삼종형 박재원朴在源이 홍국영의 비위를 거슬러 파직되면서, 평소 홍국영에 대해 비판적인 언사를 삼가지 않았던 연암 주변에까지 점차 권력의 그물망이 조여들고 있었다. 위기를 감지한 친구들이 그에게 피신할 계책을 세우도록 재촉하는데, 이 장면도 한편의 '드라마'다.

홍국영 밑에 있는 협객들과 각별한 인맥을 가지고 있던 백동수가 먼저 정보를 입수하고선 급히 달려왔다. "서둘러 서울을 떠나야 하네. 한동안 연암골에 들어가 몸을 숨기고 죽은 듯이 지내는 것이 상책일 듯하이."

마침 친구 유언호도 조정에서 돌아와 밤에 연암을 찾아왔다. "자네는 어쩌자고 홍국영의 비위를 그토록 거슬렀는가? 자네에게 몹시 독을 품고 있으니 어떤 화가 미칠지 알 수 없네. 그가 자네를 해치려고 틈을 엿본 지 오래라네. 다만 자네가 조정 벼슬아치가 아니기 때문에 짐짓 늦추어 온 것뿐이지. 이제 복수의 대상이 거의 다 제거됐으니 다음 차례는 자넬 걸세. 자네 이야기만 나오면 그

눈초리가 몹시 험악해지니 필시 화를 면치 못할 것 같네. 이 일을 어쩌면 좋겠나? 될 수 있는 한 빨리 서울을 떠나게나."

사실 이것도 미스터리 가운데 하나다. 관직에 뜻이 없고, 당파와 어울리지도 않았고, 그저 의기투합한 친구들과 '놀기에 바쁜' 일개 문인이 최고 세도가의 표적이 될 수 있다니. 지인들의 말대로, 평소 의론이 곧고 바른 데다 명성이 너무 높았던 게 화를 부른 원인이었을까? 남아 있는 연암의 글에는 당대의 중앙정계를 직접 겨냥한 언술은 거의 없다. 앞에서도 말했듯, 그는 태생적으로 '비정치적' 인물이었을 뿐 아니라, 남을 비판하는 것을 즐겨하지도 않았다. 그런데 대체 권세가들이 그를 꺼려한, 아니 두려워한 이유가 무얼까? 그 상세한 내막이야 알 길이 없지만, 다만 분명한 건 연암의 움직임 자체가 상상하는 것 이상의 정치적 파급력을 지니고 있었다는 사실이다.

어쨌든 정국은 연암에게 불리하게 돌아갔고, 엎친 데 덮친 격으로 가정 형편 역시 좋지 않았다. 1777년 그의 정신적 지주이기도 했던 장인 이보천이 별세하고, 그 다음해(1778) 가족의 생계를 담당하던 형수마저 병사하자 연암은 스스로 생계를 마련해야 하는 처지가 되었다. 말하자면 '먹고살기' 위해서도 연암은 '연암골'로 갈 수밖에 없었던 것이다.

그는 실제로 연암동에서 초가삼간을 짓고, 손수 뽕나무를 심었다. 『열하일기』「동란섭필_銅蘭涉筆」에는 이 즈음으로 추정되는 일을 회상하는 장면이 하나 나온다. "나 역시 성질이 재물을 좋아하지 않으므로 이렇게 가난하게 되었으나, 평생에 베낀 책을 점검해 보니 불과 열 권이 차지 못하고, 연암 골짜기에 손수 심은 뽕나무가 겨우 열두 포기이다. 그나마 긴 가지라는 것이 겨우 어깨에 닿을지 말지 하매 일찍이 슬픈 한탄을 금할 수 없었던바, 이번에 요동벌을 지나오면서 밭가에 둘린 뽕나무 숲을 바라보다가, 끝없이 넓은 것을 보고는 망연자실할 따름이었다."

물론 그렇다고 그가 완전히 변방에서 '잠수'한 건 아니다. 연암 골로 도주하자, 친구 유언호가 개성유수를 자임한다. 그의 주선으로 연암은 개성 부근 금학동 별장으로 거처를 옮기고, 인근 지방의 젊은이들 가르치는 일을 담당한다. 유언호는 뒤탈을 막기 위해 조정에 들어가 짐짓 연암에 대해 "가족을 이끌고 떠돌다가 그만 부잣집에 눌러앉아 늙은 훈장 노릇을 하고 있다는군요" 했더니, 홍국영은 "참으로 형편없이 됐으니 논할 것도 없구려"라고 했다나. 위기 탈출!

19세기 방랑시인 김삿갓이 말해주듯, 조선 후기 지식인의 광범위한 분화 속에서 '촌학구'村學究: 시골 글방 스승란 지식인이 다다를 수 있는 일종의 '막장' 같은 것이었다. 그러니 홍국영으로서도 마음을 놓을밖에. 그러나 연암은 이 기회를 제도권 밖에서 지식의 전수를 실험하는 일종의 '열린 교육터'로 활용한다. 즉 그는 오로지 과거시험밖에 몰랐던 변방의 젊은이들에게 학문하는 즐거움을 가르친다. "선생님의 가르침을 듣고서야 비로소 과거 공부 이외에 문장 공부가 있고, 문장 공부 위에 학문이 있으며, 학문이란 글을 끊어

읽거나 글에다 훈고訓詁를 붙이는 것만으로 될 수 없다는 사실을 알게 되었지요." 말하자면 연암은 입시 공부에 시달리는 학인들에게 사색하는 법, 토론, 분변分辨하는 법을 가르쳤던 것이다.

이후 연암은 연암협과 서울을 오가면서 지내는데, 이 시절의 모습이 잘 그려진 자료가 있다. 먼저 제자 이서구가 쓴 「하야방연암장인기」夏夜訪燕巖丈人記. 5월 그믐밤 이서구가 연암댁을 찾는다. 골목으로 접어들어 집 들창을 살펴보니 등불이 비치고 있었다. 문으로 들어서자, "어른께서는 벌써 사흘째 끼니를 거르고 계셨다. 마침 맨발에 맨상투로 창턱 위에 다리를 걸치고서 문간방의 아랫것과 서로 이야기를 주고받는 중이었다". 이서구가 온 것을 보고서는 옷을 고쳐 입고 앉은 뒤, "고금의 치란과 당대 문장명론文章名論의 파별동이派別同異"를 자세히 논했다. 밤은 삼경을 지나고 은하수가 등불에 흔들리는 속에서 두런두런 이야기를 나누는 장면이 이어진다.

이런 내용이 담긴 편지를 받은 뒤, 연암은 답장을 쓴다. 「소완정의 하야방우기에 화답하다」酬素玩亭夏夜訪友記가 그것. 그때의 상황이 좀더 상세하다. 그의 말에 따르면, "식구들은 이때 광릉에 있었"고, 그는 "평소에 살이 쪄서 더위를 괴로워하는 데다 또 푸나무가 울창해서 여름 밤이면 모기와 파리가 걱정되고, 논에서는 개구리가 밤낮 쉴새없이 울어대는 까닭에, 매번 여름만 되면 항상 서울 집으로 피서를" 오곤 했다. 그런데 당시 "홀로 계집종 하나가 집을 지키다가 갑자기 눈병이 나서 미쳐 소리지르며 주인을 버리고 떠나가 버려 밥 지어줄 사람이 없었"고, 그래서 "행랑채에 밥을 부쳐 먹다보니 자연히 가까이 지내게 되었"다. 이서구가 방문할 당시 과연 사흘 아침을 굶고 있었는데, 행랑채의 아랫것이 지붕 얹어주는 일을 하고 품삯을 받아와 밤에야 비로소 밥을 지어 먹게 되었다. 식사를 마치고 곤하여 누웠는데, 행랑채의 어린것이 밥투정을 하자 그 아비가 화가 나서 밥 주발을 엎어 개에게 던져주며 욕을 해대는 걸 듣고는 이런저런 비유로 타이르는 장면을 연출하게 된 것이다. 이런 정황 설명에 이어 당시 자신의 일상사를 그는 이렇게 표현하고 있다.

고요히 앉아 한 생각도 뜻 속에 두지 않았다. 그러다 보니 더욱 성글고 게으른 것이 몸에 배어 경조사도 폐하여 끊었다. 혹 여러 날을 세수도 하지 않고, 열흘이나 두건을 하지 않기도 하였다. 손님이 이르면 말없이 가만히 앉아 있거나 하고, 혹 땔감이나 참외 파는 자가 지나가면 불러다가 더불어 효제충신과 예의염치를 이야기하며 정성스레 수백 마디의 말을 나누곤 하였다.

말하자면 "제 집에 있으면서 객처럼 지내고 아내가 있으면서 중처럼" 사는 식이었던 것이다. 마치 흥부처럼 다리 부러진 새끼 까치에게 밥알을 던져주기도 하고, "자다가 깨면 책을 보고, 책을 보다간 또 잠을"자는데, 아무도 깨우는 이가 없고 보니, 어떤 때는 하루 종일 쿨쿨 자기도 했다. 간혹 글을 지어 뜻을 보이기도 하고,

칠현금을 배워 몇 곡조 뜯기도 하고, 혹은 술을 보내주는 이가 있으면 기쁘게 마시기도 했다. 그러나 이 한없는 유유자적함에는 깊은 적막과 쓸쓸함이 배어 있다. "금년에 마흔도 못 되었는데 이미 터럭이 허옇게 세었"고, "이미 병들고 지쳐서 기백이 쇠락하여 담담히 세상에 뜻이 없"다고, 그는 토로한다. 그 허허로운 목소리와 함께 열정어린 젊음의 뒤안길을 헤쳐나온 쓸쓸한 중년 박지원의 모습이 클로즈업된다.

우발적인 마주침, '열하'

마침내 중원으로!

「회우기」會友記를 보냅니다. 제가 평상시 중원을 대단히 흠모해왔지만 이 글을 보고 나서는 다시 걷잡을 수 없이 미친 사람이 되어 밥을 앞에 두고서는 수저 드는 것을 잊고, 세숫대야를 앞에 두고서는 얼굴 씻는 것을 잊을 지경입니다. 아아! 정녕 이곳이 어느 땅이란 말입니까? 그 땅이 조선 땅일까요? 제가 보니 절강이고 서호입니다. 그곳은 남북으로 멀기도 하고 좌우로 광활하기 때문에 도로의 이수里數를 계산하지 못할 정도로 호호탕탕浩浩蕩蕩 광대무변의 땅입니다. 그러나 소와 말도 분간하지 못하는 무리들은 은연중 이 조선만을 실재하는 세상으로 생각하며 수천 리 우리 안에서 나서 늙고 병들어 죽는 생애를 영위하고 있습니다. 그들이 과연 중원의 존재를 알 수 있을까요, 없을까요? (……)

담헌 홍대용 선생이 하루아침에 저 천애天涯 먼 곳에서 지기를 맺어 그 풍류와 문묵文墨이 멋스럽기 짝이 없습니다. 사귄 사람들은

「연행도」(부분, 숭실대 박물관 소장) 조선 연행사들이 북경을 향해 출정하는 모습. 당시 청나라는 세계제국의 중심이었다. 따라서 연행은 단지 의례적인 외교행사에 그치지 않고, 선진문명을 흡수할 수 있는 유일한 창구이기도 했다. 행차가 거창해 보이기는 하나, 사실 이들의 앞날엔 고생문이 훤하다. 대략 6개월에 걸친 대장정이 앞에 놓여 있기 때문이다. 그러므로 연행록 한편 한편에는 생사의 갈림길을 넘나드는 어드벤처와 서스펜스가 담겨 있다고 보아야 마땅하다. 연암은 비공식 수행원이었던 만큼 아마 이 행차의 끄트머리 어디쯤에서 따라갔을 것이다. 애마(!)를 타고 장복이와 창대, '환상의 고지식 커플'과 함께.

모두 풍모가 의연하여 지난날 서책에서 본 듯한 인물이고, 주고받은 말은 모두 제 마음속에 또렷하게 담겨 있던 것입니다. 그러니 저분들이 비록 이 조선과 천리 멀리 떨어져 전혀 알지 못하는 사람이라고 해도 우리가 저분들을 사모하고 사랑하며 감격하여 울면서 의기투합하지 않을 수 있겠습니까? (박제가, 「회우기여서관헌상수」 會友記與徐觀軒常修)

「회우기」는 홍대용이 연경에서 절강성 출신 선비 세 명과 나눈 필담을 정리한 것이다. 박제가는 그것을 본 소감을 감격어린 어조에 실어 이렇게 표현했다. 조선이라는 편협한 땅에 대한 한탄, 당시 조선인들의 고루한 풍토에 대한 신랄한 냉소, 국경을 넘는 우정과 교류에 대한 열망 등이 생생하게 전해진다.

여기 담긴 생각이 어찌 박제가만의 것일까. 연암 또한 그러했다. 더구나 앞서 연행을 체험한 벗들로부터 청문명의 번화함을 전해들었던 연암으로서는 중원에 대한 동경이 더할 나위 없이 무르익던 터였다. 그런 연암에게 마흔넷, 생의 한 고비를 넘어가는 길목에서 마침내 중원 천하에 발을 디딜 기회가 주어졌다.

홍국영의 실각과 더불어 연암은 다시 서울로 돌아온다. 그러나 화근은 사라졌지만 옛친구들은 거의 다 세상을 떠났다. 그래서 분위기가 싹 변해 옛날 같지 않았다. 박제가의 표현을 빌리면, "풍류는 지난날에 비해 줄어들고, 얼굴빛은 옛날의 그것이 아니"었으니, "벗과의 교유도 참으로 피할 수 없는 성쇠盛衰가 있"었던 것이다. 말하자면 정치적 위기는 해소되었지만, 쓸쓸한 귀환이었던 셈.

열하로의 여행은 이런 그에게 '느닷없이' 다가온 행운이었다. 1780년, 울울한 심정에 어디론가 멀리 떠나기를 염원하고 있던 차, 삼종형 박명원朴明源이 건륭황제乾隆皇帝의 만수절(70세) 축하 사절로 중국으로 가게 되면서 그를 동반하기로 한 것이다. 1780년 5월에 길을 떠나 6월에 압록강을 건넜으며 8월에 북경에 들어갔고, 곧이어 열하로 갔다가 그 달에 다시 북경으로 돌아와 10월에 귀국하게 되는 5개월에 걸친 '대장정'은 이렇게 해서 시작되었다. 참고로 인조 15년(1637년) 이후 조선조 말에 이르는 250여 년 동안 줄잡아 500회 이상의 사행使行이 청국을 다녀왔고, 그 결과 100여 종이 넘는 수많은 연행록이 쏟아져 나왔다. 일종의 연행 붐이 일었던 것이다. '한류' 열풍이 중국대륙을 강타하고, 많은 한국인들이 북경을 휘젓고 다니는 요즘과 단순 대비하긴 어렵겠지만, 어떻든 중국대륙에 대한 꿈은 그때나 지금이나 변함없이 계속되고 있는 셈이다.

연행 붐이 일긴 했지만, 사행단의 기본 관점은 어디까지나 '북벌론'에 입각해 있었다. 청나라는 만주족 오랑캐이고, 병자호란의 수치를 안겨준 원수이기 때문에 반드시 복수해야 한다는 것이 북벌론의 핵심요지다. 명의 멸망으로 이제 진정한 중화문명은 조선으로 옮겨왔다는 '소중화'小中華 사상이 그 안에 자리하고 있다. 인조와 효종 이후 북벌론은 소중화주의와 서로 상승작용을 하면서 실질적으로 청을 향하기보다 내부를 향한 통치 이데올로기로 기능하였다. 이것을 묵수하는 한, 청문명을 직접 접한다 해도 그것을 통해 새로운 사상사적 모색이 감행될 가능성은 별로 없다.

북벌이라는 견고한 요새에 균열을 일으키고, 북학으로 방향을 선회하도록 이끈 것은 바로 '연암그룹'에 의한 연행록 시리즈였다. 김창업의 『연행일기』를 비롯하여 홍대용의 『담헌연기』湛軒燕記: 한글판은 『을병연행록』와 『건정동필담』(회우록)이 나왔고, 뒤이어 1778년 중국을 다녀온 이덕무와 박제가에 의해 각각 『입연기』入燕記와 『북학의』北學議가 제출된다. 박제가의 『북학의』는 연행록은 아니지만, 북학의 논리와 방법론을 제시하고 있다는 점에서 이 계열에서 주요한 위상을 점한다. 이 일련의 시리즈는 분명 기존의 연행록의 지평에서 벗어난 새로운 계열이다. 이 계열은 청문명의 역동성을 있는 그대로 제시함으로써 소중화라는 도그마에 찌든 당대 지성사에 북학의 호흡을 불어넣는 역할을 수행하였다. 연암 역시 이러한 '무드' 속에서 중원에 대한 꿈을 고양해갔음은 말할 것도 없다.

그러나 연암의 연행기는 이 이질적인 계열 내에서도 또 하나의 '변종'이다. 즉 『열하일기』는 그 무엇에 견주기 어려운 지층들을 내장하고 있기 때문이다. 그런 점에서 그의 연행은 여행이라기보다 하나의 '사건'(!)이었다.

웬 열하?

앞에서도 보았듯이, 이전의 중국 기행문은 모두 연기, 연행록이라 불린다. 유독 박지원의 것만이 『열하일기』라는 좀 괴상한(?) 이름

성군(聖君) 트리오 청나라, 아니 중국사가 낳은 최고의 황제 '트리오'. 오른쪽 위로부터 반시계 방향으로 각각 강희제, 옹정제, 건륭제. 제위순 역시 그와 같다. 연암의 열하행은 건륭제의 70세 생일을 축하하기 위한 것이었다. 셋 가운데서도 강희제는 지략, 경륜, 학문 등 다방면에서 막강한 카리스마를 발휘한 '왕중왕'이고, 옹정제는 변방의 하급관리까지 일일이 체크할 정도로 치밀하고 성실한 군주로 유명하다. 너무 일을 열심히 하다 '과로사'로 쓰러진 드문 케이스다. 그 둘에 비하면 좀 급이 떨어지기는 하나, 할아버지와 아버지의 공덕에 힘입어 건륭제 역시 청나라를 세계제국의 중심으로 이끌어갔다. 연암이 만날 당시에는 총명과 위엄은 여전한데, 마음의 평정을 잃어 노쇠의 기미가 엿보이기 시작했다.

을 갖고 있다. 왜 연행록이 아니고『열하일기』인지 궁금하지 않은가? 열하? 그러고 보면 이 이름은 또 얼마나 낯선지. 중국기행이 국내여행보다 흔해빠진 요즘에도 열하를 여행 코스로 삼는 이들은 아주 드물다. 그만큼 열하는 여전히 낯설고도 이질적인 공간이다.

『열하일기』에서는 열하熱河에 대해 이렇게 설명하고 있다. 강희제康熙帝 이후 역대 황제들이 거처했던 하계별궁의 소재지로, 북경에서 약 230킬로미터 떨어진 하북성 동북부, 난하지류인 무열하武烈河 서안에 위치한다. 열하라는 명칭은 이 무열하 연변에 온천들이 많아 '겨울에도 강물이 얼지 않는다'는 데서 유래한 것. 이곳은 한족과 이민족 간의 격전지로 유명한, 장성 밖 요해의 땅이자 '천하의 두뇌'에 해당된다. 그러므로 황제의 열하행은 "두뇌를 누르고 앉아 몽고의 목구멍을 틀어막자는" 고도의 정치적 포석의 일환이었다. 건륭황제의 치세에 이르러 국경도시로서 융성번화의 극치를 달렸던바, 황제는 '피서산장'避暑山莊이라 불리는 장대한 별궁을 지어놓고는 매년 순행하여 장기 체류하곤 했다.

열하는 애초의 일정에 없던 것이었다. 목적지는 연경이었는데, 마침 황제가 피서산장인 열하에 있으면서 조선 사행단을 급히 열하로 불러들이는 돌발적 사태가 벌어진다. 온갖 '산전수전'을 다 겪고 간신히 연경에 도착하여 겨우 숨을 돌리는 순간, 느닷없이 열하로 떠나야 했으니(그날의 해프닝은 3부의 2절을 기대하시라!). 연암은 조선사람으로서는 처음 이 땅에 발을 들여놓았을 뿐 아니라, 그곳에서 만수절 행사에 모여든 온갖 이민족들 — 몽고, 이슬람, 티

베트 등──의 기이한 행렬을 목격하게 된다. 요컨대 열하는 이질
적인 것들이 '도가니'처럼 뒤섞이는 특이한 장이었다. 그가 그 장대
한 여정을 '열하'라는 이름으로 압축한 것도 바로 그 점에 착안한
것이었으리라. 변방의 외부자 연암, 만주족 오랑캐가 통치하는 중
화, 그리고 열하라는 낯선 공간──『열하일기』는 이 상이한 계열
들이 접속해서 만들어낸 하나의 '주름'이다.

소문의 회오리

연암은 연행을 마치고 돌아와 3년여에 걸쳐 『열하일기』를 퇴고한
다. 그러나 그 이전에 이미 초고가 나돌아 문인들 사이에 큰 파문을
일으킨다. 여기 『열하일기』를 말할 때면 언제나 따라다니는 유명한
장면이 하나 있다. 뛰어난 문인이자 고위관료였던 남공철南公轍이
지은 「박산여묘지명」朴山如墓誌銘에 실린 삽화.

내 일찍이 연암과 함께 산여山如의 벽오동관에 모였을 적에, 이덕
무와 박제가가 모두 자리에 있었다. 마침 달빛이 밝았다. 연암이 긴
목소리로 자기가 지은 『열하일기』를 읽는다. 무관懋官;이덕무과 차
수次修;박제가는 둘러앉아서 들을 뿐이었으나, 산여는 연암에게, "선
생의 문장이 비록 잘 되었지마는, 패관기서稗官奇書를 좋아하였으
니 이제부터 고문이 진흥되지 않을까 두렵습니다" 한다. 연암이 취
한 어조로, "네가 무엇을 안단 말이야" 하고는, 다시금 계속했다. 산

여 역시 취한 기분에 촛불을 잡고 그 초고를 불살라버리려 하였다. 나는 급히 만류하였다.

이것이 그 유명한 '촛불사건'의 전모다. 보시다시피 『열하일기』가 불태워질뻔한 건 국가제도나 정적들에 의해서가 아니라, 바로 연암 주변인물에 의해 일어난 일이었다. "권력은 늘 인접한 곳에서 작동한다"고 한 미셸 푸코Michael Foucault의 말이 환기되는 대목이다.

더 재미있는 건 그 다음 대목이다. 연암은 짐짓 '삐친' 척 몸을 돌이킨 채 일어나지 않는다. 이덕무가 거미 그림을 그리고, 박제가가 병풍에 초서로 「음중팔선가」飮中八仙歌를 쓰자, 남공철이 연암에게 "이 글씨와 그림이 극히 묘하니, 연암이 마땅히 그 밑에 발을 써서 삼절三絶이 되게 하시"라며 달래주었으나, 연암은 끝내 못 들은 체한다. 날이 새자, 연암이 술이 깨어서 옷을 정리하고 꿇어앉고서는 "산여야, 이 앞으로 오라. 내 이 세상에 불우한 지 오래라, 문장을 빌려 불평을 토로해서 제멋대로 노니는 것이지, 내 어찌 이를 기뻐서 하겠느냐. 산여와 원평元平; 남공철 같은 이는 모두 나이가 젊고 자질이 아름다우니, 문장을 공부하더라도 아예 나를 본받지 말고 정학正學을 진흥시킴으로써 임무를 삼아, 다른 날 국가에 쓸 수 있는 인물이 되기를 바라네. 내 이제 마땅히 제군을 위해서 벌을 받으련다" 하고는 커다란 술잔을 기울여 마신 뒤, 다른 이들에게도 마시게 하여 호탕하게 풀어버린다.

아랫사람들 앞에서 무릎을 꿇고 자신의 문장을 '내려놓아버리는' 이 장면은 분위기가 사뭇 비감하다. 그것은 언표 그대로의 진실이기도 하고, 다른 한편 나는 아예 '외부자로 살아가겠노라'는 단호한 선언이기도 하다. 가까운 친지들에게조차 이해받지 못하는 데 대한 원망과 억울함이 어찌 없었을까마는 연암은 그것을 담담하게 받아들인다. 그렇다고 그들처럼, 그들이 원하는 대로 글을 쓸 수는 없다. 그러기에는 이미 너무 많이 와버리고 말았다. 그렇다면 남는 건 가는 길이 다름을 서로 인정하고 받아들이는 수밖에는 없지 않는가. 아마도 그런 심정이 아니었을지.

한때 고등학교 교과서에 실리면서 널리 알려지게 된 이 촛불 사건은 사실 서곡에 불과했다. 이후 『열하일기』는 언제나 소문의 회오리를 몰고 다닌다. '오랑캐의 연호를 썼다', '우스갯소리로 세상을 유희했다', '패관기서로 고문을 망쳐버렸다' 등등. 그 하이라이트가 '문체반정'이다(이에 대해서는 이 책 2부에서 별도로 다루기로 한다).

사정이 이렇다 보니, 웬만큼 세상의 시시비비에 단련된 연암도 이렇게 한탄했을 정도다. "그런데 누가 알았겠느냐? 책을 절반도 집필하기 전에 벌써 남들이 그걸 돌려가며 베껴 책이 세상에 널리 유포될 줄을. 이미 회수할 수도 없게 된 거지. 처음에는 심히 놀라고 후회하여 가슴을 치며 한탄했지만, 나중에는 어쩔 도리 없어 그냥 내버려둘 수밖에 없었다. 하지만 책을 구경한 적도 없으면서 남들을 따라 이 책을 헐뜯고 비방하는 자들이야 난들 어떡하겠느냐?" 한마디로 '한치의 명성이 높아지면, 비방은 하늘을 찌를 듯 높아지는' 역비례 현상이 끊이지 않았던 것이다. 대체 무엇이 그토록 『열하일기』를 소문의 한가운데에 있게 했던 것일까?

분명 『열하일기』는 '문제적인' 텍스트다. 어떤 방향에서건 사람들을 자극할 요소들을 무한히 내장하고 있다는 점에서 그렇다. 그런데 흥미로운 건 악의적 비방이든 애정어린 비판이든 『열하일기』의 진면목을 본 이가 거의 없다는 사실이다. "대개 풍속이 다름에 따라 보고 듣는 게 낯설었으므로 인정물태人情物態를 곡진히 묘사하려다 보니 부득불 우스갯소리를 집어넣을 수밖에 없었다"거나, "『열하일기』의 독자들은 이 책의 본질을 알지 못한 채 대개 기이한 이야기나 우스갯소리를 써놓은 책 정도로만 인식하고 있다"는 식의 평가만 해도 그렇다. 상당히 우호적임에도 『열하일기』의 '에센스'인 유머와 해학을 서술의 곁다리 정도로만 파악하고 있는 것이다. 그러니 다른 특장에 대해서야 더 말할 나위가 없다.

『열하일기』가 당대 지식인들을 당혹스럽게 했다면, 그 이유는 무엇보다 무수한 흐름이 중첩되는 유연성에 있을 것이다. 시작도 없고 끝도 없으며, 언제 어디서나 물음을 구성할 수 있는 도저한 열정. '산천, 성곽, 배와 수레, 각종 생활도구, 저자와 점포, 서민들이 사는 동네, 농사, 도자기 굽는 가마, 언어, 의복 등등'에서 역사, 지리, 철학 등 고담준론高談峻論에 이르기까지 '종횡무진'하는 '박람강기'博覽強記.

더욱이 그것은 어디까지가 사실이고, 어디까지가 윤색인지를 가늠하기가 쉽지 않다. 연암 자신이 도처에서 밝히고 있듯이, 모험에 찬 여정 속에서 기억과 기록이 많은 부분 사라지거나 희미해졌을 뿐 아니라, 도저히 한 사람의 관찰과 기억이라고 보기 어려운 내용이 수두룩하게 담겨 있는 까닭이다.

대표적인 예가 바로 〈호질〉虎叱이다. 연암은 「관내정사」關內程史에서 한 점포의 벽에 붙은 '기문'奇文을 일행인 정군과 함께 베꼈는데, "사관에 돌아와 불을 밝히고 다시 훑어 본즉, 정군이 베낀 곳에 그릇된 곳이 수없이 많을 뿐만 아니라 빠뜨린 글자와 글귀가 있어서 전혀 맥이 닿지 않으므로 대략 내 뜻으로 고치고 보충해서 한 편을 만들었다"고 했다. 그렇다면 지금 남아 있는 텍스트 중에서 대체 어디까지가 정군이 베낀 것이며, 어디까지가 연암의 윤색이란 말인가(Nobody knows!).

어디 〈호질〉만 그럴까. 「양매시화」楊梅詩話에서는 필담했던 초고 가운데 겨우 10분의 3, 4만이 남았는데, 더러는 '술취한 뒤에 이룩된 난초', '저무는 햇빛에 달린 필적'이었다니, 이쯤 되면 사실과 허구를 분별하기란 요원할 터, 아니 이 마당엔 분별 자체가 무의미하다. 게다가 수많은 판본이 떠돌면서 윤색이 가해졌던바, 그야말로 『열하일기』는 미완의 텍스트인 것. 물론 이때 미완성이란 결여로서의 그것이 아니라 완결된 체계를 계속 거부하는, 그리하여 수많은 의미들을 생성해낸다는 의미에서의 그것이다. 『열하일기』를 둘러싼 무성한 '스캔들'은 그 의미들이 좌충우돌하면서 일으킨 '사소한'(!) 잡음에 불과하다.

그에게는 묘지명이 없다?

지상에서 가장 아름다운 '레퀴엠'

연암에게는 묘지명이 없다? 아니, 정확히 말하면 묘지명이 발견되지 않았다. 나는 최근에야 한 젊은 연암연구자를 통해 이 사실을 알았다. 듣고 보니 참 신기했다. 아니, 그 사실에 대해 지금까지 전혀 이상하게 생각하지 않은 고전문학 연구자들(나를 포함하여)이 더 이상했다. 이런 대가한테 묘지명이 없다니. 권력의 보이지 않는 검열이 작용한 때문인가. 아니면 그 명망에 질려 감히 쓸 생각을 하지 못한 것인가. 원인이 뭐든 '묘지명의 부재 혹은 실종'(?)은 연암의 일대기 속에 다양하게 분포되어 있는 미스터리 목록에 추가될 항목임에 틀림없다.

주지하듯이, 연암은 묘지명의 달인이다. 그가 쓴 묘지명은 사람들의 심금을 울리는 주옥같은 명문장들이다. 어디 그뿐인가? 다채로운 수사법과 느닷없는 비약은 가히 견줄 바가 없을 정도다. 그런데 정작 그 자신의 묘지명은 없다니. 생의 역설치곤 참으로 기묘하기 짝이 없다.

살아 있는 석치(정철조)라면, 만나서 곡을 할 수도 있고, 만나서 조
문을 할 수도 있고, 만나서 꾸짖을 수도 있고, 만나서 웃음을 터뜨
릴 수도 있고, 여러 섬의 술을 들이킬 수도 있어서, 벌거벗은 서로
의 몸을 치고박고 하면서 꼭지가 돌도록 크게 취하여 너니 내니 하
는 것도 잊어버리다가, 마구 토하고 머리가 짜개지며 속이 뒤집어
지고 어지러워, 거의 다 죽게 되어서 그만둘 터인데, 지금 석치는
정말로 죽었구나! (……) 석치 자네는 정말 죽었는가? 귓바퀴는 이
미 썩어 문드러지고, 눈알도 이미 썩었는가? 정말 듣지도 보지도
못한단 말인가? 술을 쳐서 제주祭酒로 드려도 정말 마시지도 않고
취하지도 않는구나. (「제정석치문」祭鄭石癡文)

석치 정철조에 대한 제문이다. 홍대용과 함께 연암의 가장 절
친한 벗이었던 정철조. 근데 뭐 이런 제문도 다 있나? 하긴, 또 한
대목에선 "세상에는 진실로 이 세상을 꿈으로 여기고 인간세상에
서 유희하는 자가 있을 터이니, 석치가 죽었다는 말을 들으면 진
실로 한바탕 웃어젖히면서 본래 상태로 돌아갔다 여겨서, 입에 머
금은 밥알이 나는 벌떼같이 튀어나오고 썩은 나무가 꺾어지듯 갓
끈이 끊어질 것이다"라고 했으니, 한마디로 점입가경(혹은 설상가
상?)이다. 삶과 죽음의 통념, 나아가 제문의 문법까지 뒤엎어버리
는, 이 지독한 패러독스! 다른 한편 이 황당한 유머 혹은 넌센스를

통해 그의 '깊은 슬픔'이 사무치게 전해져온다. 제문이나 묘지명만큼 판에 박힌 것도 없다. 마치 주례사처럼 한 편의 글을 여러 사람에게 써먹을 수 있을 정도로 규격화된 것이 바로 이 장르이다. 그래서 연암의 문체적 전복이 가장 빛나는 영역이 이 장르라는 게 그저 우연의 소치만은 아니다.

삶이 덧없다고 했던가. 연행 이후 연암은 가까운 친지들의 연이은 죽음과 마주한다. 1781년에 정철조가 병사했고, 이어 1783년 홍대용이 별세했다. 1787년에는 아내와 형님 박희원이, 1790년에는 연행의 기회를 주었던 삼종형 박명원이 세상을 떠났다. 그는 그들을 잃은 슬픔을 그저 형식적인 제문이나 묘지명에 담지 않았다. 생의 기쁨과 동경, 쓰라린 좌절 등이 투명한 속살을 드러내도록 하였다. 그것들은 죽음에 관한 가장 아름다운 보고서이자, 죽음과 삶의 경계를 가로지르는 '레퀴엠'이었다.

본격적인 '레퀴엠'을 듣기 전에 가벼운 아리아 한 곡조.

우리 형님 얼굴 수염 누구를 닮았던고　　　　我兄顏髮曾誰似

돌아가신 아버님 생각나면 우리 형님 쳐다봤지　　每憶先君看我兄

이제 형님 그리우면 어드메서 본단 말고　　　　今日思兄何處見

두건 쓰고 옷 입고 가 냇물에 비친 나를 보아야겠네　自將巾袂映溪行

연암협 시냇가에서 읊은 「연암에서 선형을 생각하다 燕巖憶先兄」라는 시다. 마치 동시인 듯, 민요인 듯 담백한 말투에 깊은 속정을 그대로 담아내고 있다. 이덕무는 연암의 시를 읽고 두 번 울었다고 했다. 하나는 바로 이 시이고, 또 하나는 연암이 큰누이의 상여를 실은 배를 떠나보내며 읊은 다음 시.

떠나는 이 정녕히 다시 온다 다짐해도　去者丁寧留後期
보내는 이 눈물로 여전히 옷을 적실 텐데　猶令送者淚沾衣
조각배 이제 가면 어느제 돌아오나　扁舟從此何時返
보내는 이 헛되이 언덕 위로 돌아가네　送者徒然岸上歸

이 시는 「맏누님 증 정부인 박씨 묘지명」伯姉贈貞夫人朴氏墓誌銘에 실려 있다. 떠나는 이는 누이의 상여를 메고 가는 매형을, 보내는 이는 그 매형을 전송하는 연암 자신을 말한다. 연암 산문의 백미白眉로 꼽히는 이 글은 이렇게 시작된다.

유인孺人의 이름은 아무이니, 반남潘南 박씨이다. 그 동생 지원 중미는 묘지명을 쓴다. 유인은 열여섯에 덕수 이택모李宅模 백규伯揆에게 시집 가서 딸 하나 아들 둘이 있었는데, 신묘년 9월 1일에 세상을 뜨니 얻은 해가 마흔셋이었다. 지아비의 선산이 아곡인지라, 장차 서향의 언덕에 장사지내려 한다.

여기까지는 고인과 자신의 관계, 가족, 죽음, 장례에 대한 간략한 터치다. 보통 그 다음엔 고인의 생애에 대한 상투적인 나열과

덕행의 예찬으로 이어지는데, 연암은 놀랍게도 상여가 떠나는 현장을 생방송처럼 중계한다. "백규가 그 어진 아내를 잃고 나서 가난하여 살길이 막막하자, 어린것들과 계집종 하나, 솥과 그릇, 옷상자와 짐궤짝을 이끌고 강물에 띄워 산골로 들어가려고 상여와 더불어 함께 떠나가니, 내가 새벽에 두포斗浦의 배 가운데서 이를 전송하고 통곡하며 돌아왔다"는 식으로.

이 장면 하나만으로도 그간 누이가 이 가난한 집안을 꾸리느라 겪었을 온갖 고생살이가 떠올라, 마음이 저으기 애달프다. '가장 아닌 가장'인 누이가 죽자 매형은 살림살이를 챙겨 산골로 떠나고 있는 것이다. 살림살이래야 단출하기 이를 데 없다. 누이를 그토록 고생시킨 매형에 대한 원망이 없다면 거짓일 터, 행간 사이로 그 애환이 아련하게 전해져 온다.

그 다음, 통곡하는 연암의 얼굴에 28년 전 누이와의 추억이 파노라마처럼 지나간다.

아, 슬프다! 누님이 갓 시집가서 새벽에 단장하던 일이 어제런 듯하다. 나는 그때 막 여덟 살이었는데 버릇없이 드러누워 말처럼 뒹굴면서 신랑의 말투를 흉내내어 더듬거리며 정중하게 말을 했더니, 누님이 그만 수줍어서 빗을 떨어뜨려 내 이마를 건드렸다. 나는 성이 나서 울며 먹물을 분가루에 섞고 거울에 침을 뱉어댔다. 누님은 옥압玉鴨과 금봉金蜂을 꺼내주며 울음을 그치도록 달랬는데, 그때로부터 지금 스물여덟 해가 되었구나!

어린 남동생의 심술과 장난, 그것을 따스하게 받아주는 누이. 비통한 죽음 앞에서 이런 정경을 떠올리는 연암의 마음은 아직도 여덟 살 소년의 그것이다. 발을 동동 구르며 심술을 부리는 모습을 떠올리다 보면, 눈물과 웃음이 뒤엉켜 가슴이 더욱 미어진다.

그럼, 이 대목에서 하필 그 추억이 떠올랐을까? 연암의 해명은 이렇다. "말을 세워 강 위를 멀리 바라보니, 붉은 명정은 바람에 펄럭거리고 돛대 그림자는 물 위에 꿈틀거렸다. 언덕에 이르러 나무를 돌아가더니 가리워져 다시는 볼 수가 없었다. 그런데 강 위 먼 산은 검푸른 것이 마치 누님의 쪽진 머리 같고, 강물빛은 누님의 화장거울 같고, 새벽달은 누님의 눈썹" 같았다고. 그래서 울면서 빗을 떨구던 일을 생각했노라고. 하긴 누이가 시집간 뒤에야 누이는 곤궁한 살림살이를 꾸려가느라, 동생인 연암은 연암대로 자기의 길을 가느라 분주했을 터이니, 남매가 오손도손 마주할 기회조차 마땅치 않았을 것이다. 그러니 서로의 길이 엇갈리던 '시집가는 날'의 추억이 가장 생생할밖에. 스물여덟 해 전의 추억을 마치 어제 일처럼 간직하고 있는 것도 감동적이지만, 그것을 죽음 앞에서 오롯이 드러내는 그 진솔함이야말로 이 글을 '불후의 명작'으로 만든 비결일 것이다.

이 묘지명이 잔잔하면서도 애잔한 화음으로 구성된 '서정적 비가'悲歌에 속한다면, 평생의 지기 홍대용의 묘지명은 굵직한 터치, 낮은 목소리로 구성되어 있다.

먼저 「홍덕보묘지명」은 여러 방식의 언표 배치가 중첩되는 독특한 형식을 취하고 있다. "덕보(홍대용)가 세상을 떠난 지 사흘이 지난 후에 어떤 사람이 사신 행차를 따라 중국에 들어가게 되었다. 그 행로가 삼하三河를 지나가게 되었는데, 삼하에는 덕보의 벗이 있으니, 이름은 손유의孫有義이고 호는 용주蓉洲이다." 연암이 바로 전해 북경에 들어갔을 때 방문했지만 만나지 못하고 돌아온 인물이다. 연암은 중국 가는 사람 편에 홍대용의 중국인 친구에게 그의 죽음을 알리고 있다. 금년 10월 23일 유시酉時에 갑자기 중풍으로 세상을 떠났는데, 아들 원은 통곡 중이라 정신이 혼미하여 대신 자신이 글을 올리니 부디 절강浙江에 두루 알려 죽은 이와 산 사람 사이에 한이 없게 해달라고.

왜 절강인가? 이미 밝혔듯이 거기는 바로 홍대용의 세 친구들의 고향이기 때문이다. 홍대용은 연암에 앞서 숙부를 따라 중국기행을 다녀왔다. 그때 유리창琉璃廠에서 육비, 엄성, 반정균 등을 만나 수만 마디의 필담을 나누면서 깊은 정을 쌓았다. 짧은 만남 뒤의 긴 이별! 단 한 번의 만남이었음에도 이들의 정은 말할 수 없이 돈독하여 그간 편지를 주고받은 것이 10여 권에 달하였다.

담담하게 친구의 죽음을 전하던 연암의 필치는 이들과의 교유를 다루면서 더 한층 웅숭깊어진다. 특히 클라이맥스가 홍대용과 엄성의 기이한 인연에 대한 것이다. 홍대용은 세 선비 가운데 특히 엄성과 의기투합하여 깊은 영향을 주고받았는데, 엄성은 복건福建에서 병이 위독하게 되자, 홍대용이 준 조선산 먹과 향기로운 향을 가슴에 품고 세상을 떠났다. 그리하여 먹을 관 속에 넣어 장례를 치렀는데, 절강의 사람들은 이 일을 두고 다투어서 시문을 찬술했다 한다. 반정균이 그 부고를 홍대용에게 알렸고, 홍대용은 이에 제문과 향을 부쳤는데, 그것이 도착한 날이 마침 엄성이 죽은 지 3년째 되는 대상大祥날이었다. 사람들이 모두 경탄하면서 '명감冥感이 닿은 결과'라고 하였다. 지극히 사랑한 친구의 죽음 앞에서 이렇듯 연암은 그의 삶을 이 세 친구들과의 국경을 넘는 우정으로 압축한 것이다. 족보니, 관직이니, 덕행이니 하는 따위는 그저 껍데기요 지리한 나열에 불과하다고 여긴 것일까. 어떻든 이 묘지명 또한 연암 산문의 정수이자 18세기가 낳은 명문이다.

그러나 연암의 묘지명들은 아름다운 만큼이나 시대의 통념과 충돌했다. 연암의 처남이자 벗이었던 이재성李在誠은 연암의 큰누이 묘지명에 대해 이렇게 평했다. "마음의 정리에 따르는 것이야말로 지극한 예라 할 것이요, 의경을 묘사함이 참 문장이 된다. 글에 어찌 정해진 법식이 있으랴! 이 작품은 옛사람의 글로 읽으면 마땅히 다른 말이 없을 것이나, 지금 사람의 글로 읽는다면 의심이 없을 수 없으리라. 원컨대 보자기에 싸서 비밀로 간직할진저."

이건 또 웬 '봉창 두드리는' 소린가? 참된 문장이라 의심받을 수밖에 없다니! 요컨대 연암의 묘지명들은 매혹적인 만큼이나 '불온한' 것이었다.

잠깐 덧붙일 사항 하나. 연암처럼 태생적으로 밝고 명랑한 기질을 가진 사람이 이렇게 슬프도록 아름다운 '장송곡'을 썼다는 건 어떻게 이해해야 할까. 언뜻 어울리지 않는 것처럼 보이지만, 다른 한편 매우 자연스러운 것이기도 하다. 슬픔의 밑바닥을 본 자만이 유쾌하게 비상할 수 있다는 점에서. 빛나는 명랑성과 깊은 애상은 상통하는 법, 니체의 아포리즘을 빌리면 '산정과 심연은 하나다'.

과연 그렇다. 앞서도 음미했듯이, 그의 묘지명들은 슬픔을 과장하지도 생경하게 토로하지도 않는다. 죽음을 그리는 그의 목소리는 때론 경쾌하고 때론 느긋하기까지 하다. 그런데 바로 그 때문에 오래도록 여운이 남는다. 그리고 그 여운은 깊은 울림으로 삶과 사유를 변환시킨다. 그런 역설이야말로 그의 원초적 명랑성이 지닌 저력이다. 다시 니체 식으로 말하면, '심해深海를 항해하고 돌아온 자만이 발산할 수 있는 강철 같은 명랑함', 바로 그것이 아닐지.

높고 쓸쓸하게

연암은 쉰을 넘어서야 비로소 벼슬길에 올라 선공감 감역, 안의현감, 면천군수 등을 지낸다. 그제야 철이 든 것일까? 그럴 리가! 사실은 먹고살기 위해서였다. 그래서 그의 만년은 더욱 쓸쓸하다. 체질에 맞지도 않는 직장생활(?)을 하고, 그 좋아하던 친구들은 하나둘 세상을 떠났으니.

그렇다고 그의 만년이 궁상맞은 건 결코 아니다. 가난이야 스스로 선택한 것이고, 비록 외부자로 떠돌았지만 마음가는 대로 살았으니 가슴속에 새삼 울울함이나 회한이 있을 리 없다. 그래서 그의 만년은 쓸쓸하면서도 여유롭다. 그 시절의 주요장면 몇 가지를 음미해 보자.

안의현감 시절 낮잠을 자다 일어나 슬픈 표정으로 "대나무 숲 속 그윽하고 고요한 곳을 깨끗이 쓸어 자리를 마련하고 술 한 동이와 고기, 생선, 과일, 포를 갖추어 성대한 술자리를 차리도록 하라!"고 분부를 내린다. 평복 차림으로 몸소 술잔에 술을 가득 따라 올린 후 한참 앉아 있다가 서글픈 기색으로 음식을 아전과 하인들에게 나눠주었다. 한참 뒤 아들이 그 연유를 묻자, 연암은 이렇게 답한다. "접때 꿈에 한양성 서쪽의 옛친구들 몇이 날 찾아와 말하기를 '자네, 산수 좋은 고을의 원이 되었는데 왜 술자리를 벌여 우리를 대접하지 않는가'라고 하더구나. 꿈에서 깨어 가만히 생각해보니 모두 이미 죽은 자들이었다. 마음이 퍽 서글프더구나. 그래서 상을 차려 술을 한잔 올렸다. 그러나 이는 예법에 없는 일이고 다만 그러고 싶어서 했을 뿐이니, 어디다 할 말은 아니다."

친구에 대한 그리움이 진하게 배어 있는 목소리다. 이렇듯 연암의 '친구 사랑'은 늘그막에도 그칠 줄 모른다. 관아 한 곳에 2층으로 된 창고를 헐어서 연못을 파고 물을 끌어들여 고기를 기르고 연꽃을 심어 즐기면서 술친구와 글친구를 불러들여 모임을 갖곤 했다. 정조가 이 말을 듣고 당시 검서관이었던 박제가에게 "박지원이 다스리는 고을에 문인들이 많이 가서 노닌다고 하는데, 너만 공무에 매여 가지 못하고 있으니 혼자 탄식하고 있었을 게다. 휴가를 내어 너도 한번 가보는 게 좋겠다"고 했다 한다. 국왕의 귀에 들어갈 정도로 이 모임이 유명했던 걸까? 아니면 소소한 일까지 국왕의 귀에 들어갈 정도로 그의 행적은 늘 주목의 대상이었던 걸까?

면천군수 시절, 마침내 천주교의 불똥이 그에게까지 미친다. 당시 서학西學이 8도에 번졌는데, 면천군도 마찬가지였다. 연암도 처음엔 신자들을 곤장으로 다스렸지만, 형벌로 다스리면 예수에 대한 절의를 지키려고 더더욱 뜻이 견고해진다는 것을 깨닫고는 곧 '작전'을 바꾼다. 그는 천주교 신자를 관아의 종으로 붙들어두고 매일 밤 업무를 파한 후 한두 명을 불러다 반복해서 깨우치고, 후회하는 것을 본 다음에야 풀어줬다고 한다. 재미삼아 말하자면, 신자들 입장에선 매맞는 것보다 더 심한 벌이 아니었을까. 날마다 똑같은 설교를, 그것도 연암처럼 기가 센 사람의 말을 들어야 한다는 건 생각만 해도 끔찍하다. 신앙으로 뜨거워진 가슴을 '썰렁한' 논변으로 식혀버리는 방편을 쓴 것이다. 어찌됐든 신유박해辛酉迫害 때 면천군은 피바람이 불지 않았다고 하니, 나름대로 이 작전이 주효하긴 했던가 보다.

당시에는 고을 원님이 하는 가장 주요한 일이 가뭄이나 기근 때 백성을 구휼하는 것이었다. 한번은 이웃 고을 관리로 있던 한 친구가 빈민구제로 고통을 호소하자, 이렇게 위문편지를 쓴다. "우리들이 하해河海와 같은 임금님의 은혜를 입어 갑자기 부자가 되어 뜰에다 수십 개의 큰 가마솥을 늘어놓고 얼굴이 누렇게 뜬 곤궁한 동포 1천 4백여 명을 불러다가 매달 세 번씩 함께 즐기니 이보다 더 큰 즐거움은 없을 거외다. 세상에 이만한 즐거움이 대체 어디 있겠소? 뭣 때문에 신세를 한탄하며 스스로 괴로워한단 말이오?"

라고. 짜증나는 업무를 축제의 장으로 바꿔버리는 능력! 여기서도 그의 빛나는 명랑성이 유감없이 발휘되고 있다.

고을을 다스리는 그의 통치철학은 지극히 단순명료하다. 첫째, 비록 내일 당장 그만두고 떠날지라도 늘 1백 년 동안 있으면서 그 고을을 다스린다는 마음가짐을 가져야 한다. 스피노자 식으로 말하면, 내일 당장 지구가 멸망해도 오늘 사과나무를 심어야 한다. 둘째, 그러나 "뜻에 맞지 않는 바가 있으면 헌신짝 버리듯 흔쾌히 그만두어야 한다". 요약하자면 머무름과 떠남에 집착과 주저함이 있어서는 안 된다는 것.

안의현감을 그만두고 몇 년 뒤 백성들이 송덕비를 세우겠다고 하자, "그런 일을 하는 건 나의 본뜻을 몰라서다. 더군다나 그건 나라에서 금하는 일이 아닌가? 그럼에도 너희들이 끝내 송덕비를 세우려 든다면 집안의 하인들을 보내 송덕비를 깨부셔서 땅에 묻어버린 다음 감영에 고발하여 주모자를 벌주도록 하겠다"고 했다. 연암다운 기질이 한껏 느껴지는 대목이다. 아무튼 연암의 만년은 이렇게 저물어 가고 있었다. 높고 쓸쓸하게.

"나는 너고, 너는 나다"

1800년 정조가 죽으면서 한 시대가 막을 내린다. 영조, 정조가 이끌었던 18세기는 조선사의 르네상스라 불릴 만큼 새로운 기운이 만개했었다. 그것이 두 왕의 영도력 때문인지는 따져봐야 할 터이지만, 어쨌든 18세기는 천재들이 각축하는 '기운생동'氣運生動의 장이었다. 19세기는 그와 달라서 모순과 갈등은 폭발하였지만 한없이 메마르고 노쇠한 징후가 두드러진다. 안동김씨 세력이 세도를 잡으면서 시파時派에 대한 벽파僻派의 공격이 시작되고, 천주교도에 대한 일대 탄압이 벌어지면서 정국은 걷잡을 수 없는 소용돌이로 빠져든다.

18세기를 특이한 연대로 만드는 데 있어 연암은 독보적 위상을 점한다. 연암이 없는 18세기는 상상조차 하기 어렵다. 그래서인가. 19세기가 되면서 연암도 생의 종점을 향해 달려가기 시작한다. 순조 즉위 후 강원도 양양부사로 승진했지만, 신흥사 중들과의 갈등 뒤에 노병을 핑계로 사직한다. 그후 서울 북촌 가회방 재동의 '계산초당'桂山草堂에서 조용히 말년을 보내던 연암은 풍비(중풍)가 위중해지자, 약을 물리치고 친구들을 불러 조촐한 술상을 차려 서로 담소하게 한 다음 그 말에 귀를 기울이면서 임종을 준비한다. 연암은 1805년 69세의 나이로 마침내 생을 마감한다. 유언은 '깨끗이 목욕시켜 달라'는 것뿐.

처남 이재성이 쓴 제문에는 "아아, 우리 공은 / 명성은 어찌 그리 성대하며 / 비방은 어찌 그리 많이 받으셨나요? / 공의 명성을 떠받들던 자라 해서 / 공의 '속'을 안 건 아니며 / 공을 비방하던 자들이 / 공의 '겉'을 제대로 본 건 아니지요"라고 했다. 그렇다. 누가 그를 제대로 알았으랴. 언젠가 연암은 크게 취해 자신을 찬미하여 이렇게 말한 바 있다.

내가 나를 위하는 것은 양주楊朱와 같고, 만인을 고루 사랑하는 것은 묵적墨翟과 같고 양식이 자주 떨어짐은 안회顔回와 같고, 꼼짝하지 않는 것은 노자老子와 같고 활달한 것은 장자莊子와 같고, 참선하는 것은 석가釋迦와 같고 공손하지 않은 것은 유하혜柳下惠와 같고, 술을 마셔대는 것은 유령劉伶과 같고 밥을 얻어먹는 것은 한신韓信과 같고, 잠을 잘 자는 것은 진단陳摶과 같고 거문고를 타는 것은 자상子桑과 같고 글을 저술하는 것은 양웅揚雄과 같고 자신을 옛 인물과 비교함은 공명孔明과 같으니, 나는 거의 성인에 가까울 것이로다. 다만 키가 조교曹交보다 모자라고 청렴함은 오릉於陵에 못 미치니 부끄럽기 짝이 없도다. (「소완정의 하야방우기에 화답하다」酬素玩亭夏夜訪友記)

약간은 장난기어린 이 취중언사는 연암의 자화상이기도 하다. 과연 그는 그렇게 살았다. 사랑하고, 가난하고, 고요히 머무르고, 술을 마시고, 배고프면 먹고, 졸리면 자면서. 양주도 되었다가, 안연도 되었다가 유령도 되었다가 양웅도 되었다. 그 무엇도 될 수 있었지만, 그 무엇도 아닌 존재.

연암의 바로 뒷세대 문장가인 홍길주洪吉周는 「독연암집」讀燕巖集에서 『연암집』을 읽은 소감을 이렇게 피력한 바 있다.

수십 년 전에 한 사람이 있어, 기운은 족히 육합六合을 가로지를 만하고, 재주는 천고를 능가할 만하며, 글은 온갖 부류를 거꾸러뜨릴 만하였다. 그가 세상에 살아 있을 때 내가 이미 인사를 통하였으나 미처 만나보지는 못하였고, 미처 더불어 함께 이야기를 나눠보지도 못하였다. 그런데도 내가 한스럽게 생각하지 않음은 무엇 때문인가? (……) 이제 내가 거울을 꺼내 지금의 나를 살펴보다가 책을 들춰 그 사람의 글을 읽으니, 그의 글은 바로 지금의 나였다. 이튿날 또 거울을 가져다 보다가 책을 펼쳐 읽어보니, 그 글은 다름아닌 이튿날의 나였다. 내 얼굴은 늙어가면서 자꾸 변해가고 변하여도 그 까닭을 잊었건만, 그 글만은 변하지 않았다. 그러나 또한 읽으면 읽을수록 더욱 더 기이하니, 내 얼굴을 따라 닮았을 뿐이다.

연암이라는 이름이 한 번도 나오지 않지만, 연암에 대해 가장 강렬하게, 그리고 풍부하게 말해주는 글이다. 육합을 가로지를 만한 기운, 천고를 능가할 만한 재주, 온갖 부류를 거꾸러뜨릴 만한 글. 그에게 연암은 거대한 봉우리였을 터, 그런데도 신기한 것은 읽으면 읽을수록 점점 더 자신과 닮아간다는 것이다. 내가 변하는 만큼 따라서 변해가고 닮아가는 텍스트. 어떻게 그럴 수 있단 말인가? 그러나 그게 바로 연암이다. 연암이라면 아마도 이렇게 말했으리라.

"나는 너고, 너는 나다."(『열하일기』「곡정필담」중에서)

2

1792년, 대체 무슨 일이?
『열하일기』와 문체반정

사건 스케치

1792년 10월 19일 정조는 동지정사冬至正使 박종악과 대사성大司成 김방행을 궁으로 불러들인다. 중국 서적 금지령을 강화하는 정책을 공표하기 위해서다. 패관잡기稗官雜記는 물론 경전과 역사서까지 모두 수입금지 조처가 내려진다. 문체반정文體反正의 서곡이 울린 것이다.

패관잡기란 '시중에 떠도는 까끄라기 같은 글'이란 뜻으로, 소설, 소품, 기타 잡다한 에세이류가 거기에 해당된다. 요즘으로 치면 베스트셀러 목록을 장식하는 글들에 해당되는데, 당시에는 천덕꾸러기 취급을 받은 것이다.

그럼 패관잡기는 그렇다치고, 경전과 역사서는 무슨 죄가 있다고? 그건 사대부들이 일생 연마해야 할 지식의 보고寶庫 아닌가? 그 명분이 참 희한하다. 중국판은 종이가 얇고 글씨가 작아 누워서 보기에 편하기 때문이라는 것. 성인의 말씀과 역사에 대한 기념비적 기록들을 감히 누워서 보다니! 말하자면 이 경우엔 내용이 아니라, '북 스타일'이 문제가 된 것이다. 두 케이스를 종합하면 정조의 문장관이 한눈에 집약된다. '클래식'에 속하는 책을 엄숙한 자세로 읽으라, 그러다 보면 저절로 그런 스타일의 글이 써질 것이라는 것. 독서와 문체란 이렇듯 신체의 규율과 뗄 수 없이 결합되어 있다. 물론 이것은 정조만이 아니라, 중세적 지식체계 전체를 관통하는 공통전제이기도 했다.

그렇다면 당시 정조가 꽤나 과격하게 보이는 정책을 공표한 이유는 그러한 배치에 균열이 일어났다는 걸 뜻하는 셈인가? 아마 그랬던 것 같다. 정조는 이미 오래전부터 조짐이 심상치 않음을 눈치채고 있었다.

> 명청明淸 이래의 문장은 험괴險怪하고 첨산尖酸함이 많아 나는 보고 싶지 않다. 요즘 사람들은 명청인의 문집 보기를 좋아하는데, 무슨 재미가 있는지 모르겠다. 아니면 재미가 있는데도 내가 그 재미를 알지 못하는 것인가?(『홍재전서』 161권, 『일득록』 1, 「문학」 1)

1784년의 기록이다. 이 단순한 언급에는 '절대 단순하지 않은' 내용들이 담겨 있다. 명청의 문집은 험괴하고 첨산하다. 근데 그런 문집들이 유행하고 있다. 왜 그런 걸 재미있게 읽는 걸까? 이건 사실 단순한 지시형 의문문이 아니다. '지존'의 위치에 있는 이가 '재미있는 이유를 모르겠다'는 건 '용납할 수 없다'는 뜻을 이미 그 안에 담고 있는 셈이다. 그런 점에서 이것은 일종의 '명령어'다. 하지만 '혹 내가 재미를 알지 못하는 것이 아닐까?'라고, 일말의 의구심을 남겨둔 건 아직 공권력 차원의 검열까지는 유보하겠다는 의사 표시이다.

이후 정조와 명청문집 사이의 팽팽한 줄다리기가 시작되었는데, 여기에 다소 엉뚱해 보이는 사건이 개입하면서 균형이 깨지게 된다. 1785년 이승훈, 정약전, 정약용, 이벽 등 남인의 자제들이 중인中人 김범우의 집에서 천주교의 교리를 토론하고 의식을 거행하다가 형조의 금리禁吏에게 적발된 사건이 일어난다. 이름하여 '추조(형조)적발 사건'. 서학이 학문이 아니라, 명백히 신앙으로 수용되었음을 확인시켜준 것이다.

정조는 이 사건을 축소하여 덮어주는 대신 중국 서적을 수입하지 말 것을 명령한다. 중국으로부터 서적이 유입되면서 사교邪敎가 퍼지게 되었다는 것이다. 천주교에 대한 화풀이를 엉뚱하게 명청문집에다 하다니. 사고는 남인南人이 쳤는데 불똥은 노론老論 문장가들에게 튄 셈이다.

사실 명청문집의 유행과 서학의 유포는 정조시대의 두 가지 뇌관이었다. 전자가 주로 연암그룹 및 노론 경화사족과 관련된 반면, 후자는 다산이 속한 남인 경화사족과 깊이 연계되어 있다. 그런데 정조는 일관되게 후자를 비호하는 한편, 전자에 대해서는 심하다 싶을 정도로 과민반응을 보였다.

그러던 중 급기야 1791년 진산에 사는 윤지충, 권상연이 조상의 신주를 불살라버린 사건이 일어난다. 그 신앙의 강도가 한층 고

조된 것이다. 두 장본인을 처형하고 천주교 서적을 압수하여 불사 르는 것으로 사건은 일단 종결되었다.

여기에 자극받은 때문일까? 이번에도 명청문집을 걸고 넘어 졌다. 그리고 이번에는 일회적인 엄포로 넘어가지 않았다. 10월 19 일 서곡이 울린 이후 문체를 둘러싼 소용돌이가 권력의 한복판에 서 거세게 몰아쳤다. 이른바 '문체반정'이란 이 시기를 전후해 일어 난 일련의 사건을 지칭하는 역사적 명칭이다. 반정의 총지휘자 정 조는 서적 수입금지를 강경하게 몰아붙이는 한편, 과거시험을 포 함하여 사대부 계층의 글쓰기 전반에 대한 대대적인 검열을 실시 한다.

> 성균관의 시험 답안지에 조금이라도 패관잡기에 관련되는 답이 있
> 으면 전편이 주옥같을지라도 하고下考로 처리하고, 이어 그 사람의
> 이름을 확인해 과거를 보지 못하도록 하여 조금도 용서가 없어야
> 할 것이다. (『정조실록』16년 10월 19일)

첫번째 희생타로 이옥李鈺과 남공철이 먼저 걸려들었다. 심각 한 국면이긴 하지만, 농담 한 마디. 이옥은 여성이 아니다. 문무자 文無子라는 좀 '썰렁한' 호를 가진 어엿한 남성이다. 이름이 하도 아 리따운 데다, 지명도가 낮아 가끔 황진이랑 비슷한 기생 출신이거 나 '조선 후기에 배출된 뛰어난 여성 문인인가보다'고 착각하는 이 들이 있어 하는 말이다. 하긴 생물학적으로는 남성이 틀림없지만,

글을 보면 '혹시 여자 아냐?' 하는 생각이 들 정도로 감성적 표현이 두드러진다. 말하자면 여성보다 더 여성적 비련과 애수를 잘 드러낸, 아주 특이한 작가이다.

그러니 그의 글이 정조의 눈에 어떻게 보였을지는 불 보듯 뻔한 일이다. 옷깃을 여미게 하는 이옥의 감수성이야말로 정조를 분노하게 했던 '난세번촉지성'亂世煩促之聲, 바로 그것이었다. 일단 그가 처음 받은 벌은 사륙문四六文 50수를 짓는 것. 매 맞는 거나 유배를 가는 것보다 낫다고 생각할지 모르겠으나, 문인들에게 있어 체질에 맞지 않는 글을 대량으로 써야 하는 것만큼 곤혹스러운 일도 없다. 이후 이옥의 궤적을 보면, 그가 얼마나 고통스러워 했을지 짐작하고도 남음이 있다. 이 벌을 통해 문체를 완전히 고쳤음이 보증되어야 과거에 응시하는 것을 허락받을 수 있었다니, 지금으로 치면 일종의 전향서 비슷한 걸 요구했던 셈이다. 이옥은 한낱 새파란 유생儒生이었던 데 비해, 남공철은 정조의 스승 남유용의 아들이자 고위관료였다. 그에게는 반성하기 전에는 경연經筵에 나오지 말라는 조처가 내려졌다.

그 다음에 걸려든 인물이 이상황李相璜과 김조순金祖淳인데, 이들의 경우는 약간 코믹하다. 문체반정이 일어나기 몇 해 전인 1787년, 두 사람은 예문관에서 숙직하면서 당송唐宋시대의 소설을 보다가 발각되어 질책을 받은 적이 있다. 한마디로 소설에 빠진 인물들로 분류된 것이다. 실제로 이상황은 밥 먹을 때에도, 측간에 가서도 소설을 손에서 떼지 못할 정도로 '소설광'이었다고 한다. 요즘으로 치면 '마니아'인 셈이다. 그런 처지니 마침내 근무를 하면서도 소설을 보다 국왕에게 들키는 해프닝이 벌어진 것이다. 소설은 이미 그 이전에도 여러 번에 걸쳐 금수령禁輸令이 내려진 바 있다. 하지만 금기의 벽이 높으면 높을수록 몸은 더 달아오르는 법. 소설은 사라지기는커녕, 이렇게 고위관료들에게까지 퍼져 나갔던 것이다. 이미 지나간 일을 들춰내 죄를 묻는 건 이런 말폐가 여전히 차단되지 않았다고 보았기 때문이다. 둘 다 반성문을 써올리라는 조처가 내려졌다.

이러한 조치와 함께 정조는 성균관 유생들을 대상으로 자신의 전교를 따르지 않는 자가 있으면 ①선비들이 모이는 곳에 죄과를 쓴 판자를 매달아 둘 것, ②심한 자는 북을 치며 성토하게 할 것, ③더 심한 자는 매를 치고 사실을 기록하여 괄목할 만한 실효가 있도록 할 것을 지시하고, 자신이 결정한 사항을 대과大科 및 소과小科의 과거 규정에 기록해둘 것을 예조에 명령했다. 아예 과거에 입문하기 전 유생 시절부터 단단히 길을 들이겠다고 내외에 천명한 것이다.

정조의 이런 공세적 조처에 대해 반발이 없을 리가 없다. 부교리 이동직李東稷의 상소가 올려졌다. 소론 출신인 그는 이 찬스를 놓치지 않고 남인의 서학까지 문제의 전면에 내세웠다. 즉, 그는 남인의 영수 채제공蔡濟恭과 이가환李家煥을 겨냥하면서, 남인들의 학문 또한 대부분 이단사설이고 문장 역시 패사소품을 숭상할 뿐이라고 역공세를 취했다. 그러나 뜻밖에도(혹시나 했더니 이번에도 역시!)

정조는 이가환이 '초야의 신세'로 불쌍하게 자라서 그런 거라고 감싸주면서 이동직의 상소를 기각했다. 서학으로 향하는 시선들을 계속 패사소품에 묶어놓음으로써 노론 벌열층을 길들이고, 그에 기반하여 남인과 노론 사이의 세력 균형을 유지하는 것이 바로 정조의 정치적 포석이었던 것이다. 박제가, 이덕무 등 소품의 명인들도 당연히 이 그물망에 걸려들었지만, 그들은 어디까지나 '서얼'이다. 다시 말해 권부의 수뇌들이 아닌 것이다. 자송문自訟文을 지어 바치는 정도로 그친 것도 그런 맥락에서다. 그런 점에서 이 사건은 정조시대의 첨예한 쟁점들을 다양한 각도에서 보여주는 '프리즘'이라 할 만하다.

이 사건의 가장 큰 희생양은 뭐니뭐니해도 이옥이다(이옥에 대해서는 채운, 『글쓰기와 반시대성, 이옥을 읽는다』를 참조할 것). 이옥은 사대부에 속하긴 하나, 당파도 정확히 분류되지 않을 정도로 가문이 미미했다. 당연히 과거를 통과하지 않고서는 비빌 언덕이 없는 처지였다. 벌을 받은 이후에도 거듭 '트라이'를 해보았지만, 계속 문체가 불온하다고 찍힌다. 성적은 우수하나 '불량끼'가 농후하다는 것이다. 기어이 충군充軍, 즉 군복무에 처해지는 벌을 받아 유배를 당하기도 하는 등 수난이 끊이지 않았다. 하지만 끝내 '제 버릇 남 못 줘서' 영영 과거에 입문하지 못한다. 문체반정으로 인해 그야말로 '비련의 주인공'이 된 것이다.

다른 인물들의 경우는 반성문을 쓰거나 문체적 전향(?)을 표명한 덕분에, 대부분 영달榮達의 코스를 밟는다. 정조가 '개전改悛의

정'이 뚜렷한 인물들에게는 확실하게 뒤를 밀어주는 노회함을 발휘했기 때문이다. 변절자들이 한술 더 뜬다고 문체반정 때 요주의 대상이었던 인물들이 이후에는 소품이나 소설에 대해 맹공을 퍼붓는 장면이 속출하기도 한다. 씁쓸하기 짝이 없다.

이렇듯 문체반정이 피 튀기는 정쟁은 아니었으나, 그 파장은 가혹했다. 정조시대 이후 새로운 문체적 실험이 완전히 중단되었기 때문이다. 19세기는 지성사적 측면에서는 '암흑기'라 해도 좋을 정도로 황량하기 그지없다. 피를 흘리지도, 경제적 제재를 가하지도 않았건만 지식인들은 자기검열을 통해 스스로를 길들여 갔던 것이다.

그렇다면 우리의 주인공 연암은 이 사건의 어디쯤에 있었던가? 그는 당시 소용돌이의 한가운데 있지도 않았고, 이후에도 그 영향권에서 벗어나 있었다. 그런데도 핵심배후로 지목되었다. 어떻게 그럴 수가? 그 미스터리에 접근하기 전에 체크해야 할 사항 두서너 가지가 있다.

문체와 국가장치

연산군을 폐위시킨 중종반정이나 광해군을 실각시킨 인조반정, 그리고 문체반정. 조선사를 장식하는 '반정'은 이 세 가지가 전부다. 물론 앞의 두 가지와 나머지 하나 사이에는 깊은 단절이 있다. '유혈의 쿠테타'와 무혈의 '문화혁명'(?)이라는 점 말고도, 중종반정이나 인조반정은 권력 밖의 집단이 거사를 일으킨 데 비해, 문체반정은 국왕이 직접 나서서 사건을 주도했다는 점에서 특히 그러하다.

정조는 세종과 더불어 조선의 역대 왕들 가운데 가장 지적인 통치자였다. 184권 100책에 이르는 개인 문집 『홍재전서』弘齋全書가 단적인 증거다. 경전과 역사에 대한 방대한 섭렵 및 주도면밀한 주석은 타의 추종을 불허할뿐더러, 왕실 아카데미인 규장각을 설치하여 신료臣僚들에게 직접 강의를 주도할 정도로 박학다식했다. 수시로 신하들을 경연에 불러모아 시문을 짓는 과제를 내곤 했으니, 신하들 입장에선 꽤나 피곤했을 것이다.

곰곰이 따져보면, 정조가 아니고는 당시 유행하는 문체가 불온하다는 것을 감지하기도 쉽지 않았을 것이다. 산림처사로부터 도학적 훈육을 받기에 급급했던 여타 평범한 왕들로서야 무슨 안목으로 시정에 유행하는 문체가 순정한지 타락한지 알아차릴 수 있었겠는가. 그러니 문체반정은 순전히 정조시대의 산물인 셈이다.

그렇다면 대체 문체가 통치와 무슨 연관이 있길래 국왕이 손수 검열을 진두 지휘한단 말인가? 문체는 한 시대가 지니는 사유체계 및 인식론의 표현형식이다. 그것은 단지 내용을 담는 그릇이나 매개가 아니라 내용을 '선규정하는' 표상의 장치이다. 중세 유럽의 '대학'에서 '수사학'修辭學을 주요과목으로 설정한 것을 떠올리면 일단 감이 잡힐 것이다. '어떤 어조와 제스처를 쓸 것인가' 혹은 '어떤 장식음을 활용할 것인가' 하는 따위는 단순히 테크닉이 아니다. 그런 테크닉을 숙련하는 과정 자체가 앎의 경계를 결정한다. 말하자면, 문체는 사유가 전개되는 '초험적 장'인 셈이다.

좀더 비근한 예를 들면, 지금 대학에서 양산하는 학문체계는 논문이라는 표현형식을 모든 구성원에게 부과한다. 그러므로 학위를 따기 위해서는 대학이 부과하는 규범화된 언표체계를 습득해야만 한다. 예컨대 '서론·본론·결론으로 구성되어야 하며, 서론에선 문제제기를 하고 연구사를 정리한 뒤 연구방법을 제시한다, 또 결론에선 본론 내용을 정리하면서 남는 과제를 제시한다'는 식으로. 사용되는 문장형식도 몇 가지로 정해져 있다. 이런 틀에 맞추려면 당연히 담을 수 있는 내용도 한정될 수밖에 없다. '그 나물에 그 밥'. 이 체계를 일탈하는 순간 그것은 지식의 경계 밖으로 축출된다.

만약 논문에 네티즌들 사이에서 주고받는 문체를 사용했다고 하자. 아예 논문 제출 단계에서 잘리고 만다. 그 정도까지 갈 것도 없이 약간만이라도 '아카데믹한' 어법에서 벗어나면, 당장 제동이 걸리는 게 대학의 현실이다. 나 역시 그런 일을 숱하게 겪었다. 학위논문이 아니라, 리포트 수준에서도 좀 개성있는 문장을 시도해 볼라치면, 가차없이 '그건 비평체 아냐' 하는 질책을 받아야 했다 (비평이 뭐 어때서?). 그러니까 대학에서는 비평 스타일조차도 허용할 수 없었던 것이다. 지금도 사정이 크게 달라진 거 같진 않다. 문체야말로 체제가 지식인을 길들이는 가장 첨단의 기제라는 사실을 충분히 인지하고 있기 때문이다. 물론 바로 그런 이유 때문에 문체는 지배적인 사유를 전복하기 위해서는 반드시 넘어서야 할 '문턱'이기도 하다.

조선시대에는 고문古文이 바로 그런 역할을 담당했다. 태어나서 문자를 익히기 시작하는 순간부터 모든 지식인들은 고문을 습득하기 위한 훈련에 진입한다. 앎은 곧 고문으로만 표현되어야 하기 때문이다. 육경六經의 문장과 사마천과 반고로 대표되는 선진양한先秦兩漢의 문장 및 한유와 소식 등 당송唐宋 팔대가의 문장이 바로 거기에 해당된다. 이것은 사대부들의 사유 및 신체를 이 표상의 범위 안에 묶어 놓는다는 점에서 체제를 유지하고, 지배적인 담론을 재생산하는 유효한 장치로 기능하였다. 고古란 무엇인가? 중국의 고대이다. 고문이란 그때 완성된 문장의 전범들이다. 즉 시간적으로는 아득한 옛날, 공간적으로는 저 중원땅을 향하게 함으로써 '지

김홍도의 「규장각도」 규장각은 정조가 설치한 왕실 아카데미다. 정조는 재야에 숨은 인재들을 이곳으로 불러모아 '왕도정치'를 위한 개혁 프로젝트를 추진했다. 연암그룹에 속했던 서얼 출신의 인물들 즉 이덕무, 박제가, 유득공 등이 규장각 검서관을 지낸 바 있다.

금, 여기'를 돌아보지 못하게 만드는 교묘하면서도 집요한 습속의 장치! 그것이 바로 고문이었다.

그런데 이 견고한 장치에 균열의 조짐이 보이기 시작한다. 명말청초의 문집이 유입되면서 고문과는 전혀 다른 '이질적인 언표'들이 번성하게 된 것이다. 소품문小品文, 소설小說, 고증학考證學 등이 바로 그것들이다.

내 일찍이 소품의 해는 사학邪學보다 심하다 했으나 사람들은 정말 그런지 몰랐다. 그러다가 얼마 전의 사건이 있게 된 것이다. 사학을 물리쳐야 하고 그 사람을 죽여야 한다는 것을 사람들은 쉽게 알 수 있다. 하지만 이른바 소품이란 문묵文墨 필연筆硯 사이의 일에 불과하기 때문에, 연소하고 식견이 천박하며 재예가 있는 자들은 일상적인 것을 싫어하고 신기한 것을 좋아하므로 서로 다투어 모방하여 어느 틈엔가 음성淫聲 사색邪色이 사람의 심술을 고혹시키게 되는 것이다. 그 폐단은 성인을 그릇되이 여기고 경전에 반대하며 윤리를 무시하고야 말 것이다. 더욱이 소품의 일종은 명물고증학으로 한 번만 변하면 사학에 들어가게 된다. 그러므로 나는 사학을 제거하려면 마땅히 먼저 소품을 제거해야 한다고 말하는 것이다. (『홍재전서』 164권, 『일득록』 4, 「문학」 4)

정조의 논리는 간단명료하다. 소품을 읽다 보면 경학을 벗어나게 되고, 그러다 보면 윤리를 무시하게 되어 마침내 삿된 학문에

물들게 된다는 것. 소품의 경박하고 참신함에 사람들이 금방 '혹하게' 되기 때문이다. 그런 점에서 이데올로기를 표면에 드러내는 사학邪學보다 교묘하게 스며들어 사람들을 어지럽게 만드는 소품체가 훨씬 더 위험하다.

그러면 소설은 또 왜 그런가? 소설은 일단 그 허구성이 용서받기 어려웠다. 지금 우리의 기준으로는 허구성이야말로 문학적 글쓰기의 기본이지만, 그 당시에는 허구란 곧 황탄한 속임수를 의미했다. 우주의 비의, 천하의 도를 탐구하는 경학의 관점에서 보면, 소설처럼 얄팍하게 꾸며낸 이야기는 세상을 어지럽히는 사기술에 불과하다. 사실이 그렇기도 했다. 거기에 빠지면 아무도 못 말리게 된다. 실제로 당시에 이상황 같은 마니아들이 속출했던 것 같다. 소설에 빠져 패가망신한 에피소드들도 적지 않고, 대표적인 소품작가이자 문체반정의 대상이었던 이덕무조차도 소설을 '바둑, 여색, 담배'와 나란히 놓으면서 "내가 자제들을 가르친다면 이 네 가지를 못하도록" 하겠다고 했을 정도니. 덧붙이자면, 다소 역설적이긴 하나 이덕무는 대표적인 '소설 폐지론자'로 꼽히는 인물이다.

물론 이러한 분위기가 유포된 것은 중국사에서도 '절대기문'絶對奇文이라 할 만한 작품들이 대량으로 수입되었기 때문이다. 『금병매』, 『수호지』, 『삼국지연의』, 『서유기』 등 지금도 여전히 인기를 누리고 있는 작품들이 물밀듯이 밀려 온 것이다. 요즘 말로 하면 '초대형 블록버스터들'이 몰려온 셈인데, 웬만큼 사상무장을 하지 않고서야 이런 작품들의 유혹에서 벗어나기가 쉽지 않았을 것이다.

"『금병매』가 한 번 나오니 음란을 조장함이 컸다. 소년들이 이 책을 보지 못하면 큰 수치로 여기니 해毒가 또한 크다"고 한 이덕무의 언급이 저간의 사정을 대충 짐작케 해준다. 그러므로 "소설은 인심을 고혹시키므로 이단과 다를 것이 없다"는 정조의 언명이 단순한 '엄포용'만은 아니었던 것이다.

고증학의 폐해도 비슷하다. 고증학이란 말 그대로 옛 문헌을 읽되, 글자 하나하나를 엄밀하게 고증하는 것에 주력하는 학문이다. 정조가 판단하기에는 거기에 골몰하다 보면 시야가 한없이 좁아져 경전과 역사가 제시하는 비전을 간과하게 되고 만다.

결국 정조가 반정反正, 곧 '바른 곳으로 되돌린다' 할 때의 정正의 의미는 간단하다. 우주와 역사에 대한 깊고도 원대한 사유, 중후한 격식을 갖춘 문장이 바로 그것이다. 경학의 고문古文이 바로 그 완벽한 모델이다. 소품은 경박한 스타일 때문에, 소설은 황당무계한 허구성 때문에, 고증학은 쪼잔한 시야 때문에 고문의 전범들을 와해시킬 우려가 있다.

그런데 다양한 흐름이 좌충우돌하긴 했지만, 정작 창작의 차원으로 들어가 보면 빈약하기 이를 데 없다. 즉 중국처럼 초대형 장편소설들이 탄생하지도 않았고, 고증학의 흐름 역시 별반 대단치 않았다. 판소리계 소설이 크게 번성하긴 했지만, 중국 소설들과 비교하면 그야말로 '단편'에 불과하다. 결국 18세기 조선에서 성행한 문체적 실험은 소품문이다. 실타래처럼 얽히고설킨 쟁점들을 풀어헤쳐 보면, 정조와 일군의 지식인들 사이에 벌어진 격돌은 '고문 대 소품문'의 대결로 압축된다. 연암과 그의 친구들이 바로 그 전선 한가운데에 있었다.

대체 소품문이 뭐길래!

이 세상 사람들을 내 살펴보니	我見世人之
남의 문장을 기리는 자는	譽人文章者
문文은 꼭 양한兩漢을 본떴다 하고	文必擬兩漢
시詩는 꼭 성당盛唐을 본떴다 하네	詩則盛唐也
비슷하다는 그 말 벌써 참이 아니라는 뜻	曰似已非眞
한당이 어찌 또 있을 리 있소	漢唐豈有且
……	
내 또한 이와 같은 기림을 듣고	我亦聞此譽
갓 들을 땐 낯가죽이 에이는 듯싶더니	初聞面欲刷
두번째 듣고 나니 도리어 포복절도	再聞還絶倒
여러 날 허리 무릎 시큰하였다네	數日酸腰膝
이름이 널리 알려질수록 더욱 흥미 없어	盛傳益無味
밀 조각을 씹은 듯이 도리어 맛이 없더군	還似蠟札齟

(「좌소산인에게 주다」贈左蘇山人)

연암이 지은 「좌소산인에게 주다」라는 시의 한 대목이다. 양한은 사마천과 반고의 문장, 성당은 한유와 유종원 등의 시, 한마디로 고문을 말한다. 연암 역시 젊어서는 이런 문체적 규범을 열심히 따랐고, 세인들로부터 훌륭하다는 칭찬을 들었다. 그러나 그것은 살아 있는 문장이 아니었다. 밀랍을 씹는 듯했고, 사모관대를 하고 죽은 시체와 같았다. 앙상한 규범으로만 존재하는 문장에 어떻게 천지자연과 삶의 생동하는 호흡을 불어넣을 것인가? 이것이 연암을 위시한 18세기 신지식인들의 시대적 화두였다. 그리고 그 대안으로 부상한 것이 소품문이다.

소품이란 말 그대로 짧은 글이다. 우선 고문이 지닌 불필요한 긴호흡을 한칼에 잘라버림으로써 그 위압적인 무게를 해체해버린다. '나비처럼 날아서 벌처럼 쏘는' 게 소품의 전략이다. 그러기 위해서는 뛰어난 기지와 창발성이 받쳐주어야 한다. 단순히 글재주로만 되는 것은 더더욱 아니다. 삶 자체가 그대로 글이 되어야 비로소 가능한 스타일, 그것이 바로 소품체다. 그래서 소품문이 번성했다는 것은 새로운 삶과 사유로 무장한 신지식인들이 출현했다는 의미가 되기도 한다.

시야를 더 넓혀보면, 이런 방식의 모색에는 명말청초 양명좌파陽明左派들의 사유가 깊이 각인되어 있다. 양명학은 주자학과 더불어 중국 철학사의 양대산맥이다. 주자학의 성性과 리理에 맞서 심心, 양지良知 등의 개념을 창안해냈다. 체계적인 학습보다 주체의 실천성, 지행합일 등을 강조하는 까닭에 유학자들로부터 불교에 침

윤되었다는 비난이 끊이지 않았다. 주자와 동시대 논적이었던 육상산陸象山에 의해 처음 제기되었으나, 본격적인 틀을 갖추게 된 건 명말의 왕양명王陽明에 의해서다. 육상산과 왕양명을 합쳐 육왕학陸王學이라고도 한다.

왕양명 사후 제자들에 의해 분파가 구성되는데, 특히 불교와 도교까지를 넘나들면서 중세적 구도를 전복하고자 했던 쪽을 양명좌파라고 부른다. 이탁오가 그 대표적인 인물이다. 자신의 책 제목을 '분서'焚書: 태워버려야 할 책, '장서'藏書: 깊이 숨겨두어야 할 책라고 이름 붙일 만큼 그의 사유는 도발적이었다. 당연히 그는 이단으로 몰려 수난을 겪다가 '풍속사범'으로 감옥에서 비참한 최후를 맞는다. 그의 사상 역시 이단으로 몰려 아예 유학의 계보에서 축출되었지만, 그의 이론은 공안파公安派의 문학이론을 통해 세상에 널리 유포되었다. 주자학이 압도했던 조선에서는 양명학 자체가 금기시되었기에 조선에 들어온 것은 바로 이 공안파의 문학이론이다. 특히 원굉도의 문집『원중랑집』袁中郞集이 유포되면서 지식인들 사이에 관습적 인용을 참신한 언어로 재구성하는 '소품체 신드롬'이 일어나게 된다. 그 가운데서도 대표주자라면, 단연 이옥과 이덕무가 '일순위'로 꼽힐 것이다.

어린아이가 거울을 보다가 깔깔대며 웃는다. 뒤쪽까지 터져서 그런 줄로만 알고 급히 거울 뒤쪽을 보지만 뒤쪽은 검을 뿐이다. 그러다가 또 깔깔 웃는다. 그러면서도 어째서 밝아지고 어째서 어두워지는지는 묻지 않는다. 묘하구나, 구애됨이 없으니 스승으로 삼을 만하다. (『선귤당농소』)

문인이나 시인이 좋은 계절 아름다운 경치를 만나면 시 쓰는 어깨에선 산이 솟구치고, 읊조리는 눈동자엔 물결이 일어난다. 어금니와 뺨 사이에서 향기가 일고, 입과 입술에선 꽃이 피어난다. 그러나 조금이라도 분별하여 따지는 마음을 숨김이 있으면 크게 흠결이 된다. (『이목구심서』)

둘 다 이덕무의 것이다. 앞의 글은 어린아이의 발랄함에서 때 묻지 않은 자재로움을 보는 것이고, 뒤의 글은 시인과 경치가 어우러져 어깨가 산이 되고 얼굴이 꽃이 되는 '무아'無我의 경지를 간결하게 제시하고 있다. 들뢰즈/가타리 식으로 말하면, '산-되기' '꽃-되기'를 말하고 있는 것이다.

삼가三嘉에 묏자리를 함께한 열 개의 봉분이 있었다. 전하는 말에, '어떤 여자가 시집을 가서 곧 과부가 되어, 장례를 지내고 또 시집가서 다시 과부가 되니 아홉 번 시집을 가서 아홉 번 과부가 되었다. 이에 아홉 지아비를 한 곳에 나란히 묻어두고 자기가 죽어서 옆에 묻히어 모두 열 개의 봉분이 되었다'고 하니, 또한 기이하다. 부장附葬제도가 있은 이래로 이런 경우는 없었다. 다만 구원九原; 무덤에서 다시 살아난다면 누구와 함께 살아갈 것인지 알 수 없다.

(「구부총」九夫冢)

이옥의 『봉성문여』鳳城文餘 67편 가운데 하나다. 삼가에 유배되었을 때 그곳 풍속을 두루 스케치한 글을 모은 것이다. '문여'文餘란 문文의 나머지, 곧 정체正體가 아닌 '자투리글'이란 뜻이니 소품의 다른 이름인 셈이다. 이 글은 제목부터가 충격이다. 구부九夫, 곧 아홉 지아비라니, 속된 말로 상부살喪夫煞이 낄 대로 낀 과부를 다루고 있는 것이다. 판소리 여섯 마당 가운데 「변강쇠 타령」이란 작품이 있다. 작품의 여주인공인 옹녀는 상부살을 타고나 지아비들이 줄초상이 날 뿐 아니라, 가슴만 만져도, 손목만 쥐어도, 나중엔 아예 치마만 스쳐도 남자들이 '급살'을 맞는다. 과장이 좀 심하다 싶었는데, 이 글을 보니 그렇지만도 않은 것 같다. 이 여인의 팔자 또한 옹녀 뺨치는 수준 아닌가.

물론 여기서 주목해야 할 것은 그런 기구한 여인네의 운명을 주목하는 이옥의 시선이다. 이옥은 특이하다 할 정도로 '팔자 기박한' 여인네들의 삶과 비애를 즐겨 다루었다. 비극적인 러브 스토리를 다룬 소설 「심생전」沈生傳은 지금까지도 독자들의 심금을 울린다. 아마도 중세적 글쓰기의 장에서 여성적 목소리가 가장 다양하게 흘러넘친 건 단연 이옥의 글에서라고 할 수 있을 것이다. '여성-되기', 혹은 '슬픈 사랑기계', 이옥!

그리고 그건 단순히 이옥이라는 남성의 '트랜스 젠더'적 기질의 소산만은 아니다. 그는 『이언』俚諺에서 단호하게 선언한다. "대저 천지만물에 대한 관찰은 사람을 관찰하는 것보다 더 큰 것이 없고, 사람에 대한 관찰은 정을 살펴보는 것보다 더 묘한 것이 없고, 정에 대한 관찰은 남녀의 정을 살펴보는 것보다 더 진실된 것이 없다"고. '남녀의 정'을 단지 하위개념에 묶어두거나 아니면 아예 봉쇄시켜버리는 중세 철학의 구도를 단숨에 전복하고 있는 것이다.

이처럼 이덕무나 이옥의 문장들은 짧은 건 두세 줄, 길어야 한 페이지를 넘지 않는 소품들이지만, 중세적 사유의 뇌관을 터뜨릴 만한 폭발적인 에너지를 내장하고 있다. 무엇보다 상투성의 더께가 내려앉은 고문의 틀에서 벗어나 눈부신 생의 경계를 포착하고 있다는 점에서 그렇다. 어린아이, 여성, 예인藝人 등 '소수적인' 존재들에 주목하는 것도 같은 맥락에 있다. 이처럼 한편으론 기존의 중심적 가치를 전복해버리고, 다른 한편으론 전혀 포착되지 않았던, 즉 중세적 표상 외부에 있는 사물들을 문득 솟구치게 하는 것이 바로 소품의 위력이다. 그런 점에서 소품문은 '잃어버린 사건들', '봉쇄되었던 목소리들'이 각축하는 향연장이라 할 수 있다.

그런 점에서 소품은 길이가 짧다는 것뿐 아니라, 자질구레한 사물들을 다룬다는 뜻도 함께 지니고 있다. 이를테면 이런 것이다. "어린아이가 울고 있는 것"과 "시장에서 사람들이 사고파는 것", "사나운 개가 서로 싸우는 것"과 "교활한 고양이가 재롱을 떠는 것", "봄 누에가 뽕잎을 갉아먹는 것"과 "가을 나비가 꽃 꿀을 채집하는 것" 등등. 그것들은 "지극히 가늘고 적은 것"이지만 무궁한 조화의 표현이다. 미세한 차이들이 살아 숨쉬고 있기 때문이다. 즉

"홀로 봄숲에 우는 새는 소리마다 각각 다르고, 해시海市에서 보물을 살펴보면 하나하나가 모두 새롭다". "그러므로 하늘과 땅 사이에 가득 찬 모든 것이 다 시"(박제가)가 되는 것이다.

이옥의 작품 가운데 「시기」市記라는 글이 있다. 삼가현이라는 시골의 장터를 점사点포의 작은 창구멍을 통해 살펴보는 것이 주내용이다. "소와 송아지를 몰고 오는 자, 두 마리 소를 끌고 오는 자, 닭을 안고 오는 자"로 시작하여, "청어를 묶어서 오는 자, 청어를 엮어서 늘어뜨리고 가져오는 자" "손을 잡아끌면서 희희덕거리는 남녀" "넓은 소매에 긴 옷자락 옷을 입은 자, 솜도포를 위에 입고 치마를 입은 자" 등등 별의별 인간군상을 한없이 늘어놓는다. 주제는? 없다. 그저 세모歲暮에 무료함을 달래기 위해 책상에 엇비슷이 기대어 시장의 모습을 엿보고 있을 따름이다. 이 경우 소품이란 미시적인 세계를 집요하게 드러내는 것 자체가 목적이 된다.

그러나 정조의 입장에서 보면, 이런 자질구레한 것들은 문장의 대상이 될 수 없다. 문장이란 무릇 저 천상의 가치, 곧 천고의 역사와 우주의 이치를 논하는 것이어야 한다. 그런데 소품문들은 지극히 섬세한 정감의 떨림을 드러내 사람들로 하여금 한없는 슬픔에 잠기게 하지 않으면, 작고 미세한 것들을 밑도 끝도 없이 주절대 시선을 흩어버리지 않는가. 이런 데 빠져들면 사대부들의 존재근거는 위태롭기 그지없다. 고문으로 표상되는 거대담론이 사라진다면, 사士계급은 대체 무얼 의지해 통치이념을 구축한단 말인가. 그의 안목은 틀리지 않았다. '작은 것들의 향연' 속에서 고문의 권위는 차츰 해체되어 갔다.

배후 조종자답게 연암은 도도한 어조로 당시의 배치를 이렇게 묘파한다. "비슷하다는 그 말 벌써 참이 아니라는 뜻" "눈앞 일에 참된 흥취 들어 있는데 / 하필이면 먼 옛것을 취해야 하나" "반고나 사마천이 다시 태어난다 해도 / 반고나 사마천을 결단코 모방 아니 할 걸" 어설프게 고문을 본뜨지 말고 지금 눈앞에 펼쳐지는 '삼라만상'森羅萬象에 눈뜨라는 것이다. 사마천과 반고의 문장이 위대한 건 바로 그런 경지를 확보했기 때문인데, 그걸 보지 못하고 그저 베끼기에만 골몰하다니. 그들이 만약 다시 태어난다면, 그들은 지금 시대에 맞는 전혀 새로운 문장을 만들지, 예전 자신들이 썼던 문장을 본뜰 리가 없다. 그건 이미 지난 시대의 문장이기 때문이다. 그러니 "지금 때가 천근淺近하다 이르지 마소 / 천 년 뒤에 비한다면 당연히 고귀하리."(「좌소산인에게 주다」).

'연암체'

물론 고문파의 반격도 만만치 않았다. '문체반정'은 국왕이 나서서 치른 공공연한 대결의 장이었다 치더라도, 미시적 차원에서의 충돌 또한 그 못지 않았다. 처남 이재성이 쓴 연암의 제문에는 그런 정황이 이렇게 표현되어 있다. "말세의 문인들은 / 고문을 짓는다고 스스로 뽐내며 / 거칠고 성근 것을 답습하고 / 껍데기와 찌꺼기를 본뜨면서 / 깨끗하고 질박한 양 착각하나 / 실은 너절하고 진부하기 짝이 없지요 / 공은 이 풍속 고치려다 / 오히려 사람들의 분노를 샀었지요." 그리고 그것은 "흡사 위장병 환자가 맛있는 음식을 꺼리는 것과 같고, 눈병 앓는 환자가 / 아름다운 무늬를 싫어하는 것과 같"았다고.

과연 그러했다. 환자들이 몸에 이로운 것을 꺼리듯이, 고문파들은 싱싱하게 살아 움직이는 문장들을 견디지 못했다. 그리고 그 속내를 들춰보면, 그건 이미 논리와 설득의 차원을 넘어서 이권과 영역을 사수하기 위한 '이전투구'泥田鬪狗의 양상을 띠게 된다. 연암에 대한 숱한 비방들은 그런 점에서 지극히 자연스러운 것이기도 하다.

그런데 더 중요한 건 연암의 글이 단지 소품체가 아니라는 데 있다. 연암 역시 소품에 능했고, 촌철살인·포복절도의 짧은 아포리즘을 즐겨 구사했지만, 그렇다고 연암의 문체적 실험이 소품으로 수렴되는 것은 결코 아니다. 그에게 진정 중요한 것은 소품이냐 아니냐가 아니라, 어떻게 하면 문장에 생生의 약동하는 기운을 불어 넣을 것인가였다. "남을 아프게 하지도 가렵게 하지도 못하고, 구절마다 범범하고 데면데면하여 우유부단하기만 하다면 이런 글을 대체 어디다 쓰겠는가?" 말하자면 글이란 읽는 이들을 촉발하는 '공명통'이어야 한다. 찬탄이든 증오든 공명을 야기하지 못하는 글은 죽은 것이다.

그의 글이 언제나 거센 회오리를 몰고 다닌 것도 그 때문일 터이다. "책을 펼치자마자 1만 길이나 되는 빛이 뻗어나와 가슴을 툭 트이게 한다." 이런 열렬한 예찬자가 있는가 하면, 격식에 사로잡힌 고문주의자들은 '궤변으로 세상을 농락한다'며 격렬한 분노를 감추지 않았다.

유한준兪漢儁과의 악연이 대표적인 케이스다. 유한준은 소싯적에 고문을 본뜬 글을 지어 선배들로부터 크게 인정을 받은, 한마디로 '잘 나가는' 모범생이었다. 연암에게도 인정을 받고 싶었던지 한 번은 연암에게 자신의 글을 평해 달라고 청했다. 그러나 연암의 평은 가혹했다. "그대의 문장이 몹시 기이하다 하겠지만, 사물의 명칭이 빌려온 것이 많고 인용한 전거가 적절치 못하니 이 점이 옥의 티라 하겠기에 노형을 위하여 아뢰는 바요. …… 제왕의 도읍지를 다 '장안'長安이라 칭하고 역대의 삼공三公을 다 '승상'이라 부른다면, 명칭과 실상이 혼동되면서 도리어 속되고 비루한 표현이 되고 마오." 비유하자면 "얼굴 찌푸림을 흉내낸 가짜 서시의 꼴"이라는 것.

이 말은 유한준의 글에 대한 평이면서 동시에 고문에 길들여진 문장가들 일반에 대한 신랄한 냉소이기도 하다. 이런 쓰라린 평을 듣고 마음의 평정을 유지할 문인이 과연 얼마나 될까. 글쓰는 이들에게 이런 혹평은 비수와 다를 바 없다. 과연 유한준은 '깊은 한'을 품었다. 그 이후 연암에 대한 비방을 일삼았을 뿐 아니라, 말년에는 연암 조부의 묘를 둘러싼 산송山訟까지 일으켜 연암과 그의 가족들을 '질리게' 만들었다. 아들 박종채가 "이 자는 우리 집안과 100대의 원수다"라고 했을 정도니, 이것만으로도 당시 연암이 고문주의자들과 겪었을 전투의 강도를 짐작하고도 남음이 있다.

그래서 연암의 절친한 친구 유언호는 연암을 대신하여 "이 친구는 위선적인 유자儒者를 꾸짖으려고 특별히 풍자한 것뿐일세. 나는 자네들이 걸핏하면 힘을 내어 위선적인 유자를 대신해 분노를 터뜨리는 게 늘 이상하다네"라며 비꼬기도 했다. 그 말을 들은 인물들이 어떤 표정을 지었을지 궁금하기 짝이 없다.

이처럼 그의 글은 늘 '소문의 회오리'를 몰고 다녔다. 그리고 제도권 밖에서 활동했음에도, 그의 글은 언제나 궁궐로 들어가 관각館閣; 홍문관과 예문각, 문장짓는 일을 맡는 관청에서 서로 돌려가며 읽었다. 문체반정이 있기 전 정조는 『무예도보통지』武藝圖譜通志를 보고서, 이덕무가 지은 「왜적 방비에 대해 논함」備倭論 등의 글에 대해 "모두 원만하고 좋구나", 그런데 "연암의 문체를 본떴구나"라고 했다 한다. 그만큼 연암의 문체는 그 나름의 특이성을 분사하고 있었던 것이다. 이름하여 '연암체'! 임금도 그 추이를 주목했을 정도니 시기와 질투가 끊이지 않을밖에.

그럼 과연 연암체란 어떤 것일까. 지금도 수많은 연구자들이 연암의 문장에 대해 분석하고 있지만, 사실 그것은 어떤 한 가지로 수렴될 수 없는 '리좀'rhizom 같은 것이다. 들뢰즈/가타리에 따르면 리좀은 덩이줄기라는 뜻으로, 수목樹木에 대립되는 개념이다. 뿌리를 중심으로 하여 일정한 방향을 향해 가지를 뻗는 것이 수목이라면, 리좀은 뿌리라는 중심이 없을 뿐 아니라 목적도, 방향도 없이 접속하는 대상에 따라 자유롭게 변이하는 특성을 지닌다. 연암의 문체적 특이성을 이 개념보다 더 잘 표현해주는 것도 없다.

흔히 연암의 문장론에 대해 다음의 글을 주목한다.

진실로 '법고'하면서도 변통할 줄 알고 '창신'하면서도 능히 전아하다면, 요즈음의 글이 바로 옛글인 것이다. …… 하늘과 땅이 아무리 장구해도 끊임없이 생명을 낳고, 해와 달이 아무리 유구해도 그 빛은 날마다 새롭듯이, 서적이 비록 많다지만 거기에 담긴 뜻은 제각기 다르다. 그러므로 날고 헤엄치고 달리고 뛰는 동물들 중에는 아직 이름이 알려지지 않은 것도 있고, 산천초목 중에는 반드시 신비로운 영물이 있으니, 썩은 흙에서 지초芝草가 나오고, 썩은 풀이 반디로 변하기도 한다. (「초정집서」楚亭集序)

법고창신法古創新 ── 옛것을 본받으면서 새것을 창조한다! 이렇게 정리하게 되면, 연암의 특이성은 변증법적 조화와 통일로 '오인'되고 만다. 그러나 그의 의도가 과연 '고'古와 '금'今의 조화에 있었던 것일까? 그보다는 고문이든 아니든, 언어가 어떻게 하면 '끊임없이 생명을 내고, 날마다 그 광휘가 새로운' 그래서 '썩은 흙에서 지초가 나오고, 썩은 풀이 반딧불로 화하는' 삼라만상의 무상한 흐름을 능동적으로 '절단, 채취'할 수 있을 것인가에 그 핵심이 있다.

그가 자신의 조카 종선의 시를 평하면서, "한 가지 법도에 얽매이지 아니하여 온갖 체를 두루 갖추었으니" "성당의 시인가 하면 어느새 한위의 시가 되고 또 송명의 시가 된다"고 극찬한 데서 보듯이, 중요한 것은 외부와 내부를 넘나들면서 끊임없이 차이를 만들어내는 변이의 능력인 것이다. 따라서 그의 논점을 변증법으로 영토화하는 순간 종횡무진하는 이 '게릴라적인' 담론은 고상하고 평온한 질서로 평정되고 만다.

오히려 연암체의 진수는 대상과 소재에 따라 변화무쌍한 변이능력에 있다.

글자는 비유컨대 병사이고, 뜻은 비유하면 장수이다. 제목이라는 것은 적국敵國이고, 전장典掌; 전거를 인용하는 것 고사故事는 싸움터의 진지이다. 글자를 묶어 구절이 되고, 구절을 엮어 문장을 이루는 것은 부대의 대오행진과 같다. 운으로 소리를 내고, 사詞로 표현을 빛나게 하는 것은 군대의 나팔이나 북, 깃발과 같다. 조응이라는 것은 봉화이고, 비유라는 것은 유격의 기병이다. 억양반복이라는 것은 끝까지 싸워 남김없이 죽이는 것이고, 제목을 깨뜨리고 나서 다시 묶어주는 것은 성벽을 먼저 기어올라가 적을 사로잡는 것이다. 함축을 귀하게 여긴다는 것은 반백의 늙은이를 사로잡지 않는 것이고, 여음이 있다는 것은 군대를 떨쳐 개선하는 것이다. …… 그런 까닭에 병법을 잘하는 자는 버릴 만한 병졸이 없고, 글을 잘 짓는 자는 가릴 만한 글자가 없는 것이다. …… 글이 좋지 않은 것은 글자의 잘못이 아니다. 저 글자나 구절의 우아하고 속됨을 평하고, 편과 장의 높고 낮음을 논하는 자는 모두, 합하여 변하는 기미[合變之機]와 제압하여 이기는 저울질[制勝之權]을 알지 못하는 자이다. …… 합하여 변화하는 저울질이란 것은 때에 달린 것이지 법에 달린 것은 아니다. (「소단적치인」騷壇赤幟引)

글쓰기를 전쟁의 수사학에 빗대고 있는 이 글이야말로 동서고금을 가로질러 단연 독보적인 문장론이다. 「소단적치인」이란 제목도 흥미롭다. '소단'騷壇은 문단이란 의미고, '적치'赤幟는 붉은 깃발이란 뜻이니, 우리 말로 옮기면 '문단의 붉은 깃발을 논함' 정도가 된다. 병법에는 고정된 룰이 따로 없다. 병법을 달달 왼다고 전투에 승리하는 건 결코 아니다. 아니, 도리어 그러다 망한 케이스가 더 많다. 승패를 좌우하는 건 병법이 아니라, '세'勢를 파악하는 능력일 뿐이다. 글을 쓰는 것 역시 마찬가지다. 문장에 어떤 종류의 규범이나 초월적 체계가 있을 리 없다. '합하여 변하는 기미', 곧 때에 맞는 용법이 있을 뿐이고, '제압하여 이기는 저울질', 곧 효과와 울림이 있을 뿐이다.

'연암체'가 과연 그러하다. 그의 글은 소설과 소품, 고문과 변려문 등이 자유자재로 섞이는 한편, 천고의 흥망성쇠를 다룬 거대 담론과 시정의 우스갯소리, 잡다하고 황당한 이야기들이 공존하고 있다. 그것은 어떤 하나로 분류되는 순간, 그 그물망을 교묘하게 빠져나가 전혀 다른 표정을 짓곤 한다. 순식간에 얼굴을 바꿔버리는 '변검'처럼. 그리고 그 변화무쌍한 얼굴들의 각축장이 바로 『열하일기』다.

『열하일기』—고원 혹은 리좀

측근 관료들을 중심으로 진행되던 문체반정의 바람은 마침내 그 진앙지로 『열하일기』를 찾아낸다. 정조는 당시 규장각 관료였던 남공철에게 이렇게 분부했다.

근자에 문풍이 이렇게 된 것은 모두 박지원의 죄다. 『열하일기』를 내 이미 익히 보았거늘 어찌 속이거나 감출 수 있겠느냐? 『열하일기』가 세상에 유행된 후로 문체가 이같이 되었거늘 본시 결자해지結者解之인 법이니 속히 순수하고 바른 글을 한 부 지어 올려 『열하일기』로 인한 죄를 씻는다면 음직으로 문임 벼슬을 준들 무엇이 아깝겠느냐? 그러나 그렇게 하지 않는다면 무거운 벌을 내릴 것이다. 너는 즉시 편지를 써서 나의 이런 뜻을 전하도록 해라!(『나의 아버지 박지원』)

문풍을 타락시킨 '원흉'으로 『열하일기』를 지목한 정조의 안목은 과연 적확한 것이었다. 그러나 『열하일기』가 일으킨 파장의 측면에서 본다면, 정조의 그 같은 조처는 '뒷북'치는 감 또한 없지 않으니, 앞에서 이미 짚었듯이 이 텍스트는 이미 10여 년에 걸쳐 열렬한 찬사와 저주어린 비난을 동시에 받으며 풍문의 한가운데 있었기 때문이다. 결국 문체반정은 이 풍문의 정점이자 공식적 확인 절차였던 셈이다.

어쨌든 사태가 이쯤 되자, 사대부들의 시선이 일제히 연암에게 쏠렸음은 말할 것도 없다. 당시의 반응은 "임금님께서 『열하일기』를 거론하신 건 기실 노여워하여 하신 말씀이 아니라 장차 파격적인 은총을 내리시려는 것이다. 그리고 임금님의 분부 중에 여러 사람의 잘못을 일일이 지적하면서도 특히 박아무개를 들어 죄인 중의 우두머리라고 하신 것은 임금님께서 박아무개에게 주의를 주어 그 글이 좀더 발전되게 함으로써 장차 문임을 맡기려는 의도이시다. 더군다나 『열하일기』를 가리켜 문체를 그르친 장본이라 하시면서도 그것을 익히 보셨노라고 하여 애호하는 뜻을 나타내셨음에랴! 반드시 바른 글을 한 부 지어서 얼른 바치도록 해야 한다"는 것이 일반적이었다. 당시 연암과 함께 안의에 있던 여러 문사들은 뛸 듯이 기뻐하며 연암에게 참고가 되는 글을 베끼는 일을 한다든가 사실을 고증하는 일을 떠맡고자 하였다.

그들이 보기에도 정조는 연암에게 당근과 채찍을 동시에 휘둘렀다. 그러나 이 노회한 조치에 대해 연암은 어떻게 반응했던가? "보잘것없는 제 책이 위로 임금님의 맑으신 눈을 더럽힐 줄 어찌

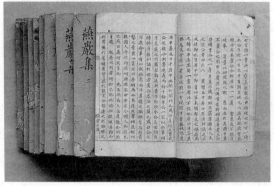

『열하일기』와『연암집』 『열하일기』는 서울대 규장각 소장본이고,『연암집』은 단국대 박물관 소장본이다. 세계 최고의 여행기『열하일기』, 그리고 촌철살인의 아포리즘과 우주적 비전으로 가득찬『연암집』. 조선시대를 통틀어 가장 의미있는 책을 꼽으라면 나는 단연 이 둘을 선택할 것이다. 나아가 이 난만한 '포스트모던' 시대를 용감무쌍하게 돌파할 수 있는 동력 또한 그속에 있다고 굳게 믿는다.

생각이나 했겠"느냐, "중년 이래로 불우하고 영락하여 스스로 자중하지 못하고 글로써 유희를 삼아 때때로 궁한 처지에서 나오는 근심과 게으르고 나태하여 원고를 챙기고 단속하는 일을 제대로 못한 탓에 자신과 남까지 그르치는 결과를 낳고 말았다", "문풍이 이 때문에 진작되지 못한다면 자신은 문단에서 사라져야 할 존재"임에 틀림없다, 그러나 "견책을 받은 몸이 새로 글을 지어 이전의 잘못을 덮으려 해서야 쓰겠"냐며 결국은 반성문 하나 제출하지 않는다. 당근도 채찍도 모두 비켜간 것이다. 문체반정 이후 대부분의 문인들이 견책을 면하기 위해 혹은 영달을 위해 철저한 고문주의자로 변모해갔지만, 연암은 이후에도 정조의 견제, 아니 집요한 '구애의 손길'을 요리조리 빠져나간다. 뱀처럼 유연하고, 두꺼비처럼 의뭉스럽게.

정조의 관심도 집요하여 1797년 연암이 면천군수에 임명되었을 때, 정조를 알현하자 "내 지난번에 문체를 고치라고 했는데 과연 고쳤느냐?"고 다그치고, 제주 사람 이방익이 바다에 표류한 일의 전말을 들려주고서 기어코 글을 쓰게 만든다. 「서이방익사」書李邦翼事는 이렇게 해서 쓰여진 글이다. 『열하일기』가 일으킨 파장은 그처럼 깊고도 넓었다.

그 여파 때문이었던지 이 문제작은 연암의 손자 박규수朴珪壽가 우의정까지 역임했음에도 조부의 문집을 공간할 엄두를 내지 못할 정도로 오랜 시간 '뜨거운 감자'였다. 마침내 1900년 창강滄江 김택영金澤榮의 주도로 『연암집』이 처음으로 출판되었고, 이듬해에는 『연암속집』이 발간되었다. 『열하일기』가 단독으로 출간된 것은 1911년 최남선이 고전 보급을 목적으로 창설한 조선광문회가 발행한 것이 최초이다. 흥미로운 것은 김택영조차도 연암의 전(傳)이나 『열하일기』 가운데 「도강록」 이하의 몇 편은 순전히 패관소설체로 되어 있다며 빼버렸다는 사실이다. 20세기에도 『열하일기』는 여전히 '벽찬' 텍스트였던 것인가?

『열하일기』는 수많은 '고원'들로 이루어져 있다. 형식상으로는 압록강을 건너는 지점에서 시작하여 마테오 리치의 무덤에서 끝나지만 그것은 사실 시작도 끝도 아니다. 그것은 언제나 중도에 있으며, 따라서 어디서 읽어도 무관하게 각각은 서로 독립되어 있다. 또 연행을 마치고 돌아와 연암협에서 다시 메모지를 들고 재구성한 것이기 때문에 연암 자신의 윤색도 적지 않았고, 경우에 따라서는 정리하다가 만 경우도 있다.

> 내가 중국에서 돌아온 지 오래되어 당시를 회상하노라면 감감하기는 아침놀이 눈을 가리는 듯하고, 아득하기는 마치 새벽 꿈결의 넋 빠진 상태 같다. 그래서 남북의 방위가 바뀌기도 하고 이름과 실물이 바뀌기도 하였다.

「황도기략」黃圖紀略의 한 대목이다. 이런 식으로 독자를 헷갈리게 하는 진술이 곳곳에서 출현한다. 그런 점에서 『열하일기』는 텍스트 전체가 미완성의 '벡터'를 지닌다. 그러나 여기서 미완성은 결

여로서의 그것이 아니라, 완결된 체계를 넘어 무한히 뻗어나간다
는 의미에서 그렇다. 니체가 "차라투스투라의 작품이 위대한 것은
완결된 멜로디를 구사한다는 점에 있는 것이 아니라 끊임없이 새
로운 멜로디를 구사한다는 점에 있다"고 할 때, 그 찬사는 『열하일
기』에도 그대로 적용된다.

실제로 지금까지 『열하일기』는 그렇게 읽혀왔다. 명확한 정
본이 없이 수많은 전사본이 떠돌아다니면서 심심찮게 개작·윤색
이 이루어졌을 뿐 아니라, 〈일야구도하기〉, 〈호질〉, 〈상기〉 등은 전
체 텍스트와 무관하게 독자적인 '버전'으로 채취되어 왔다. 그만큼
『열하일기』에는 "다양하게 형식화된 질료와 매우 상이한 날짜, 속
도들"(들뢰즈/가타리)이 존재한다.

여행과 유목은 전혀 다른 것이지만, 여기서 여행은 유목과 아
름답게 포개진다. 그는 인간, 자연, 동물 등 무엇이든 접속하고 들
러붙어 그 '표면의 충돌'들을 세심한 촉수로 낱낱이 잡아낸다. 그의
촉감적 능력이란 실로 경탄할 지경이어서 '산천, 성곽, 배와 수레,
벽돌, 언어, 의복제도' 등으로부터 '장복이의 귀밑 사마귀' '여인네
들의 몸치장' '장사치들이나 낙척한 선비들의 깊은 속내' '1시간에
70리를 달리는 말의 행렬' 등에 이르기까지 삼투하지 않는 영역이
없다. 『열하일기』의 수많은 고원들은 바로 감각들이 다양하게 교
차하는 유목적 여정의 산물이다. 그리고 그것은 중심도 뿌리도 없
이 우발적인 흐름에 따라 줄기를 뻗어나간다는 점에서 하나의 '리
좀'이다.

문체적 측면에서 보더라도, 『열하일기』는 정통고문체에서 패사소품체를 종횡으로 넘나든다. 그리고 그 사이에서 수많은 변이형들이 산포된다. 우리말 대화는 문어체의 고문으로 표현하되, 중국말 대화는 굳이 구어체인 백화문으로 표현하여 언어의 차이를 부각하는가 하면, 또 조선식 한자어를 고문체 안에 뒤섞거나 빈번히 속담, 은어, 욕설 등을 구사함으로써 — 마치 돈키호테의 시종 산초 판사가 그러하듯 — 이른바 '특수어들의 경연'을 연출해낸다. 정조가 명명한 소위 '연암체'의 실체는 바로 이 주류적 언어를 '더듬거리게' 하고, 나아가 문체의 경계조차 무의미하게 만드는 균열 그 자체에 있는 것일 터, 그러므로 패사소품이 되는 부분만 잘라버리면 '어엿한' 고문이 되리라 보는 것은 그야말로 착각이다. 리좀의 한 부분을 잘라 땅속 깊숙이 심는다고 어찌 수목의 뿌리가 될 것인가.

　　고문과 소품, 사실과 허구, 주체와 대상의 경계까지를 모호하게 흐려버리는 이 괴상한 '책기계'를 수목이 아닌 리좀이 되게 하는 배치, 그 스릴 넘치는 장이 우리 앞에 놓여 있다.

3

'천의 고원'을 가로지르는 유쾌한 노마드

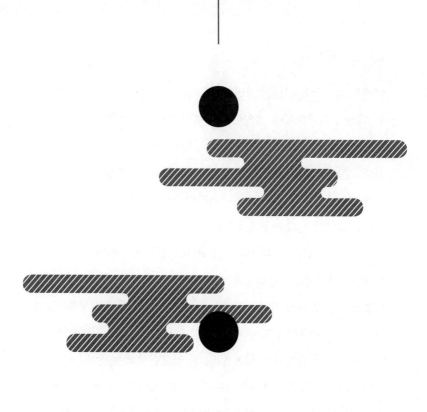

잠행자 혹은 외로운 늑대

돈키호테와 연암

여행은 압록강을 건너는 장면에서부터 시작된다. 물론 여행은 훨씬 이전에 시작되었다. 한양에서 압록강에 이르기까지도 한 달여가 소요되었기 때문이다. 하지만 연암은 이 과정은 일체 생략해버렸다. 젊은 날 이미 '팔도유람'을 했던 그로서는 조선 내에서의 여정에 대해 특별한 감흥을 맛보기 어려웠을 터, 그러므로 「도강록」渡江錄이 『열하일기』의 서두를 장식하는 건 지극히 자연스럽다.

그는 이 사절단의 비공식 수행원이다. 중요한 결정에는 낄 수도 없고, 공식적인 성명단자에는 포함되지도 않는다. 북경에서 느닷없이 열하로 가게 되었을 때, "정사正使 이하로 직함과 성명을 적어서 예부로 보내어 역말 편에 먼저 황제에게 알리기로 하였으나" 연암의 성명은 단자 속에 넣지 않았다. '있으면서 없는 존재'. 아이러니컬하게도 그렇기 때문에 그는 이 대규모 집단의 '유일한' 여행자다. 새벽에 서늘함을 타서 일찍 떠나거나 혹은 수행원들과 부담

없이 '농담따먹기'를 할 수 있는 것도, 길을 가다 만나는 이방인들에게 스스럼없이 접근하여 '딴지'를 걸 수 있는 것도 공식적으로 그에게 주어진 임무가 전혀 없기 때문이다. 수목적인 배치 안에서 움직이는 유연한 선분. 그래서인가, 이 여행이 '지리적 경계'를 넘어 생애 처음으로 중원땅을 밟는 거창한 의미를 지니고 있음에도 그의 출발은 지극히 경쾌하다.

아침을 먹은 뒤 혼자 말을 타고 먼저 출발했다. 말은 자주색 갈기에 흰 정수리, 날씬한 정강이에 높은 발굽, 뾰족한 머리와 짧은 허리에 두 귀가 쫑긋한 품이 만 리를 달릴 듯싶다. 창대는 앞에서 견마를 잡고 장복은 뒤에서 따라온다. 안장에는 주머니 한 쌍을 달았다. 왼쪽 주머니에는 벼루를 넣고 오른쪽에는 거울, 붓 두 자루, 먹한 장, 조그만 공책 네 권, 이정록里程錄 한 축을 넣었다. 행장이 이렇듯 단출하니 국경에서의 짐 수색이 아무리 엄하다 한들 근심할게 없다. (「도강록」)

마치 돈키호테가 시종 산초 판사와 애마 로시난테만을 데리고 천하를 주유하듯, 그 또한 '두 귀가 쫑긋'하고 '정강이가 날씬한' 말과 우직한 하인 창대, 장복이만을 동반한다. 돈키호테는 머릿속에 온갖 '기사담'을 다 집어넣고서 길을 나서지만, 연암은 이제 마주치게 될 미지의 세계를 낱낱이 담기 위해 붓과 먹, 공책 등을 들고서 여행을 떠난다. 전자는 텍스트를 구현하기 위해 떠나지만, 후자는 텍스트를 채우기 위해 떠난다. 전자의 여행이 이미 완결된 세계를 현실에서 확인하고 구현하기 위한 것이라면, 후자의 여행은 예정도, 목적도 없이 낯설고 이질적인 모험 속으로 무작정 몸을 날리는 것이다. 그러고 보면 연암이 더 '돈키호테적'인 게 아닐까.

하긴, 그렇기도 하다. '돈키호테팀'과 '연암팀'이 겉보기에는 유사해 보이지만, 사실 이들은 매우 상이한 배치로 이루어져 있다. 전자의 경우, 돈키호테는 기사담의 세계에 푹 빠져 현실을 도통 보려 하지 않는 데 반해 산초 판사가 온갖 재치와 익살로 돈키호테의 엄숙주의를 깨뜨리는 구조라면, 후자의 경우 오히려 장복이나 창대가 철저한 소중화주의에 물들어 있고 연암이 그 경직된 선분을 가로지르며 온갖 '해프닝'을 일으키는 식이다. 기묘한 대칭!

그러나 아무리 몸이 가볍고 경쾌하다 해도 먼 길을 떠나는 자의 심정은 착잡하다. 두려움 혹은 설레임이 어찌 없으랴. 강을 건너기 전, 연암은 간단한 제의祭儀를 행한다.

혼자서 쓸쓸히 한잔을 부어 마시며 동쪽을 바라보니, 용만과 철산의 모든 산들이 첩첩 구름 속에 들어 있다. 다시 한잔을 가득 부었다. 문루 첫번째 기둥에 뿌리며, 잘 다녀올 것을 스스로 빌었다. 그리고 또 한잔을 부어 그 다음 기둥에 뿌리며 장복과 창대를 위해 빌었다. 술병을 흔들어보니, 아직도 몇 잔이 남아 있기에 창대를 시켜 술을 땅에 뿌리도록 했다. 말을 위한 것이다. (「도강록」)

비장한 결단도, 치열한 사명감도, 거창한 축원도 없다! 텅빈 눈으로 만첩청산을 바라보고 당분간 동고동락을 해야 할 장복이와 창대와 말을 위해 술을 뿌리는 것이 전부다. 그러고 보면 술이야말로 '먼 길 나그네의 좋은 벗'이다.

장복이와 창대는 술을 입에도 못 대지만, 연암은 틈만 나면 술을 마신다. 술을 좋아하기도 하지만 무엇보다 술이 있는 분위기를 좋아한다. 풍경 좋은 시냇가에서, 운치 있는 주루酒樓에서. 낯선 거리에서도 술집만 보면 그저 지나치지를 못한다. 술맛이 관동의 으뜸이라는 계주성에서는 한 주루에 들러 여러 사람과 함께 흉금을 터놓고 취하도록 마시기도 한다. 또 파김치처럼 지친 몸으로 객관에 도달했을 때, 밥은 못 먹을지언정 소주 한잔만은 절대 잊지 않는다. 아마 『열하일기』에 가장 자주 등장하는 '먹거리'를 꼽는다면, 단연 술이 될 것이다. 그러니 술로 여행을 축원하는 것이야말로 가장 잘 어울리는 제의인 셈이다. 그런 점에서 이 소탈한 의례는 길 떠나는 자의 허허로운 마음이자 여정의 복선이기도 하다. 물론 예정된 것은 아무것도 없다. 오직 모를 뿐! 오직 갈 뿐! 이제 여행이 시작되었다.

끝없는 잠행

연암의 목적은 관광이 아니다. 명승고적을 둘러보거나 기념비에 자신의 이름을 새기는 일 따위에는 애시당초 관심이 없다. 그는 보이지 않는 것을 보려 하고, 보이는 것에서 숨겨져 있는 것들을 보려 한다. 그런 까닭에 사신을 비롯하여 구종배驅從輩: 하인들에 이르기까지 중국은 '되놈의 나라'라서 산천이며 누대조차 노린내가 난다고 눈도 주지 '않은' 채 오직 목적지만을 향해 나아가는 집합적 배치 속에서 연암은 그 길을 함께 밟아가면서도 끊임없이 옆으로 '샌다'.

이질적인 것들과 접속하려는 그의 욕망에는 경계가 무궁하다. 북경 안팎에 있는 여염집과 점포들을 유람할 때, 그는 이렇게 투덜거린다.

그러나 이번에 내가 구경한 것은 겨우 그 백분의 일 정도에 지나지 않는다. 어떤 경우에는 우리 역관들에게 제지를 당하기도 하고, 더러는 들어가기 힘든 곳을 문지기와 다투어가면서 바야흐로 그 안으로 들어가면 시간이 언제 가는지 총총하여 시간이 부족할 지경이다. …… 겨우 비석 하나를 읽는데도 문득 시간이 훌쩍 흘러버려, 자개와 구슬처럼 찬란하고 아름다운 궁궐 구경도 그저 문틈으로 달리는 말을 내다보는 격이고, 빠른 여울을 지나는 배처럼 건성으로 볼 수밖에 없다. 이 때문에 다섯 감각기관인 눈, 귀, 코, 혀, 피부는 모두 피로한 상태이고, 베껴 적으려다보니 문방사우가 모두 초췌하다. 항상 꿈속에서 무슨 예언서를 읽는 것 같고, 눈에는 신기루가 어른거려서 뒤죽박죽 섞이고 희미해져서 이름과 실제의 사적이 헷갈리는 것이 대부분이다. 귀국한 뒤에 기록했던 작은 쪽지를 점검해보니 종이는 나비날개처럼 얇고 자그마하며, 글자는 파리 대

가리처럼 작고 까맣다. (「앙엽기」盎葉記)

역관들의 눈을 피하고, 문지기와 다투는 건 쉬운 일이다. 정말 곤혹스러운 건 시간이 부족한 것, 눈이 피로한 거란다. 거꾸로 말하면, 그의 여행은 이 무수한 난관들을 돌파하면서 이뤄졌다는 뜻이기도 하다. 몸싸움을 하고, 촌각을 다투는 시간을 쪼개, 보고 또 보고 베끼고 또 베끼고 다시 되새김질하는 그의 모습은 사뭇 '처절'하기까지 하다. 그런가 하면 이런 모습은 또 얼마나 감동적인가?

세 겹의 관문을 나온 뒤, 말에서 내려 장성에 이름을 새기려고 패도를 뽑았다. 벽돌 위의 짙은 이끼를 긁어내고 붓과 벼루를 행탁행장을 넣는 여행용 전대나 자루 속에서 꺼냈다. 꺼낸 물건들을 성 밑에 주욱 벌여놓고 사방을 둘러보았으나 물을 얻을 길이 없었다. 아까 관내에서 잠깐 술을 마실 때 몇 잔을 더 사서 안장에 매달아두었던 것을 모두 쏟아 별빛 아래 먹을 갈고, 찬 이슬에 붓을 적셔 크게 여남은 글자를 썼다. (「막북행정록」漠北行程錄)

술과 먹, 별빛, 그리고 붓과 이슬이 만들어내는 '아름다운 야상곡'! 이때가 혹독한 야간행군 속에서 험하디 험하다는 북방의 요새 '고북구'古北口를 지나는 순간임을 떠올리면 이 야상곡의 멜로디는 더 한층 황홀하다.

실제로 그의 시선 혹은 필력은 불가사의할 정도다. 길에서 만

고북구 반룡산(蟠龍山) 입구. 길게 뻗어 있는 장성의 모습이 마치 용이 꿈틀거리는 듯하다. 군데군데 설치된 망루에는 이곳을 지나간 이들이 남긴 글씨들이 생생하게 남아 있다. 연암이 남긴 흔적도 그 어딘가에 남아 있으리라.

난 여인네들의 장신구, 패션, 머리 모양에서부터 곰이나 범, 온갖 동물들의 모양새에 이르기까지 도무지 미치지 않는 영역이 없다. 한번은 객관 밖에서 재주부리는 앵무새의 털빛을 자세히 보려고 등불을 달아오는 동안에 주인이 가버리는 일도 있었다. 북진묘에서 달밤에 신광녕으로 돌아오는 길에서는 수차水車 세 대가 막 불을 끄고 거두어 가려는 것을 잠깐 멈추어 세우고 '수총차'水銃車를 이리저리 뒤집어 보며 그 제도를 상세히 체크하기도 했다. 또 열하에선 담장 너머로 광대 소리가 들리자 일각문 안을 엿보려고 사람들 머리 사이 빈곳으로 바라보는데, 한 사람이 연암이 오랫동안 발꿈치를 들고 선 것을 보고는 걸상 하나를 가져다가 그 위에 올라서서 바라보게 하는 일도 있었다. 밤새워 필담을 나누느라 말 위에서 코를 골며 자다가 낙타를 놓치게 되자, "이 담에는 처음 보는 물건이 있거든 비록 좀 때거나 식사할 때거나 반드시 알리렷다!"며 장복이와 창대를 마구 꾸짖는다. 그러니 일행들이 그에게 '구경벽'이 심하다고 놀리는 것도 무리가 아니다.

물론 그의 가장 큰 목적은 이국의 친구들을 만나는 것이다. 친구를 만나는 일은 좀더 많은 시간, 정담을 주고받을 수 있는 공간이 필요하다. 그건 어쩔 수 없이 밤을 이용해야 한다. 그래서 그는 주로 '야음을 틈타' 대열에서 일탈한다. 여기에는 몸싸움이나 체력만 필요한 게 아니라, 일행을 따돌리기 위한 속임수도 요구된다. 거짓말을 하고, 눈짓으로 신호를 보내고, 기묘한 제스처를 쓰는 등의 갖가지 전략들이 동원된다. 그럴 때, 그의 여행은 바야흐로 '잠행'이 된다.

예컨대 성경盛京을 통과할 때, 낮에 술집에서 장사꾼들과 만나 의기투합하자 밤에 가상루歌商樓라는 누각에서 다시 만나기로 약속한다. 첫날의 잠행이 성공한 뒤, 다음날 또 다시 탈출을 도모한다. 좀더 대담해진(?) 그는 수행원 변계함에게 함께 가자고 제의한다. 그런데 변군이 눈치없이 수역首譯: 수석통역관에게 가도 좋으냐고 묻는다. 수역이 눈이 휘둥그레져서, "성경은 연경이나 다름없는데 어찌 함부로 밤에 나다닌단 말씀이오" 하니 변군이 기가 팍 꺾이고 말았다. 그러나 연암의 행동은 한술 더 뜬다. "수역은 오히려 어젯밤 우리 일을 모르는 모양이다. 만일 알게 되면 나도 붙잡힐까 두려워 일부러 알리지 않고 홀로 빠져 나가면서 장복이더러 혹시라도 나를 찾는 이가 있거든 뒷간에 간 것처럼 대답하라고 일러두었다." 대담한 속임수 혹은 치밀한 포석.

만나서 하는 일은? 잠행이 주로 밤에 이루어지기 때문에 만나면 밤새 술을 마시며 필담을 나눈다. 새벽녘이 되어 의자에 걸터앉은 채 꾸벅꾸벅 졸다가 훤하게 동이 트면 놀라 깨어 여관으로 돌아오곤 한다. 물론 그는 잠행에는 '도가 텄기' 때문에 절대 들키지 않는다. 장복이의 입만 막으면 되는 것이다. 몇날 며칠을 이런 식으로 잠행을 시도하는데, 가장 압권은 이런 대목이다. 길에서 중국인 친구, 비생費生을 만나니 그가 연암을 이끌고 가게로 들어가서 밤에 가상루에서 다시 모이는 일에 대해 이야기한다.

박래원 일행이 길가에서 배회하다가 나를 찾아 점포 안으로 들어오기에 나는 황급히 필담하던 원고를 숨기고 머리를 끄덕여 승낙을 표했다. 비생도 내 뜻을 알아차리고는 웃음을 머금고 고개를 까딱거린다. 변계함이 종이를 찾아 그와 문답하려고 하기에 나는 일어서서 나오며, "함께 얘기할 상대가 못 되어." 하니 계함도 일어선다. 비생은 문까지 따라나와서 내 손을 잡고 다짐의 뜻을 넌지시 내비치기에 나도 머리를 끄덕이며 나왔다. (「성경잡지盛京雜誌」)

계함을 따돌리면서 비생과 눈짓을 주고받고, 손으로 신호를 보내는 모습은 마치 '코믹 첩보물'의 한 장면을 방불케 한다. 저녁이 되자 밥을 재촉해 먹고는 혼잣말로 "더위에 기침이 특히 심하니 일찍 자야겠군" 하고는 "뜰로 내려와서 서성거리다가 틈만 있으면 나갈 궁리"를 한다. 연암은 총망한 걸음으로 마루로 올라갔다가 도로 나오면서 뜰을 거닐고 있는 일행들에게 "형님이 매우 심심해 하시더군" 하며 능을 친다. 형님은 곧 정사 박명원이다. 일행들을 그쪽으로 따돌린 다음 재빨리 문을 나가면서 장복에게는 "어제처럼 잘 꾸며대려무나" 하고 입막음을 한다. 탈출이 거의 마무리되기 직전, 계함과 수역이 들어온다. 앗, 위기! 그러나 "마침 수역과 계함이 마루에 올라서 돌아보지 않는 틈을 타" 가만히 빠져 나온다. 휴— 거리에 나서자 답답했던 가슴이 시원해진다. "더위도 약간 물러가려니와 달빛이 땅에 가득하다." 달빛을 가득 안고 친구들이 있는 예속재藝粟齋를 향해 달려가는 연암. 이렇게 톰 소여의 모험을 보는 듯, 춘향이를 만나러 가는 이몽룡의 탈주를 보는 듯, 그의 잠행은 유머러스한 스릴과 서스펜스로 가득하다.

뒷장면도 멋지다. 예속재에 이르니 전생이 손에 붉은 양각등羊角燈을 들고 와 가상루로 가기를 재촉하므로, 또 다른 친구와 함께 담뱃대를 입에 문 채 문을 나섰다. 한길은 하늘처럼 넓고, 달빛은 물결처럼 흘러내린다. 가상루에 도착하니 여러 벗들이 난간 밑에 죽 늘어서 있다가 연암을 보고는 모두들 못내 반겨하며 안으로 맞아들인다. 방 안에는 정성껏 차려진 식탁이 촛불 아래 그윽하다.

그리고 이어지는 긴 이야기들. 오고가는 필담 속에 쌓이는 우정! "이토록 고귀하신 손님을 모시고 하룻밤 아름다운 이야기로 새우는 건 참으로 한평생 가도 얻기 어려운 좋은 인연일까 합니다.

이렇게 세월을 보낸다면 하룻밤은커녕 석 달이 넘도록 촛불을 돋우어 밤을 새워도 무슨 싫증이 나리까." 한마디로, 그들은 연암의 풍모에 완전 매료당하고 말았다.

장사치들과의 밀회(?)가 수행원들의 감시를 따돌리기만 하면 되는 수준이라면, 열하에서 만난 재야선비들과의 필담은 거의 비밀지하조직과의 접선을 연상시키듯 팽팽한 긴장 속에서 진행된다. 잘 알다시피, 당시는 만주족 출신이 지배하던 시절이라 사회 전체에서 이른바 만족과 한족 사이의 갈등이 만연해 있었다. 「피서록」避暑錄을 보면, 만주인 기려천은 나이가 스무 살이나 많고 벼슬도 조금 높은 한족 출신 윤형산을 노골적으로 멸시한다. 그런가 하면 연경에서 돌아와 한인들에게 기려천에 대해 물었을 땐, "점잖은 선비가 어찌 되놈의 새끼를 안단 말이오" 한다. 그만큼 두 종족 사이의 알력이 심했던 것. 연암이 만난 이들은 주로 한인들인데, 연암은 이들의 심중을 떠보기 위해 다양한 전략을 구사한다.

예컨대 자주 탄식소리를 내는 곡정鵠汀 왕민호王民皞에게 "선생은 평소에 어째서 자주 탄식을 하십니까" 하니, 곡정은 "평생에 글을 읽어도 세상에 뜻대로 안 되는 것이 십중팔구이니, 어찌 이 병이 생기지 않겠습니까" 한다. 그러자 곧바로 "머리 깎는 봉변을 당했으니, 지사로서 이미 만 번은 탄식을 하였겠지요"라며 말을 잡아챈다. 머리 깎는 봉변이란 만주족이 한족에게 강요한 변발辮髮을 의미한다. 황비홍의 '헤어스타일'을 떠올리면 금방 이해될 것이다. 이마부터 머리 가운데 부분은 빡빡 밀고 뒷머리는 길게 땋아내린, 어

변발 변발은 만주족 특유의 헤어스타일이다. 만주족이 청을 세우고 나서, 중국의 모든 남성 들에게 이 스타일을 강요했다. 때문에 한족 남성들은 청의 문화·제도 가운데 이 변발을 가장 치욕적인 것으로 여겼다. '소중화주의'로 똘똘 뭉친 조선인들 역시 변발이야말로 야만의 상징 이라고 간주했다. "권력은 신체를 통해 작동한다"는 걸 이보다 잘 보여주는 것도 없다.

찌 보면 세련되고, 어찌 보면 촌스럽기 짝이 없는 이 스타일은 훗 날 신해혁명(1911년)으로 청왕조가 붕괴되기까지 만주족의 통치 를 상징하는 문화적 징표로 기능하였다. 그러니 연암의 멘트는 정 치적으로 상당히 민감한 사안을 건드린 셈이다. 곡정은 얼굴빛이 변했다가 잠시 후 안색을 바로잡고는, 머리 깎는 봉변이라고 쓴 종 이를 찢어서 화로에 던져버린다.

그런가 하면, 또 이런 장면도 있다.

이때 해는 이미 저물어 방 안이 침침하여 촛불을 켜놓은 상태였다.

내가 시구로 응대했다.

"인간 세상에 굳이 촛불 켤 필요 있나　　　　不須人間費膏燭

해와 달 쌍으로 걸려 천지를 비추는 것을　　雙懸日月照乾坤"

그러자 왕민호가 손사래를 치면서 먹으로 '쌍현일월'雙懸日月 네 글
자를 지워버린다. 대개 일·월을 쌍으로 쓰면 '명'明 자가 되기 때
문이다.

명明자가 무슨 죄가 있다고? 만주족에 의해 붕괴된 명왕조를
떠올리기 때문이다. 글자 하나도 예사롭게 넘기지 못하는 이 대목
은 마치 한국현대사를 옥죄었던 '레드 콤플렉스'가 연상될 정도다.
그만큼 당시 지식인들에게 있어 명청明淸의 교체는 엄청난 사건이
었다. 물론 연암 같은 조선 지식인들도 거기서 자유로울 수 없었다.

　이들이 당면한 딜레마 가운데 하나는 이런 것이다. 청왕조는
한족 선비들을 길들이기 위하여 송나라 때 체계를 이루고, 원나라
이후 중국의 정통이념이 된 주자학朱子學을 통치철학으로 표방하는
한편, 『사고전서』四庫全書라는 방대한 작업을 추진한다. 역대 유학
의 방대한 체계를 정리하는 이 작업에 뛰어들어야 하는가 마는가?
실로 곤혹스런 질문임에 틀림없다.

　연암이 '무엇이 금서禁書인가' 하고 운을 떼는 것은 그들을 이
문제로 유도하기 위함이다. 이 질문에 곡정은 정림亭林 고염무顧炎
武, 서하西河 모기령毛奇齡, 목재牧齋 전겸익錢謙益 등의 문집 수십 종을
써서 보이고는 곧 찢어버린다. 그러자 연암은 "저 영락제永樂帝; 명

나라 황제 때에 천하의 군서群書를 수집하여 『영락대전』 등을 만들되, 당시의 선비들로 하여금 머리가 희도록 붓을 쉴 사이 없게 했다더니, 지금 『도서집성』圖書集成 등의 편찬도 역시 그런 뜻인지요"라고 정면돌파를 시도한다. 곡정은 곧 재빨리 붓으로 이 말을 지워버리며, "본조의 문치文治 숭상은 백왕百王들 중에서 탁월합니다. 그러니까 『사고전서』에 편입되지 않은 글이야말로 아무런 쓸 곳이 없겠습지요"라며 논점을 비껴나간다.

이런 식의 '기싸움'은 필담 곳곳에서 재연된다. 사실 그의 잠행이 돋보이는 것은 이런 부분이다. 예민한 촉수를 뻗쳐 끊임없이 금기를 건드리고 집요하게 그들의 깊은 속내를 끄집어내는 동물적 감각. 연암이 보기에 천하의 대세를 파악하기 위해선 이처럼 표면에 드러나지 않는 심층을 탐색하는 작업이 반드시 요청된다.

클라이맥스는 뭐니뭐니해도 티베트 불교와 관련된 부분이다 (「황교문답」黃敎問答). 열하에서 일어난 가장 충격적인 사건이 티베트의 대법왕大法王인 판첸 라마와의 마주침이다. 불교 자체를 사교邪敎로 취급하고 있던 당시 조선인들에게 밀교적 분위기에 감싸인 티베트 불교는 절대 상종해선 안 되는 이단異端 중의 이단이다. 조선 사행단이 벌인 어처구니없는 해프닝은 뒤에서 자세히 언급될 것이다. 중국 선비들에게도 이 문제는 그리 녹록하지 않았던가 보다. 특히 옹정제雍正帝가 티베트 불교를 비판하는 상소를 올린 선비에게 찢어 죽이는 형벌을 내린 이후, 그들에게 있어 불교와 티베트에 관한 이야기는 금기 중의 금기였다.

「황교문답」에는 추사시鄒舍恡라는 비분강개형의 투사적 지식인이 하나 나온다. 말꼬리잡기를 즐겨하고, 유불도 등 온갖 철학적 원리들에 대해 냉소로 일관하는 이 광사狂士는 갖은 궤변으로 연암을 괴롭혔는데, 그조차도 이 문제에 대해서는 함구한다.

그러던 중에 학성(학지정)이 돌아와 자리에 앉았다. 필담을 나눈 종이를 보고는 급히 손으로 찢더니 입에 넣고 씹었다. 그러면서 한참 동안 말없이 추사시를 노려보았다. 내가 잠시 한눈을 파는 사이에, 입으로 나를 가리키면서 추사시에게 눈을 주었다. 학성은 그러다 우연히 내 눈과 마주치자 몹시 부끄러운 기색을 보였다.

이런 지경이니 연암조차 무슨 곡절이 있기에 저토록 꺼리는가 싶어 함부로 묻지 못했다. 물론 그렇다고 포기할 연암이 아니다. 접속 가능한 온갖 채널을 동원하여 티베트 불교를 둘러싼 정보를 수집한다. 한림서길사翰林庶吉士 왕성王晟이라는 인물을 통해 판첸 라마의 시말을 상세히 듣는 한편, 몽고인 경순미를 통해 초대 달라이 라마의 스승인 총카파를 둘러싼 여러 학설을 캐내기도 한다. 「황교문답」을 비롯한 「찰십륜포」札什倫布, 「반선시말」班禪始末이 그 구체적 성과물이다. 아마 이 방면에 관한 조선왕조 유일의 기록일 터, 잠행자 특유의 촉수가 아니었다면 이 텍스트들은 결코 탄생될 수 없었을 것이다.

달빛, 그리고 고독

대상을 투시하는 예리한 시각, 끈적하게 들러붙는 촉감적 능력은 잠행자만의 특이성이다. 대열을 일탈하여 솔로로 움직이고, 대열이 잠들 때 깨어 움직이는, 말하자면 지루하게 반복되는 리듬 속의 '엇박' 같은 존재. 그는 새벽을 도와 먼저 떠나거나 아예 뒤떨어져 떠난다. 사행단의 또 다른 책임자인 부사副使 및 서장관과는 압록강에서 120리나 되는 책문을 지나 어느 민가에 들어서야 비로소 인사를 나눌 정도이다. 연암답게 "타국에 와서 이렇게 서로 알게 되니 가히 이역異域의 친구로군요"라는 농담을 잊지 않는다.

그뿐인가. 설령 함께 거리에 나섰다가도 온갖 자질구레한 일상사를 면밀히 주시하다 보면 일행들이 버리고 떠나기 일쑤다. 그렇기 때문에 그는 늘 무리 속에서 움직이고, 무리와 더불어 웃고 떠들고 끊임없이 사건을 만들어내지만, 늘 혼자다. 무리 가운데 홀로 떨어진 '외로운 늑대'! 산전수전을 다 겪은 뒤, 열하에 도착한 날 기진맥진한 몸으로 그는 이렇게 말한다.

이렇게나 달이 밝은데 어찌 마시지 않을 수 있으랴. …… 홀로 뜰 가운데 서서 밝은 달빛을 바라보고 있노라니, 담 밖에서 '할할' 하는 소리가 들려온다. 장군부에 있는 낙타가 우는 소리다. …… 오른 편 행각行閣에 들어가 보니, 역관 셋과 비장 네 명이 한 구들에 엉켜 자는데 목덜미는 엇갈리고 정강이를 서로 걸친 채, 아랫도리는 가리지도 않고 있다. 모두들 천둥 소리를 내며 코를 골아댄다. 어떤 놈은 고꾸라진 병에서 물이 콸콸 쏟아지는 소리 같고, 어떤 놈은 나무를 켤 때 톱니가 긁히는 소리 같고, 또 어떤 놈은 혀를 차며 사람을 꾸짖는 소리 같고, 어떤 놈은 쿵쿵거리며 남을 원망하는 소리 같다. (「태학유관록」太學留館錄)

모두들 정신없이 잠에 골아떨어진 걸 보고서, "뜰 가운데를 거닐기도 하고, 달려보기도 하고 혹은 간격을 맞춰 걸어보기도 하면서 그림자와 더불어 한참을 희롱하였다". 천 리 떨어진 이국땅에서 자기 그림자와 노는 자의 심정은 어떤 것일까. 때는 바야흐로 삼경이고 명륜당 뒤의 늙은 나무들은 그늘이 짙고, 서늘한 이슬이 방울방울 맺혀서 잎마다 구슬을 드리운 듯, 구슬마다 달빛이 어리었다. 그의 서글픈 탄식소리. "아아, 슬프구나. 이 좋은 달밤에 함께 구경할 사람이 없으니." 다른 일행들과 마찬가지로 그 역시 녹초가 될 대로 된 몸이건만 달빛을 그저 놓치기 아까웠던 것이다.

그는 정말 달빛을 좋아한다. 『열하일기』 곳곳에서 은은히 울려퍼지는 '달빛 소나타'를 음미해보라. "저녁 뒤에 달빛을 따라 가상루에 들러서 여러 사람을 이끌고 함께 예속재에 이르렀다. 마침 전생이 손에 붉은 양각등¥角燈을 들고 들어와서 곧 가기를 재촉하므로, 이생과 함께 담뱃대를 입에 문 채 문을 나섰다. 한길이 하늘처럼 넓고 달빛은 물결처럼 흘러내린다." "이날 밤 달빛이 낮같이 밝고 더위는 이미 한물간 모양이다. 저녁 뒤에 곧 밖으로 나가서 아

달밤 연암은 달밤을 사랑했다. 달빛 속에서 친구를 만났고, 달빛을 받으며 술잔을 기울였고, 달빛에 비친 자신의 그림자를 보며 춤을 추기도 했다. 고독한 잠행자 연암에게 있어 달빛보다 더 든든한 '백'은 없었을 터, 때론 그 자신이 달빛의 일부이기도 했다.

득히 먼 들을 바라보니, 푸른내는 땅에 깔리고 소와 양이 제각기 집으로 돌아간다 …… 이상스런 화초가 달빛 아래 얽히어 있다."

열하에서 만난 중원의 선비들에게 월세계나 자전론 등 논변을 펼치는 것도 달빛 아래서였다. 기공奇公: 기풍액이 연암을 이끌고 나와서 달을 구경하는데, 이때 달빛이 대낮같이 밝았다. 연암은 "만일 달 속에도 세계가 있다면, 오늘 이 밤에 어떤 두 명의 달 세계 사람이 난간에 기대어 지구를 바라보면서 땅빛의 차고 기우는 이야기를 나누고 있을지 그 누가 알겠습니까" 하니, 기공이 난간을 치면서 기이한 말이라 감탄해 마지않는다. 이어지는 연암의 대꾸.

"제 친구 홍대용은 지식이 한량 없이 깊고 넓어서 일찍이 저랑 달구경을 하면서 장난삼아 이런 이야기를 지어냈답니다." "나 역시 오늘 밤 달구경을 하다가, 문득 그 친구 생각이 나서 한바탕 말을 늘어놓았을 뿐입니다."

열하를 떠날 때, 중국의 선비 통상대부 윤가전尹嘉銓은 술잔을 들어 달을 가리키면서 "훗날 선생이 그리울 적엔 저 달을 보며 만리 밖에 계신 선생을 본 듯" 하겠노라고 한다. 이렇듯 달빛은 그의 벗이자 철학적 필드이며, 만남과 이별의 배경이었다. 그런데 그 좋은 달빛을 함께할 친구들은 정말 흔치 않았다. 그래서 달빛이 밝을 때면, 그의 고독 또한 더욱 깊었다.

하긴 달밤뿐이랴. 한낮의 거리에서도, 시끌벅적한 장터에서도 그는 언제나 '솔로'였다. 그것은 무리로 움직이는가 아닌가와는 무관한 사항이다. 가장 가까운 동행자인 장복이와 창대는 뼛속까지 중화주의의 세례를 받았을 뿐 아니라, 대책 없는 고지식 계열의 인물들이다.

책문 밖에서 벌어진 에피소드 하나. 아침밥을 먹고 행장을 정돈한즉, 양편 주머니의 왼편 열쇠가 간 곳이 없다. 샅샅이 풀밭을 뒤졌으나, 끝내 찾지 못했다. 장복이를 보고, "너는 행장을 조심하지 않고 늘 한눈을 팔더니, 겨우 책문에 이르러서 벌써 이런 일이 생겼구나. 속담에 사흘 길을 하루도 못 가서 늘어진다는 격으로, 앞으로 2천리를 가서 연경에 이를 즈음이면 네 오장인들 어디 남겠느냐. 내 듣건대 구요동舊遼東과 동악묘東嶽廟엔 본시 좀도둑이 드나드는 곳이라 하니, 네가 또 한눈을 팔다가는 무엇을 잃어버릴지 알겠니" 하며 꾸짖으니, 그는 민망한 듯이 머리를 긁으며 "쇤네가 인제야 알겠습니다. 그 두 곳을 구경할 적엔 제 두 손으로 눈깔을 꽉 붙들고 있으면 어느 놈이 빼어갈 수 있으리까" 한다. 연암이 하도 어이가 없어서 "옳아" 하고 응낙하고 만다.

이렇게 장복이에겐 유머와 개그, 비유 따위가 안 통한다. 그에게는 오직 '썰렁한' 직서법만이 있을 뿐이다. 요양성에 들렀을 땐 '여긴 좀도둑이 많아 낯선 사람이 구경에만 마음이 팔려 있으면 뭐든 잃어버리고 만다'면서 지난해 사신 행차가 안장이나 등자를 잃어버렸다고 주의를 주자, 장복이가 갑자기 말안장을 머리에 쓰고 등자를 쌍으로 허리에 차고서 앞에 나선다. 이 정도면 고지식도 가히 '엽기적' 수준이다. 연암도 기가 질려 "왜 너의 두 눈알을 가리진 않냐"고 혀를 내두른다. 또 열하로 가는 길엔 혼자만 뒤에 남게 되자 말머리를 붙들고는 울고불고 하다가 일행이 열하에서 돌아왔을 땐, 상봉의 기쁨을 나누기도 전에 선물 챙기기에 바쁘다. 그러고는 창대가 하는 '뻥'——황제를 만났다는 둥, 별상금을 받았다는 둥——을 모조리 다 믿어버린다.

창대 역시 비슷한데, 주술적 영험이 많다는 관제묘에서 일행이 모두 제물을 바치고 머리를 조아리며 제비를 뽑아 길흉을 보는데, 창대가 참외 한 개를 놓고선 무수히 절하며 복을 구한 다음, 곧바로 그 참외를 관운장의 소상塑像 앞에서 몽땅 먹어치운다. 옆에서 지켜보던 연암은 "가진 것이 적으면서 바라는 것은 사치롭다"는 옛말을 떠올리며 혀를 끌끌 찬다. 결국 창대는 장복이와 '환상의 2인조'였던 것이다. 그러니 연암의 말을 알아먹을 리가 없다. 가엾은 연암!

장복이나 창대는 무식한 데다 고지식해서 그렇다 치지만 소위 식자층인 정사, 부사, 역관, 비장들도 상황은 비슷하다. 연암은 그들에게 끊임없이 말을 건네지만, 그들은 알아듣지 못한다. 열하의 태학에서 만났던 윤가전은 연암과 의기투합하여 오래도록 고금의 운율을 논한 바 있었는데, 「망양록」忘羊錄이라는 장이 그 보고서다. 근데 제목이 좀 이상하지 않은가? 양을 잊다니? 양이 음률과 뭔 상관이 있다고. 사연인즉 이렇다. 연암이 윤가전의 처소에 들렀을 때 윤이 연암을 위해서 양을 통째로 쪄놓았다. 그런데 악률이 고금에 같고 다른 것을 한참 이야기한 뒤에, 윤이 양을 아직 찌지 않았느냐고 물으니 하인은 이미 차려 놓은 지 오래라 식었다고 답한다. 음률을 논하는 데 빠져 양이 익고 식는 것을 온통 잊은 것이다. 연암이 벗과 더불어 대화하는 것을 얼마나 즐겼는지를 잘 보여주는 일화이다.

그런데 윤이 연암과 사귄 뒤, 정사正使에게 인사를 하기 위해 조선 사행단을 찾는다. 연암은 당황한다. "우리나라 대부들은 생으로 존귀한 체함이 대단하여, 중국 사람을 보면 만주족, 한족 구분 없이 모두 휩쓸어 되놈으로 보고, 한갓 마음만 도도한 체 하는 것이 애초부터 몸에 밴 습속이 되어버렸다. 그가 어떠한 호인이며 무슨 지체인지 알기 전에 벌써 그를 반겨 맞이할 리도 없거니와, 비

유리창 거리 유리창은 베이징에서 고전적 정취를 느낄 수 있는 몇 안되는 명소 가운데 하나다. 동아시아 지식의 요람이라는 영광은 사라졌을지언정 붓과 먹, 고서와 종이 등 여전히 지식인들의 가슴을 두근거리게 하는 보물들로 그득하다. 그래서인가. 이 거리에 들어설 때마다 나는 200년 전 새로운 지식을 찾아, 이국의 벗들을 찾아 여기저기를 서성였을 연암의 뒷모습이 보일 것 같은 착각에 빠지곤 한다.

록 서로 만난다 하더라도 필시 견양犬羊과 같이 푸대접할 것이다."

과연 연암의 예상대로 윤가전이 뜰에서 한참을 기다렸지만, 정사는 만나주지 않는다. 정사가 이 정도니 다른 인물들은 더 말해 무엇하랴. 친구를 만나기 위해 물불을 가리지 않는 연암과 찾아온 방문객조차 만나주지 않는 정사. 이 사이는 정말 얼마나 먼 것인지.

그래서 정말로 연암과 동행한 벗들은 멀리 있는 이들이다. 연암은 추억의 갈피를 들춰 여정마다에서 그들과 대화하고, 흔적을 찾는다. 특히 유리창琉璃廠에서 연암은 자기보다 앞서 연행을 했던 친구들 생각으로 깊은 감회에 젖는다.

조선시대 연행에서 '유리창'은 각별한 의미를 지닌다. 무려 27만 칸에 달하는 서점, 골동품 가게들이 즐비한 지식의 보고寶庫, 아니 용광로. 그야말로 세계의 지식이 흘러들어오고 다시 뻗어나가는 곳이 유리창이었다. 그러므로 근대 이전 한자문화권에 속하는 동아시아 지식인들에게 있어 유리창은 연행의 필수코스였다. 조금 과장해서 말하면 공식적 업무가 없는 지식인들의 경우, 연행의 목적지는 북경이 아니라 유리창이라고 말해도 좋을 정도였다. 홍대용이 '천애의 지기'를 만난 곳도 바로 이 유리창이 아니었던가. 이쯤 되면 독자들도 내가 중국에 갔을 때, 왜 퇴락한 유리창에서 유독 깊은 감회에 젖었는지를 이해할 수 있으리라. 나는 거기서 200여 년 전 동아시아 지식인들의 역동적인 숨결을, 그리고 나와 비슷한 나이에 그 거리를 지나갔을 연암의 발자취와 호흡을 느끼고 싶었던 것이다.

연암은 유리창에서 가슴벅찬 감동과 함께 진한 고독감에 사로잡힌다. '지성의 거리'를 거닐면서 새삼 가슴속에 용솟음치는 지식을 펼칠 장이 없음을 환기하게 되었나보다. 하여, 한 누각 위에 올라 난간에 기대어 이렇게 탄식한다. "이 세상에 진실로 저를 아는 사람 하나를 만났다면 한이 없을 것"이라고.

자신을 알아주는 이 하나 없는 비감함. 그렇다고 기죽어 울울해할 연암이 아니다. '나를 알아주는 이가 드물다면 나는 참으로 고귀한 존재다'라는 노자의 궤변을 버팀목 삼아 국면을 전환한다.

"이제 이 유리창 중에 홀로 섰으니, 그 옷과 갓은 천하에 모르는 바이요, 그 수염과 눈썹은 천하에 처음 보는 바이며, 반남潘南의 박朴은 천하에 일찍이 듣지 못하던 성일지라도, 내 이에서 성聖도 되고 불佛도 되고 현賢도 되고 호豪도 되어, 그 미침이 기자箕子나 접여接輿와 같기로, 장차 그 누가 와서 이 천하의 지락을 논할 수 있겠는가." 세상이 알아주지 않는 외로움을 고귀함으로, 다시 자유인의 지극한 즐거움으로 변환시키는 이 멋진 역전!

그래서 '외로운 늑대' 연암은 결코 외롭지 않다!

열하로 가는 '먼 길'

요동에서 연경까지

압록강에서 연경까지가 약 2천여 리. 연경에서 열하까지가 약 700
리. 토탈 육로 2천 700여 리. 상상을 초월하는 거리다. 낯설고 이질
적인 공간은 언제나 모험의 대상이다. 공간적 이질성이 주는 장벽
을 뛰어넘지 못한다면 여행은 불가능하리라. 다른 한편 두려움과
경이를 느끼지 못한다면 그 여행은 허망하기 짝이 없다. 스릴도, 서
스펜스도 없다면, 대체 뭐 때문에 여행을 한단 말인가?

강을 건너 요동으로, 요동벌판을 지나 성경(지금의 심양)을 거
쳐 북경 관내에 이르는 약 2천여 리의 여정은 어드벤처의 연속이
었다. 찌는 듯한 무더위, 몸서리 쳐질 만큼 엄청난 폭우, 산처럼 몰
아치는 파도 등 대륙의 위력은 만만치 않았다. 강을 건너는 때부터
쏟아지기 시작한 소낙비는 이후에도 내내 일행을 괴롭힌다. 천 리
밖에 폭우가 내리면 하늘이 더없이 청명해도 시내에는 집채만 한
파도가 몰아친다니, 강의 스케일이 우리의 상상으론 가늠하기 어

려운 수준이다. 땅의 기운도 거칠기 짝이 없어 요동 진펄 천 리는 이른바 '죽음의 늪'이다. 흙이 떡가루처럼 보드라워 비를 맞으면 반죽이 되어 시궁창이 되어버린다. 산서성 장사꾼 20명이 건장한 나귀를 타고 오다 한꺼번에 빠져 졸지에 사람도 말도 보이지 않는 지경이 되었건만 지척에서 뻔히 보면서 구하지 못한 일도 있었다.

특히 연암은 비대한 몸집에 더위를 견디지 못하는 체질이라, 그 괴로움은 몇 배 더하였다. 중국인 뱃사공의 등에 업혀서 건너기도 하고, 강 한가운데 모래사장에 갇힌 채, 뱃사공이 없어 쩔쩔 매기도 했다. 연암은 그 과정을 마치 다큐멘터리처럼 생생하게 포착한다.

「도강록」에서 파도가 산처럼 밀려오는 강을 건널 때의 광경이다. "창대는 말 대가리를 꽉 껴안고 장복은 내 엉덩이를 힘껏 부축한다. 서로 목숨을 의지해서 잠시 동안의 안전을 빌어본다." "말이 강 한가운데에 이르자, 갑자기 말 몸뚱이가 왼쪽으로 쏠린다. 대개 말의 배가 물에 잠기면 네 발굽이 저절로 뜨기 때문에 말은 비스듬히 누워서 건너게 된다. 나도 모르는 사이에 내 몸이 오른쪽으로 기울어져 하마터면 물에 빠질 뻔하였다. 마침 앞에 말꼬리가 물 위에 둥둥 떠서 흩어져 있다. 급한 김에 그걸 붙들고 몸을 가누어 고쳐 앉아서 겨우 빠지는 걸 면했다. 휴~ 나도 내 자신이 이토록 날랠 줄은 생각지도 못했다. 창대도 말 다리에 차일 뻔하여 위태로웠는데, 말이 갑자기 머리를 들고 몸을 바로 가눈다. 물이 얕아져서 발이 땅에 닿았던 것이다."

이 장면을 읽을 때마다 나는 그 아슬아슬함에 손에 땀을 쥐면서도, 한편으론 터져나오는 웃음을 참을 수가 없다. 창대, 장복이, 말, 그리고 연암이 서로 뒤엉켜 물을 건너는 모습은 그렇다치고, 물에 빠질뻔하자 잽싸게 물 위에 둥둥 떠 있는 말꼬리를 잡고 몸을 가누는 연암의 순발력은 정말 한 편의 만화 아닌가. 또 자신의 재빠름에 감탄하는 모습은 더 가관이다. 스릴과 유머의 기묘한 공존!

책문에 들어선 뒤로는 이런 일이 비일비재하게 일어난다. 길에서 비를 만나 5~6일을 여관에서 허비하게 되자 연암의 삼종형인 정사 박명원의 마음은 점점 초초해진다. 마침내 그는 결단을 내린다. "나랏일로 왔으니 설사 물에 빠져 죽는다 해도 그것이 내 본분이니, 다른 도리가 없네." 이러니 누가 물이 많아서 건너지 못하겠다는 말을 할 수 있겠는가. 마침내 악천후를 무릅쓴 강행군이 시작되었다. 그 정황이 얼마나 절박하고 위급했던가를 연암은 이렇게 기록하고 있다.

물을 건널 때면 모두들 눈앞이 캄캄하여 얼굴은 새파랗게 질렸다. 이때 하늘을 우러러 잠깐이나마 목숨을 빌지 않은 자가 없었다. 간신히 건너편에 도달한 뒤에야 비로소 서로 돌아보며 위로하고 기뻐하기를 마치 죽은 사람이 다시 살아온 듯이 했다. 설상가상으로, 다시 앞에 있는 물이 이미 건너온 물보다 더 험하다는 말을 들으면 서로 마주 보며 아연실색할 뿐이었다. (「막북행정록」漠北行程錄)

청대 건륭 연간의 「북경성도」(北京城圖) 세계제국 청나라의 궁성답게 장쾌한 스케일과 화려한 스펙터클을 한껏 뽐내고 있다. 여기에 비하면 경복궁이나 창경궁은 후원쯤으로 느껴질 정도다. 지금 봐도 그러니, 18세기 당시 조선 사행단이 이곳을 통과할 때 얼마나 압도당했을지는 가히 짐작할 만하다. 하지만 제행무상이라고, 불과 150년도 안 돼 제국은 무너지고, 자금성은 한낱 관광지로 전락하게 될 줄이야 누군들 짐작이나 했을까. 『열하일기』「황도기략」에 당시 북경의 곳곳이 손금보듯 상세히 스케치되어 있다.

한마디로, 한치 앞을 알 수 없는 상황이 숨돌릴 틈 없이 계속 이어지는 것이다. 하긴 그 광대무변한 중원천지를 오직 말과 배, 발품만으로 관통하려니 이 정도의 모험이야 감수하지 않을 도리가 없었을 터, 이때 여행은 삶 그 자체가 된다. 생사가 엇갈리는 이 순간들이야말로 일상의 따분함과는 확연히 구분되는 삶의 새로운 경계가 아니겠는가.

아무튼 정사는 멈추지 않는다. 최고 책임자의 입장으론 제날짜에 연경에 도달하지 못한다면 그건 곧 왕명을 거역한 '반역행위'이기 때문이다. 수행원들의 두려움과 불평을 "제군들은 걱정말게나. 이번에도 왕령王靈이 도우실 게야" 하고 잠재워가면서 전진을 계속한다. 하지만 불과 몇 리도 못 가서 다시 물을 건너게 되고, 어떤 땐 심지어 하루에 여덟 번이나 건너기도 하였다. 하루에 여덟 번이나 강을 건너다니! 공수특전단 지옥훈련도 그 정도는 아닐 것이다. 하긴 열하로 갈 때는 하룻밤에 아홉 번을 건너기도 하니, 그 정도는 약과인 셈이다. 이리하여 숼참(중간 휴게소)을 건너뛰어가며 쉴새없이 달리니, 말들은 더위에 쓰러지고, 사람 역시 모두 더위를 먹어 토하고 싸면서 마침내 연경에 도착했다.

'천신만고'

그러나 황제는 연경(북경)에 있지 않았다. 열하에 있는 피서산장에 가 있었던 것이다. 사신 일행은 그저 제날짜에 도착하여 예만 표하면 그뿐이라고 여긴 탓에 이 문제를 별로 심각하게 생각하지 않았다. 물론 정사만은 연경에 오는 도중 혹 열하까지 오라는 명이 떨어지면 어쩌나 하는 근심을 놓지 않긴 했다. 그러나 연경에 도착하여 나흘 동안 별일이 없었기 때문에 마음을 놓는 순간, 사태는 예기치 않게 꼬이기 시작했다. '예부에 가서 표자문表咨文을 내고' 숨을 돌리는 사이, 아닌 밤중에 홍두깨 같은 일이 벌어진다.

깊은 밤 갑자기 발자국 소리가 요란스레 들려온다. 자다가 놀라 깨어나면서 연암은 머리가 어지럽고 가슴이 두근거렸다. 안 그래도 관문關門이 깊이 잠긴 것을 생각하면서 역사적인 변고를 떠올렸던 참이다. 원元나라가 망할 때, 마지막 황제 순제가 북으로 도망가면서 그제야 고려의 사신을 본국으로 돌아가게 하니 사신이 관문을 나온 뒤에야 비로소 명나라의 군대가 온 천하를 점령한 줄 알았고, 가정제嘉靖帝 때에는 달단족韃靼族;타타르족이 갑자기 수도를 에워싼 일이 있었으며 등등. 식자우환識字憂患!

아무튼 그 정도는 아니지만 이번에도 변고는 변고였다. 누군가 "이제 곧 열하로 떠나게 되었답니다"라는 전갈을 알려왔다. 통관을 비롯한 사행단원들은 가슴을 두드리며 울부짖고 난리가 아니다. 겨우 목숨을 걸고 왕명을 수행했는데 다시 저 아득한 북쪽 땅 열하까지 어떻게 간단 말인가.

그런데 연암은 이 상황에서 느닷없이 '악동기질'을 발휘한다. 수행원인 내원과 변계함이 놀라 깨어서, "관에 불이 났소?" 하자, "황제가 열하에 거둥하여 연경이 비어서 몽고 기병 십만 명이 쳐들어 왔다오" 하고 장난을 친다. 앞서 떠올렸던 불길한 예감들을 십분 응용(?)하여 불난 데 부채질을 한 것이다. 속아 넘어간 수행원들은 기절초풍하기 직전이다. 이어지는 통곡소리 "아이고!" 그것이 거짓말임을 알았을 때 대체 어떤 표정들을 지었을지.

바삐 상방으로 가니 온 객관이 물끓듯 한다. 역관들이 달려와 모두 황급하여 얼굴빛을 잃은 채, 혹은 제 가슴을 두드리고 혹은 제 뺨을 치며 혹은 제 목을 끊는 시늉을 하며, "이젠 카이카이開開요" 한다. '카이카이'란 목이 달아난다는 말이다. 연유를 캐고 보니 그럴 만했다. 황제가 사신을 기다리다가 예부가 멋대로 결정하여 표자문만 올린 것을 알고서는 노하여 감봉 처분을 내렸다는 것이다. 예기치 못한 황제의 분노 앞에서 상서尙書 이하 연경에 있는 예부관원들이 부들부들 떨고 있음은 말할 것도 없다. 그 진동이 열하에서 연경까지 삽시간에 전해져 지금 이 객관까지 도달한 것이다. 황제의 분노를 가라앉힐 방법은 오직 하나, 얼른 짐을 꾸려 떠나는 것뿐이다.

열하로 가는 길은 연경까지와는 비교할 수 없을 정도로 험난하다. 지리지에는 450여 리라 되어 있지만, 실제로는 700리, 그것도 험준한 산과 물을 수도 없이 지나야 하는 코스다. 길은 멀고 일정은 빠듯한지라 인원을 최소한으로 제한해야 했다. 연암은 비공식수행원이라 가도 되고 안 가도 상관없는 처지다. 그래서 연암은 머뭇거린다. 한 번도 가보지 못한 요해의 땅을 밟을 것인가 아니면 북경에 남아 이국異國의 친구들을 사귈 것인가. 정사이자 삼종형인 박명원은 그에게 중국에 온 뜻을 되새기면서 이번 길이야말로 좀처럼 얻기 어려운 기회라며 꼭 가야 한다고 충고한다. 연암도 그 결정에 따른다. 이 과정은 간략하게 처리되어 있지만, 이때야말로 연암의 생애, 아니 18세기 지성사의 새로운 획이 그어지는 클리나멘의 순간이다. 만약 연암이 그냥 북경에 남았더라면? 물론 그것만으로도 연암의 연행록은 충분히 감동적이었을 테지만, 그것이 주는 충격과 효과의 진폭은 비교적 평이했을 것이다. 그만큼 연암과 열하의 만남은 '천고에 드문 마주침'이라 할 만하다.

　사람과 말을 점고點考해보니, 사람은 발이 모두 부르트고, 말은 여위고 병들어서 실로 대어갈 것 같지가 않다. 이에 일행이 모두 마두馬頭를 없애고 견마잡이만 데리고 가기로 하여, 연암도 하는 수 없이 장복이를 떨어뜨리고 창대만 데려가기로 했다. '환상의 2인조'가 생이별을 하게 된 것이다. 고지식하고 융통성이 없어 도무지 말이 통하지 않기는 하나, 그래도 산전수전을 함께 겪어왔는데, 막상 떼어놓으려니 연암의 가슴이 미어진다. 장복이는 또 어떤가. 머나먼 이국땅에서 '미운 정 고운 정' 다 든 두 사람과 생이별을 하게 되었으니 창자가 끊어질 듯이 서러워한다. "장복은 말 등자를 붙잡고 흐느껴 울며 차마 손을 놓지 못한다. '장복아, 울지 말고 이제 그만 돌아가거라' 내가 이렇게 타이르자 다음엔 창대의 손목을 잡고 더욱 구슬피 우는데, 눈물이 마치 비 오듯 한다."

　연암은 문득 말 위에서 생각한다. "인간사 중에 가장 괴로운 일은 이별이요, 이별 중에서 생이별보다 더 괴로운 것은 없다"고.

하나는 살고 또 하나는 죽는 그 순간의 이별이야 구태여 괴로움이라 할 것이 못 된다. 그거야 사람마다 겪는 것이고, 천하의 순리가 아닌가. 또 죽은 이에겐 괴로움이 없을 터. 그러나 하나는 가고 하나는 떨어질 때, 그것도 흘러가는 물을 사이에 두고 헤어질 때의 그 애달픔을 무엇에 비할 것인가. 이런 식으로 연암의 '이별론'이 시작된다. 어떤 소재든 그에 알맞은 리듬과 악센트를 부여하는 것이 연암의 장기 아니던가.

장복이와 이별하는 장면에서 시작된 '이별론'은 어느 사이 평양의 「배따라기」곡에 대한 해설로 이어지는가 싶더니, 다시 병자호란이 끝나고 청나라에 인질로 잡혀왔던 소현세자와 조선 사신단 일행 사이의 이별장면으로 변주된다. 소현세자는 효종의 형으로 오랫동안 청나라에 인질로 잡혀 있으면서 청문명의 정수를 배우려고 애쓴 인물이다. 그러나 안타깝게도 귀국하자마자 아버지 인조와 불화하면서 의문의 죽음을 당하고 만다. 소현세자의 생애 전반에 드리운 비운의 그림자를 떠올려서였을까. 이 대목에 이르면 연암은 이제 장복이는 안중에도 없고, 자신의 상념에 도취되어 격정적으로 흐느끼기 시작한다.

당시 처지가 곤궁하고 위축된 것이 매우 심하고 의심스러워 꺼려지는 것이 너무 깊어서 눈물을 참고 소리를 삼키며 얼굴엔 참담함을 드러내지 못했으니, 그 심정이야 말해 무엇하겠는가. 그 당시 남아 있는 신하들이 떠나가는 이들을 멀리서 바라볼 때 요동벌판은 끝없이 펼쳐지고 심양의 우거진 나무들은 아득한데, 사람은 콩알만큼 작아지고 말은 지푸라기처럼 가늘어져 눈길이 닿는 곳에 땅의 끝, 물의 끄트머리가 하늘에 잇닿아 그 경계가 사라져버리고, 해는 저물어 관문을 닫아걸 때 그 애간장이 어떠했을꼬 …… 저 화려한 기둥에 채색한 문지방이나 봄날의 푸르고 맑은 날씨라 해도 애달픈 이별의 풍경이 되고, 가슴을 치며 통곡하는 순간이 될 것이다.

(「막북행정록」漠北行程錄)

그런데 아뿔사! 멋진 이별론을 펼치는 것까지는 좋았는데, 거기에 몰두하느라 연암은 엉뚱한 길로 들어서버렸다. "해는 이미 저물었는데 길을 잘못 들어서 수레바퀴를 쫓아간다는 것이 서쪽으로 너무 치우쳐서 벌써 수십 리나 돌림길을 걸었다." 게다가 "양편 옥수수가 하늘에 닿을 듯 아득하고 길은 함 속에 든 것 같은데, 웅덩이에 고인 물이 무릎에 빠지며 물이 가끔 스며 흐르는 바람에 구덩이를 파놓았어도 물이 그 위를 덮어서 보이지 않는다." 사태가 이러니, 따라잡느라 죽을 고생을 다한 건 말할 것도 없다. 마음껏 상념에 젖어도 좋을 만큼 길이 녹록지 않았던 것이다.

이 대목도 갈 데 없는 한편의 '시트콤'이다. 생각해보라. 이별은 생이별이 가장 슬프다느니, 그것도 강에서 이별을 해야 제격이라느니, 「배따라기」가 어떻고, 소현세자가 어떻고 하면서 비장한 테마뮤직이 흐르다가 느닷없이 길을 잘못 들어 좌충우돌하며 따라잡는 꼴이라니. 하지만 이런 식의 비약과 단절이야말로 '연암식 기법'의 진수다. 판소리로 치면, 긴장과 이완의 변주 같은 것이라고나 할까. 물론 이건 수난의 서곡에 불과했다. 북방의 기후는 한마디로 예측불허 그 자체였다. 느닷없이 구름이 덮여 하늘은 깜깜해지고 바람이 삽시간에 모래를 날려 지척을 분간할 수 없게 되었으니, 하루에도 천국과 지옥을 수시로 오르내려야 했다.

중류에 이르렀을 때였다. 갑자기 남쪽에서 한 조각 검은 구름이 거센 바람을 품고 밀려왔다. 삽시간에 모래를 날리고 티끌을 말아올려 자욱한 안개처럼 하늘을 덮어버리니, 지척을 분간하기 어려울 지경이다. 배에서 내려 쳐다보니 하늘빛이 검푸르다. 여러 겹 구름이 주름처럼 접힌 채, 독기를 품은 듯 노여움을 발하는 듯 번갯불이 번쩍번쩍하고 벽력과 천둥이 몰아쳐 마치 검은 용이라도 튀어 나올 듯한 모습이다. (「막북행정록」)

'납량특집' 뺨치는 배경 아닌가. 엎친 데 덮친 격으로 조선 사신들을 빨리 오게 하라는 황제의 재촉이 들이닥치자, 그야말로 일행은 '눈썹을 휘날리며' 달려가야 했다. 조선에 대한 황제의 과도한 편애가 오히려 화근이었던 셈이다. 황제는 조선 말[馬]이 좀 질이 떨어지는 종자라 판단하여 건장하고 날랜 말을 제공하라는 명령까지 내린다. 연암이 보기에도 중국 말은 조선 말과는 종자가 달랐다. 한 시간에 70리를 간다는 중국의 말은 "노래하듯이 선창을 하면 뒤에서는 마치 범을 쫓듯이 응한다. 그 소리가 산골과 벼랑을 울리면 말이 일시에 굽을 떼어 바위나 시내, 숲이며 덩굴을 가리지 않고 홀홀 뛰어오르며 쏜살같이 내달린다. 그 달리는 소리가 마치 북을 치듯 소낙비가 퍼붓듯 거침이 없다." 이름하여 비체법飛遞法. 그런 반면, 조선의 말은 마치 쥐처럼 잔약한 과하마果下馬인 데다 견마 잡히고서도 오히려 떨어질까 두려워하는 실정이다. 그러니 만일 황제의 명령으로 청국의 말이 제공된다 한들 누가 바람처럼 달리는 역마를 감당할 수 있단 말인가. 사정이 여의치 않았던지 말이 제공되었다는 이야기는 없다. 불행 중 다행!

밀운성 밖에서 또 한번 위기에 직면한다. 밀운성 밖을 감돌아서 7~8리를 갔을 즈음 별안간 건장한 호인胡人 몇이 나귀를 타고 오다가 손을 내저으며, "가지 마시오. 앞으로 5리쯤에 시냇물이 크게 불어서 우리도 모두 되돌아오는 길이오" 한다. 이에 서로 돌아보며 낯빛을 잃고 모두 길 가운데에 말을 내려 섰으나, 위에서는 비가 내리고 아래로는 땅이 질어서 잠시 쉴 곳도 없다. 그제야 통관과 역관들을 시켜서 물에 가보게 하였다. 그들이 돌아와서는, "물 높이가 두어 발이나 되어 어찌할 수 없습니다" 한다. 버드나무 그늘이 촘촘하고, 바람결이 몹시 서늘한 데다 하인들의 홑옷이 모두 젖어서 덜덜 떨지 않는 자가 없다.

결국 밀운성으로 다시 들어갔으나 밤이 깊어 집집마다 문을 걸어 잠갔으므로 백 번 천 번 두드린 끝에 간신히 한 아전의 집에 머무르게 된다. 겨우 지친 몸을 추스리고 있던 차, 또 다시 황제의 군기대신軍機大臣이 들이닥친다. "황제께옵서 사신을 고대하고 계시오니 반드시 초아흐렛날 아침 일찍 열하에 도달하여 주시오." 두 세 번 부탁하고는 쏜살같이 돌아간다. 으, 이 스트레스를 뭐에 비할 것인가.

마음은 한층 바빠졌건만, 때는 바야흐로 새벽녘이어서 물도, 땔나무도 없으니 밥을 지을 길이 없다. 하인들은 모두 춥고 굶주려서 혼수상태에 빠졌다. 연암은 그들을 채찍으로 갈겨 깨웠으나 일어났다가 곧 쓰러지곤 한다. 하는 수 없이 몸소 주방에 들어가 살펴본즉 하인 영돌이만 홀로 앉아 공중을 쳐다보면서 긴 한숨을 뽑는다. 남은 사람들은 모두 종아리에 고삐를 맨 채 뻗어서 코를 골고 있다. 마침 간신히 수숫대 한 움큼을 얻어서 밥을 지으려 했으나 한 가마솥의 쌀에 반 통도 못 되는 물을 부었으니 끓을 리가 없다. 결국 밥 한 숟가락도 들지 못한 채, 연암은 형님인 정사와 함께 술 한 잔씩을 마시고 곧 길을 나섰다. 먼데 닭이 홰치는 소리를 들으며.

그 와중에 연암의 견마잡이 창대가 강을 건너다 말굽에 밟히는 사고가 발생한다. 마철(말 편자)이 깊이 들어 쓰리고 아파 촌보를 제대로 옮기지 못하게 되었다. 연암은 하는 수 없이 기어서라도 뒤를 따라 오게 하고 스스로 고삐를 잡는다. 동정하고 말고 할 여유가 없었던 것이다. 길을 나서자마자 사나운 물결이 길을 깊이 파간 바람에 어지럽게 흩어진 돌들이 이빨처럼 날카로웠다. 손에는 등불 하나를 가졌으나 거센 새벽 바람에 꺼져버렸다. 그리하여 다만 동북쪽에서 흘러내리는 한 줄기 별빛만을 바라보며 전진하였다. 몹시 춥고 주린 데다 발병까지 나고 잠도 제대로 못 잔 창대가 이 차가운 물을 또 건널 생각을 하니 연암의 마음은 쓰라리다.

하지만 창대를 걱정하고 있을 처지가 아니다. '하룻밤에 아홉 번 강을 건너야' 할 정도로 일정이 '빡빡'했기 때문이다. "(강물을) 아홉 번이나 건너고 나서야 겨우 물을 벗어날 수 있었다. 물 밑바닥의 돌엔 이끼가 끼어서 몹시 미끄러운 데다 물이 말의 배까지 넘실거리는 바람에 다리를 옹송그리고 두 발을 모은 채 한 손으론 고삐를 잡고 또 한 손으론 안장을 꽉 잡았다. 끌어주는 이도 부축해 주는 이도 없건만, 그래도 떨어지지 않는다." 〈일야구도하기〉一夜九渡河記라는 유명한 문장은 이런 어드벤처를 대가로 해서 탄생한 것이다. 생사를 넘나드는 체험 속에서 획득된 삶의 지혜, 그것의 표현으로서의 문文. 거기에 비하면 삶과 유리된 채, 그저 여기저기서 주워들은 쪼가리 지식들을 엮는 우리들의 글쓰기는 취미 활동에 불과하다. 애꿎은 나무들만 고달프게 만드는. 부끄럽고 또 부끄러울 따름인저!

그나마 다행인 건 창대가 다시 일행에 합류한 것이다. 열하에 가까워질 즈음 별안간 창대가 말 앞에 나타나 절한다. 사연인즉, 청나라 제독이 지나갈 때 길가에서 서럽게 울부짖으니 제독이 말에서 내려 위로하고 친히 음식까지 권한 뒤, 자기가 탔던 나귀를 주어 가게 했다는 것이다. 나귀가 어찌나 날래던지 다만 귓가에 바람 소리가 일 뿐이었다나. 연암은 이국의 한 마부를 위하여 극진한 친절을 베푼 제독의 '대국적 풍모'에 감탄한다. 덕분에 큰 사고가 없었으니 그나마 운이 좋았던 셈이다.

그러나 가장 힘든 건 뭐니뭐니해도 '야간비행'이다. 일정을 당기기 위해서는 쉴참을 건너뛰는 것, 밤을 도와 행군하는 것 말고 달리 방도가 없었다. 마침내 온 나흘 밤낮을 쉬지 않고 달리는 마지막 난코스가 시작되었다. 무박나흘의 '지옥훈련'! "하인들이 가다가 발을 멈추면 모두 서서 존다. 나 역시 졸음을 이길 수 없어, 눈시울은 구름장을 드리운 듯 무겁고 하품은 조수가 밀려오듯 쉴 새 없이 쏟아진다. 눈을 빤히 뜨고 사물을 보긴 하나 금세 기이한 꿈에 잠겨버리고, 옆사람에게 말에서 떨어질지 모르니 조심하라고 일깨워주면서도 정작 내 몸은 안장에서 스르르 옆으로 기울어지곤 한다." "창대가 가면서 뭐라뭐라 떠들어대기에, 나 역시 주거니 받거니 하면서 가만히 살펴보니 잠꼬대가 그토록 생생하였다." 얼마나 졸리웠으면 연암은 길가의 돌에다 대고 이렇게 맹세한다. "내, 장차 우리 연암 산중에 돌아가면, 일천 일 하고도 하루를 더 자서 옛 희이선생希夷先生: 한번 잠들면 천 일씩 잤다는 도사보다 하루를 더 자고, 또 코 고는 소리를 우레처럼 내질러 천하의 영웅이 젓가락을 놓치게 하고, 미인이 기절초풍하게 할 것이다. 만약 이 약속을 어긴다면, 내 기필코 너와 같이 돌이 되고 말 테다" 맙소사! 아무리 졸리기로 이런 맹세를 하다니.

이 정도면 가히 전시 상황이라 할 법하다. 우리의 상식으로는 전시가 아니고서야 이런 식의 강행군을 어찌 감내한단 말인가. 그런 점에서 황제의 명령이 어떤 것인지 이보다 더 실감나게 말해주는 것도 드물다. 당시인들에게 있어 황제의 명이란 전쟁을 치르듯 지엄한 일이었던 것이다. 객점에 이르기 직전 연암은 창대를 말에 태운다. 여러 날 굶주린 끝에 오한까지 들어 제정신이 아니었기 때문이다. 마침 수역의 마부도 크게 앓으므로 병든 두 마부를 각기 말에 싣고, 흰 담요를 꺼내어 창대의 온몸을 둘러싸고 띠로 꼭꼭 묶어서 수역의 마두더러 부축하여 먼저 가게 하고, 수역과 더불어 걸어서 객점에 이르니 밤이 이미 깊었다. 마침내(!) 열하에 도착한 것이다. 춥고 배고프고 졸리고, 한마디로 파김치가 되어.

그러나 뭐니뭐니해도 졸린 것보다 더 간절한 괴로움은 없었나 보다. "객점에 이르니 곧 밥상을 내왔다. 허나 심신이 이루 말할 수 없이 피로하여, 수저는 천 근이나 되는 듯, 혀는 백 근이나 되는 듯 움직이기조차 힘들다" 수저가 천 근이고, 혀가 백 근이라? 나흘을 자지 못했으니 충분히 그럴 만하다. 배고픈 사람 눈에는 모든 게 먹을 것처럼 보이듯, 졸린 사람 눈에는 세상 모든 게 잠을 돋우는 것으로 보이는 법. "상에 가득한 나물이나 구이 요리가 모두 잠 아닌 것이 없을뿐더러, 촛불마저 아롱아롱 무지개처럼 뻗쳐 광채가 사방으로 퍼지곤 한다." 눈이 가물가물 잦아드는 모습이 눈에 삼삼하다. 그렇다고 그냥 쓰러질 수야 없지. 연암은 이 와중에도 '먼 길 나그네의 벗'인 술 한잔을 잊지 않는다. "청심환 한 개로 소주와 바꾸어 마시니, 술맛이 기가 막히다. 마시자마자 곧 취하여 나도 모르게 스르르 베개 위로 곯아떨어졌다." '천신만고' 끝에 오는 달콤한 잠, 그것에 견줄 수 있는 건 세상 어디에도 없으리.

열하, 그 열광의 도가니

삼도량에서 잠깐 쉬고 합라하哈喇河를 건너 황혼이 될 무렵에 큰
재 하나를 넘었다. 조공을 실은 수레들이 앞다투어 달려간다. 서장
관과 고삐를 나라히 하여 가는데 깊은 계곡에서 갑자기 범의 으르
렁거리는 소리가 두세 번 들려온다. 그러자 동시에 모든 수레가 길
을 멈추고서 함께 고함을 친다. 소리가 천지를 진동할 듯하다. 아
아, 굉장하구나! (「막북행정록」漠北行程錄)

연암으로 하여금 수도 없이 생사의 갈림길을 넘나들게 했던 열하
는 이렇게 천지를 진동하는 소리와 함께 그 위용을 드러냈다. 열하
는 동북방의 요새답게 수레들이 달리는 소리, 범의 포효를 효과음
으로 선사한 것이다. 압록강을 건너 요동에서 연경으로, 연경에서
열하, 그리고 다시 연경으로 이어지는 이 '대장정'의 클라이맥스는
단연 열하다. 열하는 느닷없이 끼어든 선이지만, 순식간에 '키워드'
가 되어 전체 여행의 배치를 바꿔버렸다. 거듭 말하거니와, 열하가
없었다면 아니 더 정확히는 연암과 열하가 마주치지 않았더라면
이 여행은 아주 '딴판'이 되었을 것이다.

　　장성 밖 요해의 땅인 열하는 지세地勢상으로 보면 천하의 두뇌
와 같아, 황제의 피서避署행은 애초엔 "두뇌를 누르고 앉아 몽고의
목구멍을 틀어막자는 것"이었다. 그러다가 해마다 열하의 성지와
궁전이 날로 늘어 그 화려하고 웅장함이 연경보다 더하고, 그뿐 아

피서산장과 열하 피서산장은 거대한 인공호수다. 호수 곳곳마다 근사한 누각과 정자가 세워져 있다. 배를 타고 1시간쯤 돌아야 '전모'를 볼 수 있다고 한다. 물론 뱃삯도 장난이 아니다. 그래서 우리 일행은 먼 발치에서 주욱 둘러보는 것으로 만족해야 했다. 놀랍게도 호수 한귀퉁이에 '열하'가 있었다. '열하 속의 열하'라? 밑에서 뜨거운 물이 솟아 겨울에도 물이 얼지 않는다고 해서 열하란다. 그 물에 손을 씻으면 도박에서 큰 돈을 딴다는 전설이 있다길래 우리들은 모두 정성껏 손을 씻었다. 결과는? 아는 바 없다.

니라 산수의 경치도 연경보다 빼어나 방탕한 놀이터로 발전되었다. 건륭제의 할아버지인 강희제康熙帝가 친히 쓴 기記를 잠깐 음미해보면, "금산은 줄기차게 뻗어내리고 따뜻한 샘은 넌출져 흐른다. 구름 잠긴 동학洞壑 : 동굴과 계곡은 깊디깊고 돌 쌓인 못엔 푸른 아지랑이 둘렀다. 경계가 넓고 초목이 무성하니 밭집에도 해롭진 않으리. 바람이 맑아 여름철도 서늘하니 사람이 수양할 곳으로 적당하구나." "날개가 찬란한 새들은 푸른 물 위에 노닐되 사람을 피하지 않고, 노는 사슴들은 석양볕을 띠고 떼를 이루었구나. 솔개는 공중에 날고 고기는 물에 뛰노니 자유로운 분위기를 따름이요, 파란 빛과 붉은 기운은 마치 봄날의 아지랑이처럼 오르내리는구나"라고 하여 그 산천경개의 빼어남을 예찬하고 있다. 정치적 요충지인 데다 이렇게 풍광이 빼어나니, 황제들이 즐겨 찾을밖에. 또 황제가 있는 곳이 천하의 중심이 되는 법이니, 연암이 방문할 당시엔 열하가 바로 천하의 중심이었던 셈이다. 과연 그러했다. 그 지세의 우뚝함에 걸맞게 열하는 가히 열광의 도가니였다. 온갖 이질적인 것들이 들끓고, 낯선 것들이 교차하는. 연암은 이렇게 말한다.

내 평생 기이하고 괴상한 볼거리를 열하에 있을 때보다 더 많이 본 적은 없었다. 그러나 대부분 그 이름을 알지 못했고, 문자로 능히 형용할 수 없는 것들이어서 모두 빼고 기록하지 못하니, 안타까운 일이다. (〈만국진공기후지〉萬國進貢記後識)

연암이 열하에 당도했을 때는 바야흐로 8월. 북방의 더운 기운이 오히려 찌는 듯하여 그는 흰 모시 홑적삼을 입었는데도 대낮이 되면 땀이 흐르곤 했다. 무리한 행군으로 인한 피로함과 체질적인 핸디캡에도 불구하고 연암은 귀, 눈, 마음을 모조리 열어놓고서 그 이질성의 세계를 낱낱이 기록한다.

8월 13일은 건륭황제의 천추절이었는데, 황제는 특별히 조선 사신을 불러 행재소까지 와 뜰에 참여하여 하례賀禮를 올리도록 은전을 베푼다. 노고를 치하하느라 그랬는지는 알 수 없지만, 황제는 여러 면에서 조선 사신단에 대한 편애를 감추지 않는다. 연암이 특별한 체험을 많이 하게 된 것도 어찌 보면 황제의 직·간접적 배려에 힘입은 바 크다.

이때만 해도 그렇다. 황제의 70세 잔치인 천추절 당일날 황제가 있는 곳까지 부르는 바람에 엄청난 규모의 진공進貢행렬을 목격하게 된 것이다. 연암이 보기에, 세계 곳곳에서 당도한 수레가 만 대는 될 듯하다. 사람은 지고, 약대는 싣고, 가마에 태우고 가는데, 마치 형세가 풍우와 같았다. 거대한 바람이 움직이는 듯한 진공대열에서 연암의 눈을 사로잡은 건 억센 쇠사슬로 목을 맨 범과 표범, 길들인 사슴, 크기가 말만 하고 정강이는 학처럼 우뚝 선 악라사鄂羅斯; 러시아의 옛이름 개, 모양은 약대 같고 키가 서너댓 자나 되는데 하루 300리를 간다는 타계駝鷄 등 기이한 금수禽獸들이었다.

반양盤羊이라는 동물도 신기하기 짝이 없다. 사슴의 몸에 가는 꼬리가 있으며, 두 뿔이 구부러졌고, 등에는 겹친 무늬가 있다. 밤

위구르족 열하로 가는 길목에서 흔히 만날 수 있는 장면이다. 위구르족은 중국에 의해 탄압 받고 있는 소수민족 중의 하나고, 노새는 자동차의 홍수 속에서도 가난한 농민들에게는 없어 서는 안 되는 이동수단이다. 둘 다 이질적이고 소수적인 존재라는 점에서 상통한다.

이면 뿔을 나뭇가지에 걸고 자며, 떼지어 다니므로 티끌과 이슬이 서로 엉기어 뿔 위에 풀이 나기도 한다. 몽고에서 황제에게 바쳤는 데 황제가 다시 판첸 라마에게 공양했다고 한다.

　『산해경』 혹은 『걸리버 여행기』에나 나옴직한 기이한 동물들 은 그 뒤에도 자주 등장한다. 황제는 축하공연 중의 하나인 연극을 직접 관람할 기회도 주었는데, 그때 크기가 겨우 두 자에 몸빛은 황백색으로 갈기머리를 땅에 솔솔 끌면서 울고 뛰고 달리는 말을 보기도 한다. 또 행재소 문 밖에서 여관으로 돌아오다 보게 된 태 평차太平車에서는 귀부인처럼 짙은 화장을 하고 옷을 차려입은 원숭이를, 장바닥에선 비둘기보다 작고 메추리보다는 큰데, 사람의 말을 다 알아들어 갖은 재주를 부리는 납최조蠟嘴鳥라는 새를 목격하기도 한다. 코끼리 또한 연암에게는 진기한 동물 중 하나였다.

만일 진기하고 괴이하며 대단하고 어마어마한 것을 볼 요량이면 먼저 선무문 안으로 가서 상방象房을 구경하면 될 것이다. …… 소의 몸뚱이에 나귀의 꼬리, 낙타의 무릎에 호랑이의 발, 짧은 털, 회색 빛깔, 어진 모습, 슬픈 소리를 가졌다. 귀는 구름을 드리운 듯하고, 눈은 초승달 같으며, 두 개의 어금니 크기는 두 아름이나 되고 키는 1장丈 남짓이나 되었다. 코는 어금니보다 길어서 자벌레처럼 구부렸다 폈다 하며 굼벵이처럼 구부러지기도 한다. 코끝은 누에의 끝부분처럼 생겼는데 거기에 족집게처럼 물건을 끼워서 둘둘 말아 입에 집어넣는다. (〈상기〉象記)

지금 우리에게 코끼리는 낯익은 존재지만, 연암에게는 생김새 하나하나가 진기하기 짝이 없었던 모양이다. 크기와 생김새를 갖가지 동물에 비유하는 어조가 아이처럼 천진난만하다. 〈상기〉라는 『열하일기』가 자랑하는 명문은 바로 코끼리에 대한 상상이다(그가 코끼리를 보고 무슨 상상을 했는지는 5부에서 구체적으로 펼쳐진다). 이렇듯 연암에게 열하는 가장 먼저 진기한 '동물의 왕국'으로 다가왔다.

물론 거기 몰려든 인간 군상들 역시 동물들 못지않게 기이하고, 다채로웠다. 그들에 대한 연암의 기록도 흥미롭다. 중앙아시아 근동의 회회교를 믿는 회회국回回國 사람들에 대해서는 "얼굴이 사납고, 코가 크며, 눈은 푸르고, 머리와 수염이 억세"다고 적었다. 그런가 하면, 길에서 우연히 마주친 몽고왕에 대해선 "몸을 부들부들 떨며 체머리를 흔드는 것이 아무 보잘것이 없어 마치 장차 거꾸러지려는 썩은 나무등걸 같"다고 했다. 그밖에도 아라사, 류큐, 위구르 등 청나라를 둘러싼 주변 이민족의 왕족들이 곳곳에서 출현한다. 그들을 바라보는 연암의 시선은 꽤나 복합적이다. 진지한가 하면 장난스럽고, 깔보는 듯하면서도 예리한 통찰을 잊지 않는다. 연암의 두뇌로도 종잡기 어려울 만큼, 그들은 낯선 세계에서 온 '외계인'이었던 것이다.

게다가 고북구古北口를 지날 때는 진짜 괴상한 종족을 만나기도 한다. 그 종족은 대부분의 여인네가 목에 혹을 달고 있다. 큰 것은 거의 뒤웅박 정도의 사이즈인데, 더러는 서넛이 주렁주렁 달린 이도 있다. 말하자면, '전설의 고향'에서나 나옴직한 '혹부리 종족'이 실제로 있었던 것이다. 연암에겐 왜 저토록 큰 혹이 달렸는지, 또 어째서 여인네들한테만 혹이 있는지 신기하기 그지없다.

물론 연암을 비롯한 조선 사행단에게 있어 가장 '쇼킹'한 것은 바로 서번, 즉 티베트와의 마주침이다. 이것은 그저 호기심을 자극하는 정도가 아니라, 낯선 우주와의 충돌에 비유할 정도로 충격적인 것이었다. 더구나 그것은 그저 스쳐지나간 것이 아니라, 이 여행기 전체에 깊은 흔적을 남기게 된다. 연암이 그것과 접속하기 위해

라마교 사원 열하에 있는 티베트 불교 사원. 티베트식 전통을 고스란히 보존하고 있는 곳이다. 여기저기 둘러보고 있는데, 아, 갑자기 노스님이 나타나셨다. 사진 실력 미달로 자비로운 미소를 담아내지 못한 것이 안타깝기만 하다.

얼마나 치열한 노력을 기울였는지는 앞에서 이미 말한 바 있다.

이렇듯 열하는 '천신만고'를 보상해주기라도 하듯, 온갖 퍼레이드를 펼쳐 보였다. 그리고 연암은 이 이질성의 도가니를 종횡무진 누비고 다녔다. 마치 물을 만난 고기처럼.

대단원

열하에서 보낸 시간은 모두 엿새였다. 떠날 시간이 다가오자, 연암의 심정은 못내 아쉽다. "일찍부터 과거를 폐하여 하찮은 진사 하나도 이루지 못했"는데, "이제 별안간 나라를 떠나서 만 리 밖 머나먼 변방에 와 엿새 동안을 노닐"다 이제 다시 돌아가자니, 감회가 없을 수 없었으리라. 하지만 떠나고 머무는 건 자신의 의지와는 무관한 사항이다. 국가간 외교사절단을 쫓아온 것이니만큼 공식일정에 따라야 하는 것이다.

열하는 정녕 매혹적인 공간이었다. 거기다 황제의 특별한 배려까지 더해져 연암은 생애 가장 특이한 엿새를 보낼 수 있었다. 하지만 인생만사 새옹지마塞翁之馬라고, 황제의 편애는 조선 사신단에 예기치 않은 불운을 안겨다준다. 바로 티베트의 지도자 판첸 라마를 접견하도록 은혜(혹은 명령)를 베푼 것이다. 황제 쪽에서는 영광스러운 기회를 준 것이나, 조선 사신단에게는 날벼락 같은 일이었다. 유학자가 불교, 그것도 사교邪敎에 가까운 티베트 불교의 지도자에게 머리를 숙이다니! 있을 수도 없는 일이고, 있어서도 안 되는 일이었다. 하지만 황제가 베푼 영광을 거절한다는 건 더더욱 있을 수 없는 일이었다. 변명이 거듭될수록 상황은 한층 악화되었다.

처음엔 은전이었던 것이 이제는 지엄한 명령으로 바뀌고 말았다. 울며 겨자먹기로 마지못해 접견을 마쳤으나, 조선 사신단의 불공함은 황제를 노하게 만들었다. 황제는 노골적으로 불편한 심기를 드러냈다. "그 나라는 예禮를 알건만 사신은 예를 모르네그려." 따지고 보면, 황제 쪽에서도 어처구니가 없었을 것이다. 황제가 스승으로 떠받드는 존재에게 한낱 변방의 국가 사절단이 오랑캐니 어쩌니 하면서 예를 표할 수 없다고 뻗대었으니.

황제가 그만 북경으로 돌아가라는 명령을 내리자 예부에서는 예기치 않은 트러블이 생길 것을 우려하여 곧 떠날 것을 재촉한다. 분위기가 이렇듯 싸늘하니, 돌아오는 여정이 고달플 건 당연하다. 백하白河를 지날 때다.

이제 연경으로 돌아오는 길에는 근신의 보호와 전송은커녕 황제 또한 한마디 위로의 말씀도 없다. 사신들이 번승判喇 라마 접견하기를 꺼려한 탓이다. 열하로 갈 때와 올 때의 대우가 이토록이나 달랐다. 저 백하는 며칠 전에 건너던 물이고 모래 언덕은 지난번에 서 있던 곳이다. 제독이 손에 들고 있는 채찍이나 물 위에 떠 있는 배도 그때와 같은 것이다. 그러나 제독은 말 한마디 없고 통관은 그저 머리를 숙이고 있다. 저 강산은 유구한데 세상 인심은 삽시간에 달라져버렸다. (「환연도중록」還燕道中錄)

바로 얼마 전 그곳을 지날 때는 "군기가 나와서 우리를 맞이해주고 낭중은 강을 건너는 일을 감독하고 황문黃門은 길을 인도해주었다. 제독과 통관들이 친히 강가에서 채찍으로 지휘하여 그 기세가 산을 꺾고 강을 메울 만큼 당당했는데", 이제 돌아가는 길은 이처럼 냉담하기 짝이 없다. 서글픈 귀환! 갈 때는 일정이 빠듯하여 '죽기 아니면 까무러치기'로 나아갔지만, 돌아오는 길은 여정이 느긋했던 게 그나마 다행이라면 다행이다.

북경에 돌아오니, 뒤에 남았던 역관과 비장, 하인들이 모두 길 왼편에서 대기하고 있다가 다투어 손을 잡으며 그간의 노고를 위로한다. 기쁨의 상봉! 다만 내원이 보이지 않는다. 그는 일행들을 빨리 보고 싶어서 일찍 밥을 먹고 동문으로 가버리는 바람에 길이 서로 어긋난 것이다. 창대가 장복이를 보더니, 그 사이 서로 떠났던 괴로움을 말하기 전에 대뜸, "너 별상금 얼마나 챙겼니?" 한다. 장복 역시 안부를 나누기 전에 얼굴에 가득찬 웃음으로, "넌, 상금이 몇 냥이더냐?" 하니, 창대는, "천냥이야. 의당 너와 반분해야지" 한다. 헤어질 땐 곧 죽을 듯이 울고불고 난리더니, 죽을 고비를 다 넘기고 다시 만나서는 고작 '돈타령'이라니. 과연 '환상의 2인조'답다! 이어지는 황제에 대한 농짓거리들. 거짓말 아닌 것이 없으나 장복이를 포함하여 제법 똑똑한 하인들도 창대의 '뻥'에 다 속아넘어간다.

여러 역관이 연암의 방에 모여들었다. 모든 사람이 연암이 가져온 봇짐을 흘겨보곤 한다. 그 가운데에 먹을 것이나 없을까 하는 표정이다. 곧 창대를 시켜 보를 끌러서 속속들이 헤쳐 보게 했으나, 별다른 물건이 없고 다만 붓과 벼루가 있을 뿐이었다. 두툼하게 보인 것은 모두 필담과 난초亂草; 갈겨 쓴 초고로 된 '메모 노트'였던 것. 그제야 여러 사람이 모두 허탈하게 웃으며, "어쩐지 이상하더라. 갈 때엔 아무런 행장이 없더니, 돌아올 젠 짐이 이렇게 부풀었잖아" 한다. 장복이는 계속 미련을 버리지 못하고 창대더러 "별상금말야, 어디다 두었어" 하며 몹시 섭섭한 표정을 지었다. '페이드 아웃' fade out! 무협영화 뺨치는 '대장정'은 이렇게 대단원의 막을 내렸다.

'천 개의 얼굴' '천 개의 목소리'

분출하는 은유

『열하일기』 곳곳에는 이국의 풍광과 정취가 매혹적으로 그려져 있다. 거대한 스케일과 무시로 변화하는 중원의 대자연을 포착하기 위해 그는 환상의 은유, 공감각, 돌연한 비약 등 화려한 수사학을 구사한다. "황대경씨의 글이 사모관대紗帽冠帶를 하고 패옥佩玉을 한 채 길가에 엎어진 시체와 같다면, 내 글은 비록 누더기를 걸쳤다 할 지라도 앉아서 아침 해를 쬐고 있는 저 살아 있는 사람과 같다"고 자부했던 바대로, 그는 풀잎과 새의 울음, 별과 달의 움직임까지도 놓치지 않으려는 듯, 기꺼이 '언어의 연금술사'가 된다. 그 이미지들은 때론 화려한 스펙터클로, 때론 그윽한 서정으로, 때론 공포의 어조로 변주되면서 은유와 환유의 퍼레이드를 펼친다.

먼저 그는 해가 뜨고 지는 순간 만들어지는 빛의 미세하고도 미묘한 변화를 정밀하게 감지한다. 주로 새벽에 떠나고 달빛을 타고 움직이는 습관 때문에 일출이나 월출의 변화를 생생하게 포착할 수 있었던 것이리라. "서쪽 하늘가에 짙은 안개가 문득 트이며 한 조각 파아란 하늘이 사풋이 나타난다. 영롱하게 구멍으로 비치는 것이 마치 작은 창에 끼어 놓은 유리알 같다. 잠시 울 안에 안개는 모두 아롱진 구름으로 화하여 그 무한한 광경은 이루 말할 수 없다. 돌이켜 동쪽을 바라보니, 이글이글 타는 듯한 한 덩이 붉은 해가 벌써 세 발을 올라왔다." 안개 속에 언뜻 보이는 한 조각 파아란 하늘, 안개바다, 이글거리는 붉은 해로 이어지는 빛의 변신술.

해뜨는 순간의 묘사는 다음에서 더 도드라진다.

달이 막 떨어지니 온 하늘에 총총한 별들이 깜박거리고 마을 닭들이 연이어 홰를 치기 시작한다. 몇 리 못 가 안개가 뿌옇게 내리자 큰 벌판이 삽시간에 수은 바다를 이루었다. 한 떼의 의주 장사꾼들이 서로 지껄이며 지나가는데, 그 소리가 너무도 몽롱하여 마치 꿈속 같았다. 기이한 글을 낭송하는 듯 또렷하지 않아 사람 같아 보이지도 않았다. 잠시 뒤, 하늘이 훤해지며 길에 늘어선 버드나무에서 매미가 일제히 울기 시작한다. 매미들이 저처럼 울부짖지 않아도 한낮의 더위가 몹시 뜨거운 줄 그 누군들 모르겠는가. 들에 가득했던 안개가 차츰 걷히자 먼 마을 사당 앞에 세워둔 깃발이 마치 돛대처럼 펄럭인다. 동쪽 하늘을 돌아보니 붉은빛 구름이 이글거리더니 한 개의 불덩이가 옥수수 밭 저편에 반쯤 잠기어 일렁거리고 있다. 차츰 솟아오르면서 요동벌 전체를 부드럽게 감싸 안는다. 땅 위의 오가는 말이며, 수레며, 나무며, 집이며, 털끝같이 보이는

것들이 모두 불덩이 속에 휩싸이기 시작했다. (「성경잡지」盛京雜識)

새벽 안개가 자욱한 풍경을 '수은 바다'에 비유하는 것도 멋지거니와, 그 아련한 풍경 속에서 들려오는 장사꾼들의 몽롱한 지껄임도 자못 신비로운 무드를 자아낸다. 거기에 취해들 즈음, 돌연 매미의 울음소리로 장면을 전환한 뒤, 곧바로 한낮의 땡볕으로 이동한다. 그러면서 붉은 불덩이가 요동벌에 쫙 퍼지는 '와이드 비전'이 펼쳐진다. 오, 붉은 광야! 이렇게 이미지들의 각축을 따라가노라면, 마치 여러 시공간이 순식간에 겹쳐지는 듯한 착각에 빠질 지경이다.

그러나 중원의 풍경이 이렇게 매혹적이기만 할 리가 없다. 땅의 크기만큼이나 거대한 스케일로 움직이는 대기의 흐름은 종횡무진으로 구름과 비를 몰고온다. 특히 상상을 초월할 정도로 가공할 소낙비를 만났을 때, 그것은 일종의 경외감을 자아낸다. 이제묘夷齊廟에서 야계타野雞坨로 가는 도중 날씨가 찌는 듯하고 한점 바람기가 없더니 갑자기 사람들의 손등에 한 종지 찬물이 떨어지며, 마음과 등골이 섬뜩해지기에 사방을 둘러 보았으나 아무도 물을 끼얹는 이가 없다. 다시 주먹 같은 물방울이 모자와 갓 위에 떨어진다. 그제야 사람들이 고개를 들어 하늘을 보니,

해 옆으로 바둑돌만 한 구름이 나타난다. 맷돌 가는 소리가 들리더니, 삽시간에 지평선 너머 사방에서 자그마한 구름이 일어난다. 한

줄기 흰 번갯불이 버드나무 위에 번쩍하더니 이내 해가 구름 속에 가려진다. 천둥치는 소리가 바둑판을 밀치는 듯 명주를 찢는 듯 요란하다. 수많은 버들잎에서 번갯불이 번쩍인다. 일제히 채찍을 날려 말을 달렸다. 등 뒤로 수많은 수레가 다투어 달리는 듯하다. 산은 미친 듯하고 땅은 뒤집힐 듯하다. 나무들은 노한 듯이 부르짖는다. 하인들은 서둘러 우장을 꺼내려 하나 손발이 떨려 선뜻 끈을 풀지 못한다. 비바람과 천둥번개가 동시에 휘몰아치니, 한 치 앞도 분간하기 어려운 상태다. (「관내정사」關內程史)

바둑판 밀치는 소리, 맷돌가는 소리, 까마귀 소리, 명주 찢는 소리 등 청명한 하늘에 돌연 천둥번개가 휘몰아치는 과정이 역동적으로 포착되어 있다. 마치 공포영화의 한 장면을 보는 듯 손에 땀을 쥐게 한다. 이 소낙비의 위력이 얼마나 굉장했던지, "말은 모두 사시나무 떨 듯하고 사람은 숨길이 급할 뿐이어서 할 수 없이 말머리를 모아서 삥 둘러섰는데 하인들은 모두 얼굴을 말갈기 밑에 가리고 섰"고, "가끔 번갯불에 비칠 때 살펴보니, 노군이 새파랗게 질리어 두 눈을 꼭 감고 숨이 곧장" 넘어갈 지경이다.

연암의 '연금술적' 능력이 고도로 발휘된 대목은 특히 〈야출고북구기〉夜出古北口記이다. 최초로 『열하일기』를 출간한 구한말의 문장가 김택영은 이 글을 『삼국사기』의 '온달전'과 함께 조선 5천년래 최고의 문장으로 꼽았다 한다. 대체 어떤 글이길래? 물론 내 능력으론 그 진면목의 그림자도 엿보기 어렵다. 다만 이 글이 내뿜고

고북구의 망루 고북구는 천연의 요새다. 망루 위에서 바라보면 사방으로 장성이 뻗어 있다. 불후의 명작 〈야출고북구기〉가 바로 여기에서 탄생되었다.

있는 분위기가 예사롭지 않다는 것만을 확인할 수 있을 뿐.

고북구는 거용관居庸關과 산해관山海關의 중간에 있어 장성의 험난한 요새로 손꼽히는 곳이다. 몽고가 출입할 때는 항상 그 목구멍이 되는 까닭에 겹으로 된 난관을 만들어 그 요새를 누르고 있다. 연암은 배로 물을 건너 밤중에 고북구를 빠져나가면서 이 험준한 전쟁터 특유의 분위기를 예리하게 포착한다.

"때마침 상현上弦이라 달이 고개에 드리워 떨어지려고 한다. 그 빛이 싸늘하게 벼려져 마치 숫돌에 갈아놓은 칼날 같았다." 칼날 같은 초승달. 그 싸늘함에 등골이 서늘하다. 잠시 뒤 "달이 고개 너머로 떨어지자, 뾰족한 두 끝을 드러내면서 갑자기 시뻘건 불처럼 변했다. 마치 횃불 두 개가 산에서 나오는 듯했다". 칼날에서 횃불로. 거기다 밤은 더욱 깊어 "북두칠성의 자루 부분은 관문 안쪽으로 반쯤 꽂혔다. 벌레 소리가 사방에서 일어나고 긴 바람이 싸늘하다. 숲과 골짜기도 함께 운다." 이 음산한 숲에 전쟁의 기억들이 사방에서 출몰한다. "짐승같이 가파른 산과 귀신같이 음산한 봉우리들은 창과 방패를 벌여놓은 듯하고, 두 산 사이에서 쏟아지는 강물은 사납게 울부짖어 철갑으로 무장한 말들이 날뛰며 쇠북을 울리는 듯하다." 창과 방패, 말발굽과 북소리가 뒤엉키면서 괴괴함이 한층 고조된다.

물론 이게 끝이 아니다. 마지막 한 문장이 아직 남아 있다. "하늘 저편에서 학 울음소리가 대여섯 차례 들려온다. 맑게 울리는 것이 마치 피리소리가 길게 퍼지는 듯한데, 더러는 이것을 거위 소리라고도 했다." 전쟁터의 광경이 어지럽게 묘사되다가 맑고 투명한 학의 울음소리로 긴 여운을 이끌며 글을 마무리하고 있는 것이다. 이렇게 이 글은 그 명성에 걸맞게 한 글자, 한 문장도 빈틈이 없다. 마치 글자 하나하나가 살아서 꿈틀대는 듯 생생하다. 시종일관 손에 땀을 쥐게 하고, 등골을 서늘하게 하는 이 흡인력의 정체를 대체 어떻게 설명할 수 있을지. 나의 내공(!)으로는 그저 불가사의할 따름.

덧붙이자면, 연암은 전쟁의 은유를 즐겨 구사한 인물이다. 앞에서 이미 보았듯, 「소단적치인」騷壇赤幟引에서는 글쓰기를 전쟁의 용병술에 비유한 바 있고, 〈일야구도하기〉에서도 놀란 파도와 성난 물머리와 우는 여울과 노한 물결에 대해 "휘감아 거꾸러지면서 울부짖는 듯, 포효하는 듯, 고함을 내지르는 듯 사뭇 만리장성을 깨뜨릴 기세다. 1만 대의 전차와 1만 명의 기병, 1만 문의 대포, 1만 개의 전고戰鼓"로 비유하고 있다. 전쟁의 메타포가 지니는 역동성을 십분 활용하고 있는 것이다.

니체가 말했던가? 인간은 '은유적 동물'이라고. 니체의 의도는 인간의 말은 '원초적으로' 대상에서 끊임없이 미끄러질 수밖에 없음을 말하고자 함이었다. 그렇다면 수사학이란 언어의 본래적 특질이 가장 빛나는 영역이라고 해야 할 터, 이처럼 연암은 변화무쌍한 중원의 시공간을 가로지르며 '은유적 동물'로서의 능력을 맘껏 발휘했던 것이다.

호모 루덴스

정진사·조주부·변군·내원, 그리고 상방 건량판사乾粮判事인 조학동 등과 투전판을 벌였다. 시간도 때우고 술값도 벌자는 심산이다. 그들은 내 투전 솜씨가 서툴다면서 판에 끼지 말고 그저 가만히 앉아서 술만 마시란다. 속담에 이른바 '굿이나 보고 떡이나 먹으라'는 격. 슬며시 화가 나긴 하나 어쩔 도리가 없다. 그렇지만 옆에 앉아 투전판 구경도 하고 술도 남보다 먼저 먹게 되었으니 그리 나쁜 일만은 아니다. 벽 저쪽에서 가끔 여인의 말소리가 들려온다. 가날픈 목청에 교태 섞인 하소연이 마치 제비나 꾀꼬리가 우짖는 소리 같다. '아마 주인집 아가씨겠지. 필시 절세가인일 게야.' 이런 생각을 하면서 장난삼아 방 쪽으로 들어가보았다. 그런데 쉰 살은 넘어 보이는 부인이 평상에 기대어 문 쪽을 향해 앉아 있었다. 생김새가 볼썽사나운 데다 추하기 짝이 없다. 나를 보더니 인사를 건넨다. "어르신, 안녕하세요?" "주인께서도 복 많이 받으십시오." 대답을 하면서도 짐짓 머뭇거리며 차림새를 살폈다. 쪽을 찐 머리엔 온통 꽃을 꽂고, 금팔찌 옥귀걸이에 붉은 분을 살짝 발랐다. 검은색의 긴 옷을 걸치고 은단추를 촘촘히 달아서 여몄다. 발에 풀·꽃·벌과 나비를 수놓은 신발을 신고 있다. (「도강록」渡江錄)

『열하일기』와 관련해서 가장 많이 인용되는 부분이다. 투전판에서 '왕따'를 당하는 모습도 흥미롭지만, 가냘픈 여인의 목소리에 혹해서 은근슬쩍 접근했다가 완전히 좌절(?)하고 마는 과정은 마치 '얄개 시리즈'를 연상시킨다. '쉰'도 넘어 보이는 여인네와 주고받는 어색한 인사말하며, 그 와중에도 곁눈으로 머리에서 발끝까지 샅샅이 훑어보는 치밀한(?) 관찰력하며, 연암의 모습은 여지없이 여드름 덕지덕지한 사춘기 '얄개'의 그것이다.

이 장면은 스토리가 그 다음날로 이어진다. 다음날 "하루가 1년이나 되는 듯 지루하다. 저녁 무렵이 되자 더위가 더욱 기승을 부리는 데다 잠까지 쏟아진다. 옆방에서는 투전판이 벌어져 한창 떠들썩하다". 전날 '왕따'를 당했던 연암은 한걸음에 달려가 자리에 끼어 연거푸 다섯 번을 이겨 백여 닢을 따 술을 사서 실컷 마셨다. 그 전날의 수치를 깨끗이 썻은 것이다. 의기양양한 연암이 "이 정도면 항복이지?" 하며 으스대니, 자존심이 상한 조주부와 변주부가 "요행으로 이긴 거죠"라고 대꾸한다. 서로 크게 웃었다. 하지만 변군과 내원이 직성이 풀리지 않았음인지 다시 한판 하자고 조르나, 연암은 발을 뺀다. 특유의 고상한 문자로 여운을 남기며. "뜻을 얻은 곳에는 두 번 가지 않는 법, 만족함을 알면 위태롭지 않다네!"

여행이 주는 재미는 이처럼 일상을 탈출하여 놀이에 빠질 수 있다는 사실에 있다. 특히 연암처럼 비공식적 동행자일 경우, 임무 수행의 의무로부터 벗어나 다양한 장소, 상이한 그룹에 끼여들 기회가 적지 않다. 일상의 시공간적 리듬을 벗어난 데서 오는 긴장과 이완, 이질적인 습속들 사이의 충돌 등 예기치 않은 사건들의 발생도 바로 그때 일어난다. 연암은 이 '자유의 공간' 위를 경쾌하게 질주한다.

그는 타고난 장난꾸러기다. 사람들 사이의 장벽을 터주면서 동시에 자신 또한 기꺼이 그 사이를 가로지르며 사건들마다 '유쾌한 악센트'를 부여하는 악동!

새벽에 길을 떠나면서 보니 지는 달이 땅 위에서 몇 자 안 되는 곳에 걸려 있다. 푸르고 맑은 기운이 감도는데, 모양은 아주 둥그렇다. 계수나무 그림자가 짙게 드리웠고, 옥토끼와 은두꺼비가 가까이서 어루만져질 듯하다. 항아의 고운 비단 옷자락엔 살포시 흰 살결이 내비친다. 나는 정진사를 돌아보며 말했다. "참 이상도 하이. 오늘은 해가 서쪽에서 뜨네그려." 정진사는 처음엔 달인 줄도 모르고 나오는 대로 응수한다. "늘상 이른 새벽에 여관을 떠나다 보니 동서남북을 분간하기가 정말 어렵구만요." 일행이 모두들 웃음을 터뜨렸다. (「일신수필」馹汎隨筆)

달이 하도 밝아 해로 착각한 것이다. 설악산에 갔을 때 정말 이런 상황을 직접 겪은 적이 있다. 한계령에서 7시간 정도 능선을 타고 중청봉에 이르기 직전 일몰이 시작되었다. 한참 일몰이 연출하는 장엄한 분위기에 젖었다 다시 오르기 시작했는데, 중청산장에 도달하는 순간, 월출이 시작된 것이다. 그때 일행 중 눈치없는 누군가 "어? 해가 또 뜨네?" 하는 바람에 일제히 배꼽을 잡았다. 그날이 보름이었기 때문에 달이 정말 해처럼 밝았던 것이다. 때를 놓칠세라, 나는 『열하일기』에도 그 비슷한 에피소드가 있다며 나의 '고전교양'을 과시하는 쾌거(?)를 올렸다. 연암 같으면 그 순간에 기상천외의 농담으로 대청봉까지 웃음이 물결치게 했을 테지만.

물론 그 자신이 이런 '농담따먹기'에 당하는 경우도 종종 있다.

한낮 불볕이 내리쬐는 탓에 숨이 막혀 더 오래 머물 수가 없어서 결국 길을 떠났다. 정진사와 앞서거니 뒤서거니 하다가, 정진사에게 중국이 성을 쌓는 방식이 어떻더냐고 물었다. 정진사가 대답한다. "벽돌이 돌만은 못하겠지요." "자네가 몰라서 하는 말일세. 우리나라는 성을 쌓을 때 벽돌을 쓰지 않고 돌을 쓰는데, 이건 좋은 계책이 아니야. 일반적으로 벽돌이란(길게 이어지는 벽돌론) …… 내가 예전에 박제가와 성에 대해서 이야기한 적이 있었거든. 그때 어떤 사람이 '벽돌이 단단하다 한들 돌만 하겠어요?' 하자 박제가가 버럭 소리를 지르면서, '벽돌이 돌보다 낫다는 게 어찌 벽돌 하나에 돌 하나를 비교하는 것이겠소?' 하는 거야. 정말 맞는 말 아닌가? …… 벽돌 한 장의 단단함이야 돌만은 못하겠지만, 돌 한 개의 단단함이 벽돌 만 개의 단단함에는 못 당하지. 그렇다면 벽돌과 돌 중 어느 편이 더 이롭고 편리한지 쉽게 구별할 수 있지 않은가?" (「도강록」)

대충 짐작하겠지만, 정진사도 장복이와 창대 못지않게 앞뒤가 막힌 인물이다. 그런데 연암은 그런 인물을 대상으로 벽돌예찬론을 장황하게 펼치고 있는 것이다. 독백보다는 낫다고 여겼으리라. 하지만 안 그래도 날씨는 무덥고 갈 길은 먼데 연암의 말이 귀에 들어올 턱이 없다. 당연히 정진사는 잠든 지 오래다. 얼마나 깊이 잠들었는지 "몸이 꼬부라져서 말등에서 떨어질 지경이었다".

내가 부채로 그의 옆구리를 꾹 찌르며 큰 소리로 야단을 쳤다. "어른이 말씀하시는데 어째서 잠만 자고 들질 않는 건가!" 정진사가 웃으며 말한다. "벌써 다 들었지요. 벽돌은 돌만 못하고, 돌은 잠만 못하다는 거 아닙니까?" "예끼! 이 사람아!" 나는 화가 나서 때리는 시늉을 하고는 함께 한바탕 크게 웃었다.

이게 그 유명한 벽돌과 돌, 잠의 에피소드다. "벽돌은 돌만 못하고, 돌은 잠만 못하다"는 정진사의 '봉창 두드리는 소리'는 『열하일기』를 대표하는 명언(^ ^) 중의 하나다. 앞에서 장황하게 이어지는 벽돌론은 그 자체로 한편의 중후한 에세이지만, 한참 논변이 무르익는 와중에 느닷없이 정진사의 잠꼬대가 이어지면서 기묘한 변박을 만들어낸다. 이런 식의 패턴은 『열하일기』만이 구사할 수 있는 독특한 화음이다. 왜냐하면 누구도 이런 식의 언표배치를 상상해본 적이 없기 때문이다. 진지한 글쓰기와 유쾌한 콩트가 엄격하게 구획되어 있는 지금도 그 점에선 크게 다르지 않다.

그러니 이런 악동의 눈엔 길 위에서 마주치는 모든 사건이 유쾌한 이야깃거리가 된다. 한번은 길에서 소낙비를 만나, 비를 피하느라고 점포에 들러 차대접을 받고 있었다. 점포의 앞마루에 여인네들 다섯이 부채에 붉은 물감을 들여 처마 밑에 말리고 있는데 별안간 말몰이꾼 하나가 알몸으로 뛰어 들었다. "머리엔 다 해어진 벙거지를 쓰고, 허리 아래엔 겨우 한 토막 헝겊을 가릴 뿐이어서 그 꼴은 사람도 아니요, 귀신도 아니고 그야말로 흉측했다." 마루에 있던 여인들이 왁자그르 웃고 지껄이다가 그 꼴을 보고는 모두 일거리를 버리고 도망쳐버리고 말았다. 주인이 화가 치밀어 팔을 걷어붙이고는 뺨을 한 대 때렸다. 말몰이꾼의 말인즉슨, "말이 허기가 져서 보리찌꺼기를 사러 왔는데 당신은 왜 공연히 사람을 치오" 한다. 주인은, "이 녀석, 예의도 모르는 녀석. 어찌 알몸뚱이로 당돌하게 구는 거야" 하자, 말몰이꾼이 문 밖으로 뛰어나가버린다. 주인은 분이 풀리지 않아 비를 무릅쓰고 뒤를 쫓아 나가자, 말몰이꾼도 '열받아서' 주인의 가슴을 후려친다. 주인은 그만 흙탕 속으로 나가떨어지고, 온몸이 진흙투성이가 되어 비틀거리며 돌아온다. 분풀이할 곳을 찾고 있던 차 말몰이꾼과 동행인 연암과 눈이 마주쳤다. 사태를 계속 주시하고 있던 연암은 흠칫, 위기감을 느낀다. 여차하면 한 대 맞을 수도 있는 상황인 것이다. 연암의 전략은?

먼저, "넌지시 눈을 내리뜨고 얼굴빛을 가다듬어 늠름히 범하지 못할 기세를 보인"다. 일단 분위기로 기선을 제압하겠다는 심사다. 그 다음 "얼굴빛을 부드럽게" 하면서 정중하게 사과한다. "하인이 매우 무례해서 이런 일을 저질렀습니다만 다시 마음에 두지 말으시지요." 우아하게 감동시킨다는 속셈이다. 과연 작전이 적중했다. 주인이 곧 노염을 풀고 웃으며 "도리어 부끄럽습니다. 선생, 다신 그 말씀 마십시다" 한다. 위기탈출! 순발력과 의뭉함이 돋보이는 대목이다.

또 한번은 동관역에 머무를 때 얼치기 점쟁이와 만난 적이 있다. 복채나 건지려고 연암에게 접근했는데, 연암은 사주나 관상 같은 걸 허망하다고 여기는 터라 사주를 내어주지 않았다. '썰렁한' 대화를 주고받다 점쟁이가 잠시 자리를 비운 사이, 방 안에 역대 유명한 인물들의 사주를 적어놓은 책자가 있는 걸 보고 연암이 열심히 베끼기 시작했다. 도중에 돌아와 그걸 본 점쟁이는 종이를 빼앗아 찢으면서, "천기를 누설하면 안 돼" 하며 노발대발이다. 연암은 한 번 껄껄 웃고 일어나 사관으로 돌아왔다. 여기까지는 그냥 평범한 이야기다. 그런데 대미(?)를 장식하는 마지막 문장이 이어진다. "손에는 오히려 찢긴 나머지 종이쪽이 있었다." 그러니까 점쟁이가 종이를 찢을 때, 연암도 안 빼앗기려고 힘깨나 쓴 것이다. 천기누설이라는 점쟁이의 말도 어이없지만, 찢어진 종이를 챙겨오는 연암의 행동은 또 얼마나 황당한지!

솔직히 말하면, 이런 이야기는 굳이 기록될 필요가 없다. 아마 이전에 연행을 다녀간 사대부들도 이 비슷하게 적잖은 트러블을 경험했을 것이다. 하지만 그들의 언표체계에는 이런 식의 삽화가 들어설 자리가 없다. 경험과 문자 사이의 엄청난 괴리. 그러나 연암의 연행록에는 이런 사건들이 어엿하게 중심을 차지하고 있다. 그는 진심으로 이런 농담과 해프닝들을 즐겼고, 게다가 한술 더 떠가감·첨삭·윤색까지 시도했다. 따라서 누군가 『열하일기』를 이렇게 규정한다 해도 지나친 과장이라고 탓할 수는 없으리라. '호모 루덴스'Homo Rudens; 놀이하는 인간가 펼치는 '개그의 향연'이라고.

이용·후생·정덕

'이용'利用이 있은 뒤에야 후생厚生이 될 것이요, 후생이 된 뒤에야 정덕正德을 이룰 수 있을 것이다. 이롭게 사용할 수 없는데도 삶을 도탑게 할 수 있는 건 세상에 드물다. 그리고 생활이 넉넉지 못하다면 어찌 덕을 바르게 할 수 있겠는가. (「도강록」)

이게 그 유명한 '이용후생'이라는 테제가 담긴 문장이다. 연암을 실학자 중에서도 '이용후생파'라고 분류하는 건 이런 명제들에 근거한다. 근데 어째서 '정덕'이라는 항은 생략되었을까? 덕을 바로 잡는다는 게 너무 추상적이어서 '헛소리'처럼 느껴진 건가? 아니면 너무 지당한 말이라 '하나마나' 하다고 간주한 탓일까? 깊은 논의는 뒤로 미루고, 일단 여기서는 이용후생이라는 명제 뒤에 '정덕'이라는 항목이 있었음을 새겨두는 정도로 그치자.

화려한 수사학자이면서 타고난 '유머본능'. 그런데 그러한 재기발랄함의 베이스에는 거장의 도도한 웅변술이 자리잡고 있다. '분출하는 수사'와 '종횡무진 개그'의 앞과 뒤, 혹은 그 바로 인접한 곳에는 이용후생을 설파하는 거장의 중후한 오케스트라가 울려퍼진다.

그 관현악의 연주도 말할 수 없이 다채롭다. 섬세한가 하면 화려하고, 장중한 스펙터클이 펼쳐지는가 싶으면 돌연 감미로운 선율이 뒤를 잇는다. 물론 이 모든 것은 사사로운 분별을 떠난 탁월한 통찰력에 힘입고 있다. 그는 다른 이들이 돌아보지 않는 사물들을 치밀하게 살펴보는 능력을 타고났다.

번화하고 부유함이 비록 연경이라 한들 이보다 더할까 싶었다. 중
국이 이처럼 번화하다는 건 참으로 뜻밖이다. 좌우로 늘어선 점방
들은 휘황찬란하다. 아로새긴 창문, 비단으로 잘 꾸민 문, 그림을
그려 넣은 기둥, 붉게 칠한 난간, 푸른빛 주련柱聯, 황금빛 현판 등.
(「도강록」)

대체 무슨 일이 있었던가? 그들은 어떻게 살고 있는가? ──이
것이 그가 중화문명을 보는 유일한 잣대다. 소중화주의에 찌든 사
대부들이 오로지 오랑캐의 야만을 발견한 곳에서 문명의 풍요로움
을 발견할 수 있는 힘이기도 하다. '있는 그대로' 보는 것, 그것이야
말로 인식의 출발이자 토대였던 것이다. 그런 연암의 눈에 가장 눈
부시게 다가온 것은 화려한 궁성이나 호화찬란한 기념비가 아니었
다. 구체적인 일상을 끌어가는 벽돌과 수레, 가마 등이었다.

그의 벽돌예찬은 가히 못 말릴 수준이다.

이곳에서는 벽돌만을 사용해서 집을 짓는다. 벽돌의 길이는 한 자,
넓이는 다섯 치. 벽돌 두 개를 나란히 놓으면 두께 두 치짜리 정방
형이 된다. 네모난 틀에서 찍어 낸 벽돌이지만 한쪽 귀라도 떨어지
거나, 모가 이지러지거나, 바탕이 뒤틀린 것은 사용하지 않는다. 만
일 벽돌 한 개라도 이런 것을 사용하면 집 전체가 틀어진다. 그러
므로 같은 틀로 찍어냈지만 오히려 어긋난 놈이 있을까 걱정하여
반드시 굽자曲尺로 재고, 자귀나무를 깎아 다듬는 연장으로 깎고,

산해관의 벽 연암은 벽돌을 그 나라 문명의 수준을 재는 한 척도로 삼았다. 물론 산해관은 진나라 때부터 지어진 것이기 때문에 청나라 문명의 수준을 보여준다고 하기는 어렵다. 하지만 이런 정교함과 치밀함이 면면히 이어져 청나라 문명의 토대를 이루었던바, 연암의 감탄과 부러움은 결코 과장이 아니었던 것이다.

돌로 갈아낸다. 이토록 애써 가지런히 만드니 수많은 벽돌들이 그림자처럼 똑같다.

벽돌을 쌓는 방법은 한 개는 세로, 한 개는 가로로 놓아서 저절로 감坎·이離와 같은 괘卦 모양이 만들어지게 하는 것이다. 그 틈서리에는 석회를 종잇장처럼 얇게 발라 붙인다. 벽돌이 겨우 붙을 정도라서 그 흔적이 실밥처럼 가늘다. 회를 이길 때는 굵은 모래를 섞지도 않고 진흙과 섞지도 않는다. 모래가 너무 굵으면 잘 붙지 않고, 흙이 너무 차지면 쉽게 터진다. 그래서 반드시 곱고 보드라운 검은 흙을 회와 섞는데, 그렇게 하면 그 빛깔이 거무스름하여 마치 새로 구워 놓은 것 같다. 벽돌들은 일반적으로 너무 차지거나 버석거리지 않으며 빛깔도 부드럽다. 거기다가 어저귀 따위의 풀을 터럭처럼 가늘게 썰어서 섞는데, 이는 우리나라에서 초벽하는 흙에 말똥을 섞는 것과 같은 이치다. 질겨서 터지지 않도록 하려는 것이다. 또 동백기름을 넣어서 젖처럼 번들거리고 매끄럽게 하여 떨어지거나 갈라지는 걸 막으려는 것과도 같은 이치다. (「도강록」)

이런 글을 읽을 때마다 나는 좀 당혹스럽다. 벽돌을 직접 찍어내고, 집을 지어본 사람이 아니고서야 어떻게 이다지도 세밀할 수가 있단 말인가. 이것이 연암의 천재성에서 나오는 것인지, 아니면 앎의 배치에 관한 시대적 차이에서 기인하는 것인지는 판단할 길이 없지만, 어쨌든 연암의 지적 체계와 우리들의 그것 사이에 엄청난 심연이 있는 것만은 틀림없다.

기와나 온돌법에 대한 논변도 마찬가지다. 거기서도 고도의 전문적 지식과 장인적 숙련성이 동시에 느껴지는 분석이 장황하게 이어진다. 연암이 이렇게 주거환경에 집착하는 이유는 간단하다. 조선의 여건이 너무도 열악하기 때문이다. 그는 생각한다. "우리나라에서는 가난한 집안에 글 읽기를 좋아하는 수많은 형제들이 오뉴월에도 코끝에 항상 고드름이 달릴 지경이지. 이 방식을 배워 한겨울 그 고생을 덜면 어떨까?"라고.

그가 보기에 조선의 온돌제도는 결함투성이다. "우리나라 온돌에는 여섯 가지 문제점이 있는데 아무도 이걸 말하는 사람이 없단 말이야. 내 한번 얘기해볼 테니 떠들지 말고 조용히 들어보게나." 마치 판소리 광대가 '허두가'虛頭歌를 할 때처럼 구수하다. 이어

노새와 수레 중국의 거리에는 탈것들이 정말 다양하다. 자전거를 비롯하여, 인력거, 삼륜거, 수레 등등. 특히 노새와 당나귀가 끄는 수레들이 어엿하게 도로 한가운데를 가로지르고 있다. 그래서 참, 재미있다. 그에 비하면 우리나라의 도로는 너무나 획일적이다.

지는 논변도 운문처럼 매끄럽다.

진흙을 이겨서 귓돌을 쌓고 그 위에 돌을 얹어서 구들을 만들지. 그 돌의 크기나 두께가 애초에 가지런하지 않으니 조약돌로 네 귀 퉁이를 괴어서 뒤뚱거리지 않게 할 수밖에 없지. 그렇지만 불에 달 궈지면 돌이 깨지고, 발랐던 흙이 마르면 늘상 부스러지네. 그게 첫 번째 문제점이야. 구들돌 표면이 울퉁불퉁해서 움푹한 데는 흙으 로 메워서 평평하게 하니, 불을 때도 골고루 따뜻하지 못한 게 두 번째 문제점이야. 불고래가 높은 데다 널찍해서 불길이 서로 맞물리지 못하는 게 세번째 문제점이지. 또, 벽이 부실하고 얇아서 툭하면 틈이 생기지 않나? 그 틈으로 바람이 새고 불이 밖으로 내쳐서 연기가 방 안에 가득하게 되는 게 네번째 문제점이야. 불목이 목구멍처럼 되어 있지 않기 때문에 불길이 안으로 빨려 들어가지 않고 땔감 끝에서만 불이 타오르는 게 다섯번째 문제점이네. 또 방을 말리려면 땔감 백단은 때야 하는 데다 그 때문에 열흘 안에는 입주를 못하니, 그것이 여섯번째 문제점일세.

그에 반해, 중국 온돌의 구조를 보게나. 자네와 함께 벽돌 수십 개만 깔아 놓으면, 웃고 떠드는 사이에 벌써 몇 칸 온돌이 만들어져서 그 위에 누워 잘 수도 있을 걸세. 어떤가?" (「도강록」)

'온돌타령'이라고 이름붙여도 손색이 없는 장면이다. 듣고 있노라면 심오한 통찰에 감탄할뿐더러, 리드미컬하게 주워섬기는 말솜씨에 또 넋을 뺏긴다. 참, '온돌이 기가 막혀'.

그의 관심은 이렇게 벽돌, 가마, 온돌에서 시작하여 수레, 말로 이동한다. 수레와 말은 공간적 한계를 가로지를 수 있는 이동수단이기 때문이다. "대개, 수레는 천리로 이룩되어서 땅 위에 행하는 것이며, 물을 다니는 배요, 움직일 수 있는 방이다. 나라의 쓰임에 수레보다 더한 것이 없으니" "시급히 연구하지 않을 수 없는 문제이다".

조선에도 수레가 없는 것은 아니다. 그러나 그가 보기에 조선의 수레는 바퀴가 온전히 둥글지 못하고 바퀴자국이 틀에 들지 않으니, 이는 수레 없음과 마찬가지다. 그런데도 사대부들은 "우리나라는 길이 험하여 수레를 쓸 수 없다"고 한다. 언어도단! 수레를 쓰지 않으니 길이 닦이지 않는 것인데, 사태를 거꾸로 왜곡하고 있는 것이다. 그의 결론은 "사방이 겨우 몇 천 리밖에 안 되는 나라에서 인민의 살림살이가 이다지 가난함은, 한마디로 국내에 수레가 다니지 못하는 까닭"이다. 물산과 자원이 서로 통하지 않고 막혀 있으니, 물량이 달리면 융통할 길이 도무지 없는 것이다.

연암의 이용후생은 대략 이런 정도라고 생각할 것이다. 하지만 구체적 일상에 관한 연암의 관심은 그 스펙트럼이 꽤나 드넓은 편이다. 의학에 관한 것도 그 좋은 예가 된다.

「구외이문」口外異聞에는 흥미롭게도 『동의보감』東醫寶鑑에 관한 진술이 나온다. "우리나라의 책으로 중국에 들어가 다시 출판된 경우는 매우 드물다. 오직 『동의보감』 25권만이 성행을 하였는데, 판본이 매우 정밀하고 오묘하다" 하고, 그 다음에 능어凌魚라는 청나라 학자가 쓴 서문이 실려 있다. 능어에 따르면, 『동의보감』의 체계는 "옛날 사람이 이루어 놓은 법을 좇되 능히 신령스럽게 밝히고, 두 나라의 부족한 부분을 보충하여 사람 몸에 온화하고 따뜻한 빛이 퍼지게 하였다". 동아시아 의학사에서 『동의보감』이 차지하는 위상을 가늠하기에 충분한 언급이다.

이어지는 연암의 말은 좀 서글프다. "우리 집안에는 훌륭한 의서醫書가 없어서 매양 병이 나는 사람이 있으면 사방 이웃에서 빌려서 보았는데, 지금 이 『동의보감』 판본을 보자 구하고 싶은 마음이 굴뚝같았다. 그러나 책값 문은紋銀 닷 냥을 마련키 어려워, 못내 아쉽고 섭섭하지만 돌아설 수밖에 없었다." 조선에서 나온 책인데 정작 조선의 선비는 돈이 없어서 구입하지 못하는 아이러니!

조선시대는 의사도, 병원도, 약도 부족한 시대였다. 그래서 역설적이게도 모두가 스스로의 몸을 조절·관리하지 않으면 안 되었다. 흥미롭게도 여행하는 동안 내내 단골로 출연하는 물건이 하나 있다. 바로 '청심환'이다. 뭔가를 부탁하거나 호의를 표시할 때, 청심환을 주면 '효과만점'이다. 이쪽에서 주지 않으면, 오히려 중국인들 쪽에서 은근히(혹은 협박조로) 요구하기도 한다. 열하에서 돌아오는 길에 한 관내에 들렀을 땐, 중들이 청심환을 얻기 위해 연암을 도둑으로 몰기도 했을 정도다. 이 정도면 화폐이자 증여물로서 손색이 없다. 대체 중국인들은 왜 청심환에 그토록 열광하는 걸까? 이유인즉, 중국에도 청심환이 없는 건 아니지만 짝퉁이 수두룩한데 비해, 당시 조선은 국가가 청심환 조제를 독점하고 있었기 때문에 조선 청심환이야말로 '진짜배기'였다는 것.

아울러 연암이 자가요법으로 질병을 다스리는 대목들도 흥미롭다. 예컨대, 「일신수필」馹汛隨筆의 한 대목에선 더위를 잔뜩 먹은 날, "잠자리에 들 때 큰 마늘을 갈아 소주에 타서 마셨더니 그제야 배가 가라앉아 편안히 잘 수 있었다". 병의 치료는 전적으로 의사와 약물에만 의존하는 지금의 우리와는 아주 다른 일상의 메커니즘이 있었던 것이다. 의학 지식에 대한 남다른 애착도 같은 맥락에서 이해될 수 있다.

천하제일관, 산해관 요동벌판이 끝나고 중원이 시작되는 곳. 험준한 산세가 천연의 요새를 이루고 있다. 이토록 견고한 장성을 쌓았건만, 유목민 오랑캐의 준동은 끊이지 않았다. 그래서 참, 역설적이다. 이 관을 보고 제국의 위엄에 압도당해야 하는 건지 아니면 수시로 여기를 넘어 중원의 지축을 뒤흔든 유목민의 위력에 탄복해야 하는 건지 헷갈린다는 점에서.

　　열하에 있을 때, 연암은 윤가전 등 중국 선비들에게 의서들을 추천해달라고 부탁한다. 그러나 사정이 여의치 못해 의서를 구하지 못하고, 다른 책들에 들어 있는 의학 부분을 초록하여 「금료소초」金蓼小抄라 이름 붙였다. "내가 살고 있는 연암협 산중에는 의학 서적이 없을 뿐 아니라 마땅한 약재도 없다. 이질이나 학질에 걸려도 대체로 어림짐작으로 치료를 하였는데, 때때로 우연히 맞아떨어지는 경우도 있었기에, 지금 그 아래에 부록으로 함께 기록하여 보충함으로써 산속에 사는 경험 처방으로 삼는다"는 것이 그의 명분이었다.

내용들이 아주 재미있다. 예컨대 "산속에서 길을 잃을 염려가 있을 때 향충 하나를 손에 쥐고 가면" 된다거나, "비둘기를 방에 많이 두고 길러, 맑은 새벽에 어린아이로 하여금 방문을 열고 비둘기를 날려 보내게 해 비둘기의 기운을 얼굴에 쪼이면 감질痲疾의 기운이 없어진다"거나, "양기를 돋우는 데는 가을잠자리를 잡아 머리와 다리, 날개를 떼어버리고 아주 곱게 갈아서 쌀뜨물에 반죽하여 환을 만들어 먹는다. 세 홉을 먹으면 자식을 생산할 수 있고, 한 되를 먹으면 노인도 젊은 여자와 사랑을 나눌 수 있다"거나, 기타 등등. 지금의 시선으론 황당해 보이지만, 인간의 신체를 자연 및 우주와의 연속성 위에서 파악했던 중세의학의 패러다임을 엿볼 수 있는 소중한 자료이다. 아울러 그의 이용후생이 얼마나 견고한 일상의 지반 위에서 구축되고 있는지를 확인하기에도 부족함이 없다.

다시 서두의 논의로 돌아가면, 그에게 있어 이용과 후생은 정덕을 위한 교량이다. 정덕이란 무엇인가? 한마디로 그건 삶의 지혜이다. 이것이 뒷받침되지 않는 부와 편리함이란 무의미하다. 그런 점에서 연암이 추구한 문명론을 '근대주의적' 관점에서 해석하는 것은 온당하지 않다. 오히려 그의 문명론은 물질과 부를 향해 맹목적으로 달려가는 근대적 패러다임과는 전혀 다른 방향을 취한다. 따라서 이용후생학자로서 연암을 다룰 때, 반드시 그가 '삶의 지혜'를 설파하는 목소리에도 귀를 기울여야 한다.

〈장대기〉將臺記와 〈황금대기〉黃金臺記가 좋은 텍스트다. "만리장성을 보지 않고서는 중국이 얼마나 큰지 모를 것이고, 산해관을 보지 않고는 중국의 제도를 알지 못할 것이며, 관 밖의 장대를 보지 않고는 장수의 위엄을 알기 어려울 것이다." 〈장대기〉의 서두이다. '장대'가 얼마나 높은 탑인지를 말하고 있는 것이다.

연암은 일행들과 꼭대기에 올랐다. 사방을 두루 살펴보니 "장성은 북으로 내달리고 창해는 남으로 흐르고, 동쪽으론 큰 벌판이 펼쳐 있으며 서쪽으로는 산해관 안이 내려다 보였다. 오, 이 대臺만큼 사방을 조망하기 좋은 곳도 다시 없으리라". 그러나 막상 내려오려고 하니 문득 사람들이 '고소공포증'에 기가 질린다. "벽돌 쌓은 층계가 높고 가팔라 내려다보기만 해도 다리가 후들후들 떨릴 지경이다. 하인들이 부축하려고 해도 몸을 돌릴 곳조차 없어 몹시 허둥지둥하였다." 연암은 "서쪽 층계로 먼저 간신히 내려와서 대 위에 있는 사람들을 쳐다보니, 모두 벌벌 떨며 어쩔 줄 모르고" 있었다.

올라갈 땐 멀쩡하다 갑자기 왜? 연암의 설명은 이렇다. "올라갈 때엔 앞만 보고 층계 하나하나를 밟고 오르기 때문에 위험하다는 걸 몰랐는데, 내려오려고 눈을 들어 아래를 굽어보니 현기증이 절로 일어난다. 그 허물은 다름 아닌 눈에 있는 것이다." 눈, 곧 시각이 분별심을 일으키고, 그 순간 두려움에 끄달리게 된다. 그가 보기에 인생살이 또한 이와 다르지 않다. "벼슬살이도 이와 같아서, 위로 올라갈 때엔 한 계단 반 계단이라도 남에게 뒤질세라 더러는 남의 등을 떠밀며 앞을 다투기도 한다. 그러다가 마침내 높은 자리에 이르면 그제야 두려운 마음을 갖기 시작한다. 하지만 그땐 외롭고 위태로워서 한 발자국도 앞으로 나아갈 수 없고, 뒤로 물러서자니 천 길 낭떠러지라 더위잡고 내려오려고 해도 잘 되지 않는 법이다. 이는 오랜 세월 두루 미치는 이치다." 맞다! 이 심오한 인생철학은 시대를 가로질러 되새겨야 할 교훈이다. 특히 부와 명성을 향해 질주하는 눈먼 현대인들에겐 더더욱.

'황금대'는 "조양문朝陽門을 나서 못을 따라 남쪽 방향으로 가면 두어 길 되는 허물어진 둔덕"을 말한다. 전하는 말에 따르면, "연나라 소왕이 여기에다 궁전을 지은 뒤, 축대 위에 천금을 쌓아 놓고는 천하의 어진 선비들을 맞이하여 당시 최고의 강대국인 제나라에 맞서 원수를 갚고자 하였다". 연암은 이 유서깊은 장소에서 황금에 대한 인간의 탐욕, 그 참혹한 유래를 곰곰이 되짚어본다. 중간에 삽입된 세 도적 이야기는 일종의 '엽기드라마'다. 무덤 하나를 파서 금을 도적질했는데, 서로 욕심을 내다 모두 죽어버렸다. 사연인즉, 한 명이 독약이 든 술을 사왔는데 나머지 두 명에 의해 죽임을 당하고, 둘은 술을 먹다 죽었다는 것이다. "이 금은 반드시 길가에 굴러다니다가 또 다시 누군가의 손에 들어갔을 것이다. 우연히 그 금을 얻은 자는 가만히 하늘에 감사를 드렸으리라. 그렇지만 이 금이 남의 무덤에서 훔친 물건인지, 독약을 먹은 자들의 유물인지, 또 이 금 때문에 몇 천 몇 백 명이 독살되었는지는 감히 생각하지 못했을 것이다." 문득 이 대목에서 나는 '자본은 머리에서 발끝까지 피를 묻히고 출현한다'는 마르크스의 전언이 떠올랐다. 연암이 보기에도, 돈이란 원초적으로 피투성이를 한 유령의 화신이었던 것이다.

부에 대한 연암의 메시지는 이렇다. "원컨대, 천하의 인사들은 돈이 있다 하여 꼭 기뻐할 일도 아니요, 없다고 하여 슬퍼할 일도 아니다. 오히려 아무런 까닭 없이 갑자기 돈이 굴러올 때는 천둥처럼 두려워하고 귀신처럼 무서워하며, 풀섶에서 뱀을 만난 듯 오싹하며 뒤로 물러서야 할 터이다." 나는 이 대목을 읽을 때마다 복권이나 증권으로 대박을 터뜨린 사람들이 떠오른다. 사람들은 그들의 행운을 부러워하기 바쁘지만, 그들을 기다리는 건 결코 행복이 아니다. 가정파탄에 섹스와 마약, 거의 모두 이 코스를 밟아나간다. 그것은 바로 자본 자체가 그런 운명을 타고났기 때문이다. 연암이 말하고자 하는 바도 바로 그것이다. '느닷없이 돈이 굴러올 때는 뱀을 만난 듯이 조심하라.' 가히 부귀를 달관한 자만이 설파할 수 있는 '잠언'이 아닌가.

판타지아

등불이 노끈에 이어져 저절로 불이 붙어 타오른다. 노끈을 따라 타면서 또 다른 등불로 이어진다. 4~50등이 일시에 타면서 주위가 환하게 밝아진다. 1천여 명의 미모의 남자들이 비단 도포에 수놓은 비단 모자를 쓰고 늘어섰다. 각각 정丁자 지팡이 양쪽 끝에 모두 조그만 붉은 등불을 달고 나갔다 물러섰다 하여 군진軍陣 모양을 하더니 순식간에 삼좌三座 오산鼇山 ; 자라 등 위에 엎혀 있었다는 바닷속 산으로 신선이 산다고 함으로 변했다가 다시 일순, 변해서 누각이 되고, 또 졸지에 네모진 진형으로 바뀐다. 황혼이 되자 등불빛은 더욱 밝아지더니 갑자기 '만년춘'萬年春이란 석 자로 변했다가 갑자기 '천하태평'天下太平 네 글자로 변한다. 이윽고 두 마리 용이 되어 비늘과 뿔과 발톱과 꼬리가 공중에서 꿈틀거리면서 경각 사이에 변환하고 '헤쳐 모이되' 조금도 어긋남이 없이 글자획이 완연한데, 다만 수천 명의 발자국 소리만 들릴 뿐이다.——열하에서 황제와 함께 관람한 연극의 한 장면이다. 당시 청나라의 화려한 무대와 연기수준을 짐작케 해주는 좋은 자료이다.

연암은 호기심의 제왕이다. 뭐든 그의 시선에 걸리면 그냥 무사히 넘어가지 못한다. 왕성한 식욕의 소유자처럼 대상들을 먹어치우는 것이다. 위의 장면만 해도 그렇다. 화려한 스펙터클을 자랑하는 축하쇼를 마치 손에 잡힐 듯이 생생하게 재현하고 있다. 특별한 의미가 있건 없건 신기하고 새로운 건 무조건 기록하지 않고는 못배기는 것이다. 그가 이름난 유적이나 역사적 기념비 못지않게 장터를 즐겨 다닌 것도 그 때문이다. 장터야말로 그의 호기심을 자극하는 것들로 그득하다. 그는 장터의 활기와 무드를 충분히 즐기면서도 세심하게 그 이면을 읽어낸다.

예컨대 「관제묘기」關帝廟記에는 장터에서 광대패를 만난 경험이 기록되어 있다. 광대패 수천 명이 왁자하게 떠들면서 혹은 총과 곤봉을 연습하기도 하고, 혹은 주먹놀음과 씨름을 시험하기도 하며, 혹은 소경말, 애꾸말을 타는 장난들을 하고 있다. 그중에 한 사람이 앉아서 『수호전』을 읽는데, 뭇 사람이 삥 둘러앉아서 듣고 있다. 연암이 가까이 가서 보니 읽고 있는 곳은 분명 「화소와관사」火燒瓦官寺;『수호전』의 한 장의 대목인데, 외는 것은 뜻밖에 『서상기』西廂記였다. 까막눈이었던 것이다.

한편, 형부 앞을 지나다 불쑥 들어가서 죄인에게 따귀를 때리는 형을 가하는 장면을 목격하기도 하고, 또 시장을 돌아다니다 최고위급 관리들이 직접 시장에 나와 물건을 흥정하는 장면을 보고 놀라워하기도 한다. 조선의 사대부들에게는 상상하기 어려운 습속이기 때문이다.

'장터의 스피노자' 연암. 그가 마주친 것 가운데 가장 멋진 스펙터클은 요술세계이다. 그는 어느 날 광피사표패루光被四表牌樓를 지나다 수많은 사람들이 둘러서서 요술을 구경하는 장면을 목도한다. 유학자로서 요술에 대해 비판적이지 않을 수 없다. 그러나 연암은 경직된 도덕의 수호자가 아니라, 일단 신기한 것은 보고 즐기는 '호모 루덴스' 아닌가. 좀 캥길 때는 명분을 내세워 정당성을 확보해두는 치밀함도 갖추고 있다. 누군가 "이런 요술하는 재주를 팔아서 살아가는 사람들은 본래 나라의 법 밖에서 활동하는 것인데도 그들을 처벌하여 멸절시키지 않음은 무슨 까닭입니까?" 하고 묻자, 연암은 이렇게 답한다. "중국의 땅덩어리가 워낙 광대해서 능히 모든 것을 포용하여 아울러 육성할 수 있기 때문에 나라를 다스리는 데 병폐가 되지 않는다는 사실을 알 수 있습니다. 만약 천자가 이를 절박한 문제로 여겨서 요술쟁이들과 법률로 잘잘못을 따져서 막다른 길까지 추격하여 몰아세운다면, 도리어 궁벽하고 눈에 띄지 않는 곳으로 꼭꼭 숨어 때때로 출몰하면서 재주를 팔고 현혹하여 장차 천하의 큰 우환이 될 것입니다. 그래서 날마다 사람들로 하여금 요술을 하나의 놀이로서 보게 하니, 비록 부인이나 어린 애조차 그것이 속이는 요술이라는 것을 알아서 마음에 놀라거나 눈이 휘둥그레지는 일이 없습니다. 이것이 임금 노릇 하는 사람에게 세상을 통치하는 기술이 되는 것입니다." 얼마나 노회한 논리인가.

어찌됐든 이렇게 해서 연암은 이상하고 신기한 '요술나라'로 들어간다. 스무 가지가 넘는 요술이 펼쳐지는 「환희기」幻戲記는 한마디로 '판타지아' 그 자체이다.

먼저, 워밍업에 해당하는 묘기부터.

요술쟁이가 자기 손에 아무것도 없는 것을 보인 다음 왼손 엄지와 둘째 손가락으로 환약을 만지듯 살살 비비니 갑자기 좁쌀만 한 물건이 생겼다. 이것이 녹두알→앵두알→빈랑檳榔→달걀→거위알→수박→다섯 말들이 크기의 제공帝工; 눈, 코 없는 주머니처럼 생긴 귀신 새. 『이상한 나라의 앨리스』에 나오는 '험프티 덤프티'를 떠올리면 될 듯으로 바뀌다 부드럽게 쓰다듬으니 점점 줄어들어 두 손가락으로 비비다가 한 번 튀기니 즉시 사라진다.

종이 몇 권을 큰 통 물 속에 집어넣고 손으로 종이를 빨래하듯 저으니 물 속에 섞였다가 다시 종이를 건져내는데 종이가 서로 이어져 처음의 모습과 똑같고, 물은 깨끗하다.

이것이 시각적 판타지라면, 다음 것들은 좀더 입체적인 판타지에 해당된다.

종이를 나비 날개처럼 수십 장을 오리고 손바닥 속에서 비벼 여러 사람들에게 보이고는 한 어린아이에게 눈을 감고 입을 벌리라 하고 손바닥으로 입을 가리우니 어린이는 발을 구르면서 운다. 요술쟁이가 웃으면서 손을 떼니 어린이는 울다가 토하고 또 울다가 토하는데, 청개구리 수십 마리를 토한다.

손을 보자기 밑에 넣어 사과 세 개를 끄집어내어 조선 사람에게 사라고 청한다. 그러자 "네가 전일에 항상 말똥으로 사람을 희롱한단 말을 들었거든" 하며 거절한다. 여러 사람들이 다투어 사먹는 걸 보고서야 조선 사람이 비로소 사자고 청하니 요술쟁이는 처음에는 아끼는 듯하다가 얼마 뒤에 한 개를 집어준다. 한입 베어 먹고는 바로 토하는데, 말똥이 한 입 가득 차 있다. 이어지는 폭소. 조선인의 완고함과 오만함에 대한 통렬한 풍자!

섬뜩한 장면도 있다. 요술쟁이가 칼을 던져 입을 벌리니 칼 끝이 바로 입 속에 꽂힌다. 칼을 삼키는데 병을 기울여 무엇을 마시듯 목과 배가 서로 마주 응하는 것이 성난 두꺼비 배처럼 불룩하다. 칼고리가 이에 걸려 칼자루만 남자, 요술쟁이는 네 발로 기듯이 칼자루를 땅에 쿡쿡 다져 이와 고리가 맞부딪쳐 딱딱 소리를 낸다. 또 다시 일어나서 주먹으로 칼자루 머리를 치고서 한 손으로 배를 만지고 한 손으로는 칼자루를 잡고 내두르니 뱃속에서 칼이 오르내리는 것이 살가죽 밑에서 붓으로 종이에 줄을 긋는 듯하다. 사람들은 가슴이 섬뜩하여 똑바로 보지 못하고, 어린애들은 무서워 울면서 안 보려고 엎어지고 기어 달아난다. 이때에 요술쟁이는 손뼉을 치고 사방을 돌아보며 천천히 칼을 뽑아 두 손으로 받들어 들으니 칼 끝에 붙은 핏방울에는 아직도 더운 기운이 남아 있다.

놀랍기는 하지만, 여기까지는 요즘 요술쟁이들도 어느 정도 따라할 법하다. 정말 믿기지 않는 건 다음 대목이다. 요술쟁이는 탁자 위를 깨끗이 닦고 도서圖書를 진열하고 조그만 향로에 향불을 피우고 흰 유리 접시에 복숭아 세 개를 담아 두었는데, 복숭아는 모두 큰 대접만 했다. 탁자 앞에 바둑판과 검고 흰 바둑알을 담은 통을 놓고 초석을 단정하게 깔아 놓았다. 잠깐 휘장으로 탁자를 가렸다가 조금 후에 걷으니, 구슬관에 연잎 옷을 입은 자도 있고, 신선의 옷차림을 한 자도 있으며, 나뭇잎으로 옷을 해입고 맨발로 있는 자도 있고, 혹은 마주 앉아 바둑을 두기도 하며, 혹은 지팡이를 짚은 채 옆에 서 있기도 하고, 혹은 턱을 고이고 앉아서 조는 자도 있어 모두가 수염이 아름답고 얼굴들이 기이했다. 접시에 있던 복숭아 세 개가 갑자기 가지가 돋고 잎이 붙고 가지 끝에 꽃이 피니, 구슬관을 쓴 자가 복숭아 한 개를 따서 서로 베어 먹고, 그 씨를 땅에 심고 나서 또 다른 복숭아 한 개를 절반도 못 먹었는데 땅에 심은 복숭아 나무는 벌써 몇 자를 자라서 꽃이 피고 열매를 맺었다. 갑자기 바둑 두던 자들의 머리가 반백이 되더니 이윽고 하얗게 세어버렸다. 대체 무슨 일이 일어난 거지? 애니메이션도 아니고, 영화의 특수효과도 아닌데, 어떻게 그런 일이?

다음은 '판타지아'의 클라이맥스이자 대단원이다. 요술쟁이는 큰 유리 거울을 탁자 위에 놓고 시렁을 만들어놓는다. 거울을 열어 모두에게 구경시키니, 여러 층 누각과 몇 겹 전각이 단청을 곱게 칠했다. 관원 한 사람이 손에 파리채를 잡고 난간을 따라 서서히 걸어간다. 아름다운 계집들이 서넛씩 짝을 지어 보검을 가지고 혹은 금병을 받들고, 혹은 봉생鳳笙을 불고 혹은 비단 공도 차며, 구름 같은 머리와 아름다운 귀걸이가 묘하고 곱기가 비할 데가 없다. 방 안에는 백 가지 물건과 수없는 보물들이 그득하여 참으로 부귀가 지극하니, 여러 사람들은 부러움을 참지 못하여 서로 구경하기에 바빠서 이것이 거울인 줄도 잊어버리고 바로 뚫고 들어가려 한다.

그러자 요술쟁이가 즉시 거울 문을 닫아 보지 못하게 한 후, 사방을 향하여 무슨 노래를 부르다가 문을 열어 다시 보게 한다. 전각殿閣은 적막하고 누사樓榭는 황량한데 세월이 얼마나 지났는지 아름다운 계집들은 어디로 가고 한 사람이 침상 위에서 옆으로 누워 자는데 손으로 귀를 받치고 이마 밑으로 김 같은 것이 연기처럼 솟아오른다. 잠자던 자는 기지개를 켜면서 깨려다가 또 잠이 드는데, 갑자기 두 다리가 두 수레바퀴로 화한다. 바퀴살이 아직 덜 되었는데도 구경꾼들이 징그럽고 끔찍하여 모두 달아난다.

마치 '시뮬레이션'을 보듯 거울을 통해 한바탕 인생무상을 보여준 것이다. 연암도 이 장면에선 감탄을 금치 못한다. 아무리 눈속임에 사술邪術이라지만, 이 정도면 보통 내공이 아니지 않는가. 논평이 없을 수 없다. "인간 세상에서 벌어지는 오만 가지 일들, 즉 아침에 무성했다가 저녁에 시들고 어제의 부자가 오늘은 가난해지고 잠깐 젊었다가 갑자기 늙는 따위의 일들이 마치 '꿈 속의 꿈'이야기를 하는 것이나 다름이 없다. 죽거나 살거나, 있거나 없는 일들 중에 무엇이 참이고, 무엇이 거짓이리오."

제행무상諸行無常, 제법무아諸法無我! 그러면 어떻게 살아야 하나? "세상에 착한 마음을 지닌 사내와 보살심을 지닌 형제들에게 말한다. 환영인 세상에서 몽환 같은 몸으로 거품 같은 금과 번개 같은 비단으로 인연이 얽어져서 기운에 따라 잠시 머무를 뿐이니, 원컨대 이 거울을 표준 삼아 덥다고 나아가지 말고, 차다고 물러서지 말며, 지금 가지고 있는 돈을 흩어서 가난한 자를 구제할지어다." 몸과 금과 비단은 잠시 머무르는 것일 뿐이니, 헛된 집착을 버리고 세상을 위해 두루 베풀라는 것이다.

연암은 요술이 기본적으로 눈속임이라고 간주했다. 자신의 눈을 전적으로 믿기 때문에 역설적으로 거기에 속아 넘어간다는 것이다. 그러니 그거야말로 '인생이 환幻'이라는 것을 말해주는 훌륭한 교사가 아니겠는가. 기막힌 역설 혹은 아이러니. 연암의 사유는 이렇듯 막힘이 없다. 판타지아를 맘껏 즐길 수 있었던 것도, 그것을 삶의 예지로 변환할 수 있었던 것도 그 덕분일 터이다.

달라이 라마를 만나다!

먼저 다음 장면부터 음미해보자. 때는 2001년 여름쯤이고, 장소는

찰십륜포의 황금전각 찰십륜포는 순전히 판첸 라마 6세를 위한 궁전이다. 황금전각 안에 들어가면 거대한 규모로 만들어진 판첸 라마 6세의 좌상 및 만수절 행사 행렬도를 비롯하여 각종 기록들이 남아 있다. 건륭제의 만수절과 판첸 라마의 행차가 당시 세계사적 이벤트였음을 짐작하게 해준다.

인도의 북부 다람살라에 있는 티베트 망명정부의 궁전 앞이다.

궁을 나섰을 때 나는 정말 놀랐다. 궁으로부터 보드가야의 대탑에 이르는 연도에는 수천수만의 티베트 군중들이 달라이 라마를 한번 뵙기 위해서 간절한 마음으로 두 손 모아 기다리고 있는 것이 아닌가? 그런데 더더욱 나에게 충격을 준 것은 그 순간에 전개된 군중들의 모습이다. 달라이 라마와 내가 궁을 나서는 순간, 갑자기 온 거리가 정적에 휩싸였다. 영화의 뮤트 슬로우 모션처럼. 온 세계가 너무도 조용해진 것이다. 미동의 소리도 없었다. 그들은 달라이 라마를 육안으로 쳐다보는 그 감격을 가슴으로, 눈빛으로만 표현했다. …… **달라이 라마는 그들의 군주였고, 다르마의 구현체였다.** 그는 21세기 벽두에 우뚝 서 있는 왕이었다. (『달라이 라마와 도올의 만남』 3권, 강조는 필자)

나는 이 장면을 처음 접했을 때, 순간 가슴이 뭉클했다. 한갓 난민촌의 수장이 어떻게 이토록 막강한 카리스마를 내뿜을 수 있단 말인가? 수많은 군중을 침묵하게 하는 그 힘은 대체 어디서 나오는 것일까? 왕이면서 동시에 진리의 구현체인 존재가 이 첨단과학의 시대에도 여전히 가능하단 말인가? 누구도 이 질문들에 명쾌하게 답할 수 없으리라. 그렇다. 우리의 이 협소한 인식의 수준에선 달라이 라마는 존재 자체가 '불가사의'다.

연암의 시대에도 그러했다.

대저 그들이 하는 말들은 모두 놀랍고 이상하여, 활불을 칭찬하는 것 같기도 하고 조롱하는 것 같기도 하며, 괴상하고 기이하며 속임수 같고 거짓말 같아서 다 믿을 수 없다. 그래서 끌어 붙여서 이를 기록하고, 잡된 내용을 모아서 서술하여 문득 「황교문답」 한 편을 완성한 것이다. 신령스럽고 환상적이며, 거대하고 화려하며, 밝고도 섬세하여 아주 특이하고 이색적인 글이 되었다. 이른바 활불의 술법이나 내력을 갈고리로 후벼 파내고 더듬어서 찾아낼 수 있을 뿐 아니라, 연암이 만나서 이야기한 사람들의 성격이나 학식 및 용

라마교 사원의 마니통 티베트 불교는 수행과 기원의 스케일이 엄청 크다. 향도 한두개가 아니라, 아예 다발로 사르고, 절도 만배가 기본이다. 또 이 '마니통'(경전을 적어 넣은 통)도 10만 번을 돌려야, 소원이 이루어진다고 한다. 10만 번? 천문학적인 숫자 아닌가. 그래도 '밑져야 본전'이라는 심정으로 우리는 열심히 돌리고 또 돌렸다.

모와 말버릇까지 모두 펄펄 살아서 뛸 듯 환하게 드러난다.

이것은 연암의 처남 이재성李在誠의 평어評語다. 무슨 평어가 이렇게 알쏭달쏭한가? 대체 어떤 글이길래? 바로 「황교문답」黃教問答에 대한 것이다. 황교란 티베트 불교를 뜻하는 것으로, 평어에 나오는 활불, 곧 판첸 라마의 내력을 다룬 글이다. 당시 조선인들에게 티베트와의 만남은 마치 '낯선 우주'와의 충돌만큼이나 엄청난 것이었다. 그러니 그에 대한 서술이 단순명료할 리가 없다.

실제로 『열하일기』 전체에서 가장 '튀는' 부분을 꼽으라면, 단연 연암이 판첸 라마를 만나는 대목이라 할 수 있다. 판첸 라마는 명목상으로는 대법왕 달라이 라마를 잇는 소법왕이지만, 서로 번 갈아 가며 통치하기 때문에 사실상 같은 위상을 지닌 존재이다. 결 국 요즘으로 치면 연암은 달라이 라마를 만난 셈이다! 연암과 달라 이 라마의 만남이라? 이 대목은 내용도 기이할 뿐 아니라, 조선시 대 전체를 통틀어 티베트 불교에 관한 유일한 기록이라는 점에서 단연 독보적이다.

신기하게도 이 내용들은 별다른 물의를 일으키지도 않았고, 특별한 주목을 받지도 않았다. 문체반정에서도 이 부분은 거론조 차 되지 않았다. 조선 후기의 사상적 배치와는 너무 거리가 멀어서 였을까? 아니면, 그저 먼나라의 '괴담' 정도로 간주되었기 때문일 까? 어쨌든 「찰십륜포」, 「황교문답」, 「반선시말」로 이어지는 대목 들은 『열하일기』라는 큰 대양 위에 떠 있는 '섬', 그것도 신비로운 산호초와 기암괴석으로 가득한 '절해고도'絶海孤島처럼 느껴진다.

달라이 라마를 접견할 때 항상 수반되는 예식이 하나 있다. 하 얀 비단천으로 된 수건을 달라이 라마께 바치면 달라이 라마가 다 시 그것을 그 사람의 목에 걸어주는 것이 그것이다. 이 흰 수건을 '카타'라고 하는데, 이것을 받으면 전생과 금생의 업장業障이 모두 소멸된다고 한다.

「반선시말」에 바로 이 예식의 유래에 관한 이야기가 나온다. 한 선비에게 전해들은 바에 따르면, 판첸 라마는 서번西番 오사장 烏斯藏의 대보법왕으로 전신은 파사팔巴思八이다. 파사팔은 토파土波 의 한 여인이 새벽에 나가서 물을 긷다가 수건이 물 위에 떠 있는 것을 보고 그것을 주워 허리에 둘렀는데, 얼마 후 그것이 점점 기름으로 엉키며 이상한 향기가 나면서 잉태되었다고 한다. 그러니까 흰 수건은 판첸 라마를 세상에 태어나게 한 상징적 매개물인 셈이다. 그는 나면서부터 신성하여 『능가경』楞伽經 등 1만 권을 능히 외울 수 있었다. 원세조元世祖가 그 소문을 듣고 사신을 보내어 맞아 오니 과연 지혜가 있고 명랑한 데다, 전신이 향기롭고 걸음걸이는 천신 같으며, 목소리는 율려律呂에 맞는지라 대보법왕이란 호를 하사했다. 그 뒤 원제국에선 파사팔교가 번성하여 황제와 후비, 공주들이 열렬히 그 예식에 참여하곤 했다.

잘 알고 있듯이, 달라이 라마는 관세음보살의 환생으로 간주된다. 연암은 윤회와 환생의 차이를 집요하게 물고 늘어진다. "법왕이 남의 몸을 빌려 태어나는 것과 윤회는 어떻게 다릅니까?" 윤형산의 대답은 이렇다. "그것은 몸을 바꾸는 것이나 같은 것입니다." "밝게 빛나는 지혜와 금강의 보체寶體는 본디 젊지도 늙지도 않는 것입니다. 장작 하나가 다 타고 나면 다른 나무로 불이 옮겨 붙는 것과 같은 이치이지요." "비유컨대, 천 리를 가는 자가 집을 짊어지고 다닐 수는 없는 노릇이라, 반드시 숙소를 옮겨 가면서 길을 가는 것과 같은 이치라 할 수 있습니다. 비록 천하에 다정한 사람이라 해도 주막집에 정이 들었다고 그대로 눌러 앉았다는 말은 듣지 못했습니다." 요컨대 환생이란 윤회와 달리 '깨달음을 얻은 이'가 스스로 다음 생을 선택하는 것이다.

'달라이 라마'란 '지혜의 바다'란 뜻으로 특정 개인을 지칭하는 말이 아니라, 일종의 제도적 명칭이다. 달라이 라마가 단순히 종교적 지도자가 아니라, 통치권자로 임명된 것은 명나라 때부터인데, 그것이 계속 이어질 수 있었던 건 환생이라는 믿음이 제도적으로 승인되었기 때문이다.

연암이 수집한 정보에 따르면, 이 제도가 운용되는 방식은 이렇다. 티베트의 다른 지역에는 승왕들이 처자를 거느리고 있었지만, 오사장에서만은 법승法僧들이 서로 이어가며 통치를 했다. 명나라 중엽부터 중국으로부터 봉호를 받지 않고, 항상 대법왕(달라이 라마), 소법왕(판첸 라마)이 있어 대법왕이 죽을 때는 소법왕에게, '아무데 아무개의 집에 아이가 태어날 때 이상한 향기가 날 것이니 그것이 곧 나다' 하고 예언을 한다. 대법왕이 죽고 나면 과연 그 아이가 태어나게 되고, 그러면 궁중에서 온갖 예물을 갖추어 그 아이를 수건에 싸서 맞아온다. 그 아이가 성장해서 왕위에 오를 때까지는 소법왕이 대신 통치를 한다. 그런 식으로 계속 그 제도가 이어져왔다는 것이다. 참고로 지금 달라이 라마인 텐진 가쵸는 14대째로, 그 또한 가난한 농부의 아들로 태어났지만, 여러 가지 시험을 거쳐 13대 달라이 라마의 환생자로 결정되어 5살 때 왕위에 올랐다. 「쿤둔」이라는 영화에 그 과정이 상세하게 묘사되어 있다.

이처럼 밀교적 신비주의에 감싸여 있는 탓에 눈부신 이적異蹟들도 적지 않다. 연암이 수집한 신비로운 삽화 몇 가지만 들어본다. 하나는 티베트에만 있다고 하는 천자만년수天子萬年樹라는 나무인데, 이 나무는 뒤덮은 가지가 모두 천자만년이란 글자 모양을 지니고 있다. 꽃은 열두 잎으로 꽃봉오리가 처음 터지는 것으로써 초하루인 것과 달이 밝아지는 것을 알게 되고, 꽃이 하루 한 잎씩 피어 열두 잎이 다 피고 보면 보름인 것과 달이 이그러지는 것을 알게 되며, 꽃이 하루 한 잎씩 말려 들어가 꼬투리가 떨어지면 그믐이 된 것을 알 수 있다.

또 하나는 판첸 라마가 일찍이 황제와 함께 차를 마시다가 갑자기 남쪽을 향하여 찻물을 휙 뿌린 일이 있었다. 황제가 놀라서 그 연유를 물었더니 판첸 라마가 공손히 대답하기를, 방금 700리 밖에서 큰불이 나서 1만 호나 되는 인가가 불타고 있는 것이 보이기에 비를 좀 보내 불을 끄는 것이라고 했다. 다음날 담당 신하가 아뢰기를, 정양문 밖 유리창琉璃廠에서 불이 나 망루까지 연소되어 인력으로는 끄지 못할 지경이었는데, 마침 구름 한 점 없는 맑은 하늘에 졸지에 큰 비가 동북방으로부터 몰려와서 불을 껐다 하니, 차를 뿌려 비를 보낸 시각과 꼭 맞았다. 오, 놀라워라!

또 이런 예화도 있다. 한 불효막심한 자가 판첸 라마를 한 번 보더니 갑자기 효심이 생겨 병든 아비를 위해 칼로 자기 왼쪽 옆구리를 베고 간의 한쪽 끝을 잘라서 구워 먹였다. 아비의 병이 즉시 나았음은 물론 불효자의 왼쪽 옆구리도 그대로 나아서 효자로 표창을 받았다. 또 산서성에 사는 한 거부巨富는 인색하기 짝이 없어 평생 한푼도 쓰지 않았는데, 길에서 판첸 라마를 한 번 쳐다 보고는 자비심이 일어나 즉각 10만금을 내어 부도浮圖를 세웠다고 한다.

동물을 감화시킨 경우도 있다. 한번은 강을 건너는데, 강 건너 저쪽 언덕에 큰 범 한 마리가 길에서 엎드려 꼬리를 흔들고 있었다. 황자皇子가 화살을 빼어 쏘려 하니, 판첸 라마가 이를 말리면서 수레에서 내려 범을 쓰다듬어 주자 범은 그의 옷자락을 물고 남쪽으로 끌고 간다. 따라가 보니, 큰 바위 틈에 굴이 있는데 범 한 마리가 바야흐로 젖을 먹이고 있고, 머리 둘 달린 큰 뱀이 범의 굴을 둘러싸고서 범의 새끼를 집어삼키려 하고 있었다. 뱀의 한 머리는 젖 먹이는 범과 겨루고, 뱀의 다른 한 머리는 숫범과 겨루고 있었는데, 범의 어금니로도 이것을 막을 도리가 없어 슬피 울다가 기진해버렸다. 판첸 라마가 지팡이로 가리키면서 주문을 외니, 머리 둘 달린 뱀은 저절로 돌에 부딪쳐 죽었는데, 그 속에서 밤중에도 빛이 나는 진주가 한 개씩 나왔다. 구슬 한 개는 황자에게 바치고, 한 개는 학사에게 바쳤다. 그후, 범은 열흘 동안이나 판첸 라마를 공손히 모시고 따라가다 조용히 사라졌다고 한다.

청왕조는 판첸 라마를 황제의 스승으로 모시는 한편, 피서산장 근처에 황금기와를 얹은 전각을 마련해두고서 극진히 대접했다. 이렇게 판첸 라마를 떠받든 것은 티베트의 강성함을 억누르기 위한 정치적 방편이기도 했지만, 그 못지않게 티베트 불교의 신성함을 존중하는 유목민의 유연한 태도 역시 작용했다. 그럼, 조선의 사행단은 어떠했던가? 청나라조차 오랑캐라고 보는 마당에 '황당무계한' 티베트법왕에게 머리를 숙일 리 만무했다. 열하에서의 '한바탕 소동'은 이렇게 해서 일어난 것이다. 이름하여, '판첸 라마 대

14대 달라이 라마 뗀진 가쵸 1959년 중국의 탄압을 피해 인도로 망명, 다람살라에 '티베트 망명정부'를 세웠다. 관음보살의 환생으로 간주된다. 따라서 연암이 열하에서 만난 '판첸 라마'는 달라이 라마의 전생에 해당되는 셈이다. 강연, 집필, 면담, 불교행사 주관 등이 그가 주로 하는 아르바이트다. 그 수입으로 다람살라에 몰려드는 난민들을 먹여 살려야 하기 때문이다. 무슨 왕의 팔자가 이런가? 하지만 최악의 상황인데도, 그는 터무니없을 정도로 낙천적이다. 세계의 모든 사람들과 친구가 되는 것이 소망이라나. 그래서 웃음과 유머가 한시도 떠나지 않는다. 연암과 쌍벽을 이룰 정도로 그 역시 유머의 달인이다. 그가 근대 이성의 한계에 봉착한 세계 지성인들에게 끊임없이 지혜를 나누어줄 수 있는 원천도 거기에 있을 것이다. 아는 사람은 알 터이지만, 달라이 라마는 내게 있어 영적 안내자이자 지적 스승이다. 그러니 『열하일기』에서 연암이 '판첸 라마'를 만나는 장면을 발견했을 때, 어찌 놀랍고 경이롭지 않았겠는가. 달라이 라마께서 조선 사행단이 벌인 '판첸 라마 대소동!'을 들으면 어떤 표정을 지을까? 생각만 해도 웃음이 절로 나온다.

소동!'

예부에서 조선 사신들도 판첸 라마에게 예를 표하라는 명령이 내려온다. 사신단은 "머리를 조아리는 예절은 천자의 처소에서나 하는 것인데, 어찌 천자에 대한 예절을 번승에게 쓸 수 있겠소" 하며 거세게 항의한다. "황제도 역시 스승의 예절로 대우하는데, 사신이 황제의 조칙을 받들었을 적에야, 같은 예로 대우하는 것이 마땅하지 않느냐"며 예부 역시 물러서지 않았다. 옥신각신하다, 결국은 현장까지 가긴 했으나 사신들은 당황한 나머지 '카타'를 바친 다음 절을 하지 않고 그냥 털썩 앉아버렸는데, 황제 옆에 있었던 군기대신 역시 황급하여 모른체한다. 일행 중의 한 명이 일어나 팔뚝을 휘두르면서, "만고에 흉한 사람이로군. 제 명에 죽나 보자"고 욕지거리를 해대자, 연암이 눈짓으로 만류한다.

엎친 데 덮친 격으로 판첸 라마는 조선 사행단의 무사귀환을 기원하는 뜻으로 불상을 선물했다. 가지고 올 수도 없고, 버릴 수도 없는 진퇴양난의 형세! '꿀단지에 손 빠뜨린 격'이 된 것이다. "당시의 일이 창졸간이라 받고 사양하는 것이 마땅한지 않은지를 계교할 여가도 없었고," 게다가 "저들의 행사는 번개치고 별 흐르듯이 삽시간에 끝나버렸기 때문에" 손쓸 틈이 없었다.

물러나와 한참 대책회의를 벌이는 중 인파가 주위에 몰려들었는데, 개중에 황제의 첩자가 끼어 있었다. 조선 사신단의 행동을 일일이 체크하고 있었던 것이다. 열하에서 돌아오는 길에 푸대접을 받은 것도 이 일로 인해 황제가 크게 언짢아 했기 때문이다. 이 부분에선 불상을 상자에 넣어 압록강에 빠뜨리기로 결정하면서 사태가 수습된 것으로 나오지만, 실제로는 가지고 들어왔다가 성균관 유생들이 이에 항의하여 '권당'捲堂: 데모의 일종을 하는 등 한바탕 소동이 벌어졌다고 한다. 해프닝의 연속!

그럼 그로부터 많은 세월이 지난 지금은 어떤가? 1949년 중국은 티베트를 무력으로 점령했고, 수많은 인민을 학살했으며, 6천여 개의 사원을 파괴하였다. 마침내 59년 인도의 다람살라로 망명을 단행한 뒤, 티베트 불교는 세계 속으로 퍼져 나갔고, 그 수장인 달라이 라마는 근대 이성의 한계에 봉착한 세계인들에게 삶의 비전을 제시하는 '지혜의 스승'으로 우뚝 서게 되었다. 청왕조에선 스승의 나라로 추앙받았으나, 지금은 식민지속국으로 가차없이 짓밟히는 것도 그렇지만, 바로 그 중국 제국주의로 인해 티베트 불교가 히말라야 고원지대에서 세계사의 한복판으로 걸어나가게 되었으니, 역사의 이 지독한 역전과 아이러니 앞에서 그저 망연할 따름이다.

그렇다면 그 사이 조선의 위치는 어떻게 달라졌던가? 한국은 중국과의 외교를 위해 달라이 라마의 방문을 거부하고 있는 극소수 국가 중의 하나다. 연암 시대에는 황제가 강제로 절을 하도록 시켜도 거부하더니, 이제는 중국의 눈치를 보느라 달라이 라마와의 만남을 아예 묵살하고 있다. 몇 년 전엔 달라이 라마가 몽고로 가기 위해 한국의 창공을 경유해야 했는데, 아시아나 항공사 측에서 그것조차 거부한 적도 있었다. 맙소사!

누군가 말했다. 역사는 두 번 반복된다고. 한 번은 비극으로, 또 한 번은 희극으로. 그러나 이 경우엔 정확히 그 반대다. 열하에서의 '대소동'은 다분히 희극적이었지만, 지금, 우리가 겪고 있는 정치적 상황은 음울하기 짝이 없는 비극이기 때문이다. 하긴, 전자가 '비장한 코미디'라면, 후자는 '코믹한 비극'이라는 점에서 상통하는 바가 아주 없진 않다.

연암은 과연 이런 상황을 예견하고 있었을까? 아니, 연암이라면 지금 이 상황을 어떻게 평가할까? 연암이 달라이 라마를 다시 만난다면? 이 대목을 읽을 때마다 내 머릿속에는 숱한 물음들이 꼬리에 꼬리를 물고 이어진다. 그것은 연암이 던지는 것이기도 하고, 또한 달라이 라마가 던지는 것이기도 하다.

4

범람하는 유머, 열정의 패러독스

유머는 나의 생명!

'스마일[笑笑] 선생'

'호모 루덴스'가 펼치는 '유머와 역설의 대향연'── 만약 『열하일기』를 영화로 만든다면, 나는 예고편의 컨셉을 이런 식으로 잡을 작정이다. 고전을 중후하게 다루기를 원하는 고전주의자(?)들은 마뜩잖아 할 터이지만, 그래도 어쩔 수 없다. 유머 없는 『열하일기』는 상상할 수조차 없으니. 아니, 더 솔직하게 말하면, 『열하일기』는 유머로 시작하여 유머로 끝난다고 해도 좋을 정도로 도처에서 유머를 구사한다. 그것은 배꼽잡는 해프닝이 일어날 때만이 아니라, 중후한 어조로 이용후생을 설파할 때, 화려한 은유의 퍼레이드나 애상의 분위기를 고조시킬 때, 언제 어디서나 수반된다. 이를테면 유머는 『열하일기』라는 '고원'을 관류하는 '기저음'인 셈.

다른 한편, 유머는 익숙한 사유의 장을 비틀어버리거나 아니면 슬쩍 배치를 변환하는 담론적 전략이기도 하다. 연암 사유의 핵심이라고 할 수 있는 아이러니와 역설, 긴장과 돌출은 모두 '유머러스한' 멜로디 속에서 산포된다. 사람들은 이 유머에 현혹되어 혹은 분노하고, 혹은 깔깔거리느라고 자신들이 이미 이전과는 전혀 다른 '필드'에 들어갔음을 눈치채지 못한다.

유머에 관한 한, 연암은 오랜 연륜을 자랑한다. 젊은 날의 우울증을 해학적인 이야기, 재치있는 이야기꾼들을 통해 치유했음을 환기하자. 청년기 이후에도 그런 습속은 고쳐지기는커녕 더더욱 심화되어 갔다.

나는 중년 이후 세상 일에 대해 마음이 재처럼 되어 점차 골계를 일삼으며 이름을 숨기고자 하는 뜻이 있었으니, 말세의 풍속이 걷잡을 수 없어 더불어 말을 할 만한 자가 없었다. 그래서 매양 사람을 대하면 우언寓言과 우스갯소리로 둘러대고 임기응변을 했지만, 마음은 항상 우울하여 즐겁지가 못했다.

박종채의 기록이다. 이런 진술에서 사람들은 흔히 천재들의 고독 혹은 '시대와의 불화' 따위만을 감지할 터이지만, 사실 이건 정반대로 읽어야 마땅하다. 이를테면, 그는 세상에 대한 불평과 울울한 심사를 골계 혹은 우스갯소리로 드러냈던 것이다. 세상이 자신을 알아주지 않음을 비분강개하거나 청승가련하게 표현하는 사람은 드물지 않다. 하지만 그것을 골계와 해학으로 표현하기란 결코 쉽지 않다. 그것은 역경과 굴곡을 생에 대한 능동적 발판으로 전환하는 '고도의 능력'을 필요로 하는 것이기 때문이다.

연암만큼 유머를 정치적으로 잘 활용한 이도 드물다. 이미 밝혔듯이, 연암은 오십줄에 들어서야 음관蔭官으로 벼슬길에 나아간다. 당쟁에 연루된 사람들은 이 기회를 놓치지 않고 연암을 자기 당파에 끌어들이려고 다각도로 접근을 시도했다. 그럴 때마다 연암은 "우스갯말로 얼버무리며 무슨 말인지 못 알아듣는 듯한 태도를 취"함으로써 교묘하게 그 파장으로부터 벗어나곤 했다. 만약 꼿꼿한 자세로 시비를 논하거나 아니면 반대하는 태도를 취했을 경우, 안 그래도 비방이 끊이지 않았던 그가 정치적 소용돌이에서 벗어나기란 쉽지 않았을 터이다.

한 지인知人은 이렇게 말한 바 있다. "연암처럼 매서운 기상과 준엄한 성격을 지닌 사람이 만일 우스갯소리를 해대며 적당히 얼버무리지 않았다면 아마 지금 세상에 위태로움을 면하기 어려웠을 게야." 그러니 유머야말로 그에게는 '난공불락'의 정치적 전술이었던 것이다.

물론 당파간 경쟁에만 그것을 활용한 건 아니다. 중요하지 않은 일인데도 서로 의견이 일치하지 않는 경우, 힘은 들면서도 매듭짓기 어려운 경우에는 문득 우스갯소리를 하여 상황을 완화시킴으로써 분란을 풀곤 했다. 또 일반 백성들을 계발할 때, 심란해하는 친구를 위로할 때도 그는 유머를 다채롭게 구사했다.

언젠가 한 고을의 원님이 되었을 때, 싸움질을 일삼는 평민이 있었다. 한 아전 하나가 몽둥이를 쥐고 들어와 그 평민이 몽둥이로 자신을 죽이려 했다고 호소하자, 연암은 웃으며 각수장이를 불러

오라고 한 뒤, 몽둥이에 이런 글을 새겼다.

오호라, 이 큰 몽둥이 / 그 누가 만들었나? / 아무개가 만들었지 /
주정과 행패 / 너에게서 나왔으니 / 너에게로 돌아가야지 / 이 이
치는 피할 길 없으니 / 상해죄로 다스릴 일 / 이 몽둥이 걸어두세 /
저 마을 문 곁에다가 / 회개하지 않는다면 / 함께 이 몽둥이로 때려
주세 / 사또가 그걸 허락함을 / 이 글로 증명한다.

이후 그 평민이 다시는 야료를 부리지 못했다고 한다. 또 한번
은 기민饑民 구제로 괴로워하는 친구에게 억지로 고충을 참으려면
미간과 이마에 '천川 자·임任 자'를 그리게 될 터이니 그러지 말고
그 일을 차라리 즐기라고 위로해준다. 그러면서 자기 말을 들으면,
"그대 또한 반드시 입에 머금은 밥알을 내뿜을 것이니, 나를 '소소
笑笑 선생'이라 불러도 사양하지 않겠노라"고 덧붙인다. 친구를 즐
겁게 해주기 위해 기꺼이 '스마일씨氏'로 자처하고 있는 것이다.

『열하일기』에서 가장 논란이 되었던 부분도, 또 가장 많이 삭
제·윤색된 부분도 웃음이 터지는 대목이라는 것은 얼마나 의미심
장한가. 요컨대 연암에게 있어 유머는 중세적 엄숙주의를 전복하
면서 매끄럽게 옮겨 다니는 유목적 특이점이자 우발점의 기법이었
다.

포복절도

퀴즈 두서너 가지. 『열하일기』에서 가장 자주 등장하는 먹거리는? 술. 『열하일기』에서 돈보다 더 유용한 교환가치를 지닌 물건은? 청심환. 가장 큰 해프닝은? '판첸 라마 대소동!' 이 정도만 맞혀도 『열하일기』의 진면목에 꽤나 접근한 편이다.

그럼 『열하일기』에 가장 자주 출현하는 낱말은? 정답은 포복절도! 여행의 목적이 마치 포복절도에 있는 것처럼 여겨질 정도로 연암은 이 단어를 즐겨 사용한다. 그 자신이 남을 포복절도하게 만들 뿐 아니라, 사소한 일에도 그 자신 또한 기꺼이 포복절도한다. "내 성미가 본디 웃음을 참지 못하므로, 사흘 동안 허리가 시었다"고 할 때, 그건 조금도 과장이 아니다. 그래서 연암이 움직일 때마다 '웃음의 물결'이 출렁거린다.

열하에서 윤가전, 기려천 등과 허난설헌에 대해 말할 때, 두 사람이 크게 웃었다. "문 밖에 아이놈들이 서 있다가 영문도 모른 채 덩달아 따라 웃는다. 웃음소리만 듣고 따라 웃는 격이다. 그리고 나 역시, 아이놈들이 뭣 때문에 웃는지도 모르면서 덩달아 웃음보를 터뜨렸다. 그러다 보니 한참 동안 웃음이 꼬리에 꼬리를 물고 이어졌다." 웃음이 꼬리를 물고 이어져 물결처럼 퍼져나가는 상황이 연출된 것이다.

위급한 상황에서도 그는 끊임없이 웃음거리를 만들어낸다. 한 번은 새벽에 큰 비가 내려 시냇물이 불어서 건너기 어려운 상황이었다. 부사와 서장관 등 사행단의 수뇌들이 모여 큰 물이 앞을 가로막아 물 건널 대책을 논하느라 의견이 분분하였다. 연암이 느닷없이 "무어, 뗏목을 맬 것까지야 있소. 내게 한두 척 마상이馬上伊;배가 있는데, 노도 있고 상앗대도 갖추었으나 다만 한 가지가 없소" 하니, 주주부가 "그럼, 없는 게 무엇이오?" 한다. 연암은 "다만 그를 잘 저어갈 사공이 없소" 한즉, 모두들 허리를 잡고 웃는다. 아이구, 이런 천하태평!

심양에서 장사꾼들과 사귈 때, 한번은 한 친구가 글씨를 청한다. "한잔 기울일 때마다 한 장씩 써내매 필치가 한껏 호방해진다. ……검은 용 한 마리를 그린 뒤, 붓을 퉁겨서 짙은 구름과 소낙비를 그렸다. 지느러미는 꼿꼿이 서고 등비늘은 제멋대로 붙었고 발톱은 얼굴보다 더 크고 코는 뿔보다 더 길게 그렸더니, 모두들 크게 웃으며 기이하다 한다." 이렇게, 그는 언제든 웃음을 만들어낼 준비가 되어 있는 '웃음동자'다.

그가 웃음을 만들어내는 원리는 지극히 간단하다. 보다시피 웃음이란 단조로운 리듬을 상큼하게 비트는 불협화음이요, 고정된 박자의 흐름에 끼여드는 엇박이다. 판소리로 치면, 적재적소에 끼여드는 '추임새' 같은 것이라고나 할까. 그런 점에서 연암은 말의 리듬, 삶의 호흡을 기막히게 터득한, 일종의 '예인'藝人이다.

그런 '예인적' 천재성은 필담을 할 때도 유감없이 발휘된다. 먹어치우고, 태우고, 찢어버리는 등 금기의 벽에 도전하는 팽팽한 긴장 속에서도 연암은 긴장을 이완시키고, 화제를 전환하기 위해 끊임없이 유머를 구사한다.

작은 국자로 국물을 뜨기만 했다. 국자는 숟가락과 비슷하면서 자
루가 없어서 술잔 같았다. 또 발이 없어서 모양은 연꽃잎 한 쪽과
흡사했다. 나는 국자를 잡아 밥을 퍼보았지만 그 밑이 깊어서 먹을
수가 없기에 학성에게 이렇게 말했다. "빨리 월나라 왕을 불러오시
오." "그게 무슨 소립니까?" "월왕의 생김새가 긴 목에, 입은 까마귀
부리처럼 길었다더군요." 내 말을 들은 학성은 왕민호의 팔을 잡고
정신없이 웃어댄다. 웃느라 입에 들었던 밥알을 튕겨내면서 재채
기를 수없이 해댄다. 간신히 웃음을 그친 다음, 이렇게 물었다. "귀
국에서는 밥을 뜰 때에 뭘 씁니까?" "숟가락을 씁니다." "모양은 어
떻게 생겼나요?" "작은 가지 잎과 비슷합니다." 나는 식탁 위에 숟
가락 모양을 그려주었다. 그러자, 두 사람은 더더욱 허리가 부러져
라 웃어 제낀다. (「곡정필담」鵠汀筆談)

국자와 숟가락 따위를 가지고 이렇게 즐거워하다니. 마치 사
춘기 여고생들 같지 않은가? 이 정도가 분위기를 부드럽게 하기 위
한 윤활유 수준이라면, 다음은 다소 무겁고 중후한 경우에 속한다.

윤공은 피곤을 못 이겨 때때로 졸다가 머리를 병풍에 부딪치곤 하
였다. …… "저 또한 평소 저만의 독특한 견해를 가지고 있지만, 감
히 다른 사람들에게 이야기해본 적이 없습니다. 혹시나 천하 사람

들이 놀라고 괴이하게 여길까 두렵기 때문이지요. 그래서인지 무언가 탯덩이처럼 가슴속에 쌓여 통 내려가질 않는답니다. 특히 겨울과 여름철이 되면 더욱 괴롭기가 그지없어요. 선생의 기이한 이론도 그런 답답한 심사에서 나온 듯한데, 아닌가요?"(곡정)

"하하하. 그럴지도 모르겠군요. 그렇다면 우리 둘 다 이 자리에서 남김없이 털어버립시다. 잘하면 몇 년 묵은 병을 약 한 첩 안 쓰고 시원하게 고칠 수 있겠는걸요."(연암)

그 정도론 설득하기 어렵다고 여겼던지, 이렇게 덧붙인다. "저는 온몸에 가려움증이 나서 배기지 못하겠어요." 탯덩이와 가려움증! 고도의 정치적 메시지를 암시하는 '블랙유머'를 구사하고 있는 것이다. 이런 식으로 그의 유머는 팽팽한 긴장을 이완시키는 한편, 검열의 장벽을 넘도록 추동한다. 그럴 때, 유머는 수많은 의미들을 내뿜는 일종의 발광체가 된다.

그의 유머 능력은 〈호질〉에서 특히 돋보인다. 그는 상점의 벽 위에 한편의 기문을 발견하고 그것을 베끼기 시작한다. 동행한 정군에게 부탁하여 그 한가운데부터 베끼게 하고 자신은 처음부터 베껴 내려간다. 주인은 당연히 이상스럽다.

"선생은 이걸 베껴 무얼 하시려는 건가요?"(주인)

"내 돌아가서 우리나라 사람들에게 한번 읽혀 모두 허리를 잡고 한바탕 크게 웃게 할 작정입니다. 아마 이 글을 보면 다들 웃느라고

입안에 든 밥알이 벌처럼 튀어나오고, 튼튼한 갓끈이라도 썩은 새끼줄처럼 툭 끊어질 겁니다."(연암)

아니, 사람들을 '포복절도'하게 하려고 그런 수고를 감수하다니. 그거야말로 포복절도할 일 아닌가?

요즘으로 치면, 외국 가서 좀 '튀는' 작품 하나 베껴와서 '한탕' 하겠다는 속셈이거니 할 터이나, 연암 당시에야 아무리 많은 사람들을 웃긴다 한들 돈 한푼 안 되는 세상 아닌가. 아니, 돈이 되기는커녕 사대부로서의 체면을 완전 구길 뿐 아니라, 자칫하면 신세 망치기 십상인데.

그러니 이쯤 되면 우리는 머리를 갸우뚱하게 된다. 아무 생각 없이 '포복절도'하고 넘어갈 수가 없는 것이다. 여기에 대체 무슨 의미가 있는 것일까? 웃음을 통해 그가 의도하는 바는 무엇일까? 어디까지가 그의 진실일까? 등등. 안 그래도 그동안 이 작품이 연암의 창작이냐 아니냐를 놓고 옥신각신, 왈가왈부, 중언부언해왔는데, 이쯤 되면 정말 머리가 터질 지경이다.

결국 이렇게 되면, 연암이 쳐놓은 그물에 영락없이 걸려든 꼴이 된다. 이렇게 헷갈리게 만드는 것이야말로 그가 겨냥한 바일 테니. 하지만 어쩌랴. 이 유쾌한 그물망을 어떻게 외면한단 말인가. 차라리 그물 속에서 유쾌하게 놀아보는 수밖엔.

말의 아수라장

'워밍업'을 위한 퀴즈 하나 더. 『돈키호테』의 저자는? 세르반테스 Miguel de Cervantes Saavedra. 정말 그렇다고 믿는가? 이게 무슨 말인지 몰라 멀뚱하게 있으면 그 사람은 분명, 책을 읽지 않았다. 그럼 세르반테스가 아니냐고? 물론 저자는 세르반테스다. 그러나 『돈키호테』를 읽다보면 원저자가 따로 있고 세르반테스 자신은 마치 번역자인 것처럼 너스레를 떠는 대목들과 도처에서 마주친다. 처음에는 웃어넘기다가도 같은 말을 자주 듣다보면, 웬만큼 명석한(?) 독자들도 머리를 갸우뚱하게 된다.

설상가상으로 2부는 1부의 속편이 아니다. 1부에서 돈키호테가 한 기이한 모험들이 책으로 간행되어 사람들 사이에 널리 유포된 상황이 2부의 출발지점이다. 말하자면 돈키호테는 자신이 저지른 모험을 확인하기 위한 순례를 떠나는 것이다. 이처럼 『돈키호테』는 기상천외의 모험담이기 이전에, 파격적인 언어적 실험이 난무하는 텍스트다.

잘 따져보면, 돈키호테는 광인이 아니다. 그의 명징한 이성은 고매하기 이를 데 없다. 기사담이란 기사담은 몽땅 암기하는 놀라운 기억력, 군중들 앞에서 이상과 자유에 대해 설파하는 도도한 웅변술, 치밀한 분석력 등은 거의 타의 추종을 불허하는 수준이다.

그런 인물이 왜 '미치광이'가 되었냐구? 그건 순전히 그가 놓인 '자리' 때문이다. 신부, 이발사 등 이른바 상식적인 인간들의 언어와 '속담에 살고 속담에 죽는' 시종 산초 판사의 분열적 언어 사이에 놓이는 순간, 돈키호테의 그 영웅적 수사학은 광인의 징표가 되어버린다. 오, 그 배치의 황당함이란. 비트겐슈타인의 말마따나, '언어는 단지 용법일 뿐'이라는 것을 돈키호테는 '온몸으로' 증언해 주는 것이다. 서로 다른 층위를 지닌 말들이 펼치는 아수라장, 『돈키호테』의 저력은 무엇보다 거기에 있다.

그리고 그 점에선 『열하일기』도 만만치 않다.

밤에 여러 사람과 술을 몇 잔 나누었다. 밤이 깊자, 취해서 돌아와 잠자리에 들었다. 내 방은 정사의 맞은편인데, 가운데를 베 휘장으로 가려서 방을 나누었다. 정사는 벌써 깊이 잠들었다. 몽롱한 상태에서 담배를 막 피워 물었을 때다. 머리맡에서 별안간 발자국 소리가 난다. 깜짝 놀라서 소리를 질렀다. "누구냐?" "도이노음이요."擣伊廬音爾幺 대답소리가 이상하다. 다시 소리를 질렀다. "누구냐?" 더 큰 소리로 대답한다. "소인은 도이노음이요." 이 소란에 시대와 상방 하인들이 모두 놀라 잠이 깼다. 뺨 갈기는 소리가 들리더니, 등을 떠밀어서 문 밖으로 끌고 가는 모양이다. 알고보니 그는 밤마다 우리 일행의 숙소를 순찰하면서 사신 이하 모든 사람의 수를 헤아리는 갑군이었다. 깊은 밤 잠든 뒤의 일이라 지금까지는 선혀 눈치채지 못하고 있었던 것이다. 갑군이 제 스스로 '도이노음'이라 하다니, 정말 배꼽잡을 일이다. 우리나라 말로 오랑캐를 '되놈'이라 한다. 갑군이 '도이'라고 한 것은 '도이'島夷의 와전이고, '노음'廬音은

낮고 천한 이를 가리키는 말, 즉 조선말 '놈'의 와전이요, '이요'伊幺
란 웃어른에게 여쭙는 말이다. 그래서 그는 조선 사람이 알아듣도
록 '되놈이요' 하고 말했던 것이다. 갑군은 여러 해 동안 사신 일행
을 모시는 사이에 우리나라 사람들에게 말을 배웠는데, '되놈'이란
말이 귀에 익었던 모양이다. 한바탕 소란 때문에 그만 잠이 달아나
고 말았다. 설상가상으로, 수많은 벼룩에 시달렸다. 정사 역시 잠이
달아났는지 촛불을 켜고 새벽을 맞았다. (「도강록」)

조선 사람들이 청나라 사람들을 낮춰 말하는 '되놈'이라는 욕
설이 마치 보통명사처럼 전이되어 청나라 사람들이 자신들을 '도
이노음'이라고 부르는 어처구니없는 일이 일어난 것이다. 귤이 회
수를 건너면 탱자가 된다고, 언어도 물을 건너면 이렇게 황당한 변
칙적 전도가 일어나는 법이다.

반대 케이스도 있다. "역졸이나 구종군 따위가 배운 중국말"
가운데 고린내, 뚱이 등이 있다. 고린내는 냄새가 심하다는 뜻인데,
고려 사람들이 목욕을 하지 않아 발에서 나는 땀내가 몹시 나쁘기
때문에 붙여진 것이고, 뚱이는 '동이'東夷의 중국음으로 '물건을 잃
었을 때, 동이가 훔쳤다'는 의미로 쓴 것이다. 그런데 조선 사람들
은 "이를 알지 못한 채 나쁜 냄새가 나면, '아이, 고린내' 하고, 어떤
사람이 물건을 훔쳤다고 생각될 때에는, '아무개가 뚱이야'" 한다.
이처럼 대개의 여행기가 그렇듯이 『열하일기』에는 이질적인 언어
들이 일으키는 충돌이 곳곳에서 속출한다.

연암은 특히 언어문제에 관심이 많았기 때문에 말들이 부딪히는 장면들을 예의주시한다. 그가 보기에 "중국 사람들은 글자로부터 말 배우기로 들어가고", 조선인들은 "말로부터 글자 배우기로 옮겨 가므로 중화와 이적의 구별이 있는 것이다. 왜냐하면 말로 인하여 글자를 배운다면 말은 말대로 글은 글대로 따로 되는 까닭이다". 예를 들면 천자문을 읽을 때, 한날천漢捺天이라고 한다면, 이는 글자 밖에 다시 한 겹 풀이하기 어려운 언문이 있게 된다. 그러니 아이들이 애당초에 '한날'이란 무슨 말인 줄을 알지 못하니, 더군다나 천을 알 수 있겠는가. 말하자면, 경전을 익히는 데 있어 이중적인 문턱이 존재한다는 것이다.

경서를 익히는 방법에서도 차이가 있다. 중국인들은 이른바 "글외기"와 "강의하는 것", 두 길이 있다. 처음 배울 때는 그저 사서 삼경의 장구章句만 배워서 입으로 외고, 외는 것이 능숙해진 다음 스승께 다시 그 뜻을 배우는 걸 '강의'라 한다. 설령 죽을 때까지 강의하지 못하더라도 입으로 익힌 장구가 곧 날로 상용하는 관화官話가 된다. 그러므로 "세계 여러 나라 말 중에서도 중국말이 가장 쉽다".

언어에 대한 이런 식의 판단은 다른 부분에서도 거듭 확인된다. "연경에 들어간 뒤에도 사람들과 더불어 필담을 해보면 모두 능란하지 않은 이가 없었으며, 또 그들이 지었다는 모든 문편들을 보면 필담보다 손색이 있었다. 그때 비로소 우리나라에 글짓는 사람이 중국과 다른 것을 알았으니, 중국은 바로 문자로써 말을 삼으므로 경經·사史·자字·집集이 모두 입 속에서 흘러나오는 성어成語였다." "그러므로 우리나라에서 글을 짓는 자는 어긋나서 틀리기 쉬운 옛날 글자를 가지고, 다시 알기 어려운 사투리를 번역하고 나면 그 뜻은 캄캄해지고 말은 모호하게 되는 것이 이 까닭이 아니겠는가." 그리고 그런 이중성이 문명을 습득하는 데 적지 않은 장애가 된다고 간주한다. 이런 견해는 북학파 공통의 것이었고, 그 가운데 박제가는 특히 과격하여 문명국가가 되기 위해서는 중국어를 공용어로 삼아야 한다고 주장했을 정도다.

어쨌든 조선어와 중국어, 두 언어 간 차이들은 수많은 해프닝을 일으키는데, 그중 압권이 다음 사건이다.

호행통관護行通官 쌍림雙林이라는 인물이 있었다. 호행통관이란 사신단을 호위하는 임무를 띤 청나라 관리다. 일종의 '보디가드'인 셈. 그러나 말이 '호행'이지 쌍림은 책문에 들어선 지 열흘이 되도록 코빼기도 보이지 않는다. 조선말도 불분명한 데다 급하면 도로 북경말을 쓰고 으스대며 뻐기기 좋아하는, 좀 덜떨어진 인물이다. 첫 대면한 자리에서 연암은 그와 말대꾸를 하기 싫어 종이를 꼬아서 코를 쑤시는 등 딴청을 부렸다. 무시당한 쌍림이 '열받아서' 나가버리자 일행들이 그와 사이가 나쁘면 앞으로 좀 재미없을 거라고 연암에게 귀띔한다. 연암도 왠지 께름칙하여 마음을 바꿔먹고 약간의 친절을 베푼다. 거기에 감동한 쌍림이 연암과 장복이를 자기 수레에 태워주는 선심을 쓴다(역시 좀 덜떨어진 게 틀림없다).

게다가 장복이를 불러서 오른편에 앉히고는, "내가 조선말로 묻거든 너는 관화로 대답하거라" 한다. 이렇게 해서 둘 사이의 국경을 넘는 희한한 대화가 시작되었다. 그 꼴을 지켜본 연암의 총평.

"쌍림의 조선말은 마치 세 살 먹은 아이가 '밥 줘'를 '밤 줘'하는 수준이고, 장복의 중국말은 반벙어리 말 더듬듯, 언제나 '에' 소리만 거듭한다. 참, 혼자 보기 아까웠다. 게다가 어이없게도, 명색이 통관이라는 쌍림의 조선말이 장복의 중국말보다 못하다. 존비법을 전혀 모를뿐더러, 말 마디도 바꿀 줄 모른다."

대화 내용도 유치하기 짝이 없다.

"너, 우리 아버지를 본 적이 있느냐?"(쌍림, 이하 '쌍')

"칙사 나왔을 때 보았소이다."(장복, 이하 '장')

……

"우리 아버지 눈깔이 매섭지 않더냐?"(쌍)

"푸하하하. 하긴 마치 꿩 잡는 매의 눈깔 같더구먼요."(장)

"너, 장가 들었냐?"(쌍)

"집이 가난해서 여직 못 들었습죠."(장)

"하이고, 불상, 불상. 참말 불상하다."(쌍)

"의주엔 기생이 몇이나 되느냐?"(쌍)

"한 40~50명은 될 걸요."(장)

"물론 이쁜 기생도 많겠지."(쌍)

"이쁘다 뿐입니까. 양귀비 같은 기생도 있고, 서시西施 같은 기생도 있습지요."(장)

"그렇게 이쁜 애들이 많았는데, 내가 칙사 갔을 때엔 왜 통 안 보인 거지?"(쌍)

"만일 보셨다면 대감님 혼이 구만 리 장천 구름 저 멀리로 날아가 버렸을 겁니다요. 그리하여 손에 쥐었던 돈 만냥일랑 홀랑 다 털리고 압록강은 건너지도 못했을걸요."(장)

"내 다음번 칙사를 따라 가거든 네가 몰래 데려와라."(쌍)

"아이쿠! 그건 안 됩니다요. 들키면 목이 달아납죠."(장)

허무 개그. 이렇게 희희덕거리며 30리를 갔다. 연암이 보기에 장복이의 중국말은 겨우 책문에 들어온 뒤 길에서 주워들은 데 불과한데도 쌍림이 평생 두고 배운 조선말보다 더 낫다. 이유는 역시 우리말보다 중국말이 쉽기 때문이다.

쌍림과 장복이는 그래도 최소한의 소통이 되는 경우지만, 다음의 경우는 아예 완전 불통의 상황이다. 연암이 어떤 상점에 들어가 상점 주인 및 한 청년과 함께 대화를 시도했으나, 연암은 중국어가 안 되고, 두 청년은 한자를 알지 못한다. 그러니 "세 사람이 정좌正坐한즉 천하에 더할 나위 없는 병신들이다. 다만 서로 웃음으로 껄껄거리고 지나가는 판이다". 청년이 만주글자를 쓸 때 주인은 옆에서 "벗이 먼 곳에서 찾아오니 어찌 기쁘지 않겠소" 하자, 연암은 "나는 만주 글을 모르오" 하니, 청년은 "배운 것을 때로 복습하면 어찌 즐겁지 않겠소" 한다. 연암은 "그대들이 『논어』를 이처럼 잘 외면서 어찌 글자를 모르나" 하니, 주인은 "남이 나를 몰라주더라도 노여워하지 않는다면 어찌 군자가 아니겠소이까" 한다. 『논어』 첫장 '학이편'의 그 유명한 트리아드triad ; 세 구절, "학이시습지學而時習 之면 불역열호不亦說乎아. 유붕자원방래有朋自遠方來면 불역낙호不亦樂 乎아. 인부지이불온人不知而不慍이면 불역군자호不亦君子乎아"를 맥락 도 없이 그저 읊조린 것이다.

연암은 한가닥 희망(?)을 가지고 그들이 외운 '학이편 석 장'을 글로 써 보였으나, 모두 눈이 휘둥그레지며 멍하니 들여다볼 뿐이다. 한문에는 완전 '깡통'이었던 것이다. 결국 세 사람은 대화를 나눈 게 아니라 독백을 한 셈이다. 이럴 수가! "이윽고 소낙비가 퍼부어서 옆에 다른 소리는 들리지 않고 조용히 이야기하기에 좋으나, 둘이 다 글을 모르고 나 역시 북경말에 서툴러서 어쩌는 수 없다." 영화로 치면 세 명의 남자가 소낙비 내리는 마루에 앉아 멍하니 허공을 쳐다보는 장면이 연출된 셈이다. 돈키호테가 그랬듯이, 연암 또한 이런 배치하에서는 말도 안 되는 '헛소리'만 날리는 신세를 면치 못한 것이다. 이 순간, 여행은 상이한 문법과 체계를 지닌 언어들이 충돌하는 아수라장이 된다. 연암은 이 아수라장의 연출자인 동시에 뛰어난 리포터다.

아, 보너스로 돈키호테에 대한 이야기 하나 더. 20세기 최고의 작가 보르헤스의 작품 중에 「피에르 메나르, 『돈키호테』의 서자」라는 단편이 있다. 20세기의 작가 피에르 메나르가 『돈키호테』를 다시 쓴다는 것이 주내용이다. 메나르는 '뼈를 깎는' 혼신의 노력을 기울인 끝에 『돈키호테』의 몇 페이지를 그대로 베껴놓은 작품을 완성한다. 보르헤스는 이 작품이 원텍스트에 비해 '거의 무한정할 정도로 풍요롭다'고 극찬을 아끼지 않는다.

이 황당한 궤변의 논거는? 세르반테스가 구사한 언어는 동시대의 평범한 스페인어지만, 20세기 프랑스 작가 메나르가 시도한 문체는 17세기 스페인의 고어체라는 것. 좀 괴상한 방식이긴 하나, 시대적 배치가 달라지면 동일한 언어도 전혀 다른 의미를 발산한다는 사실을 말하고자 한 것이다. 세르반테스와 보르헤스, 그리고 연암 박지원. 이들은 모두 '언어가 배치의 산물'이라는 사실을 탁월하게 간파한 '삼총사'다.

빛나는 엑스트라들

이제 독자들도 장복이와 창대라는 인물에 대해서는 상당히 낯이 익을 것이다. 그것은 단지 그들이 연암의 시종들이라서가 아니다. 만약 연암이 그들을 그저 그림자처럼 끌고 다니기만 했다면, 장복이와 창대는 벌써 사람들의 뇌리에서 잊혀지고 말았을 것이다. 그러나 연암은 그렇게 하지 않았다. 그들의 말, 행동, 생김새까지 눈에 삼삼하도록 생생한 호흡을 불어넣었다. "한참 서성거리다 몸을 돌이켜 나오는데 장복을 돌아보니 그 귀밑의 사마귀가 요즘 더 커진 듯했다." 귀밑의 사마귀까지 캐치하는 놀라운 관찰력. 그래서 그들은 별볼일 없는 인물이지만 출현하는 장면마다 강렬한 악센트를 부여한다. 이름하여 '빛나는 엑스트라'.

누구든 그렇다. 연암과 함께 움직이면, 혹은 연암의 시선에 나포되면 누구든지 '익명의 늪'에서 돌연 솟아올라 그만의 특이성을 분사한다.

연암이 한참 장황한 벽돌론을 설파할 때 말 위에서 졸다가 "벽돌은 돌만 못하고, 돌은 잠만 못하다"고 봉창두드리는 소리를 했던 정진사. 그에 대한 이런 스케치도 참, 재미있다. "정진사는 중국말이 서투른 데다 또 이가 성기어서 달걀볶음을 매우 좋아하므로, 책문에 들어온 뒤로 하는 중국말이라고는 다만 '초란'炒卵뿐이다. 그나마 혹시 말할 때 발음이 샐까, 잘못 들을까 걱정하여, 가는 곳마다 사람을 만나면 '초란'하고 말해보아 혀가 잘 돌아가는지를 시험한다. 그 때문에 정鄭을 '초란공'炒卵公이라 부르게 되었다." 이 짧은 멘트만으로도 그가 어떤 인물인지 가늠하기에 충분하다. 그는 상당히 자주 출현하는 편인데도 장복이나 창대에 비해서도 성격이 뚜렷하지 않다. 개성이 없는 게 그의 '개성'인 셈이다. 연암의 농담에 어리숙하게 넘어가거나, 아니면 연암의 도도한 변증에 뒷북치는 소리를 하는 게 주로 그가 맡은 역할이다.

득룡은 가산嘉山 출신으로 14살부터 북경을 드나든 지 30여 차례나 되는 인물이다. 중국어에 능통할 뿐 아니라, 수완이 뛰어나 곤란한 일을 능숙하게 처리한다. 사행이 있을 때마다 그가 중국으로 도주할까 염려하여 미리 가산에 통첩하여 그의 가속家屬을 감금해둘 정도로 국가적으로 공인된 수완꾼이다. 그걸 확인시켜주는 흥미로운 에피소드가 하나 있다.

강을 건넌 뒤, 국경이 되는 책문을 통과할 때 득룡이 청인淸人들과 청국관원에게 선사하는 예물을 둘러싸고 실랑이를 벌인다. 봉황성의 교활한 청인들이 가짓수를 덧붙여 뜯으려는 수작인데, 만약 이때 어설프게 처리하면 달라는 대로 줄 수밖에 없고, 다음해엔 그게 전례가 되어버린다. 사신들은 이 묘리妙理를 모르고 다만 책문에 들어가는 게 급해서 반드시 역관을 재촉하고 역관은 또 마두馬頭를 재촉하여 폐단의 유례가 굳어진 지 오래다.

이런 상황에서 득룡이 청인 백여 명이 둘러서 있는 한가운데로 불쑥 나서며, 다짜고짜 그중 한 명의 멱살을 움켜쥐고는 이렇게 을러댄다.

뻔뻔하고 무례한 놈 같으니라구! 지난해에는 대담하게도 이 어르신네 쥐털 목도리를 훔쳐갔지. 또 그 작년엔 이 어르신께서 주무시는 틈을 타서 내 허리에 찼던 칼을 뽑아 칼집에 달린 술緩을 끊어갔었지. 게다가 내가 차고 있던 주머니를 훔치려다가 들켜 오지게 얻어터지고 얼굴이 알려지게 된 놈 아니냐! 그때 애걸복걸 싹싹 빌면서 나더러 목숨을 살려주신 부모 같은 은인이라 하더니만. 오랜만에 왔다고 이 어르신께서 네 놈의 상판을 몰라보실 줄 알았느냐? 겁대가리 없이 이 따위로 큰소리를 지르고 떠들다니. 요런 쥐새끼 같은 놈은 대가리를 휘어잡아서 봉성장군 앞으로 끌고 가야 돼!

(「도강록」)

그러자 여러 청인들이 모두 용서해줄 것을 권한다. 그중에서도 수염이 아름답고 옷을 깨끗이 입은 한 노인이 앞으로 나서더니, 득룡의 허리를 껴안고 "형님, 화 푸세요" 하고 사정한다. 득룡이 그제야 노여움을 풀고 빙그레 웃으면서 "내가 정말 동생의 안면만 아니었다면 이 자식 쌍판을 한 방 갈겨서 저 봉황산 밖으로 내던져버렸을 거야" 한다. 복잡하게 꼬인 상황이 단방에 처리된 것이다.

물론 득룡의 말은 몽땅 거짓말이다. 말하자면, 청인들을 상대로 사기를 친 것이다. 이름하여 '살위봉법'殺威棒法. 도둑의 덜미를 미리 낚아채 기세를 꺾는 것으로 중국무술 십팔기十八技의 하나다. 연암은 이 장면을 마치 손에 잡힐 듯 화끈하게 재현해놓았다. 이 장면 하나만으로 득룡이는 독자들의 뇌리에 강렬한 인상을 남긴다.

중국인 친구들에 대한 터치도 마찬가지다. 그들 역시 중국에서 흔히 마주칠 수 있는 그저 그런 인물들이지만, 연암이 연출하는 '필드' 안에 들어오는 순간, 빛나는 엑스트라가 된다.

예속재藝粟齋는 골동품을 다루는 점포로 수재秀才 다섯 명이 동업을 하는데, 모두 나이가 젊고 얼굴이 아리따운 청년들이다. 또 가상루歌商樓는 먼 곳에서 온 선비들이 운영하는 비단점이다. 연암은 가상루에 들러 사람들을 이끌고 예속재로 가기도 하고, 예속재의 친구들을 꼬드겨 가상루로 가기도 한다. 연령은 10대에서 4, 50대까지 걸쳐 있다. 그런데도 다들 동갑내기들처럼 허물이 없다. 〈속재필담〉과 〈상루필담〉은 그들과 주고받은 '우정의 향연'이다.

연암이 그들과 접선하는 코드는 매우 단순하다. 붓글씨와 필담. "배생이 또 빈 필첩을 꺼내며 써주기를 청한다. 짙은 먹물을 부드러운 붓에 찍어 쓰니 자획이 썩 아름답게 되어, 내 스스로도 이렇게 잘 쓸 줄은 생각도 못했다. 여러 사람들이 크게 감탄과 칭찬을 하는 바람에 술 한잔에 글씨 한 장씩 쓰곤 하니, 붓 돌아가는 모양이 마음대로 종횡무진 누빈다. 밑에 있는 몇 장에는 아주 진한 먹물로 고송괴석을 그리니, 모두들 더욱 기뻐하고 종이와 붓을 다투어 내놓으며 빙 둘러서서 써주기를 청한다." 붓 하나로 이렇게 사람들을 휘어잡을 수 있다니.

가끔 음악도 곁들인다. 그들이 연암을 위해 비파를 뜯어주기도 하고, 연암이 그들을 위해 「후출사표」後出師表 따위를 소리내어 읽어주기도 한다. 그렇게 밤새 노닐다보면 새벽닭이 울고, 연암과 친구들은 교의交椅;의자에 걸터앉은 채 꾸벅꾸벅 졸다가 코를 골며 잠이 든다. 훤히 동틀 무렵에야 놀라 일어나면 모두들 서로 걸상에 의지하여, 베고, 눕기도 하며, 혹은 의자에 앉은 채로 잠이 들었다. 연암은 홀로 두어 잔 해장술을 기울이고는 사관으로 돌아온다.

연암은 이 과정에서 최대한 '눈높이'를 낮추고 그들의 이야기에 귀를 기울인다. 그 이야기들을 통해 이국 장사치들의 인생살이를 듣고 거기서 삶의 지혜를 터득하는 것이다. 예를 들면, 그는 이렇게 묻는다. 대체 무엇 때문에 부모처자와 떨어져 천만 리 먼 타향에서 장사치로 떠도는가? 그들은 이렇게 대답한다. 장사꾼이 되지 않을 경우, 늙고 병들어 죽을 때까지 불과 좁은 고장을 한걸음도 떠나지 못한 채 마치 여름 벌레가 겨울엔 나오지 못하듯이 이 세상을 마칠 테니, 그렇다면 차라리 하루 빨리 죽느니만 못할 거라고. 그래서 남들은 비록 장사를 하류로 치지만, 유유히 사방을 다니어도 아무런 거리낌이 없고, 뜻에 맞는 대로 나아가고 물러설 수 있으며, 방편을 따라 자유롭게 살 수 있으니 장사치로 떠돈다는 것이다. 놀랍게도 그들은 '유목민'nomad의 자유에 대해 설파하고 있는 것이다.

특히 돋보이는 건 장사치들의 우정론이다. 가족과 고향을 떠난 노마드들에게 친구보다 더 소중한 것은 없다. 그들은 조금의 망설임도 없이 '우정'이야말로 인생의 최고덕목이라고 말한다. 그들이 연암과 나이, 국경, 신분을 넘는 진한 우정을 주고받을 수 있는 것도 그 때문이다. "이제 좋은 바람이 불어와 덕망 높은 선생을 우러러 뵙고 촛불을 밝혀 마음껏 토론하니, 어찌 꿈엔들 생각이나 해본 일이겠습니까. 이는 실로 하늘이 맺어준 아름다운 만남이라 할 것입니다." 천생연분이라고? 이틀밤의 정담으로 만리장성을 쌓은 듯, 애틋하기 그지 없다.

연애하는 것도 아닌데 좀 심한 거 아니냐 싶겠지만, 절대 그렇지 않다. 연애가 특별한 감정으로 공인(?)된 건 어디까지나 근대 이후이다. 도시문명의 발전과 더불어 사람들이 '개인'으로 파편화되면서 이른바 '내면'이니 '자의식'이니 하는 기제들이 특화되었고, 그 과정에서 오직 연애만이 그 자리를 채워줄 수 있다는 표상의 전도가 일어나게 된 것이다. 아울러 우정을 비롯한 다른 종류의 윤리적 관계들은 모두 이 연애의 주변물로 전락하고 말았다.

그러나 이들의 시대에 있어서 우정은 절대 연애의 보완물이 아니었다. 자신을 알아주는 지기知己를 위해 생을 송두리째 바치는 숱한 이야기들을 떠올려보라. 그것은 충이나 효 같은 도덕적 정언 명령과도 전혀 다른 종류의 '윤리적 테제'였다. 가장 드높은 파토스를 수반하는 공명과 촉발의 기제, 그것이 우정이었다. 그런 점에서 보면, 이들과 연암이 지금 나누고 있는 정서적 교감은 결코 과장이 아닌 셈이다.

헤어지는 대목은 그야말로 한 폭의 수묵화다. 그날 아침 심양을 떠날 때 가상루에 들리니, 배생이 홀로 나와 맞고 또 한 친구는 마침 잠이 깊이 들었다. 연암은 손을 들어 배를 작별하고 예속재에 이르니, 전생과 비생이 나와 맞는다. "목수환목춘이 한 청년을 데리고 왔다. 청년의 손에는 포도 한 광주리가 들려 있다. 나를 만나기 위해 예물로 포도를 가지고 온 모양이다. 나를 향하여 공손히 읍한 뒤에 가까이 다가와서 내 손을 잡는데 마치 알고 지낸 듯 친밀한 느낌이다. 하지만 갈 길이 바빠 이내 손을 들어 작별하고 점방을 떠나 말을 탔다. 그러자 청년은 말 머리에 다가와 두 손으로 포도 광주리를 받쳐 들었다." 연암은 말 위에서 한 송이를 집어든 뒤, 손을 들어 고마움을 표하고 길을 떠났다. 얼마쯤 가다 돌아보니 여러 사람이 여전히 점방 앞에서 연암이 가는 모습을 바라보고 서 있다. '청년의 이름이라도 물어볼 걸', 연암은 못내 아쉽기만 하다.

중국 장사치들과의 만남이 아름답고 애틋한 '우정의 소나타'

라면, 선비들과의 교제는 일종의 '지적 향연'symposium이다. 고금의 진리, 천하의 형세, 민감한 정치적 사안들을 두루 망라하는. 색채로 비유하면 전자는 경쾌한 블루 톤에, 후자는 중후한 잿빛 톤에 해당될 것이다.

연암은 서울을 떠나는 순간부터 중원의 선비들과의 만남을 준비한다.

내가 한양을 떠나서 여드레 만에 황주에 도착하였을 때 말 위에서 스스로 생각해보니, 학식이라곤 전혀 없는 내가 적수공권으로 중국에 들어갔다가 위대한 학자라도 만나면 무엇을 가지고 의견을 교환하고 질의를 할 것인가 생각하니 걱정이 되고 초조하였다. 그래서 예전에 들어서 아는 내용 중 지전설과 달의 세계 등을 찾아내 매양 말고삐를 잡고 안장에 앉은 채 졸면서 이리저리 생각을 풀어내었다. 무려 수십만 마디의 말이, 문자로 쓰지 못한 글자를 가슴속에 쓰고, 소리가 없는 문장을 허공에 썼으니, 그것이 매일 여러 권이나 되었다. 비록 말이 황당무계하긴 하나, 이치가 함께 붙어 있었다. 말 안장에 있을 때는 피로가 누적되어 붓을 댈 여가가 없었으므로, 기이한 생각들이 하룻밤을 자고 나면 비록 남김없이 스러지긴 했지만, 이튿날 다시 가까운 경치를 쳐다보면 뜻밖에 기이한 봉우리가 나타나는 듯 새로운 생각이 샘솟고, 돛을 따라 새로운 세계가 수시로 열리는 것처럼, 정말 긴 여정에 훌륭한 길동무가 되고 멀리 유람하는 길에 지극한 즐거움이 되었다. (「곡정필담」)

물론 예상과 달리 그런 만남은 연경이 아니라, 열하에서 이루어졌다. 「곡정필담」이 그 보고서다. 제목이 말해주듯 이 텍스트에 가장 자주 등장하는 인물이 곡정 왕민호인데, 그는 강소성 출신으로 54세가 되도록 과거에 응하지 않은 재야선비이다. 그에 대해 연암은 이렇게 평한다. 그는 "진실로 굉유宏儒요 괴걸魁傑이다. 그러나 그의 말에는 종횡반복이 많았다". "더러는 동쪽을 가리키다가 서쪽을 치고", "나를 치켜 올리면서 동시에 억눌러서 말을 꺼내게 했으니, 굉장히 박식하고 말을 좋아하는 선비라 이를 만하다. 하지만 백두白頭인 채 궁한 처지로 장차 초목으로 돌아가려 하니 정말 슬픈 일이다". 자신과 비슷한 처지에 있는 그를 보며, 연암의 심정 또한 착잡했던 모양이다.

왕민호 외에도 무인 출신 선비인 학지정, 황제의 시벗이자 고위급 관직에 있는 윤가전, 강희제의 외손인 몽고계 파로회회도破老回回圖 등이 열하에서 사귄 친구들이다. 대개 성격들이 엇비슷한 편인데, 이들 그룹 가운데 '튀는' 인물이 하나 나온다. 추사시라는 '광사'狂士가 그다. 생긴 건 멀쩡한데 유교, 불교, 도교를 넘나들며 난감한 질문만 골라 하고, 기껏 대답하면 냉소로 일관하는 '비분강개형' 인물이다. 예컨대, 이런 식이다.

"귀국은 불교가 어느 때부터 시작되었나요?"
"귀국의 사대부들은 세 가지 교 가운데, 무엇을 가장 숭상합니까?"
"귀국에서도 예전에 신승神僧이 있었나요. 그 이름을 듣고 싶습니

다."(「황교문답」黃敎問答)

연암으로서는 참 난처한 질문이다. 유교 중에서도 가장 교조적인 주자학을 신봉하고, 게다가 소중화임을 자처하는 조선의 선비에게 웬 불교?

우리나라가 비록 바다 한 귀퉁이에 있긴 하지만, 풍속은 유교를 숭상하여 예나 지금이나 뛰어난 선비와 걸출한 학자가 적지 않습니다. 그러나 지금 선생이 묻는 바는 이들에 대한 것이 아니라, 도리어 신승에 관한 것이로군요. 우리나라 풍속은 이단의 학문을 숭상하지 않아 신승이 없기 때문에 실로 대답할 것이 없습니다.

이렇게 침착하게 답하자, 이번에는 느닷없이 유학자들을 마구비판한다.

지금의 학자들은 죽어도 자기 영역을 벗어나지 않고, 한번 학문이라는 영역을 싸잡아쥐면 더욱 육경이라는 벽돌을 쌓아서, 보루를 견고하게 만들어놓고는 때때로 여러 사람의 말을 바꿔치기해 자신의 깃발을 새것처럼 꾸밉니다. 절반은 주자의 학문을 따르고, 절반은 그 반대 학파인 육상산의 학문을 따르면서 모두가 한 학파에 숨어들어서 머리를 내밀었다가 숨었다가 하는 모습이 마치 호숫가 갈대숲의 도처에 숨어서 출몰하는 도적놈과 같습니다. 책의 좀벌

레나 뒤지던 사람을 양성해서 성城이나 사직에 붙어사는 쥐새끼나 여우처럼 만들어서는 고증학이란 학문을 가지고 붙어살게 합니다. 반면에 잘 달리는 준마를 억눌러서 느려터진 둔마를 만들어놓고는 훈고학이라는 학문을 가지고 그 입에 재갈을 채워 찍소리도 못하게 만듭니다. 혹 여기에 반발하여 단단히 무장을 하고 깊숙이 쳐들어가 공격을 하다가는 도리어 공격과 겁탈을 당하여, 그 형세가 결국에는 말에서 내려 결박을 당하고 두 무릎을 땅에 꿇을 수밖에 없습니다. 지금의 유학자라는 사람은 아주 두렵습니다. 겁이 납니다, 겁이 나요. 저는 평생 유학을 배우기를 원하지 않습니다.

자못 논리가 엄정하고 치밀하다. 육상산은 주자와 동시대 철학자로 훗날 양명학이라 불리는 학설의 원조로 추앙되는 인물이다. 주자의 성리학에 맞서 '심'心을 테제로 표방한 까닭에, 그의 학문을 '심학'이라고도 부른다. '반은 주자요, 반은 육상산'이라는 말은 서로 입장이 대립되는 두 학설에 양다리를 걸치고 있음을 비판하고 있는 것이다. 그러니까 그의 말은 당시 유학자들의 얄팍한 처세술을 나름대로 짚고 있는 셈이다. 문제는 이게 진심이 아니라는 데 있다. 여기에 동조했다가는 무슨 봉변을 당할지 모른다. 또 앞에서 던진 물음들과 이 진술 사이엔 아무런 연관이 없다.

이처럼 그는 "성인도 욕하고 부처도 욕하여, 저 하고 싶은 대로 실컷 욕을 해대야만 분이 풀리는" 그런 유의 인물이다. 그러니 연암 같은 노련한 인물로서도 맞장구를 쳐야 할지, 냉담하게 무시해야 할지 몰라 영 헷갈릴밖에. 그럼에도 연암은 그의 괴팍함을 잘 참아내는 한편, 그의 개성을 낱낱이 묘파해놓았다. 추사시 역시 『열하일기』를 장식하는 개성있는 엑스트라들 가운데 하나임에 틀림없다.

그 숱한 엑스트라들 중에 아역이 없을 리 없다. 호삼다胡三多라는 꼬맹이 친구가 바로 그다. 나이는 열두 살. 얼굴이 맑고 깨끗하며 예도에 익숙하다. 일흔세 살된 노인과 함께 곡정 왕민호에게 글을 배운다. 매일 새벽이면 삼다는 노인과 함께 책을 끼고 앞서거니 뒤서거니 발걸음을 맞추어 와선 곡정을 뵙는다. 곡정이 바쁠 때면, 노인은 즉시 몸을 돌려 동자인 삼다에게 고개를 숙이고 강의를 받고선 간다. 돌아가선 여러 손자들에게 다시 배운 바를 가르쳐준다고 한다. 노인은 스스럼없이 어린 삼다를 동학同學 혹은 아우라 부른다. 연암은 이들 짝꿍을 보고, "늙은이는 젊은이를 부끄러워하지 않고, 젊은이는 늙은이를 업신여기지 않"는 변방의 질박한 풍속에 감탄해 마지않는다.

한번은 부사가 삼다에게 명하여 복숭아를 시로 읊게 하였더니 운韻을 청하여 그 자리에서 지었으되 문장과 이치가 두루 원만하여 붓 두 자루를 상으로 내렸다. 또 한번은 통관 박보수의 덩치가 엄청나게 큰 노새가 뜰 가운데서 마구 달음질치는 것을 보고 삼다가 재빨리 나가 그 턱밑을 구슬러 목줄띠를 쥐고 가니, 노새가 머리를 숙인 채 굴레를 순하게 받는다.

또 어느 날은 정사가 창을 비켜 앉았을 제, 삼다가 그 앞을 지나치기에 정사가 그를 불러 환약과 부채를 주었더니 삼다가 절하고 사례하면서 이내 정사의 성명과 관품을 풀었다. 귀엽고 당돌하기 짝이 없다. 연암도 홀딱 반했던가보다. 삼다를 묘사하는 그의 필치에 애정이 뚝뚝 넘쳐흐르는 걸 보면.

주인공은 바로 '나'

이처럼 장쾌한 편력기답게 『열하일기』에는 각계각층의 인물들이 생생하게 살아 움직인다. 그러나 그 가운데 단연 도드라진 인물은 연암 자신이다. 그는 상황에 따라 시시각각 변화하는 자신의 심리를 미세한 부분까지 아낌없이 드러내 보인다. 불타는 질투심과 호기심, 우쭐거림, 머쓱함 등, 그 생동하는 파노라마는 이 편력기에 강렬한 색채를 부여한다.

여행이 시작되고 얼마 있다 그는 꿈을 꾼다. 밤에 조금 취하여 잠깐 조는데, 몸이 홀연 심양성 안에 있다. 꿈속에서 보니 궁궐과 성지와 여염과 시정들이 몹시 번화·장려하다. 연암은 "이렇게 장관일 줄이야! 집에 돌아가서 자랑해야지" 하고 드디어 훌훌 날아가는데, 산이며 물이 모두 발꿈치 밑에 있어 마치 소리개처럼 날쌔다. 눈 깜박할 사이에 야곡冶谷: 서울 서북방 동리 옛 집에 이르러 안방 남창 밑에 앉았다. 형님(박희원)께서, "심양이 어떻더냐" 하고 묻자, 연암은 "듣던 것보다 훨씬 낫더이다" 하고 대답한다. 마침 남쪽 담장 밖을 내다보니, 옆집 회나무 가지가 우거졌는데, 그 위에 큰 별

하나가 휘황히 번쩍이고 있다. 연암이 형님께, "저 별을 아십니까?" 하니, 형님은 "글쎄. 잘 모르겠구나" 한다. "저게 노인성老人星입니다" 하고 답하고는 일어나 절하고, "제가 잠시 집에 돌아온 것은 심양 이야기를 해드리고 싶어서였습니다. 그러니 이제 다시 여행길을 따라가야겠어요." 하고는 안문을 나와서 마루를 지나 일각문을 열고 나섰다. 머리를 돌이켜 북쪽을 바라본즉, 길마재 여러 봉우리가 역력히 얼굴을 드러낸다.

그제야 퍼뜩 생각이 났다. 이렇게 멍청할 수가! 나 혼자 어떻게 책문을 들어간담? 여기서 책문이 천여 리나 되는데, 누가 나를 기다리고 있을꼬. 큰소리로 고함을 치며 있는 힘을 다해 문을 열고 밖으로 나가려는데, 문 지도리가 하도 빡빡해서 도무지 열리지를 않는다. 큰 소리로 장복이를 불렀건만 소리가 목구멍에 걸려서 나오질 않는다. 힘껏 문을 밀어 젖히다가 잠에서 깨어났다. 마침 정사가 나를 불렀다. "연암!" 비몽사몽간에 이렇게 물었다. "어, 어······ 여기가 어디오?" "아까부터 웬 잠꼬대요?" 일어나 앉아서 이를 부딪치고 머리를 퉁기면서 정신을 가다듬어본다. 제법 상쾌해지는 느낌이다. (「도강록」)

이 꿈의 에피소드에는 연암의 심리가 다양하게 투영되어 있다. 처음 연행에 나선 설레임과 가족들에게 자랑하고 싶은 마음, 거기에 더해 책문을 넘을 때의 두려움 등, 연암은 마치 어린아이처럼 자신의 속내를 두루 토로하고 있는 것이다.

이런 진솔함이야말로 연암이 유머를 구사하는 원동력이다. 그런 까닭에 『열하일기』가 펼쳐 보이는 유머의 퍼레이드에는 늘 연암 자신이 주인공으로 등장한다. 소소한 충돌과 코믹 해프닝은 헤아릴 수도 없거니와, 그 가운데 몇 개만 소개해본다. 만화를 보듯 그냥 즐기시기를!

먼저 상갓집 해프닝. 연암이 십강자十扛子에 이르러 쉬는 사이에 정진사, 변계함 등과 함께 거리를 거닐다가 한 패루牌樓에 이르렀다. 그 제도를 상세히 구경하려 할 즈음에 요란스런 음악이 시작된다. 정과 변, 두 사람은 엉겁결에 귀를 막고 도망치고, 연암 역시 귀가 먹을 것 같아서 손을 흔들어 소리를 멈추라 하여도 영 막무가내로 듣지 않는다. 다만 할끔할끔 돌아보기만 하고 그냥 불고 두드리고 한다. 호기심이 동한 연암은 상갓집 제도가 보고 싶어 따라가니, 문 안에서 한 상주가 뛰어나와 연암 앞에 와 울며 대막대를 내던지고 두 번 절하는데, 엎드릴 땐 머리가 땅에 닿도록 조아리고 일어설 땐 발을 구르며 눈물을 비오듯 흘린다. 그러고는 "창졸에 변을 당했사오니 어찌해야 좋을지 모르겠사옵니다" 하고, 수없이 울부짖는다. 상주 뒤에 5, 6명이 따라 나와 연암을 양쪽에서 부축하고 문 안으로 들어간다. 얼떨결에 문상객이 된 것이다. 하는 수 없이 상주를 위로하고, 음식까지 대접받고 나온다. 돌아와 일행들에게 고하니, 모두들 허리를 잡는다.

다음, '기상새설'欺霜賽雪 사건. 심양의 시가지를 거닐 때, 한 점포 문설주에 '기상새설'이란 네 글자가 붙어 있는 것이 눈에 띄었다. 연암은 마음속으로 '장사치들이 자기네들의 애초에 지닌 마음씨가 깨끗하기는 가을 서릿발 같고, 또한 흰 눈빛보다도 더 밝음을 스스로 나타내기 위함이 아닐까' 하고 생각했다. 그러다 한 전당포에서 필법을 자랑하기 위해 액자로 다는 현판에 '欺霜賽雪' 네 자를 썼는데, 처음 두 자를 쓸 땐 환호하다가 막상 다 쓰고 나니 사람들의 반응이 영 신통치 않다. 토라지는 연암. "하긴, 이런 작은 촌동네에서 장사나 하는 녀석이 심양 사람들 안목을 어찌 따라가겠냐? 무식하고 멍청한 놈이 글자가 좋은지 나쁜지 어떻게 알겠어?" 하고, 투덜거리며 가게를 나온다.

다음날 달빛이 훤한 밤에 한 점방에 들어간다. 탁자 위에 남은 종이가 있기에 남은 먹을 진하게 묻혀 '신추경상'新秋慶賞이라 써 갈겼다. 그중 한 사람이 보고 뭇사람들을 소리쳐 부른다. 연암이 쓴 글씨를 보더니 차를 내온다, 담배를 붙여 권한다, 분주하기 짝이 없다. 으쓱해진 연암은 주련柱聯을 만들어 칠언시 두 수를 써준다. 와아~ 사람들의 환성소리. 술에 과일대접까지 받은 연암은 갑자기 생각하기를 '어제 전당포에서 '기상새설' 넉 자를 썼다가 주인이 돌연 안색이 나빠졌단 말이야. 오늘은 단연코 그 치욕을 씻어야겠다' 하고는 점포에 다는 액자로 '기상새설'을 써준다. 그러자 주인이 "저희 집에선 부인네들 장식품을 매매하옵고 국숫집은 아니옵니다" 한다. 아뿔사! '기상새설'이란 국숫집 간판이었던 것이다. 그 의미도 심지가 밝고 깨끗하다는 것이 아니라, 국숫가루가 서릿발처럼 가늘고 눈보다 희다는 뜻이었던 것. 비로소 실수를 깨달았지만, 연암은 시치미를 뚝 떼고 이렇게 말한다. "나도 모르는 바 아니지만 그저 시험삼아 한번 써본 것이오."

이 사건은 잘 짜여진 한 편의 꽁트다. 시간과 공간이 입체적으로 구성되어 있을뿐더러, 그 사이에 연암의 심리적 상태가 다양하게 펼쳐진다. 토라졌다 다시 으쓱대고, 속으로 뜨끔하고, 하지만 또 응큼하게 눙치고 등등. 자신의 심리변화를 이렇게 세밀하게 재현하는 사람의 심리는 대체 어떤 것일까?

다음은 '코믹 액션'의 일종이다. 열하에 도착해서 거리를 어슬렁거리다 한 술집에 들어선다. 마침 몽고와 회자 패거리들이 수십 명 술집을 점거하고 있다. 오랑캐들의 구역에 동이족東夷族 선비가 느닷없이 끼어든 꼴이 된 셈이다. 워낙 두 오랑캐들의 생김새가 사납고 험굳어 연암은 후회막심이나 이미 술을 청한 뒤라 괜찮은 자리를 골라 앉았다. 연암은 기선을 제압하기 위해 넉 냥 술을 데우지 말고 찬 것 그대로 가져오게 한다.

심부름꾼이 웃으면서 술을 따라 가지고 오더니 작은 잔 둘을 탁자 위에 먼저 벌여놓는다. 나는 담뱃대로 그 잔을 확 쓸어 엎어버렸다. "큰 술잔으로 가져 와!" 그러고는 큰 잔에다 술을 몽땅 따른 뒤, 단번에 주욱 들이켰다. (「태학유관록」太學留館錄)

눈이 휘둥그레진 오랑캐들. 중국은 술마시는 법이 매우 얌전해서 비록 한여름에라도 반드시 데워 먹을뿐더러, 술잔은 작기가 은행알만 한데도 오히려 조금씩 홀짝거려 마시는 게 보통인데, 찬 술을 큰 잔에 몽땅 붓고 '원샷'해버렸으니 깜짝 놀랄밖에. 물론 연암은 자신의 이런 행동이 '허장성세'임을 꿰뚫어 보고 있다. "내가 넉 냥이나 되는 찬술을 단숨에 들이켜는 걸 보고 얼마나 놀랐겠는가. 하지만 이건 어디까지나 저들을 겁주기 위해 부러 대담한척한 것일 뿐이다. 솔직히 이건 겁쟁이가 호기를 부린 짓이지 용기있는 행동은 아니다." 한껏 폼을 잡긴 했지만, 속으로는 엄청 '떨고' 있었던 것이다.

그러나 어쨌든 몽고, 회자 패거리들은 이제 잔뜩 겁을 집어먹었다(기보다 호기심이 동했다는 게 더 맞을 것 같다). 이때다 싶어 술값을 치르고 유유히 빠져나오려는 연암에게 돌발적 사태가 발생한다. 몇 명이 다가와 머리를 조아리며 다시 한번 앉기를 권하고는 그중 한 사람이 자기 자리를 비워서 그를 붙들어 앉힌 것이다. 연암의 등에 식은 땀이 흐른다. 무리 중 한 명이 술 석 잔을 부어 탁자를 치면서 마시기를 권한다. 그렇다고 이 마당에서 꼬리를 내릴 수는 없다. 한번 더 '오버액션'을 하는 도리밖엔.

나는 벌떡 일어나 사발에 남은 차를 난간 밖으로 휙 내버린 다음, 거기다 석 잔을 한꺼번에 다 부어 단숨에 쭈욱 들이켰다. 잔을 내려놓자마자 즉시 몸을 돌려 한 번 읍한 뒤 큰 걸음으로 후다닥 층계를 내려왔다. 머리끝이 쭈뼛하여 누군가 뒤에서 쫓아오는 것만

같았다. 나는 황급히 한참을 걸어 큰길까지 나와서야 비로소 크게 한숨을 내쉬었다. 다락 위를 쳐다보니, 웃고 지껄이는 소리가 왁자했다. 아마도 나에 대해 떠들어대는 모양이다.

'터프가이' 혹은 황야의 무법자가 따로 없다. 하지만 속으로 덜덜 떨고 있는 걸 오랑캐 패거리들이 알았다면 대체 어떤 표정을 지었을지. 순진하게 속아넘어가는 몽고, 회자 오랑캐들의 모습도 흥미롭지만, 연암의 '표리부동'表裏不同이 더더욱 배꼽을 잡게 만든다. 하지만 여기서도 궁금증이 동하는 건 어쩔 수가 없다. 그냥 멋지게 오랑캐들의 기를 죽였다고 하면 그만일 것을 이렇게 시시콜콜하게 자신의 심리적 표정을 노출시키는 연암의 의도는 무엇일까? 그저 웃기려고? 아님 심오하게 보이려고?

하이라이트는 뭐니뭐니해도 '판첸 라마 대소동!'이다. 천신만고 끝에 열하에 도착한 일행에게 또 하나의 '불운'이 기다리고 있었다. 티베트의 판첸 라마를 만나 예를 표하라는 황제의 명령이 떨어진 것이다. 머리에서 발끝까지 '춘추대의'春秋大義로 무장한 그들로선 만주족보다 더 망측한 서번의 오랑캐에게 머리를 조아린다는 건 상상조차 할 수 없는 '날벼락'이었다. "모두 얼굴에 수심이 가득하다. 당번 역관들은 허둥지둥 분주하여 술이 덜 깬 사람들 같았다. 비장들은 공연히 성을 내며 투덜거렸다. '거 참, 황제의 분부가 고약하기 짝이 없네. 망하려고 작정을 했나.'"라는 극단적 발언이 오고가는 그 아수라장 속에서 연암은 무얼 했던가?

나야 한가롭게 유람하는 처지인지라 조금도 참견할 수 없을뿐더러 사신들 또한 내게 자문 같은 걸 구할 생각도 하지 않았다. 이에 나는 내심 기꺼워하며 마음속으로 외쳤다. "이거 기막힌 기회인 걸." 손가락으로 허공에다 권점을 치며 속으로 생각을 요리조리 굴려보았다. "좋은 제목이로다. 이럴 때 사신이 상소라도 한 장 올린다면, 천하에 이름을 날리고 나라를 빛낼 텐데. 한데, 그리 되면 군사를 일으켜 우리나라를 치려나? 아니지. 이건 사신의 죄니, 그 나라에까지 분풀이를 할 수야 있겠는가. 그래도 사신이 운남이나 귀주로 귀양살이 가는 건 어쩔 수 없는 일일 게야. 그렇다면 차마 나 혼자 고국으로 돌아갈 수야 없지. 그리 되면 서촉과 강남 땅을 밟아 볼 수도 있겠군. 강남은 가까운 곳이지만 저기 저 교주나 광주 지방은 연경에서 만여 리나 된다니, 그 정도면 내 유람이 실로 풍성해지고도 남음이 있겠는걸." 나는 어찌나 기쁜지 즉시 밖으로 뛰쳐나가 동편 행랑 아래에서 건량마두 이동을 불러냈다. "이동아, 얼른 가서 술을 사오너라. 돈일랑 조금도 아끼지 말고. 이 이후론 너랑 영영 작별이다." (「태학유관록」)

오, 이 기상천외의 유머! 앞에서도 자주 언급되었듯이, 이 일로 인해 조선사행단이 얼마나 심각한 곤경에 처했던가? 또 돌아온 뒤에도 공식보고서에는 올리지도 못했을 뿐 아니라, 판첸 라마가 하사한 금불을 받아온 데 항의하여 성균관 유생들이 '집단행동'을 했을 정도로 정치적으로 예민한 사안이었다. 그런데 연암은 이 와중에 '놀이에 빠진 어린아이처럼' 자신의 여행을 구상하느라 여념이 없다. '호모 루덴스' 혹은 '어린이-되기'

이런 식의 '유영'遊泳이 가능하려면 자신을 아낌없이 던질 수 있는 당당함이 요구된다. 자의식 혹은 위선이나 편협함이 조금이라도 작용하는 한, 이런 식의 태도는 불가능하다. 웃음이란 기본적으로 자아와 외부가 부딪히는 경계에서 만들어지기 때문이다. 프롤로그에서 말했듯이, 모든 경계에는 꽃이 핀다! 웃음이야말로 그 꽃들 가운데 하나다.

따라서 이 유머 행각들은 어떤 대상과도 접속할 수 있는 유목적 능력, 혹은 자신을 언제든 비울 수 있는 '무심한 능동성'의 소산에 다름아니다. 말하자면, 그는 비어 있음으로 해서 어떤 이질적인 것과도 접속할 수 있었고, 그 접속을 통해 '홈 파인 공간'을 '매끄러운 공간'으로 변환할 수 있었다. 그러고는 그 위에서 종횡무진 뛰어놀았다. 마치 「모던 타임즈」의 찰리 채플린처럼.

시선의 전복, 봉상스의 해체

'호곡장'?

유머가 만들어놓은 매끄러운 공간 위에서 무슨 일이 일어날까? 물론 범상치 않은 일들이 일어난다! 중세적 엄숙주의와 매너리즘이 전복되면, 그 균열의 틈새로 전혀 예기치 못한 일들이 솟구치기 때문이다. 그 순간, 18세기 조선을 지배했던 통념들은 가차없이 허물어진다. 무엇보다 그의 유머에는 언제나 패러독스가 수반된다. 주지하듯이 패러독스, 곧 역설은 통념의 두 측면인 양식bon sens과 상식에 대립한다.

봉상스, 그것은 한쪽으로만 나 있는 방향이며, 그에 만족하도록 하는 한, 질서의 요구를 표현한다. 그에 반해 역설은 예측불가능하게 변하는 두 방향 혹은 알아보기 힘들게 된 동일성의 무의미로서 등장한다. 그런 점에서 패러독스란 봉상스의 둑이 무너진 틈을 타고 범람하는 앎의 새로운 경지이다. 의미와 무의미의 사이 혹은 의미의 전도, 그것이 바로 패러독스다.

강을 건너고 처음 마주친 요동벌판, 그것은 정녕 놀라운 경험이었다. 정사와 한 가마를 타고 삼류하를 건너 냉정冷井에서 아침을 먹고 10리 남짓 가서 산모롱이 하나를 접어드는 순간, 정진사의 마두 태복이가 갑자기 말 앞으로 달려 나와 엎드려 큰소리로 말한다.

"백탑白塔이 현신現身함을 아뢰옵니다." (「도강록」)

연극적인 제스처로 장차 펼쳐질 장관을 예고한 것이다. 수십 보를 채 못 가서 겨우 모롱이를 벗어나자, 안광眼光이 어른거리고 갑자기 한 덩이 흑구黑毬가 오르락내리락 한다. 드넓은 평원을 보는 순간, 그 엄청난 스케일에 압도당하여 연암은 이렇게 독백한다. "나는 오늘에야 알았다. 인생이란 본시 어디에도 의탁할 곳 없이 다만 하늘을 이고 땅을 밟은 채 떠도는 존재일 뿐이라는 사실을"이라고. 삶의 통찰이 담긴 멋진 멘트다.

하지만 뒷통수를 내려치는 건 그 다음 대목이다. 말 위에서 손을 들어 사방을 돌아보다가 느닷없이 이렇게 외친다. "훌륭한 울음 터로다! 크게 한번 통곡할 만한 곳이로구나!"

1천 2백 리에 걸쳐 한 점의 산도 없이 아득히 펼쳐지는 요동벌판을 보고 처음 터뜨린 그의 탄성이다. 통곡하기 좋은 곳이라니? 어리둥절한 동행자 정진사의 물음에 연암의 장광설이 도도하게 펼쳐진다. 이름하여 「호곡장론」好哭場論 혹은 통곡의 패러독스! 천고의 영웅이나 미인이 눈물이 많다 하나 그들은 몇 줄 소리 없는 눈물만을 흘렸을 뿐, "소리가 천지에 가득 차서 쇠나 돌에서 나오는 듯"한 울음은 울지 못했다. 그런 울음은 어떻게 나오는 것인가?

사람들은 다만 칠정七情 가운데서 오직 슬플 때만 우는 줄로 알 뿐, 칠정 모두가 울음을 자아낸다는 것은 모르지. 기쁨喜이 사무쳐도 울게 되고, 노여움怒이 사무쳐도 울게 되고, 즐거움樂이 사무쳐도 울게 되고, 사랑함愛이 사무쳐도 울게 되고, 욕심欲이 사무쳐도 울게 되는 것이야. 근심으로 답답한 걸 풀어버리는 데에는 소리보다 더 효과가 빠른 게 없지. 울음이란 천지간에 있어서 우레와도 같은 것일세. 지극한 정情이 발현되어 나오는 것이 저절로 이치에 딱 맞는다면 울음이나 웃음이나 무에 다르겠는가. (「도강록」)

요컨대 기쁨이나 분노, 사랑, 미워함, 욕심 어떤 감정이든 그 극한에 달하면 울 수가 있으니, 그때 웃음과 울음은 다르지 않다는 것이다. 사람들은 이런 극치를 겪어보지 못했기 때문에 슬픔을 당했을 때 '애고' '어이' 따위의 소리를 억지로 부르짖을 따름이다. 궤변 혹은 예측불가능한 생성. 이에 다시 정진사가 묻는다.

"이 울음터가 저토록 넓으니, 저도 의당 선생과 함께 한번 통곡을 해야 되겠습니다그려. 그런데 통곡하는 까닭을 칠정 중에서 고른다면 어디에 해당할까요?"

대답 대신 또 다른 궤변이 이어진다. 갓난아기는 왜 태어나자마자 울음을 터뜨리는가? 미리 죽을 것을 근심해서? 혹은 태어난 것을 후회하여? 그렇게 보는 게 일반적인 통념이다. 그러나 연암은 그렇지 않다고 말한다. "(갓난아이가) 어머니 뱃속에 있을 때에는 캄캄하고 막혀서 갑갑하게 지내다가, 하루 아침에 갑자기 탁 트이고 훤한 곳으로 나와서 손도 펴보고 발도 펴보니 마음이 참으로 시원했겠지. 어찌 참된 소리를 내어 자기 마음을 크게 한번 펼치지 않을 수 있겠"느냐는 것이다. 즉 이때의 울음은 우리가 아는 그런 울음이 아니다. 어둠에서 빛으로 경계를 넘는 순간의 환희이자 생에 대한 '무한긍정'으로서의 울음인 것이다.

그러니 "갓난아기의 꾸밈없는 소리를 본받아서, 비로봉 꼭대기에 올라가 동해를 바라보면서 한바탕 울어볼 만하고", "산해관까지 1,200리는 사방에 한 점 산도 없이 하늘 끝과 땅 끝이 맞닿아서 아교풀로 붙인 듯 실로 꿰맨 듯하고, 예나 지금이나 비와 구름만이 아득할 뿐이야. 이 또한 한바탕 울어볼 만한 곳이 아니겠는가!" 하는 것이 '호곡장론'의 대단원이다.

이런 식으로 연암은 패러독스를 통해 저 높은 곳 혹은 심층에서 놀고 있는 관념들을 표면으로 끌고와 사방으로 분사하게 만든다. 처음엔 그의 궤변에 당혹해하고 어이없어 하다가도 차츰차츰 그의 말에 귀를 기울이다 보면, 결국은 설복당하고 만다. 그리고 돌아보면 이미 애초의 '봉상스'는 아스라이 멀어지고 눈앞에는 아주 낯선 경계가 펼쳐져 있다.

참고로 이 '호곡장론' 부분은 독자적으로 인구에 회자되어 일종의 고사성어로 활용되기도 했다. 가장 유명한 것이 다음에 나오는 추사 김정희金正喜의 시 「요동벌판」遼野이다.

천추의 커다란 울음터라더니	千秋大哭場
재미난 그 비유 신묘도 해라	戲喩仍妙詮
갓 태어난 핏덩이 어린아이가	譬之初生兒
세상 나와 우는 것에 비유했다네	出世而啼先

요동벌판을 보고 연암이 '아, 참 좋은 울음터로구나'라고 외친 것과 갓난아이의 울음에 대한 궤변을 미리 전제하지 않고서는 도저히 이해될 수 없는 텍스트다. 이렇게 비약과 생략을 통해서도 충분히 소통될 정도로 그의 '패러독스'는 사람들을 휘어잡았던 것인가?

"도로 눈을 감고 가시오"

봉상스를 해체하기 위해서는 우선 감각에 의한 '알음알이'로부터 벗어나야 한다. 울음을 단지 슬픔에만 귀속하는 것이 울음의 잠재력을 위축시키는 것과 마찬가지로 감각에 사로잡히는 순간, 인간의 지식은 한없이 비루해진다. 이목에 좌우되어 대상의 본래 면목을 보지 못하는 사유의 한계, 그것을 격파하고자 하는 것이 연암의 진정한 의도이다.

여행이 시작된 지 얼마 안 되어 책문의 번화함을 마주한 연암은 기가 꽉 꺾여 그만 돌아가버릴까 하는 생각이 치민다. 순간, 온 몸이 화끈해진다.

이것도 남을 시기하는 마음이지. 난 본래 천성이 담박해서 남을 부러워하거나 시기하는 마음이 조금도 없었는데……. 이제 다른 나라에 한 발을 들여놓았을 뿐, 아직 이 나라의 만분의 일도 못 보았는데 벌써 이런 그릇된 마음이 일다니. 대체 왜? 아마도 내 견문이 좁은 탓일 게다. 만일 부처님의 밝은 눈으로 시방세계十方世界를 두루 살핀다면 무엇이든 다 평등해 보일 테지. 모든 게 평등하면 시기와 부러움이란 절로 없어질 테고. (「도강록」)

여래의 평등안平等眼. 시방세계를 두루 살필 수 있는 그 눈이 있어야 편협한 시기심에서 벗어날 수 있으리라고 마음을 다잡는 것이다. 옆에 있는 장복이를 보고, "네가 만일 중국에 태어났다면 어떻겠느냐?" 하자, 조금의 머뭇거림도 없이 중국은 '되놈의 나라'라 싫다고 대답한다. 어쩜 이렇게 사상이 투철할 수가. 물어본 연암만 머쓱해졌다.

그때 마침 한 소경이 손으로 월금을 뜯으며 지나간다. 순간 크게 깨닫는 바가 있어, 이렇게 말한다. "저이야말로 평등안平等眼을 가진 것이 아니겠느냐." 근거는? 소경은 눈에 끄달려 시기하고 집착하는 마음에서 자유롭기 때문이다. 여래의 눈이 천지만물을 두루 비출 수 있는 것이라면, 소경의 눈은 빛이 완전 차단된 암흑이다. 하지만 둘은 모두 편협한 분별과 집착에서 자유롭다는 점에서 일치한다. '여래의 평등안'과 '소경의 눈'이 곧바로 연결되는 이 돌연한 비약. 연암 특유의 역설이 빛을 발하는 순간이다.

이런 식의 돌출과 비약은 이후에도 계속 이어진다. 열하를 앞에 두고 '하룻밤에 강을 아홉 번 건너던' 날, 창대는 다쳐서 뒤에 처지고, 홀로 말에 의지해 물을 건너게 되었을 때, 동행자가 위태로움에 대해 말한다. "옛사람이 위태로운 것을 말할 때 '소경이 애꾸말을 타고 한밤중에 깊은 물가에 선 것'이라 했"는데, "오늘밤 우리가 실로 그 같은 꼴이 되었"다며 말이다. 그러나 연암은 그렇지 않다고 말한다.

소경을 보는 자는 눈 있는 사람이라 소경을 보고 스스로 그 마음에 위태로이 여기는 것이지, 결코 소경 자신이 위태로움을 느끼는 게 아니라오. 소경의 눈에는 위태로운 바가 보이지 않는데, 대체 뭐가 위태롭단 말이오?(「막북행정록」)

보는 것의 위태로움. 그것은 결국 자신의 눈을 앎의 유일한 창으로 믿는 데서 오는 것이다. 감각을 앎의 유일한 원천으로 삼을 때 삶은 얼마나 위태롭고 천박해질 것인가. 이때의 체험을 담은 〈일야구도하기〉에서 연암은 그 점을 거듭 환기한다. "소리와 빛은 외물外物이다. 외물은 언제나 귀와 눈에 누가 되어 사람들이 보고듣는 바른 길을 잃어버리도록 한다. 하물며 사람이 세상을 살아갈 때,

그 험난하고 위험하기가 강물보다 더 심하여 보고듣는 것이 병통이 됨에 있어서랴."

　화담花潭 서경덕徐敬德에 얽힌 유명한 에피소드가 인용되는 것도 같은 맥락에 있다. 한 소경이 어느날 문득 눈을 떴다. 그런데 집으로 돌아가는 길을 잃어버렸다. 눈이 보이지 않을 때는 몸 전체의 감각을 동원해서 길을 찾았는데, 이제 눈에 들어오는 온갖 사물의 현란함에 사로잡히자 길을 잃어버린 것이다. 땅바닥에 주저앉아 울고 있는 소경에게 화담이 말한다. "도로 눈을 감고 가시오." 이걸 '소경으로 평생 살라'는 의미로 해석한다면 정말 넌센스다. 정민 교수한테 들은 바에 따르면, 개화기 때 정말 그렇게 해석하고는 '이래서 나라가 망했다'며 흥분한 경우도 있었다고 한다. 그 정도로 근대적 지식은 단선적, 표피적이었던 것이다. 화담의 요지는 현란함에 눈 빼앗기지 말고, '본분으로 돌아가라'는 뜻이다. 연암의 의도 역시 마찬가지다.

　연암은 '요술대행진'을 기록한 「환희기」의 뒤에 붙인 '후지'後識에서 이 삽화를 활용한 뒤, 이렇게 덧붙인다. "눈이란 그 밝음을 자랑할 것이 못됩니다. 오늘 요술을 구경하는 데도 요술쟁이가 눈속임을 한 것이 아니라 실은 구경꾼들이 스스로 속은 것일 뿐입니다"라고. 아는 만큼 보이고, 보는 만큼 알게 된다, 혹은 자신보다 더 큰 적은 없다, 자신이 보는 것이 곧 자신의 우주다, 등등. 곱씹을수록 삶에 대한 다양한 지혜가 산포되어 간다.

타자의 시선으로

'이목耳目의 누累'는 시선의 문제로 수렴된다. 시선은 대상을 보는 주체의 관점에 다름아니다. 이것이 공고해질 경우, 견고한 표상의 장벽이 구축된다. 소중화주의나 '레드 콤플렉스' 등 한 시대를 관통하는 이데올로기 또한 결국은 시선의 문제가 아니겠는가.

연암의 패러독스는 무엇보다 시선의 자유로운 이동을 수반한다. 밀운성에서 한 아전의 집에 머물렀을 때의 일이다.

정사가 불러서 청심환 한 알을 주자 여러 번 절을 해댄다. 몹시 놀라고 두려워하는 기색이다. 그도 그럴 것이, 막 잠이 들었을 즈음 문을 두드리는 이가 있어 나가보니 사람 지껄이는 소리와 말 우는 소리가 시끌벅적한데, 모두 생전 처음 듣는 것이었을 테니. 게다가 문을 열자 벌떼처럼 뜰을 가득 메우는 사람들. 이들은 대체 어디 사람들인가. 고려인이라곤 난생 처음이니, 안남 사람인지 일본 사람인지, 유구 사람인지 섬라 사람인지 분간하지 못했을 것이다. …… 아마도 그는 같은 나라 사람이 함께 왔다고는 생각지 못하고, 남만南蠻·북적北狄·동이東夷·서융西戎 등 사방의 오랑캐들이 한꺼번에 들이닥친 줄로 알았을 것이다. 그러니 어찌 놀랍고 떨리시 않으리오. 백주 대낮이라 해도 넋을 잃을 지경이거늘, 하물며 때 아닌 밤중에랴. 깨어 앉았을 때라도 놀라 자빠질 지경이거늘 하물며 잠결에서였으며, 산전수전을 다 겪은 여든 살 노인일지라도 벌벌 떨며 까무러치지 않을 수 없을 지경인데 더구나 열여덟 살, 약관도 되지 못한 어린 사내였음에랴. (「막북행정록」漠北行程錄)

바로 두번째 문장부터 젊은 주인의 눈으로 초점이 이동되었다. 즉, 그의 시선을 통해 자신의 일행을 되비추고 있는 것이다. 열여덟 이국 젊은이의 눈에 느닷없이, 그것도 한밤중 잠결에 들이닥친 조선인들이 대체 어떻게 보였을까? 한마디로 그건 동서남북 사방 오랑캐들이 뒤섞여 있는 아수라장에 다름아니다. 머리에서 발끝까지 소중화의식으로 무장한 집단이건만, 시선만 바꿔버리면 졸지에 '야만인 총출동'으로 보일 수밖에 없는 이 기묘한 역설!

시점변환이야말로 연암이 즐겨 사용하는 기법 중 하나다. 말하자면, 타자의 눈을 통해 조선의 문화나 습속을 바라봄으로써 익숙한 것들을 돌연 '낯설게' 만들어버리는 것이다. 예컨대 조선 사신들의 의관은 신선처럼 빛이 찬란하건만, "거리에 노는 아이들까지도 놀라고 괴이하게 여겨서" 도리어 연극하는 배우 같다고 한다. 또 도포와 갓과 띠는 중국의 중옷과 흡사하다. 연암이 변관해와 더불어 옥전의 어느 상점에 들어갔더니, 수십 명이 둘러서서 자세히 구경하다가 매우 의아하게 여기면서 서로 말하기를, "저 중은 어디에서 왔을까" 한다. 유학자보고 중이라니? 하지만 그도 그럴 것이 "대체 중국의 여자와 승려와 도포들은 옛날 제도를 그대로 따르고 있는데", 조선의 의관은 "모두 신라의 옛제도를 답습한 것이 많았고, 신라는 중국제도를 본뜬 것"이기 때문이다. 즉 "당시의 풍속이 불교를 숭상한 까닭에 민간에서는 중국의 중옷을 많이 본떠서 1천여 년을 지난 오늘에 이르도록 변할 줄을 모른다".

입만 열면 공자, 맹자, 주자를 읊조리면서 정작 '패션'은 천 년 전 불교적 스타일을 고수하고 있는 것이다. 어처구니없는 '표리부동'. 그런데도 조선 사람들은 "도리어 중국의 승려가 조선의 의관을 본떴다고 말하고 있다". 게다가 겨울에도 갓을 쓰고 눈 속에도 부채를 들어 타국의 비웃음을 사고 있으니, 주제파악을 못해도 한참 못하고 있지 않은가.

'예의에 살고 예의에 죽는다' 할 정도로 프라이드가 강한 조선 선비들의 복장이 사실은 중국의 중옷에서 유래했다는 이 역설. 연암은 냉정한 어조로 그 연원을 조목조목 짚어낸다. 마치 사건 혹은 통념의 기원을 거슬러 올라가 그것의 자명성을 해체시켜 버리는 니체의 계보학을 연상시킬 정도로 분석의 틀이 치밀하다.

다음과 같은 경우도 그런 예 중 하나이다.

술 마시는 풍속은 세상에서 우리나라 사람들이 가장 험하다. 술집이라고 하는 곳은 모두 항아리 구멍처럼 생긴 들창에 새끼줄을 얽어서 문을 만든다. 길 왼쪽 소각문엔 짚을 꼬아 만든 새끼로 발을 드리우고 쳇바퀴로 만든 등롱燈籠을 매달아둔다. 이런 건 필시 술집이라는 표시다. (「환연도중록」還燕道中錄)

중국의 술집들이 지닌 멋드러진 운치를 논한 뒤에 이어지는 말이다. 조선의 술집이란 운치는커녕 비루하기 짝이 없다. 게다가 술잔은 커다란 사발 크기인데, "반드시 이마를 찌푸리며 큰 사발의 술을 한 번에 들이켠다. 이는 들이붓는 것이지 마시는 게 아니며, 배 부르게 하기 위한 것이지 흥취로 마시는 게 아니다." 옳거니! 소위 대학가에서 지금도 횡행하고 있는 '사발식'의 전통이 연암시대에도 있었던 것이다. 어디 그뿐인가. "술을 한번 마셨다 하면 반드시 취하게 되고, 취하면 바로 주정을 하게 되고, 주정을 하면 즉시 싸움질을 하게 되어 술집의 항아리와 사발들은 남아나질 않는다." 이 또한 지금껏 면면히 이어지는 '배달민족의 전통' 아닌가(^ ^).

알코올 중독의 기준은 술의 양이 아니다. 얼마를 먹었건 자기 통제력이 상실되면, 그건 모두 '알코올릭'alcoholic의 상태라고 봐야 한다. 그런 점에서 우리의 술문화는 '범국민적 알코올릭'을 지향하는 셈이다. 내가 누구인지 말할 수 있는 자 누구인가? 이 비슷한 소설 제목이 유행했던 기억이 난다. 맞다. 자신이 누구인지 자신은 알지 못한다. 특정한 관계 속에서만 자신이 누구인지 알 수 있는 법이다. 따라서 우리나라 사람들이 얼마나 '엽기적'으로 술을 마시는지를 우리 자신은 알지 못한다. 다른 것과 견주어질 때, 그때 비로소 '불을 보듯' 환하게 드러나는 것이다. 연암이 겨냥하고 있는 바도 바로 그것이었으리라.

이렇게 패러독스를 구사하고 있는 와중에도 연암은 이주민李朱民이라는 친구를 떠올린다. 술주정이 심해서 함께 동행하지 못했지만, "만리타향에서 술잔을 잡으니 뜬금없이 그 친구가 생각난다.

이주민이 오늘 이 시간 어느 술자리에 앉아 왼손으로 술잔을 잡고 만리타향에 노니는 나를 생각할지도 모를 일이다." 고질적 습속에 대한 날카로운 비판을 해대면서도, 친구에 대한 그리움은 또 어쩌지 못하는 이 따뜻한 가슴! '알코올릭'에 대해 한참 흥분하며 연암의 논의를 따라가고 있던 나 또한 이 대목에선 빙그레 미소를 짓지 않을 도리가 없다.

어떻든 이처럼 외부자 혹은 타자의 시선으로 '우리'를 보면, 전혀 예기치 않은, 혹은 보이지 않던 면목들이 '클로즈 업'된다. 시선의 전복을 통한 봉상스의 해체! 이런 식의 수법은 단지 풍속의 차원뿐 아니라, 정치적으로 예민한 사안을 평가할 때도 유감없이 발휘된다. 기억할지 모르겠지만, 열하에서 판첸 라마가 동불銅佛을 하사했을 때, 조선 사신단이 마치 '꿀단지에 손 빠뜨린 것'처럼 당혹스러워 하며 한바탕 소동을 벌인 일이 있었다. 그 일에 대해 연암은 이렇게 말한다.

이번 구리 불상도 반선이 우리 사신을 위해 먼 길을 무사히 가도록 빌어주는 폐백이지만, 우리나라에서는 한 번이라도 부처에 관계되는 일을 겪으면 평생 누가 되는 판인데, 하물며 이것을 준 사람이 바로 서번의 승려임에랴. 사신은 북경으로 돌아와서 반선에게서 폐백으로 받은 물건을 역관들에게 다 주었고, 역관들도 이를 똥이나 오물처럼 자신을 더럽힌다고 여기고 은자 90냥에 팔아서 일행의 마두에게 나누어주었고, 이 은자를 가지고는 술 한잔도 사서 마시지 않았다. 반선이 준 선물을 조촐한 물건이라고 굳이 말한다면 조촐하다고 할 수는 있겠으나, 다른 나라의 풍속으로 따져본다면 물정이 어두운 촌티를 면하지 못할 것이다. (「행재잡록」行在雜錄)

이미 살펴보았듯이, 연암 역시 티베트 불교나 판첸 라마에 대해 그다지 호의적이지 않았다. 밀교적 분위기는 연암으로서도 흔쾌히 긍정하기 어려운 세계였기 때문이다. 그럼에도 그는 왕성한 호기심으로 그 역사와 원리를 촘촘히 기록했을뿐더러, 이처럼 판첸 라마의 선물에 대해서도 조선인들의 편협함에 대해 냉철한 비판을 아끼지 않았다. 그러한 시선에서 보면 정사에서 마두배에 이르기까지 조선 사신단은 일종의 '돌격대'처럼 보인다. 이유도, 목적도 모른 채 소중화주의의 깃발을 향해 맹렬하게 돌진하는 돌격대!

한족 여인들의 전족纏足문제만 해도 그렇다. 전족이란 여성들이 발을 작게 만들기 위해 발을 꼭꼭 싸매는 습속이다. 예쁘고 작은 발이야말로 가장 성적인 표징으로 간주되었기 때문이다. 『금병매』金瓶梅를 보면, 여주인공 반금련의 걸음걸이를 연보蓮步, 즉 연꽃같은 발걸음에 비유하는 경우가 종종 나오는데, 그게 바로 이런 맥락이다. 보기에는 좋을지 모르나, 그걸 위해선 아주 어릴 때부터 두 발을 조일대로 조여 성장을 멈추게 해야 했으니, 이 습속이야말로 여성에 대한 신체적 억압의 대표적 사례인 셈이다. 19세기 말에서 20세기 초, 중국의 진보적 지식인들이 '전족의 거부'를 핵심 강령의 하나로 채택한 것도 그 때문이다. 흥미로운 사실은 이것이 철저히 한족의 습속이라는 점이다.

『열하일기』에 따르면, 지배집단인 만주족은 극구 금했으나 한족 여인들은 만주족과 자신들을 구별하기 위해 법령을 어기면서까지 전족을 고집하고 있었다. 만주족에 의해 명나라가 멸망하고 청나라가 세워지자, 한족 남성들이 자신들은 만주족의 변발을 수용하는 대신, 여성들에게는 전족을 고수하도록 함으로써 서로 역할분담을 했다는 것이다. 공식적인 통치전략과는 다른 종류의 권력, 곧 습속이 하나의 억압으로 작동하는 메커니즘을 생생히 보여주는 현장이다. 한족이 통치할 때도 '하위주체'에 불과했던 여성에게 이미 망해버린 왕조의 전통을 사수하는 역사적 사명이 주어지다니.

어처구니없어 보이겠지만, 억압의 기호가 졸지에 저항의 징표가 되어버리는 아이러니컬한 상황은 우리 시대에도 적지 않다. 이슬람권 여성들의 '부르카'(얼굴을 가리는 천)가 대표적인 케이스다. 여성억압의 대표적 습속임에도, 서구제국주의의 침략 속에서 그것이 이슬람 문화의 상징이 되어버리는 바람에, 이슬람 여성들은 '벗을 수도 없고, 뒤집어 쓸 수도 없는' 이중적 질곡에 빠지고 말았다. 한족여성과 전족의 관계와 유사한 상황에 처한 것이다.

아무튼 당시 중국의 정치적 배치상, 한족들의 입장에선 전족이란 마땅히 고수해야 할 전통임에 틀림없다. 하지만 연암이 보기엔 어리석기 짝이 없는 낡은 관습일 따름이다.

한족 여인네들의 활굽정이처럼 생긴 신은 차마 눈뜨고 못 보겠더군요. 뒤뚱거리며 땅을 밟고 가는 꼴이 마치 보리씨를 뿌리는 듯 왼쪽으로 기우뚱 오른쪽으로 기우뚱, 바람도 하나 없는데 저절로 쓰러지곤 하니 참, 그게 뭔 짓인지 모르겠습디다. (「태학유관록」)

이처럼 어떤 유의 관념에 사로잡히지 않을 때, 사물은 전혀 다른 얼굴을 드러낸다. 다시 말하면, 하나의 유일무이한 시점을 고집하는 한, 사물의 다양성과 이질성은 함몰되고 만다. 그가 보기에 초월적인 법칙은 없다. 가령, 사람들은 백로를 보고서 까마귀를 비웃지만, 까마귀의 검은 깃털도 해가 비치면 혹은 비취빛으로 혹은 석록빛으로 끊임없이 변화한다. 그런데도 "까마귀를 검은 빛에 가" 뒀을 뿐 아니라, 그것만으로도 모자라 "다시금 까마귀를 가지고서 천하의 온갖 빛깔에다 가두어" 놓고서 공연히 화를 내고 미워한다. 그가 보기에 중요한 것은 배치에 따라 유동하고 변화하는 차이들일 뿐이다.

그의 패러독스는 모든 차이들을 무화시켜 동일성으로 환원하려는 도그마에 대한 통렬한 웃음이 깔려 있다. "중요한 것은 이데아를 파면시키는 것이고, 이념적인 것은 높은 곳이 아니라 표면에 있다"(들뢰즈). 그의 언어가 가장 높은 잠재력에 도달하는 것도 이 '역설의 열정'에서이다.

물론 자신도 그 프리즘에서 자유로울 수 없다. 유머와 개그의 주인공이 언제나 연암 자신이었듯이, 타자의 시선, 혹은 역설의 프리즘은 연암 자신에게도 마찬가지로 투사된다.

사신을 따라서 중국에 들어가는 사람에겐 모름지기 부르는 호칭이 있다. 역관은 종사從事라 부르고, 군관은 비장裨將이라고 부르며, 나처럼 한가롭게 유람하는 사람은 반당伴當이라고 부른다. 소어蘇魚라는 물고기를 우리나라 말로는 '밴댕이'盤當라고 하는데, 반盤과 반伴의 음이 서로 같아서이다. 압록강을 건너면 소위 반당은 은빛 모자의 정수리에 푸른 깃을 달고, 짧은 소매에 가벼운 복장으로 차림새를 갖춘다. 그러면 길가의 구경꾼들은 이를 가리키며 문득 '새우'라고 부르는데, 무엇 때문에 새우라고 부르는지는 모르겠으나 아마도 무장한 남자를 부르는 별칭인 것으로 보인다. 지나가는 곳의 마을 꼬맹이들은 떼를 지어 몰려다니며 일제히 '가오리 온다, 가오리 온다' 하고 외치며, 더러는 말꼬리를 따라다니며 다투어 외치는 바람에 귀가 따가울 정도이다. '가오리 온다'라는 말은 '고려인이 온다'라는 뜻이다. (「피서록」避暑錄)

경계를 넘자마자, 서로 다른 언어가 부딪히면서 일으키는 말의 아수라장이 시작된 것이다. 그걸 낱낱이 포착한 연암이 일행들에게 말한다. "이제 세 가지 물고기로 변하고 마는구먼." 그러자 사람들은 "세 가지 물고기란 무엇을 말하는 겁니까?" 한다. 연암은 "조선의 길에서는 '밴댕이'라고 부르니 이는 소어라는 물고기요, 압록강을 건넌 이래로는 '새우'라고 부르니 새우도 역시 어족이고, 오랑캐 아이들이 떼를 지어서 '가오리'라고 외치니 이는 홍어가 아니던가?" 이어지는 사람들의 웃음소리.

그러고 나서 곧 말 위에서 시 한 수를 읊는다.

은빛 모자 정수리에 푸른 깃을 꽂은 무부의 차림새로
천 리 먼 길 요양에서 사신의 수레를 뒤쫓노라
한번 중국 땅에 들자 세 번이나 호칭이 바뀌었으니
속좁은 사람 예부터 자잘한 학문이나 배웠노라
翠翎銀頂武夫如 / 千里遼陽逐使車 / 一入中州三變號 / 鯫生從古學蟲魚

　　무부, 고기 세 가지 ── 이것이 이국인들의 눈에 비친 자신의
모습이다. 그러나 자신은 그저 오래전부터 자잘한 공부벌레, 곧 하
릴없는 식자층의 일원일 뿐이다. 물론 그 어느 것도 연암의 진면목
은 아니다. 그러나 굳이 그렇지 않다고 우길 것도 없다. 어차피 '내
가 누구인가는 타자의 호명 속에서 규정되는' 법. 쏘가리도 되었다
새우도 되었다 가오리도 되었다 하는 것이 아니겠는가.
　　타인들의 고루한 편향을 보는 건 쉽다. 그러나 그 시선을 자신
에게 비추기란 결코 쉽지 않다. 그러므로 자신을 기꺼이 타자의 프
리즘 속에서 볼 수 있는 건 고정된 위치를 벗어나 무엇이든 될 수
있는 자의 자유에 다름아니다. 연암의 패러독스가 한층 빛나는 건
바로 이런 '자유의 공간'에서이다.

"문명은 기왓조각과 똥거름에 있다"

문명과 똥

'똥과 문명의 함수' 아니면 '똥의 역사'를 생각해본 적이 있는가? 웬 '개똥' 같은 소리냐 싶겠지만, 이건 정말 진지한 담론적 이슈다. 똥이야말로 문명의 배치를 바꾸는 데 있어 결정적인 요소였던바, 어찌 보면 똥의 역사야말로 태초 이래 인류의 궤적을 한눈에 집약한다고도 말할 수 있는 까닭이다.

　요즘 사람들의 똥에는 파리가 들끓지 않는다고 한다. 너무 독성이 강해서 파리떼도 기피한다는 것이다. 이러다간 '똥파리'라는 종種 자체가 사라질지도 모르겠다. '똥파리 없는 똥', 생각만 해도 끔찍하다. 그런데 바로 이 사실만큼 인류가 현재 처한 상황을 잘 말해주는 것도 없지 않은가? 생태계의 파괴, 이성의 경계, 타자성 등, 지금 소위 '포스트 모던' 철학이 씨름하고 있는 문제들이 모두 그 안에 있다.

　「예덕선생전」穢德先生傳을 기억하는지. 연암의 초기작인 『방경각외전』에 속한 작품이다. 그 글의 주인공 엄항수嚴行首는 똥을 져다 나르는 분뇨장수다. 그는 사람똥은 말할 것도 없고, 말똥, 쇠똥, 닭·개·거위 똥까지 알뜰히 취하되 마치 주옥처럼 귀중히 여겼다고 한다. 연암은 그의 고결한 인품에 매료되어 '스승이라 이를지언정 감히 벗이라 이르지 못'하겠노라며 '예덕선생'이란 호를 지어 바친다. 이처럼 똥에 대한 연암의 애정(?)은 젊은 날부터 남다른 바가 있었다.

그로부터 많은 세월이 지난 뒤, 연암이 세계제국 청문명의 정수를 본 것도 바로 '똥'에서였다. "청문명의 핵심은 기왓조각과 똥 부스러기에 있다." 이 명제만큼 연암의 사유가 농축되어 있는 문장도 드물다. 대개는 이 명제를 그저 이용후생의 차원에서 이해하고 말지만, 그건 너무 싱거운 해석이다. 이 명제 안에는 연암 특유의 패러독스, 그 전복적 여정이 생생하게 농축되어 있는 까닭이다.

「일신수필」에서 그는 우리나라 선비들의 북경 유람을 이렇게 분류한다. 소위 일류 선비上士; 상등으로 인정받는 선비는 황제 이하 모두 머리를 깎았기 때문에 되놈이고 되놈은 곧 짐승이라 볼 것이 없다고 하고, 소위 이류 선비中士; 중등으로 인정받는 선비는 장성의 시설 및 무장상태를 눈여겨보고서는, "진실로 10만 대군을 얻어 산해관으로 쳐들어 가서, 만주족 오랑캐들을 소탕한 뒤라야 비로소 장관을 이야기할 수 있을 겁니다"라고 한다. 그에 대해 연암은 "이는 『춘추』春秋를 제대로 읽은 사람의 말"이라며 조선이 명明나라를 섬기는 연유에 대한 충분한 공감을 표명한다. 그러나 그는 이 중화주의

베이징의 자금성 명나라 때 지어진 자금성은 지금도 여전히 화려하고 장엄하다. 헌데, 연암은 특이하게도 자금성에 대해서는 별반 언급이 없다. 화려한 궁성이 아니라 기와나 말똥, 수레 따위에서 문명의 지혜를 찾았던 연암. 모두가 자금성의 규모에 눈 빼앗기고 압도당할 때, 그만은 거기에서 권력의 무상함을 감지했던 것이 아닐까.

적 영토 위에서 탈영토화하는 선분을 중첩시킨다.

대개 천하를 위하여 일하는 자는, 진실로 백성에게 이롭고 나라에 도움이 될 일이라면 그 법이 비록 오랑캐에게서 나온 것일지라도 마땅히 이를 수용하여 본받아야만 한다. 더구나 삼대三代 이후의 성스럽고 현명한 제왕들과 한·당·송·명 등 여러 왕조들이 본래부터 가지고 있던 고유한 원칙이야 더 말할 나위도 없다. 성인이 『춘추』를 지으실 제, 물론 중화를 높이고 오랑캐를 물리치려고 하셨으나, 그렇다고 오랑캐가 중화를 어지럽히는 데 분개하여 중화의 훌륭한 문물제도까지 물리치셨다는 말은 들어보지 못했다. (「일신수필」)

천하의 이로움, 성인의 뜻을 명분으로 내세우면서 서두를 열고 있다. 누가 이런 논지에 반대를 표하겠는가.

다음, "그러므로 이제 사람들이 정말 오랑캐를 물리치려면 중화의 전해오는 법을 모조리 배워서 먼저 우리나라의 유치한 습속부터 바꿔야 할 것이다. 밭갈기, 누에치기, 그릇굽기, 풀무불기부터 공업, 상업 등에 이르기까지 모조리 다 배워야 한다. 다른 사람이 열을 배우면 우리는 백을 배워 백성을 이롭게 해야 한다. 우리 백성들이 몽둥이를 만들어두었다가 저들의 견고한 갑옷과 날카로운 무기를 두들길 수 있게 된 다음에야 '중국에는 볼 만한 것이 없다'고 장담할 수 있을 것이다". 오랑캐를 물리치기 위해서는 인민을 이롭게 하는 일을 두루 마스터하는 일이 급선무고, 그 이후에야 무력으로써 오랑캐를 다스려야 한다는 것이다. 중화주의의 명분은 하나도 건드리지 않은 채, 슬그머니 논점을 '이용후생'으로 옮겨놓았다.

이쯤 되면, 중화주의의 명분을 뚫고 나오는 새로운 담론의 속살이 모습을 드러낸다. 그러나 그에 대해 반론을 펴기란 불가능하다. 왜냐하면 그것은 여전히 중화주의라는 단단한 껍질에 둘러싸여 있기 때문이다. 그래서 어정쩡하게 머뭇거리는 동안 완전히 판이 바뀌게 된다. "나는 비록 삼류 선비下士지만 감히 말하리

라. '중국의 제일 장관은 저 기왓조각에 있고, 저 똥덩어리에 있다.'"——클라이맥스이자 대단원.

홍분을 가라앉히고, 그의 말을 좀더 들어보자. 저 기왓조각은 천하에 버리는 물건이지만 이를 둘씩 포개면 물결무늬가 되고, 넷씩 포개면 둥근 고리모양이 되니 천하의 아름다운 무늬가 이에서 나온다. 똥은 지극히 더러운 물건이지만 이를 밭에 내기 위해서는 아끼기를 금싸라기처럼 여기어 말똥을 줍는 자가 삼태기를 들고 말 뒤를 따라 다닌다. 이를 정성껏 주워모으되 네모반듯하게 쌓고, 혹은 여덟 모로 혹은 여섯 모로 하여 누각이나 돈대의 모양을 이루니, 이는 곧 똥무더기를 모아 모든 규모가 세워졌음을 짐작할 수 있다. 그러니 하필 성지城地, 궁실宮室, 누대樓臺, 목축牧畜 따위만을 중국의 장관이라 할 것인가.

여기에 이르면 중화주의라는 거대담론은 흔적도 없이 실종된다. 아니, 있다 한들 무슨 위력을 발휘할 수 있을 것인가. 게다가 '기와와 똥무더기'의 관점에서 다시 저 일류 선비, 이류 선비들의 통념을 보노라면, 너무나 우스꽝스러워서 '포복절도'하지 않을 수 없게 된다.

그의 패러독스는 이렇듯 신랄하다. 명분과 실리의 사이, 내부와 외부의 사이에서 교묘하게 줄타기를 하고, 그 줄타기를 음미하다 보면 어느덧 사뿐히 외부에 '착지'하게 된다. 심연으로 거슬러 올라가 지반을 뒤흔들거나 아니면 돌연 '지금, 여기'의 표면으로 솟구쳐 표면장력을 일으키거나.

참고로, 똥에 대한 진지한 이야기를 하나 덧붙이면, 구한말 갑신정변의 풍운아 김옥균이 남긴 글 가운데 「치도약론」治道略論이라는 텍스트가 있다. 근대적 개혁을 위해 조선이 시급하게 시행해야 할 정책으로 이 혁명가가 내세운 것은 뜻밖에도 위생衛生이다. 서구적 관점에서 볼 때, 조선의 미개함은 '사람과 짐승의 똥오줌이 길에 가득'하다는 바로 그 사실에 있었던 것이다. 이후 『독립신문』, 『대한매일신보』 등 계몽정론지들에는 똥에 대한 대대적인 공격이 가해진다. 졸지에 문명개화의 적이 되어버린 '똥'! 똥의 입장에서 보면, 참 신세 처량하게 된 셈이다.

세계제국의 중심인 청문명의 토대를 '똥부스러기'에서 찾은 연암과 똥이야말로 개화자강의 걸림돌이라고 본 김옥균, 이 둘 사이의 담론적 배치의 차이를 규명할 수 있다면, 우리는 분명 역사에 대한 새로운 비전을 확보할 수 있을 것이다. 물론 열쇠는 어디까지나 '똥'이 쥐고 있다.

모두가 오랑캐다!

조선이 청문명을 거부하는 이유는 청이 북방의 유목민이고, 그들의 문화는 오랑캐라는 것이다. 그런데 조선 역시 동이東夷, 곧 동쪽 오랑캐다. 차이가 있다면, 농경민이라는 것뿐이다. 오랑캐가 오랑캐를 타자화하는 것, 이것이 소중화주의의 내막인 셈이다.

그럴 수 있는 근거는 조선은 비록 종족적으로는 오랑캐이지만, 정신은 더할 나위없이 순수한 중화라는 것이다. 더구나 중화문명의 수호자인 한족이 멸망했으니, 이제 문명은 중원땅에서 동쪽으로 이동했다. 중화의 지리적, 종족적 실체가 사라진 마당에 이제 헤게모니는 누가 더 중화주의를 순수하게 보존하느냐에 달린 셈이다.

조선 후기 들어 주자학이 도그마화되는 것도 그 때문이다. 주자학이란 송나라 때 주희에 의해 완성된 유학의 한 분파다. 주희는 당시까지의 유학적 흐름을 집대성하는 한편 견고한 체계화를 꾀했다. '성'性과 '리'理란 개념이 그 중앙에 자리잡고 있는 까닭에 '성리학'이라고도 불린다. 조선왕조는 16세기 이래 주자학을 정통으로 표방하였고, 이후 조선에선 다른 종류의 해석은 발붙일 길이 없게 되었다. 특히 병자호란 이후 청나라에 대한 적개심이 중화의 순결성을 오롯이 담보해야 한다는 강박증과 맞물리면서 주자학적 체계가 유일무이한 이념으로 작동하게 되었다. 원래 추종세력이 원조보다 한술 더 뜨는 법. 주자학의 본향인 중국보다 조선의 선비들이 더 과격한 주자주의 혹은 중화문명의 수호자가 되는 어처구니없는 전도가 일어난 것이다. 연암은 이 소중화주의의 심층을 교묘하게 교란시킨다. 일단 그는 자신이 오랑캐의 일원임을 잊지 않는다. 중화주의라는 '대타자'의 눈으로 청을 보는 것이 아니라, 변방 오랑캐의 눈으로 거대제국을 이룬 유목민 오랑캐를 보는 것이다. 한마디로 '자기 주제'를 제대로 파악하는 것, 일단 이것만으로도 어리석은 분별심에서 벗어날 수 있다.

「심세편」審勢編에서 연암은 우리나라 선비들의 다섯 가지 허망함을 논한다. 그중 하나는 지벌地閥로서 뽐내는 것이다. 중국이 비록 변하여 오랑캐가 되었다 하더라도 그 천자의 칭호는 고쳐지지 않은 만큼, 그들 각부의 대신들은 곧 천자의 공경인 동시에 반드시 옛날이라 해서 더 높다든지, 또는 지금이라고 해서 더 깎이었다든지 그런 것은 아닐 것이다. 그럼에도 불구하고 사신들은 그들의 조정에서 절하고 읍하는 것을 부끄러워하여, 피하기만을 일삼아 드디어 하나의 규례가 되고 말았다. 또 우리나라 사람은 문자를 안 뒤로부터 중국의 것을 빌려 읽지 않는 글이 없었기 때문에, 그들 역대의 일을 이야기하는 것치고 '꿈속의 꿈'을 점침이 아닌 것이 없음에도 이에 억지로 운치韻致없는 시문을 쓰면서, 별안간 '중국에는 문장이 없더구먼'하고 헐뜯는다.

더욱 어이없는 건 한족 출신 선비들을 만나면 "질문에 급급해서 대뜸 요즘 정세에 대해 말하거나 스스로 자기 의관을 자랑함으로써 중국인들이 자신들의 옷차림을 부끄러워하는지 어떤지를 살핀다. 어떤 경우엔 단도직입적으로 명나라를 잊지 않았느냐고 물어 상대의 말문을 막히게" 하는 것이다. 이러니 대체 어떻게 소통이 되겠는가? 그래서 연암은 중국 선비들과 대화하는 법을 이렇게 제시한다.

그들의 환심을 사려면 반드시 대국의 명성과 교화를 찬양하여 먼저 그들을 안심시켜야 한다. 또 중국과 우리가 하나라는 것을 보여주어 그들의 의구심을 가라앉혀야 한다. 그러는 한편, 예악에 관심을 보임으로써 그들의 고상한 취향에 맞춰주어야 하며 틈틈이 역대의 사적을 높이 띄워주되, 최근의 일은 언급하지 말아야 한다. (「태학유관록」)

말하자면 뜻을 공손히 하여 배우기를 청하되, 그들로 하여금 마음놓고 이야기할 기회를 주라, 그런 다음에 웃고 지껄이다 보면 그 속내를 탐지할 수 있을 것이다. 교묘하기 이를 데 없으면서도 결코 얄팍한 속임수에 빠지지는 않는 팽팽한 줄타기수법. 사실 이건 그다지 어려운 일이 아니다. 마음을 비우고 그저 '있는 그대로' 보기만 해도 충분히 가능하다. 중화니 오랑캐니 하는 관념의 꺼풀을 벗어던지기만 해도 세상이 훤히 보일 텐데 말이다.

그래서 연암은 때때로 차라리 어떤 '트릭'도 쓰지 않고 태평한 어조로 말하는 쪽을 택하기도 한다. 심양에 들렀을 때, 멀리 요양 성밖을 둘러보며 그는 생각한다. 이곳은 옛 영웅들이 수없이 싸우던 터구나. 천하의 안위는 늘 이 요양의 넓은 들에 달렸으니 이곳이 편안하면 천하의 풍진이 잦아들고, 이곳이 한번 시끄러워지면 천하의 싸움북이 소란히 울린다. 그런데 이제 천하가 백 년 동안이나 아무 일이 없음은 어쩐 일인가. 이 심양은 본디 청이 일어난 터전이어서 동으로 영고탑과 맞물리고, 북으로 열하를 끌어당기고, 남으론 조선을 어루만지며, 서로는 향하는 곳마다 감히 까딱하지 못하니, 그 근본을 튼튼히 다짐이 역대에 비하여 훨씬 낫기 때문일 것이다.

힘준한 요새 고북구를 지날 때도 비슷한 감회를 토로한다. 전쟁터였던 이곳에 삼과 뽕나무가 빽빽이 서 있으며 개와 닭 울음이 멀리까지 들리니, 이같이 풍족한 기운이야말로 한당漢唐 이후로는 보지 못한 일이 아닌가. 대체 청왕조는 무슨 덕화德化를 베풀었기에 이런 태평천하가 가능하단 말인가. 편견에 사로잡히지 않는 이런 자문자답은 이후에도 계속 변주된다.

지금 청나라가 세상을 다스린 지 겨우 4대에 불과하다. 그런데도 그 통치자들은 모두 문무를 겸비하고 장수를 누렸다. 지난 백 년은 태평스런 시대로서 천하가 두루 편안하고 조용했다. 이런 상황은 한·당 시절에도 없었던 일이다. …… 사람이 처한 위치에 따라 본다면, 중화와 오랑캐는 명확히 다르지만, 하늘의 입장에서 본다면, 은나라의 우관이든 주나라의 면류관이든 다 나름의 때를 따라 마련된 것일 뿐이다. 유독 청나라 사람의 홍모紅帽에 대해서만 꼭 의심을 던질 이유가 없다. (〈호질후지〉虎叱後識)

역대 성인들의 말씀은 모두 천하를 태평하게 하는 것으로 돌아간다. 하늘의 기준으로 보면 더 말할 것도 없다. 그렇다면 은나라와 주나라, 청나라 사이에 대체 무슨 차별이 있단 말인가? 중화와 오랑캐를 나누는 것은 오직 인간들의 편협한 척도의 소산일 따름이다. 따지고 보면, 오랑캐 아닌 족속이 어디 있단 말인가? 그것은 고정된 심급이 아니라 타자의 시선에 의해, 외부와의 관계에 의해 규정되는 것일 터. 그러므로 오랑캐의 눈으로 오랑캐를 본다는 건 더 이상 중화와 이적의 위계적 표상 내부에 머무르기를 거부하는 것이다. 모두가 오랑캐다. 아니, 오랑캐든 아니든 대체 무슨 상관이란 말인가!

북벌 프로젝트

물론 이런 정도로 중화사상이 골수에 박힌 자들이 설복당할 리가 없다. 연암 또한 그 점을 잘 알고 있다. 그래서 이번에는 좀 강경한 전략을 구사한다. 먼저 표적을 북벌론으로 잡았다.

　잘 알고 있듯이 소중화주의는 북벌론과 동전의 양면처럼 맞물려 있다. 조선이 '작은 중화'라면, 마땅히 청나라 오랑캐를 물리쳐 중원을 다시 회복해야 한다는 것이 북벌론의 요지다. 병자호란 때 삼전도에서 치욕적인 항복을 한 이후 인조는 북벌을 통치이념으로 내세운다. 복수에 눈이 먼 인조와 그 추종자들에게 청과 조선의 역학관계 따위가 제대로 보일 리가 없다. 청문명의 역동적 기류에 눈뜬 소현세자가 조선에 돌아와 뜻을 펴지도 못한 채 의문의 죽음을 당했음은 이미 언급한 바 있다. 소현세자를 이어 그 아우인 효종이 왕위에 오르면서 북벌은 이제 부동의 국가적 소명이 되어버렸다. 하지만 시간이 흐를수록 그것의 현실적 가능성은 점점 더 희박해질 수밖에 없었고, 또 그러면 그럴수록 더더욱 '신성불가침'의 이념으로 떠받들어지게 되었다. 18세기 연암 당시에 이르면 이제 아무런 내용도 없이 그저 껍데기뿐인 채로, 주로 반대파를 공격할 때 활용되는 도그마 이외에 아무것도 아니었다.

연암은 이 북벌론 내부 깊숙이 잠입하는 수법을 쓰기로 한다. 즉 자신을 북벌론을 강경하게 고수하는 위치에 놓고서 '북벌론자'들에게 제안을 하는 식이 그것이다. 정 그렇다면 좋다. 그렇게 북벌이 소원이라면, 한번 구체적으로 실행에 옮겨보자. 반대편의 명분을 더 극단적으로 밀어붙임으로써 상대를 무력화시키는 이런 테크닉 역시, 패러독스의 일종이다. 〈허생전〉이 바로 그 과격하고 대담무쌍한 전투가 벌어지는 '필드'다.

변부자에게 십만 냥을 빌려 온나라 경제를 뒤흔들고, 또 무인도에서 자신의 이상을 한바탕 실험해본 뒤, 허생은 다시 옛날 집으로 돌아간다. 아내는 어디론가 떠나버리고 변부자의 후원으로 생계를 유지하며 유유하게 살아가던 중, 하루는 변부자가 이완대장을 그에게 데리고 온다. 이완은 당시 북벌의 상징적 존재였다. 그는 허생에게 천하를 평정할 방도를 묻는다. 처음엔 거들떠 보지도 않던 허생이 마침내 입을 연다.

그가 이완에게 들려준 '북벌 프로젝트'는 이렇다. "무릇 천하에 대의를 외치고자 한다면 우선 천하의 호걸들과 관계를 맺지 않을 수 없고, 다른 나라를 정벌하고자 한다면 먼저 첩자를 쓰지 않고서는 불가능한 법"이다. 전쟁을 하려면 적의 동태를 면밀히 파악하는 것이 급선무 아닌가. 그러려면 당연히 스파이를 침투시켜야 한다는 것이다. 구체적인 방법도 제시해준다. "나라 안의 자제들을 뽑아서 머리를 깎고 되놈의 옷을 입히고, 선비들은 가서 빈공과賓貢科에 응시하고, 평민들은 멀리 강남 땅으로 장사를 하러 가서 그들의 모든 허실을 엿보면서 그곳 호걸들과 관계를 맺는 것이지. 그런 후에야 모쪼록 천하의 일을 도모할 만하고 나라의 치욕을 씻을 만하다고 할 수 있는 것이라네." 정말 청나라를 무너뜨리고 싶다면, 각계각층에 두루 침투하라는 것이다. 중앙정계뿐 아니라 상업의 허실을 간파하는 한편, 청에 불만을 품고 있는 호걸들을 조직하여 반란을 도모하게 한 다음 그때 쳐들어가야 삼전도의 수치를 씻을 수 있으리라는 것이다. 언뜻 과격한 북벌론 같지만 잘 살펴보면, 그 내부에는 북학론이 교묘하게 '똬리'를 틀고 있다. 각계각층에 침투하여 동태를 파악하는 것과 청문명의 핵심을 두루 마스터하는 것 사이에는 종이 한 장의 차이가 있을 뿐이다. 그럼에도 표면적으로는 과격한 북벌을 내세우고 있기 때문에 상대방으로선 공략하기가 난감하다. 어리숙한 이완은 이렇게 답한다.

사대부들이 모두 삼가 예법을 지키고 있는 마당에 누가 선뜻 머리를 깎고 되놈 옷을 입겠습니까?

이렇게 되면, 이미 싸움의 승패는 판가름났다. 이거야말로 허생이 유도한 답변 아닌가. 허생은 기다렸다는 듯이 이렇게 내지른다.

사대부라는 것들이 대체 뭐하는 놈들이더냐? 이夷 · 맥貊의 땅에 태어나서 사대부로 자칭하니 어찌 미련한 게 아니더냐. 바지저고리는 순전히 하얗기만 하니 이는 상喪을 당한 사람의 복색이고, 머리털을 모아서 송곳처럼 찌르듯 맨 건 남쪽 오랑캐의 방망이 상투에 불과하다. 대체 뭐가 예법이라는 것이냐? ······ 지금 너희들은 대명을 위해서 원수를 갚고자 하면서도 머리카락 하나를 아끼고 있다. 이제 장차 말 달리기, 칼 치기, 창 찌르기, 활 쏘기, 돌팔매 던지기 등을 해야 하는데도 그 넓은 소매를 고치지 않으면서 스스로 예법이라고?

예법에 얽매여 폼만 잡고 있으면서, 입만 열면 대명을 위해 원수를 갚겠노라고 떠들어대는 꼴이란! 상투 하나를 아끼는 주제에 목숨을 건 전투를 어찌 감당하겠다고, 쯧쯧. 이 변증이 보여주는바, 북벌론은 속이 텅 빈 망상 이외에 아무것도 아니다. 실제로 북벌에 대한 어떤 구체적인 작업도 실행된 적이 없다. 북벌은커녕 조선의 지배 엘리트는 청의 구체적 실상조차 접할 생각이 없다. '청이 일어난 지 140년이 되었건만, 조선의 사대부들은 중국을 오랑캐라고 하여 사신의 내왕은 어쩔 수 없이 하면서도, 문서의 거래라든지 사정의 허실은 일체 역관에게 맡겨둔 채, 강을 건너 연경에 이르는 2천 리 사이에 각 주현의 관원과 관액의 장수들은 그 얼굴을 접해보지도 못했을 뿐 아니라, 또한 그 이름조차 모르고 있'는 실정이다. 원수에 대해 이토록 무관심할 수 있다니! 요컨대 북벌은 단지 명분으로만, 이데올로기로만 지탱되고 있었을 뿐이다. 하지만 망상일 수록 더더욱 견고해지는 것이 도그마들의 숙명이다. 연암은 그 숙명적 공허함을 적나라하게 까발린 것이다. 내부 깊숙이 파고들어 그 몸통을 먹어치우는 수법을 통해.

하긴 곰곰이 따져보면 북벌의 망상은 지금도 계속되고 있다. 1990년대 초반, 크게 히트한 만화 『남벌』을 기억하는가. 일본을 정벌한다는 뜻을 지닌 남벌 역시 북벌의 20세기적 변주에 다름아니다. 그뿐인가. 틈만 나면 요동벌판에 대한 향수를 자극하는 '공상역사소설'들이 등장하여 북벌에 대한 꿈을 부추기는 게 우리의 현실이다. 버전은 조금씩 달라졌지만, 공허함과 맹목의 차원에선 예나지금이나 별반 달라진 게 없다. 그런 까닭에 허생, 아니 연암의 패러독스는 여전히 비수처럼 날카롭다.

내부에서 외부로, 외부에서 내부로!

사이에서 사유하기

코끼리에 대한 상상

> 말똥구리는 스스로 말똥을 아껴 여룡臘龍의 여의주를 부러워하지
> 않는다. 여룡 또한 여의주를 가지고 스스로 뽐내고 교만하여 저 말
> 똥을 비웃지 않는다. (『선귤당농소』蟬橘堂濃笑)

이 글은 연암의 벗이자 제자인 이덕무의 것으로, 연암이 재인용하
면서 당시 지식인들 사이에 널리 회자된 아포리즘이다. 요점은 척
도를 고정시키지 말라는 것. 진리 혹은 가치란 고정되어 있는 것이
아니라 그것이 놓이는 자리, 곧 배치에 따라 달라질 따름이다. 지극
히 낮고 천한 미물인 말똥구리와 신화적 상상력에 감싸인 여룡을
대비함으로써 그 효과는 더욱 선명해진다.

　이렇게 정리하면 참 범박해 보이지만, 여기에는 중세적 초월
론을 내파하는 뇌관이 잠복해 있다. 초월론이란 말 그대로 모든 대
상들의 차이를 하나의 초월적 기호로 환원하는 것이다. 그런 지반

에 서는 한, 모든 차이는 다양성이 아니라 엄격한 위계로 규정될 수밖에 없다. 즉 말똥구리는 절대 여룡과 같은 평면에서 비교될 수 없다. 이덕무는 바로 그러한 위계와 구획의 장을 전복하고 있는 것이다.

연암 또한 동물의 수사학을 즐겨 사용하였다. 동물에 각별한 관심이 있기도 했고, 열하로 가면서 온갖 진기한 동물들을 두루 접하기도 한 덕분이다. 개중에는 낙타처럼 인연이 영 꼬이는 경우도 있긴 하다. 한번은 말 위에서 졸다가 놓치고, 또 한번은 사나운 바람이 일어 사관에 들어 한숨 자다 나왔더니, 일행이 "낙타 수백 마리가 철물을 싣고 금주로 가데그려" 한다. 아뿔싸! 하지만 열하에서 돌아오는 길에 기어이 낙타를 보고야 만다. 그것도 떼거리로 지나가는 걸.

그가 가장 주목한 동물은 코끼리다. 연행 동안 연암은 두 번에 걸쳐 코끼리를 직접 볼 기회를 갖는다. 한번은 열하에 있는 선무문宣武門 안 상방象房에서. 또 한번은 북경 선무문 상방에서. 지금처럼 영상매체를 통해 자주 접하는 시대에도, 막상 직접 보면 그 덩치와 몸집에 압도당하는데, 서적이나 소문으로만 듣던 시대에 지구상 가장 큰 동물을 직접 보게 된 충격은 대단했던 모양이다. 열하에서 처음 보았을 때, 코끼리 두 마리가 열하 행궁 서쪽에서 걸어가는 모습을 보고서 마치 '풍우가 움직이는 듯' 하다고 표현한 걸 보면.

잠시 「동물의 왕국」(KBS 1)에서 본 코끼리의 생태 몇 가지. 코끼리의 몸집은 정말 크다. 그런데 그렇게 우람한데도 초식동물이고, 게다가 우애가 넘치는 족속이다. 못에서 함께 목욕할 때 코를 서로 부비며 애무해주는 모습은 정말 아름답다. 한번은 초원을 이동하는데, 아기 코끼리 한 마리가 다리가 부러져 걸을 수가 없었다. 무리들을 따라 가족들이 먼저 떠나다가 몇 번이고 돌아보더니 결국은 다시 돌아와 양쪽에서 감싸더니, 부축하며 간다. 그렇게 힘겹게 가다가 어느 순간 아기 코끼리가 다리를 펴고 걷는 게 아닌가. 아, 그 감동을 뭐라 표현해야 할지. 더 재미있는 건 코끼리의 파트너가 바로 '쇠똥구리'라는 사실이다. 쇠똥구리는 코끼리의 똥을 돌돌 말아 식량으로, 혹은 구애의 선물로 삼는다. 코끼리가 멸종되면 쇠똥구리는 먹을 수도, 사랑을 할 수도 없다. 결국 함께 사라지는 것이다. 실제로 그런 일이 있었다고 한다.

특히 사바나의 코끼리들은 사막을 가로지르며 초식동물들에게 길을 열어주고, 물길을 찾아주는 '사바나의 지킴이'다. 맹수의 왕 사자도 코끼리떼한테는 감히 덤비지 못한다. 힘도 힘이지만, 코끼리떼가 아니면 사막 깊숙이 숨어 있는 물웅덩이를 찾을 수가 없기 때문이다. 한마디로 용맹과 지혜를 두루 갖춘 셈인데, 그래서 불교에서 코끼리를 가장 높은 수행의 상징으로 삼게 된 것은 결코 우연이 아니다.

다시 연암의 이야기로 돌아가자. 그에 따르면, 코끼리의 힘이 얼마나 엄청났던지 강희제 때 남해자南海子 ; 북경 숭문문崇文門 남쪽에 있는 동산에 사나운 범 두 마리가 있었는데, 길들일 수가 없어서 황제가 노하여 범을 코끼리 우리로 몰아넣게 했더니, 코끼리가 몹시 겁을 내어 코를 한 번 휘두르자 범 두 마리가 그 자리에서 쓰러져 죽었다고 한다. 코끼리가 범을 죽이고 싶어서 한 것이 아니라 범의 냄새를 싫어하여 코를 휘두른 게 잘못 부딪쳤던 것이라나. 역대 황제들은 이 거대한 동물을 복종시킴으로써 무소불위의 권력을 확인하고 싶었던 모양이다. 연암이 전하는 '동물의 왕국: 코끼리편'은 이렇다.

상방에는 코끼리 80마리가 있는데 …… 몇 품의 녹봉을 받는다. 조회 때는 백관이 오문으로 들어오기를 마치면, 코끼리가 코를 마주 엇대고 문을 지킨다. 그러면 아무도 마음대로 출입할 수가 없다. …… 나는 코끼리 부리는 자에게 부채와 환약 한 알을 주고 코끼리 재주를 한번 시켜보라 했더니 그 작자는 대가가 적다며 부채 한 자루를 더 부른다. 당장 가진 것이 없어서 나중에 더 가져다 줄 테니 먼저 재주를 시켜보라 했더니, 그자가 코끼리를 슬슬 구슬린다. 하지만 코끼리는 눈웃음을 치며 절대 할 수 없다는 시늉을 한다. 할수 없이 동행한 이에게 코끼리 부리는 자에게 돈을 더 주게 하였다. 코끼리는 한참 동안 눈을 흘겨보더니, 코끼리 부리는 자가 돈을 세어 주머니 속에 넣는 걸 보고서야 시키지도 않은 여러 가지 재주를 부린다. 머리를 조아리며 두 앞발을 꿇기도 하고, 또 코를 흔들면서 통소 불듯 휘파람도 불고, 또 둥둥 북소리를 내기도 한다. 대체로 코끼리의 묘한 재주는 코와 어금니에서 나온다. …… 당나라 명황제 때에 코끼리 춤이 있었다고 한다. 코끼리가 춤을 추다니 그게 말이 되나 하며 속으로 의심을 했는데, 이제 보니 사람의 뜻을

베이징 동물원의 코끼리들 동물원 내 상방(象房)에 있는 아기 코끼리들. 우애의 동물답게 서로 보듬고 쓰다듬고 갖은 재롱을 다 부렸다. 연암은 코끼리를 통해 우주를 사유했지만, 나는 그저 저 넉넉한 등에 타고 초원을 가로지르고 싶은 생각뿐이었다.

잘 알아듣기로는 코끼리만 한 짐승이 없다. 그래서인가. 이런 말까지 전해진다. "숭정 말년에 이자성이 북경을 함락시키고 코끼리 우리를 지나갈 때에 뭇 코끼리들이 눈물을 지으면서 아무것도 먹지를 않았다."…… 해마다 삼복날이면 금의위錦衣衛 관교들이 깃발을 늘인 의장 행렬로 쇠북을 울리면서 코끼리를 맞아 선무문 밖의 연못에 가서 목욕을 시킨다. 이럴 때는 구경꾼이 수만 명에 이른다고 한다. (「황도기략」黃圖紀略)

코끼리의 지혜와 재주, 그리고 충성심 등이 두루 망라되어 있다. 물론 연암의 관심이 이런 신기한 이야기들에서 멈출 리가 없다.

그의 상상은 훨훨 나래를 펴 코끼리를 통해 천지자연의 원리를 사유하는 장으로 나아간다. 그 구체적 결과물이 〈상기〉象記다. '코끼리의 철학'이라 부를 만한 이 텍스트는 초월적 주체에 대한 의혹으로부터 시작된다.

아, 사람들은 세상의 사물 중에 터럭만 한 작은 것이라도 하늘에서 그 근거를 찾는다. 그러나 하늘이 어찌 하나하나 이름을 지었겠는가. 형체로 말한다면 천天이요, 성정性情으로 말한다면 건乾이며, 주재하는 것으로 말하자면 상제上帝요, 오묘한 작용으로 말하자면 신神이니, 그 이름도 다양하고 일컫는 것도 제각각이다. 이理와 기氣를 화로와 풀무로 삼고, 뿌리는 것과 품부하는 것을 조물造物로 삼아, 하늘을 마치 정교한 공장이工匠로 보아 망치·도끼·끌·칼 등으로 조금도 쉬지 않고 일을 한다고 생각한다.

그런 까닭에 『주역』에 이르기를 "하늘이 초매草昧를 만들었다"고 하였다. 초매란 그 빛이 검고 그 모양은 흙비가 내리는 듯하여, 비유를 하자면 새벽이 되었지만 아직 동이 트지는 않은 때에 사람이나 사물이 분별되지 않는 상태와 같다. 나는 알지 못하겠다.

하늘이 만물을 낸다고 하는데, 그때 하늘이란 과연 실체가 고정된 것인가. 천天, 건乾, 상제上帝, 신神 등 보는 각도에 따라서 무수히 다른 모습일 뿐 아닌가. 게다가 하늘이 '초매'草昧를 만들어냈다는데, 초매란 카오스chaos가 아닌가. 하늘이 어찌 카오스를 만들어

낸단 말인가. 요컨대 고정된 실체로 환원되는 실체로서의 하늘이
란 없다는 것이다.

이런 식으로 초월론적 전제를 뒤흔든 다음, 코끼리를 중심으
로 하는 본격적인 논의가 펼쳐진다. 코끼리가 범을 만나면 코로 쳐
서 범을 죽이고 마니 그 코는 천하무적이다. 그러면 코끼리는 대적
할 자가 없는가. 만약 쥐를 만나면? 코끼리는 코를 둘 곳이 없어 하
늘을 우러러 어찌할 줄을 모른다. 그렇다고 '쥐가 범보다 더 세다'
고 말한다면 그거야말로 궤변의 함정에 말려 든 꼴이다. 그럼 대체
어찌해야 한단 말인가? 말똥구리와 여룡의 비유가 그러하듯이 코
끼리와 범, 쥐 사이에는 위계를 설정할 수 없다. 각자 다른 종류의
가치를 지니고 있을 따름이다. 그것들은 서로 순환하면서 때로 상
相하고 때론 극克한다. 그뿐이다.

대저 코끼리는 오히려 눈에 보이는 것인데도 그 이치를 모르는 것
이 이와 같다. 하물며 천하 사물이 코끼리보다도 만 배나 더한 것
임에랴. 그러므로 성인이 『주역』을 지을 때 '코끼리 상'象자를 취하
여 지은 것도 만물의 변화를 궁구하려는 까닭이었으리라.

코끼리에 대한 상상을 통해 『주역』의 오묘한 원리를 엿보는
것, 이것이 『열하일기』가 자랑하는 명문名文 〈상기〉의 결말이다. 결
국 그가 말하고자 하는 바 요점은 간단하다. 세계를 주재하는 외부
적 실체란 없다. 고정불변의 법칙 역시 있을 수 없다. 무상하게 변

화해가는 생의 흐름만이 있을 뿐! 그런데도 사람들은 백로를 보고서 까마귀를 비웃고, 오리를 보고서 학을 위태롭게 여긴다. 사물은 절로 괴이할 것이 없건만 자기가 공연히 화를 내고 한 가지만 같지 않아도 온통 만물을 의심한다. 이거야말로 번뇌를 자초하는 꼴인 셈이다.

만물이 만들어내는 무수한 차이들, 거기에 눈감은 채 한 가지 고정된 형상으로 가두려는 모든 시도는 헛되다. 비유하자면, 그건 "화살을 따라가서 과녁을 그리"는 꼴에 다름아니다.'

'사이'의 은유들

초월적인 중심을 전복하고 현실의 변화무쌍한 표면을 주시할 때 진리 혹은 선악에 대한 판단은 어떻게 가능한가? 만약 모든 것을 상대적으로만 본다면 허무주의nihilism로 나갈 수밖에 없지 않은가? 만약 그렇다면 그건 새로운 가치를 생산하는 것이 아니라, 모든 가치의 무화라는 벡터vector로 작용할 것이다. 그런 함정에 빠지지 않으려면? 변화하는 흐름을 예의주시하면서 때에 맞게 새로운 가치들을 생성시켜야 한다. 그 구체적인 방편이 바로 '사이에서' 사유하는 것이다. 독자들은 '열하로 가는 무박나흘의 대장정'을 아직 잊지 않았을 것이다. 그때의 비몽사몽 상태를 연암은 이렇게 표현한 바 있다.

솔솔 잠이 쏟아져서 곤한 잠을 자게 되니 천상의 즐거움이 그 사이에 스며 있는 듯 달콤하기 그지없다. 때로는 가늘게 이어지고, 머리는 맑아져서 오묘한 경지가 비할 데 없다. 이야말로 취한 가운데 하늘과 땅이요, 꿈 속의 산과 강이었다. 바야흐로 가을 매미 소리가 가느다란 실오리처럼 울려 퍼지고, 공중에선 꽃들이 어지럽게 떨어진다. 깊고 그윽하기는 도교에서 묵상할 때 같고, 놀라서 깨어날 때는 선종에서 말하는 돈오頓悟와 다름이 없었다. 여든한 가지 장애八十一難: 불교에서 말하는 81가지의 미혹가 순식간에 걷히고, 사백네 가지 병四百四病: 불교에서 말하는 사람의 몸에 생기는 모든 병이 잠깐 사이에 지나간다. 이런 때엔 추녀가 높은 고대광실에서 한 자나 되는 큰상을 받고 아리따운 시녀 수백 명이 시중을 든다 해도, **차지도 덥지도 않은 온돌방에서 높지도 낮지도 않은 베개를 베고, 두껍지도 얇지도 않은 이불을 덮고, 깊지도 얕지도 않은 술 몇 잔에 취한 채, 장주도 호접도 아닌 그 사이에서 노니는 재미와 결코 바꾸지 않으리라.** (「막북행정록」漠北行程錄, 강조는 필자)

참을 수 없는 졸음의 경지를 '도교의 내관' '선가의 돈오'에 비유하는 것도 독보적이거니와, '차지도 덥지도 않은' '높지도 낮지도 않은' '두껍지도 얇지도 않은' '깊지도 얕지도 않은' '장주도 호접도 아닌' 등으로 변주되는 '사이'의 수사학은 한층 돋보인다.

이처럼 연암은 '사이의 은유'를 즐겨 사용하였다. 예컨대 이런 묘사가 그런 경우이다. "별안간 먼 마을 나무숲 사이로 새어드는 빛이 마치 맑은 물이 하늘에 고여서 어린 듯, 연기도 아니며 안개도 아니요, 높지도 낮지도 않고 늘상 나무 사이를 감돌며 훤하니 비치는 품이 마치 나무가 물 가운데 선 것 같고, 그 기운이 차츰 퍼지며 먼 하늘에 가로 비긴다. 흰 듯도 하고, 검은 듯도 한 것이 마치 큰 수정 거울과 같아서 오색이 찬란할뿐더러 또 한 가지 빛인 듯 기운인 듯 그 무엇이 있다." 이렇듯 다른 사람들이라면 그저 뭐라 형용하기 어렵다는 식으로 넘어갈 상황에서 연암은 늘 그것이 무엇과 무엇 사이에 있음을 집요하게 추적한다.

장복이와 헤어지면서 이별론을 펼치는 장면 또한 그러하다. "저 강물은 내가 아노니, 얕지도 않고 깊지도 않으며, 잔잔하지도 않고 거세지도 않은 물결이 돌을 이끌어 안고 흐느껴 우는 듯하며," "음산하지도 내려쪼이지도 않는 햇볕이 땅을 감돌아 어슴프레 해미가 끼고, 하수河水 위의 다리는 오랜 세월에 곧장 허물어지려 하"는데, "이 가운데 사람은 넷도 아니요, 셋도 아님에도 서로 묵묵히 말없는 이 이별이야말로 천하의 가장 큰 괴로움이 아닐 수 없으리라". 뭐라고 꼭 짚어서 말하기는 어렵지만, 다양한 수사적 변주 속에서 이별의 애상이 한층 고조되는 것만은 분명, 느낄 수 있다.

그런가 하면 깊은 밤 고북구의 한 성을 지날 때, 별빛 아래서 먹을 갈고 찬 이슬에 붓을 적셔 글자를 쓸 때도 '사이'의 은유들이 반짝인다. "이때는 봄도 아니고 여름도 아니요 겨울도 아닐뿐더러, 아침도 아니고 낮도 아니요 저녁도 아닌, 곧 금신金神이 제때를 만난 가을인 데다 이제 막 닭이 울려는 새벽녘이었으니, 이 모든 것이 어찌 우연이기만 하겠는가."

이러한 언표들은 단순히 장식적 수사가 아니다. 대상이나 사실은 항상 경계에서 움직인다. 즉 명료하게 하나의 고정된 자리를 차지하지 않는다는 뜻이다. 언어의 명징함이 그런 식으로 '환'幻을 일으키는 것일 뿐이다. 그러므로 연암이 현란할 정도로 '사이'의 은유를 구사하는 건 그러한 '환의 장막'을 뚫고 나가기 위한 전략의 일환이다. 그때 대상은 애매하게 흐려지는 것이 아니라, 다층적으로 분사된다. 숨겨진 곳에서 길을 찾고, 길 밖에서 길을 찾는 이 전략은 사방으로 산포된 '복수複數의 길들'로 나아가기 위함이다.

그러므로 '사이'의 은유들은 연암 사유를 떠받치는 기저를 이룬다. 이 점을 좀더 파고들기 위해 『열하일기』 바깥의 텍스트들을 음미해보자. 먼저 「낭환집서」蜋丸集序. 장님이 비단옷 입고 대로를 걷는 것과 멀쩡한 사람이 비단옷을 입고 밤길을 가는 것, 이 둘을 비교하면 어느 편이 나은가? 이 황당한 질문에 답하기 위해 연암은 먼저 '옷과 살'의 사이에 대해 이야기한다.

옛날에 황희 정승이 공무를 마치고 돌아오자 그 딸이 맞이하며 묻기를, "아버님께서 이蝨를 아십니까? 이는 어디서 생기는 것입니까? 옷에서 생기지요?" 하니, "그렇단다." 하므로 딸이 웃으며, "내가 확실히 이겼다." 하는 것이었다. 그러자 며느리가 묻기를, "이는 살에서 생기는 게 아닙니까?" 하니, "그렇고 말고." 하므로 며느리가 웃으며, "아버님이 나를 옳다 하시네요." 하였다. 이를 보던 부인이 화가 나서 말하기를, "누가 대감더러 슬기롭다고 하겠소. 송사하는 마당에 두 쪽을 다 옳다 하시니." 하니, 정승이 빙그레 웃으며, "딸아이와 며느리 둘 다 이리 오너라. 무릇 이라는 벌레는 살이 아니면 생기지 않고, 옷이 아니면 붙어 있지 못한다. 그래서 두 말이 다 옳은 것이니라. 그러나 장롱 속에 있는 옷에도 이가 있고, 너희들이 옷을 벗고 있다 해도 오히려 가려울 때가 있을 것이다. 땀 기운이 무럭무럭 나고 옷에 먹인 풀 기운이 푹푹 찌는 가운데 떨어져 있지도 않고 붙어 있지도 않은, 옷과 살의 중간에서 이가 생기느니라."

이 아리송한 변증에 대한 연암의 주석은 이렇다. "그러므로 참되고 올바른 식견은 진실로 옳다고 여기는 것과 그르다고 여기는 것의 중간에 있다. 예를 들어 땀에서 이가 생기는 것은 지극히 은미하여 살피기 어렵기는 하지만, 옷과 살 사이에 본디 그 공간이 있는 것이다. 떨어져 있지도 않고 붙어 있지도 않으며, 오른쪽도 아니고 왼쪽도 아니라 할 것이니, 누가 그 '중간'中을 알 수가 있겠는가." 자못 명쾌해 보이지만, 알쏭달쏭하기는 마찬가지다. 오른쪽도 아니고 왼쪽도 아닌 '가운데'라니?

「공작관문고자서」孔雀館文稿自序에서 들고 있는 '이명耳鳴과 코골기'의 비유는 한술 더 뜬다. 어린아이가 마당에서 놀고 있는데, 그 귀가 갑자기 우는지라 놀라 기뻐하며 가만히 옆의 아이에게 말하였다. "너 이 소리 좀 들어봐라. 내 귀에서 앵앵하며 피리 불고 생황

부는 소리가 나는데 별같이 동글동글하다!" 옆의 아이가 귀를 맞대고 귀기울여보았지만 마침내 아무 소리도 들리지 않았다. 그러자 이명이 난 아이는 답답해 소리지르며 남이 알아주지 않음을 한탄하였다. 그런가 하면, 일찍이 시골사람과 함께 자는데, 코를 드르렁드르렁 고는 것이 게우는 소리 같기도 하고, 휘파람 소리 같기도 하고, 탄식하거나 한숨 쉬는 소리 같기도 하며, 불을 피우는 듯, 솥이 부글부글 끓는 듯, 빈수레가 덜그덕거리는 듯하였다. 들이마실 때에는 톱을 켜는 것만 같고, 내쉴 때에는 돼지가 꽥꽥거리는 듯하였다. 남이 흔들어 깨우자 발끈 성을 내면서 말하기를, "내가 언제 코를 골았는가?" 하는 것이었다.

이 두 가지 현상에 대해 연암은 이렇게 해석해준다. "자기만이 홀로 아는 사람은 남이 몰라줄까 봐 항상 근심하고, 자기가 깨닫지 못한 사람은 남이 먼저 깨닫는 것을 싫어하나니, 어찌 코와 귀에만 이런 병이 있겠는가? 문장에도 있는데 더욱 심할 따름이다. 귀가 울리는 것은 병인데도 남이 몰라줄까 봐 걱정하는데, 하물며 병이 아닌 것이야 말해 무엇하겠는가. 코 고는 것은 병이 아닌데도 남이 일깨워 주면 성내는데, 하물며 병이야 말해 무엇하겠는가. …… 남의 귀 울리는 소리를 들으려 말고 나의 코 고는 소리를 깨닫는다면 거의 작자의 의도에 가까울 것이다"라고.

이해되는가? 더 헷갈린다고? 맞다. 그러면 연암의 일차적 의도는 성공한 셈이다. 사이의 은유들을 통해 그가 의도하는 바는 어떤 해결책이나 결론이 아니다. 오히려 계속 물음을 구성해내라는 것, 어떤 대상이든 입체적으로 그리고 다층적으로 사유하라는 것이다. 무엇이든 이면에 숨겨진 성격을 보려 하고, 그것을 인접한 것들과의 관계 속에서 파악하라는 것이다. 바로 거기에 '길'이 있기 때문이다.

그대, 길을 아는가?

연암의 손자는 대원군 집정시 우의정까지 지냈고, 개화파의 선구자로 꼽히는 박규수다. 그가 평양감사를 지내던 시절, 친지 중에 한 사람이 박규수에게 이제는 『연암집』을 공간할 때가 되지 않았느냐'고 제안을 했다. 뜻밖에도 '공연히 스캔들 일으키지 말자'는 게 박규수의 답변이었다 한다. 연암 사후 무려 수십 년이 지난 19세기 후반까지도 연암의 글은 금기의 장벽을 넘지 못했던 것이다. 그만큼 그는 조선 후기 담론사의 외부자였다.

그러던 그가 20세기 초 지식의 재배치 속에서 화려하게 복권되었다. '태서신법'泰西新法의 선각자로서. 그 이후 내재적 발전론과 더불어 실학이 한국학의 주요담론으로 부상하면서 연암의 텍스트는 탈중세, 민족주의/민중성의 맹아, 근대주의 등등으로 집중적인 스포트라이트를 받아왔다. 이를테면 근대성에 의한 '재영토화'가 추진되었던 셈.

〈호질〉과 〈허생전〉을 소설사의 계보에 등재한 것 역시 전형적인 근대적 절단이요, 문학의 장르라는 수목적 질서로의 포획이다.

앞에서 이미 보았듯, 이 작품들은 『열하일기』의 다양한 문체적 실험의 산물이다. 한 가게의 액자에 쓰여진 글을 베꼈다는 〈호질〉이나 비장들과 밤 깊도록 이야기를 나누다 문득 떠오른 '거부巨富 변씨卞氏와 허생의 이야기'는 『열하일기』의 문체적 흐름을 전제하지 않고서는 맥락을 파악하기가 쉽지 않다. 따라서 이 텍스트들이 얼마나 소설적 문법에 맞는지 혹은 시대적 모순을 얼마나 '리얼하게' 반영하고 있는지를 따지는 것은 정말로 노쇠하고 피로한 사유의 전형이다.

앞에서도 이미 감지했듯, 중세라는 '초험적 장'을 전복하는 저 도저한 에너지는 결코 근대성이라는 일방향에 갇히지 않는다. 강을 건너며 그는 말한다.

"자네, 길道을 아는가"
"길이란 알기 어려운 게 아니야. 바로 저편 언덕에 있거든."
"이 강은 바로 저들과 우리 사이에 경계를 만드는 곳일세. 언덕이 아니면 곧 물이란 말이지. 사람의 윤리와 만물의 법칙 또한 저 물가 언덕과 같다네. 길이란 다른 데서 찾을 게 아니라 바로 이 사이에 있는 것이지." (「도강록」)

물과 언덕 사이에 길이 있다? 안도 아니고 밖도 아닌, 그렇다고 그 중간은 더더욱 아닌 경계. 그것은 그 어느 것에도 속하기를 거부하면서 '때와 더불어' 변화하는 어떤 지점일 터이다.

오해해선 안 될 것은 이 사이는 '중간'이 아니라는 점이다. 양 극단의 '가운데 눈금'이 아니라, 그것과는 전혀 다른 제3의 길, 그것이 바로 '사이'의 특이성이다. 장자 역시 이렇게 말한다. "나는 장차 재才와 부재不才, 쓸모 있음과 쓸모 없음의 사이에 처하려네. ……기림도 없고 헐뜯음도 없으며, 한 번은 용이 되고 한 번은 뱀이 되어 때와 더불어 함께 변화하면서 오로지 한 가지만 하기를 즐기지 않을 것이요, 한 번은 올라가고 한 번은 내려가서 조화로움을 법도로 삼아 만물의 근원에서 떠다니며 노닐어 사물로 사물을 부릴 뿐 사물에 부림을 받지 않을 터이니 어찌 폐단이 될 수 있겠는가?"(「산목」山木). 여기서 사이에 처한다는 것은 때론 용이 되고, 때론 뱀이 되는 변이의 능력, 만물과 더불어 조화하는 힘, 사물에 부림을 받지 않는 자유 등을 의미한다.

연암이 말하는 사이의 사유도 이와 다르지 않다. 고정된 표상의 말뚝에서 벗어나 인연조건에 따라 자유롭게 변이하면서 만물의 근원에서 노닐 수 있는 능력, 그것이 그가 제시하고자 하는 길이다. 그러므로 길은 하나가 아니다. 방향도, 목적도 없이 뻗어나가면서 무수한 차이들이 생성되는, 말하자면 '가는 곳마다 길이 되는' 그런 것이다. "말은 반드시 거창할 것이 없으니, 도는 호리豪釐; 저울 눈의 호와 리로 매우 적은 분량을 뜻함에서 나누어진다"고 할 때의 그 '호리'의 차이! 물론 그 '호리의 차이는 천리의 어긋남을 빚는다'는 점에서 폭발적 잠재력을 지닌다.

세 개의 첨점: 천하, 주자, 서양

천하의 형세

'사이의 은유, 차이의 열정'을 당대의 첨예한 이념적 사안들에 투사하면 어떻게 될까? 물론 우리는 이미 앞에서 그가 중화주의, 북벌, 주자학 따위를 어떻게 비틀고 헤집고 다녔는지를 대강 살펴본 바 있다. 그걸 바탕 삼아 몇 가지 첨점들을 좀더 탐색해 보자. 때론 와이드 비전으로, 때론 현미경을 들이대고서.

당시 청왕조 치하의 한족 지식인들의 고심은 이런 것이다. 심정적으로는 절대 만주족 오랑캐의 통치를 인정할 수 없다. 그런데 대체 어떻게 그들이 명왕조를 무너뜨리고 제국을 건설할 수 있었던 것일까. 천하를 통치하는 건 하늘의 뜻이라고 했는데, 그렇다면 오랑캐로 하여금 천하를 지배하게 한 그 하늘의 뜻은 대체 뭐란 말인가.

연암은 묻는다. "'하늘은 거짓을 용납하지 않으신다'라고 합니다"만 "흥하고 망하는 즈음에는 귀신의 조화마저도 거짓과 진실이

번갈아 섞이고" "하늘이 나라를 주려는 사람에게 꼭 말을 하고서 주는 것은 아니겠으나, 몰래 붙들고 보호해주어 마치 간절하고 은혜로운 뜻이 있는 것처럼 합니다. 나라를 빼앗으려고 하는 사람에게는 하늘이 반드시 그를 미워하는 것은 아니겠으나, 잔인하고 참혹하게 하기를 마치 철천지원수를 갚듯이 하니, 이는 무슨 까닭입니까?" 물론 그에 대한 정답이 있을 리 없다. 다만 이걸 단서로 삼아 사유의 길을 모색해갈 뿐이다.

곡정 왕민호의 말 또한 같은 맥락에서 이해할 수 있다. "무릇 천하의 일이라는 것은 비유하자면 양쪽에서 줄을 당기는 것과 같습니다. 줄을 당기다가 줄이 끊어지면, 끊어지는 곳 가까이 처했던 쪽이 먼저 넘어지게 되어 있"다는 것이다. 결국 "거스르는 것과 순종하는 차이, 즉 밀고 당기는 차이는 있어도 어느 쪽이 옳다든지 어느 쪽이 틀렸다든지 하는 것은 없"는 법이니, "의리도 시대의 변천에 따라 달라지게 마련"이라고.

그러면 청의 건국 역시 그런 것인가?

본 청나라 조정이 나라를 얻은 정정당당함은 천지에 유감이 없을 것입니다. 나라를 처음 세우는 사람은 누구라도 혁명을 하는 시점에서 상대방을 원수로 삼지 않을 수 없습니다. 그러나 나라를 세우는 처음에 전 왕조를 위해 도리어 원수를 갚아주는 큰 은혜를 베풀었으니, 이는 오직 우리 왕조만이 가능할 것입니다. …… 단지 천하를 위하여 대의를 밝히고 나라의 원수를 갚았으며, 백성을 피바다

와 해골더미의 산에서 건져내려고 했기에, 하늘이 편을 들고 백성이 따랐습니다. (「곡정필담」鵠汀筆談)

연암은 논변의 끄트머리에 이렇게 주를 달아놓았다. "그는 매양 청의 창건이 정당하다고 말끝마다 외고 있으나 그래도 이야기할 때는 때때로 자기의 본심을 드러냈으니, 특히 역대 왕조의 역순과 성패의 자취를 빌려서 이리저리 자기의 회포를 표시한 것이다"라고. 만주족 오랑캐의 통치를 도저히 받아들일 순 없지만 그럼에도 그것을 수긍하지 않을 수 없는 이 곤혹스러움. 물론 연암 같은 조선의 선비들 역시 그런 딜레마에서 자유로울 수 없었다.

지금 청나라는 명나라의 옛 신하들을 쓰다듬고 사해를 하나로 여겨, 우리나라에 혜택을 보태어준 것 또한 여러 세대가 지났다. 금이 조선에서 나는 물산이 아니라고 하여 공물의 물품에서 빼주었고, 무늬가 있는 조선 말이 쇠약하고 작다고 하여 면제시켜주었으며, 쌀·모시·종이·돗자리의 폐백도 해마다 바치는 양을 감해주었다. 근년 이래로는 칙사를 내보내야 할 일도 관례대로 적당히 문서로 처리함으로써 사신을 맞이하고 보내는 번거로운 폐단을 없애주었다. 이번에 우리 사신이 열하에 올 때에는 특별히 군기대신을 파견하여 길에서 맞이하도록 하였고, 사신이 천자의 뜰에 설 때에는 청나라 대신과 함께 서도록 반열을 명했으며, 연희를 구경할 때에는 조정의 신료들과 나란히 즐기게 해주었다. 또 조서를 내려, 정식

사신이 올리는 공물 이외에 특별 사신의 토산품은 바치지 말도록 면제해주었다. 이는 실로 전에 볼 수 없던 성대한 특전으로, 명나라 시절에도 받지 못했던 대우이다. (『행재잡록』)

'중화/오랑캐', '조선/청' 이런 식의 이분법은 지식인들을 맹목으로 만든다. 그래서 청나라가 베푸는 호의에 대해서도 눈을 감게 만든다. 편협한 소중화, 조선/호탕하고 유연한 오랑캐, 청 ── 실제 현실은 이렇게 움직이고 있었던 것이다. 조선이 소중화주의에 사로잡히면 잡힐수록 청의 대국적 유연함은 더한층 돋보일 수밖에 없다는 것, 이것이야말로 18세기 조선의 비극이자 아이러니다.

물론 그렇다고 연암의 의도가 청문명을 예찬하는 방향으로 귀결되는 건 아니다. 중요한 건 이념적 명분이 아니라 지상에서 펼쳐지는 힘의 배치다. 연암의 정치적 촉수는 이 배치의 미세한 결을 더듬는다. 가령 조선의 선비들은 변발을 비웃는다. 변발은 청이 한족에게 강요한 야만적 습속 중 가장 악질적인 것이다. 그럼 어째서 조선에는 그것을 강요하지 않았는가? 생각하면 정말 의아하기 짝이 없다. 그들의 무력으로서는 조선을 무릎 꿇리는 것쯤이야 식은 죽 먹기였을 터인데.

연암이 보기에 청나라 쪽의 입장은 이렇다. "조선은 본래 예의로 이름이 나서 머리털을 자기 목숨보다 사랑하는데, 이제 만일 억지로 그 심정을 꺾는다면 우리 군사가 돌아온 뒤에는 반드시 뒤엎을 터이니, 예의로써 얽어매어두느니만 못할 것이다. 저들이 만일 도리어 우리 풍속을 배운다면 말타고 활쏘기가 편할 터인데, 이는 우리의 이익이 아니"라며 드디어 중지시켰다. 말하자면, 조선의 예를 존중해주는 척 하면서 사실은 문약文弱함을 그대로 방치한 것이었다.

이런 권력의 구도를 읽지 못한 채 변발한 중국을 손가락질하는 건 얼마나 웃기는 일인지. 한족의 경우에도 이런 넌센스는 있다. 앞서 언급했듯이 전족이 그 좋은 예다. 청이 지배하면서 여성의 전족을 금지하는 규칙을 여러 번 시행했다. 그런데 한족들이 그것을 종족적 정체성으로 간주하고서 끝까지 고수했다는 것이다. 게다가 한족이 남성들의 경우는 변발을 하되 여성들은 전족을 고수하게 했으니, 여기에는 성차별과 한족 중심주의가 교묘하게 교차하고 있었던 셈이다. 연암은 길거리에서 전족을 한 채 뒤뚱거리는 한녀漢女들을 목격할 때마다, 그 우스꽝스러움에 혀를 찬다. 사정이 이런데도 정치적 명분, 문화적 습속의 표면만 읽어내고 흥분하거나 좌절하는 건 한마디로 유치하기 짝이 없는 노릇이다.

이런 식으로 연암은 청과 조선을 둘러싼 정치적 역학관계를 짚어낸다. 때론 거시적으로, 때론 미시적으로. 다음이 그 종합적 완결판에 해당된다. 열하를 보고서 연암은 천하의 형세를 다섯 가지로 변증한다.

첫째, "열하는 장성 밖 황벽한 땅이다. 천자는 무엇이 부족해서 이런 변방의 구석까지 와서 거처하는 것일까." 명분은 '피서'라 하지만 실상은 천자가 몸소 나가서 변방을 방비하는 꼴이니, 이로써 몽고의 강성함을 가히 알 수 있다.

둘째, "황제는 서번의 승왕僧王을 맞아다가 스승으로 삼아 황금으로 전각을 지어 그를 살게 하고 있으니, 천자는 또 무엇이 부족해서 이런 떳떳지 못한 예절을 쓰는 것일까." 명목은 스승으로 대접하지만 그 실상인즉 전각 속에 가두어두고 하루라도 세상이 무사할 것을 기원하고 있는 것이니, 이로써 서번이 몽고보다도 더 강성하다는 걸 알 수 있다. 이 두 가지를 보더라도 황제의 마음이 늘 괴롭다는 것을 짐작할 만하다.

셋째, "사람들의 문자를 보면 비록 그것이 심상한 두어 줄 편지라 하더라도 반드시 역대 황제들의 공덕을 늘어놓고, 당세의 은택에 감격한다고 읊조리는 것은 모두 한인들의 글이다." 이런 과잉 충성은 어디에서 비롯하는가? 대개 스스로 중국의 유민遺民으로서 항상 걱정을 품고 스스로 혐의하고 경계하느라 입만 열면 칭송을 하고 붓만 들면 아첨을 해댄다. 한인들의 마음도 괴롭기 때문이다.

넷째, "사람과 필담을 할 때는 비록 평범한 수작을 한 것이라도 말을 마친 뒤에는 곧 불살라버리고 쪽지 하나도 남겨두지 않는다. 이것은 비단 한인만이 그런 게 아니라 만인들은 더욱 심하다." 그럼 대체 만주족 선비들은 왜 그러는가? "만인滿人들은 그 직위가 모두 황제와 지극히 가까운 데 있는 까닭에 법령의 엄하고 가혹한 것을 잘 알고 있기 때문이다." 그렇다면 비단 한인들의 마음만 괴로운 것이 아니라 천하를 법으로 금하고 있는 자의 마음도 괴로운 것이다.

이게 연암이 파악하는 천하의 형세다. 황제와 몽고, 서번, 그리고 한족과 만주족. 이들 사이의 역학관계가 집약되는 한편, 그들이 서로 맞물려 돌아가면서 승자도, 패자도 없는 제국의 배치가 한눈에 포착되지 않는가. 편협한 분별에 사로잡히지 않고, 심층을 거슬러 올라갈 수 있는 자만이 제시할 수 있는 지도 그리기. 그의 북학 이념이 단지 근대적 민족주의로 포섭되지 않는 이유가 여기에 있다.

주자학과 이단들

주자는 주자주의자일까? 아닐까? 아마도 가장 정확한 대답은 "그렇기도 하고 아니기도 하다"일 것이다. 긍정의 경우는 주자주의가 기존의 배치를 동요시키면서 새로운 담론적 에너지를 발산하는 상황을, 부정의 경우는 주자주의가 교조적 담론으로 기능하는 상황을 상정한 것일 터이다. 즉 이 단순소박한 문답은 어떤 전복적 사유도 시공간적 배치에 따라 의미가 달라질 뿐 아니라, 자신에 '반하는' 의미까지도 생성할 수 있다는 것을 환기시켜준다.

중세의 텍스트를 다루는 이들에게 주자는 언제나 넘어서야 할, 탈주자주의의 맥락에서만 그 얼굴을 드러내는 존재다. 앞서 간략하게 짚었듯이 16세기 이후 조선은 주자학이 통치이념으로 자리잡았고, 17세기 당파 간 분열이 가속화되면서 육경六經에 대한 주자 이외의 어떤 해석도 '이단'으로 낙인찍히는 궤적을 밟아왔다. 따라서 조선 후기 텍스트를 다룰 때는 언제나 주자학으로부터 얼마나 벗어났는가가 그 사상의 진보성 여부를 판단하는 척도로 기능하기에 이르렀다.

그러다 보니 주자는 항상 저 드높은 초월적 위치에서 '천리天理 혹은 이법理法'을 설파하는 근엄한 표정으로만 각인되어 있다. 하지만 주자가 자신의 학문을 구성하는 과정은 실로 역동적이다. 불교의 선禪에 깊이 침잠했으나 과감하게 그로부터 몸을 돌리고 북송北宋 도학道學의 계보를 집대성하면서 유학의 거대한 체계화를 시도하는 과정도 그렇거니와, 무엇보다 그는 '혼자'가 아니었다. 숱한 지적 고수(!)들과의 만남, 1천 명에 달하는 제자들과의 공동생활, 논적論敵 육상산陸象山과의 치열한 논쟁 등 주자학은 하나의 거대한 지적 운동 속에서 태동되었던 것이다.

과거를 위한 학문을 그토록 조롱하고, 만년에 '위학僞學의 금禁'에 몰려 혹독한 탄압을 받았던 자신의 학문이 뒷날 과거시험의 교과서가 되고, 국가학이 되어 다른 종류의 학문들을 모조리 이단으로 낙인찍는 도그마가 되리라는 것을 주자는 아마 상상하지 못했을 것이다. 마르크스가 자신의 사유가 사회주의 국가학이 되어 '감시와 처벌의 도구'가 되리라는 것을 상상하지 못했듯이. 그런 점에서 주자 역시 주자주의자이기도 하고, 아니기도 한 셈이다.

이런 맥락에서 볼 때, 조선 후기 사상사에서 주자가 언제나 탈주자주의의 맥락에서만 나타난다는 건 조선의 주자학이 늘 '인간 주자'의 학문이 아니라, 주자주의로만 기능했음을 뜻하는 것이다. 소중화주의가 통치 이데올로기의 층위에서 작동한 것이라면 주자주의는 철학적 카테고리로서 그 내부를 떠받치고 있었다. 조선의 유학자들에게 공맹孔孟의 이념은 오직 주자로 귀결되고, 한족문화의 정통성 역시 주자주의를 통해서만 표현될 수 있는 것이었다.

당시 청왕조의 국가 이념 역시 주자주의였다. 강희제는 주자를 공자, 맹자로 이어지는 유학 십철十哲의 다음에 모시고, 국가학으로 적극 장려하였다. 그 점에서는 조선과 하등 차이가 없었다. 문제는 주자학 외부에 대한 태도가 조선과는 전혀 달랐다는 사실이다. 주자를 정통으로 표방하면서도 청왕조는 주자학과 대척적인 것들이 공존할 수 있는 영역을 상당 부분 확보해두었던 것이다. 유목민의 유연함 때문인지 아니면 오랑캐의 근성 때문인지는 알 수 없는 노릇이지만.

연암 역시 조선의 주자학자로서 이 문제를 그냥 지나치기 어려웠으리라. 연암의 분석은 이렇다. 청이 중국의 주인이 되면서 형세가 주자학으로 기울어졌음을 판단하여 주자의 도덕을 황실의 가학家學으로 삼자, 주자학과 대결했던 양명학은 급격히 쇠락하게 되었다. "아! 그들이 어찌 진실로 주희의 학문을 알아서 그것을 취했겠는가.", "중국의 대세를 살펴서 그것을 먼저 차지한 뒤, 온 천하 사람의 입에 재갈을 물려서 자기들을 감히 오랑캐라고 부르지 못하도록 하는 것에 그 뜻이 있었던 것이다." 그러고는 "천하의 글을 몽땅 거두어들여 『도서집성』과 『사고전서』 등을 편찬했다. 그러고는 천하 사람들에게 외쳤다. '이것이 바로 주자가 남기신 말씀이며, 주자가 남긴 종지宗旨다.'" 말하자면, 한족 선비들보다 더 강경하게 주자를 전유해버린 것이다.

연암이 보기에 이렇게 그들이 걸핏하면 주자를 드높이는 것은 "천하 사대부들의 목덜미에 걸터앉아 그들의 목구멍을 누른 채 그 등을 어루만지는 격이다. 천하의 사대부들은 대부분 예의절목의 구구한 항목에 골몰하여 자기가 무엇을 하고 있는지도 깨닫지 못한다." 이로써 "오늘날 주자를 반박하는 사람은 옛날 육구연의 학문을 따르던 이들과는 명백히 다르다는 점을 알 수 있다. 그렇지만 우리나라 사람들은 이런 속내를 알지 못한 채 잠깐 중국 선비를 접촉할 때 대수롭지 않은 말이라도 일단 주희와 어긋나는 바가 있을라치면 눈이 휘둥그레지며 깜짝 놀라 그들을 육구연의 무리라고 배척하곤 한다. 또 귀국해서는 이렇게 말한다. '중국에는 육구연의 학문이 크게 번성하여 유학의 도가 땅에 떨어졌더구만. 쯧쯧.'" 한다. 한마디로 사태의 본질을 전혀 보지 못하고 있는 셈이다.

정황이 그러하다면 어떻게 대처해야 하는가?

중국을 유람하다가 마음껏 주희를 반박하는 이를 만나면, 반드시 범상치 않은 선비로 여기고 이단이라면서 무조건 배척하지 말고 차분히 대화를 이끌어 그 속내를 알아내야 할 것이다. 그러면 이를 통해 천하의 대세를 엿볼 수 있으리라. (「심세편」審勢編)

이 유연한 도움닫기! 여기에서도 역시 영토화하는 선분과 탈영토화하는 선분이 뒤섞여 있다. 그의 위치는? 두 선분의 '사이'에 있다. 그렇기 때문에 연암은 주자주의와 청왕조, 지식인과 주자학, 주자주의와 반주자주의 등의 선분들이 교차하는 사이를 매끄럽게 왕래한다. 그렇다면 양명학을 포함하여 주자학의 외부, 불학과 도학 등에 대해서는 어떻게 사유해야 하는가? 연암은 이에 대해서는 간접화법을 즐겨 구사한다. 즉 자신의 목소리로 직접 논지를 펼치기보다 다른 사람의 입을 빌려 말하기를 좋아한다. 대표적인 것이 옹정제의 조서이다. 불교과 도교를 배척하라는 상소에 대해 옹정제는 이렇게 통유한다.

> 부처와 노자의 가르침은 인간 본원의 심성으로 돌아가고, 선악이 서로 감응하며, 이기理氣가 마음에 뿌리를 내리고 있다고 말한다. 옛날에 천하를 다스리는 임금이 유교의 인간 윤리를 근본으로 삼아 정치적 공적을 드러내려고 하니, 노자와 부처는 예악형정의 영역에 낄 수가 없었다. 그리하여 그것이 유교의 밝은 가르침에 방해가 될까 걱정을 하니, 밝고 현명한 임금들은 그 두 가르침을 소원하게 대한 적도 있었다. …… 성리학을 공부하는 사람들이 저들 불교와 노자를 욕하면서 자신들은 이치에 맞는 학문을 한다고 자처하고 있으니, 이런 습속이 도대체 어떤 경전에서 처음 나왔는지 모르겠다. 대저 성리학이란 학문은 몸소 행하는 것을 귀중하게 여기는 법이거늘, 만약 부질없이 그들을 비방한다면 곧 성리학도 역시 야비하고 천한 학문일 것이다. 국가가 성리학을 존중하고 숭상하는 뜻이 본래 이와 같은 데 있지 않을 것이다. 만약 요망한 말로 대

중들을 현혹하고, 간사한 짓을 하여 죄과를 범하는 것이 모두 중들의 무리에서 나온다고 말하고, 그들의 가르침에는 궁행실천躬行實踐이 없음에서 나온 것이라고 말한다면, 그들이 기강을 범하고 법을 무시하는 행동이 어찌 그들 본래의 가르침에 문제가 있어서이겠는가? (「동란섭필」銅蘭涉筆)

옹정제는 건륭제의 아버지면서 강희제를 잇는 황제로 평생 성실과 검약을 실천한 성군이다. 그의 이 조서만큼 주자주의에 대한 적나라한 비판도 드물다. 석가와 노자를 비판함으로써, 다시 말해서 이단을 배척함으로써만이 존립할 수 있는 이념이란 내용이 무엇이든 그것은 도그마다. 도그마란 원초적으로 배제와 부정의 메커니즘을 통해서 작동하기 때문이다. 서구 중세의 '마녀사냥'을 떠올리면 쉽게 이해될 것이다. 만약 그렇지 않고, 긍정적 생성을 통해 가치를 계속 증식해나갈 수 있다면 굳이 이단을 두려워하거나 걱정할 필요가 없다. 아니, 이단이라는 개념 자체도 불필요할 것이다. 연암의 사유도 이 어름에 머무르고 있다.

세간의 불경이라는 책은 모두가 『남화경』南華經: 장자의 주석서에 불과하고, 『남화경』은 곧 노자 『도덕경』의 설명서에 불과하다. 그들 이단을 창시한 사람들은 모두 천품의 자질이 아주 뛰어나고 생각이나 도량이 탁월하였을 터인데, 어째서 인의예지가 모두 천하를 다스리는 근본적인 법이 된다는 사실을 몰랐을까? 그들은 불행하게도 말세에 태어나서, 본질은 없어지고 형식만 꾸미는 세상의 현실에 대해 눈살이 찌푸려지고 마음이 아팠을 것이다. 그리하여 비분강개해서 도리어 문자가 없던 상고 시대의 정치를 그리워했을 것이다. 성인을 없애고 지혜를 버리며, 도량형 제도를 파괴해야 한다고 한 그들의 말은 모두 세태와 풍속을 분개하고 미워하는 데서 나온 것이다. …… 그런 책들이 비록 있다 하더라도 마침내 천하의 치란에는 아무런 영향을 주지 못하고 있다. 당나라 한창려韓昌黎: 한유는 이단인 양주楊朱와 묵적墨翟에 대항하여 배척했던 맹자의 모습을 어렴풋이 상상하고는, 이에 노자와 불교를 배척하는 것을 자기의 독자적 노선으로 삼았다. 맹자의 본령은 단지 양주와 묵적을 배척하는 것만으로 곧바로 아성이 된 것은 아닐 터인데도 한유는 단지 노자와 불교의 서적을 불살라버리는 것만으로 맹자의 뒤를 이으려고 하였다. 그들의 책을 불사르는 것만으로 과연 이단을 배척하는 본령이 될 수 있을지 모르겠다. (「구외이문」口外異聞)

한유가 불교를 배척하는 데 앞장을 선 데 대한 논평이다. 마치 무심하게 스쳐 지나가는 듯한 어조로 도교와 불교에 대한 입장을 툭, 던지고 있다. 이렇듯 그는 언제나 지배적인 이념들의 내부에서 그 심층 깊숙이 '외부'를 각인한다. 주자학의 대척점에 있었던 불교와 도교를 자유롭게 넘나드는 저력도 거기에서 비롯한다.

무엇보다 티베트 불교는 조선뿐 아니라 중국에서도 두터운 금기의 장막에 가려져 있음에도 그는 '판첸 라마의 이목구비'에서부터 티베트 불교의 역사와 교리, 신이한 이적 등을 여러 편에 걸쳐 면밀하게 기록하고 있다. 말하자면 그는 내부도 외부도 아닌 경계에 서서 '이단들'과의 강도 높은 접속을 시도했던 것이다.

옥시덴탈리즘

열하에서 곡정과 필담할 때 담배가 화제에 오른 적이 있다. "이 담배는 만력 말년에 절동과 절서 지역에 널리 유행했습니다. 이 물건은 사람들의 가슴을 막히게 하고 취해 쓰러지게 하는 천하의 독초이지요. 먹어서 배가 부른 것도 아니건만 천하의 좋은 밭에서 나는 귀한 곡식과 이문利文이 같고, 부녀자와 어린아이에 이르기까지 고기보다 더 즐기며 차나 밥보다 더 좋아합니다. 쇠붙이와 불을 입에 당겨 대니, 이 또한 세상 운수라 해야 할지. 아무튼 이보다 더 큰 변괴가 어디 있겠습니까."

그러자 연암은 "만력 연간에 일본에서 들어와, 지금은 토종이 중국 것과 별 차이가 없습니다. 청나라가 아직 만주에 있을 때에 담배가 우리나라에서 중국으로 들어갔지요. 그 종자는 본디 일본에서 왔기 때문에 남초南草라 이릅니다" 하니, 곡정은 "본시 일본에서 나온 것이 아니라, 서양 배편으로 온 겁니다. 서양 아미리사아亞彌利奢亞: 아메리카의 임금이 여러 풀을 맛보다가 마침내 이 풀을 얻어 백성들의 입병을 낫게 했다는군요. 인간의 비장은 토土에 속하므로 허하고 냉하여 습기가 차면 벌레가 생기고, 그것이 입에까지 번지면 바로 죽습니다. 이에 불로써 벌레를 쳐 목木을 이기고 토를 도와 해로운 기운을 이겨내고 습기를 제거하여 신통한 효과를 거두었으므로 영초靈草라 일컬은 것이지요."

연암은 순진하게 그 말을 곧이곧대로 듣고 "만약 이 풀이 아니었다면, 천하 백성이 모두 입병으로 죽었을지 누가 알겠습니까" 한다. 그러자 곡정은 "서양 인종들이 대체로 허황하여 이익을 낚는 재주가 교묘하니, 어찌 그 말을 다 믿을 수 있겠습니까?" 하고 되받아친다.

근대 이전 담배에 대한 풍속을 엿볼 수 있다는 점에서도 주목되지만, 무엇보다 동양과 서양의 접속을 확인할 수 있다는 점에서 흥미로운 자료이다. 담배는 아메리카에서 일본을 거쳐 조선으로, 다시 조선에서 만주로, 중원으로 퍼져갔던 것이다.

기하와 알파벳에 대한 언급도 눈에 띈다. 「망양록」忘羊錄에서 윤가전은 "서양 사람들은 역법歷法에 정통하고, 그들의 기하학의 학술은 정미하고 세밀하여, 무릇 물건은 모두 기하학을 응용하여 만들었습니다. 거기에 비해 우리 중국이 기장 낟알을 포개어 길이를 재는 따위는 도리어 거칠고 조잡한 짓입니다. 게다가 그들의 문자는 소리를 뜻으로 삼는 표음문자여서 새나 짐승의 소리와 바람과 비의 소리조차 귀로 분변하고 혀로 형용하지 못하는 것이 없답니다." 담배를 논할 때와는 또 다른 태도를 느낄 수 있는 대목이다.

흔히 서구와 동양의 충돌이라면 19세기 말 20세기 초를 떠올리지만, 이미 그 이전에도 서구와 동양은 다양한 루트를 통해 문명 간 교류를 시도하고 있었다. 물론 그때의 관계는 20세기 초의 그것과는 아주 다른 것이었다. 20세기가 기술의 압도적 우위를 배경으로 서구가 동양을 지배하는 시대라면, 근대 이전은 힘의 우열이 선명하지 않았기 때문에 문명적 차이와 이질성이 훨씬 중시될 수밖에 없었다. 서양에 대한 일련의 표상을 일러 옥시덴탈리즘 (occidentalism)이라고 하면 어떨까. 오리엔탈리즘이 도래하기 이전의 옥시덴탈리즘.

중국이나 조선의 선비들에게 있어 서양이란 과학기술과 천주교 두 가지 코드로 인지되었다. 이 가운데 전자에 대해서는 대개 호기심과 포용력, 동경 등의 태도를 보인 반면, 후자에 대해서는 입장에 따라 상당한 편차가 있었다. 명나라 때 마테오 리치가 서학을 전파한 이래 중국에서는 천주교 신자가 날로 늘어났다. 조선에서도 남인 경화사족을 중심으로 급속하게 세를 확산해갔다. 신앙으로 수락한 이들의 편에서 본다면 천주교는 구원의 종교지만, 그것을 단지 학적 호기심의 차원에서 받아들이는 편에서 보자면 그것은 하나의 신종 이단에 불과할 따름이다. 연암과 그의 친구들은 후자쪽이었다.

연암은 천주당의 방문을 연행의 중요한 코스로 잡는다. 한번은 열하에서 자신의 심정을 이렇게 토로하기도 했다. "저는 만 리 길을 걸어서 귀국에 관광하러 온 신세입니다. 이 참에 서양인을 꼭 한번 만나고 싶었습니다. 갑자기 열하로 들어오는 바람에 아직 천주당을 구경하지 못했"으니 한스럽기 그지 없노라고. 천주당을 방문하는 목적은 풍금이나 망원경, 기타 기계들의 표본 및 역법을 보기 위해서다. 물론 아직 서구 과학기술의 수준은 소박하다. 그렇기 때문에 기술문명의 도입이라는 거창한 명분보다는 단순한 지적 호기심의 성격이 훨씬 강하다. 흔히 지전설, 지동설 따위를 서구과학의 영향으로 간주하기도 하지만, 그것은 이미 연암이나 홍대용의 수준에서도 선취되고 있던 바였다(다음 절을 참조하시라). 요컨대 연암을 둘러싼 동양의 엘리트들에게 있어 서구는 나름대로 과학적 진보를 이룬, 그러나 아직 그것이 동양보다 월등한 위력을 발휘할 수준은 아닌 낯선 문명권 정도로 인지되었다.

서구제국의 입장에서 시급한 목표는 기술보단 천주교의 포교였다. 문명의 충돌은 언제나 종교를 통해 이뤄진다는 점에서 이는 지극히 당연한 것이기도 하다. 천주교를 '땅끝까지' 전파하는 소명을 위해 선교사들은 머나먼 이국땅을 밟았던 것이다. 과학이나 기술은 포교를 위한 부차적 사안에 지나지 않았다. 물론 20세기에 들어서면 이 두 가지는 정확히 역전된다. 선교사를 보내 정지작업을 한 뒤에는 반드시 총과 대포가 뒤따라왔던바, 어디까지나 목표는 후자였다.

그러나 근대 이전 지식인들에게 있어 천주교는 철학적 측면에서 볼 때, 한참 낮은 것으로 취급되었다. 『옹정제』(미야자키 이치사다 지음)라는 책을 보면 아주 재미있는 기록이 있다. 당시 '서양은 국왕과 교회의 권위에 비판의 시선을 돌리기 시작한 터라, 유럽의 지식인은 세계의 동쪽 끝에 종교의 예속을 받지 않는 문명국이 있다는 것을 알고 놀라워하기도 하고 의아해하기도 하였다. 또 개중에는 중국과 같은 군주정치체제야말로 이상적인 정치방식이라고까지 격찬하는 사람도 있었다.' 즉 적어도 이 시기는 서양이 동양을 바라보는 처지였던 것이다. 옹정제의 아들인 건륭제 치세하에서 천주교의 영향은 한층 커졌고, 서양 역시 과학의 진보가 두드러진 때이긴 했으나, 아직 힘의 배치가 크게 바뀔 정도는 아니었다.

『열하일기』에 그려진 천주교는 그래서 매우 유치한 수준이다. "대저 저 서양인들이 말하는 야소耶蘇; 예수는 중국의 군자나 토번의 라마와 비슷합니다. 야소는 한결같은 마음으로 하늘을 공경하여 온 천지에 교리를 세웠지만, 나이 서른에 극형을 당하고 말았답니다. 해서, 그 나라 사람들이 몹시 애모하여 야소회를 설립하고는 그를 신으로 공경하여 '천주'라 부르게 되었지요. 그래서 야소회에 들어간 자는 반드시 비통해하면서 야소의 수난을 잊지 않는다고 합니다." 왕곡정은 이런 식으로 천주교를 간단히 정리한 뒤, 이것이 비록 부처를 배격하고 있으나, 실제로는 윤회의 설에 빠져 있다고 비판한다. 아마도 '천당지옥설'을 불교의 윤회설로 간주한 것 같다.

그래서 연암이 묻는다. 천당과 지옥의 설을 신봉하면서 불교를 공격하기를 마치 원수와 같이 하는 까닭은 무엇이냐고. 곡정의 대답은 이렇다. "서학이 어찌 감히 불교를 비방할 수 있겠습니까." 중국에 들어와 중국인들이 불교를 배격하는 것을 보고는 거기에 편승하여 함께 비난할 따름이라는 것이다. 또 "중국의 경전에서 상제나 주재자 같은 말을 빌려 와서 우리 유학에 아부하였습니다. 그

본령이야 원래 명물과 도수에서 벗어나지 않으니 이는 우리 유학의 제이의第二義에 떨어진 셈입니다". 한마디로 '넘버 투'에 지나지 않는다는 말이다.

연암의 견해도 비슷하다. "그들 스스로는 자신들의 학문은 근원을 연구하고 근본을 따지는 학문이라고 평가한다. 그러나 뜻을 세움이 지나치게 높고 말하는 것이 편벽되고 교묘해서, 하늘을 기만하고 사람을 속이는 죄과를 범하는 데로 귀결되고" 있다는 것이다.

특히 이들이 보기에 천주교가 낯설게 느껴진 것은 이 종교가 수난과 원한에 휩싸여 있다는 점 때문이다. 앞서 곡정도 '나이 서른에 극형을 입었으므로 그 나라 사람들이 몹시 애모하여 그 교에 들어간 자는 반드시 눈물지으며 슬퍼하여 잊지 않는다고' 했는데, 연암의 인상도 그와 마찬가지였다.

연암은 북경 천주당에서 '양화'洋畵를 보고 이렇게 묘사했다. "그림 속에는 한 부인이 대여섯 살쯤 된 어린아이를 무릎에 앉혀놓고 있는데, 어린애는 병들어 파리한 몸으로 눈을 흘기며 빤히 쳐다보고, 부인은 고개를 돌려 차마 바로 쳐다보지 못하고 있다. 곁에서 시중드는 대여섯 명의 사람들이 병든 아이를 굽어보고 있는데, 처참한 광경에 고개를 돌린 자도 있다" 이렇듯 그가 본 기독교는 비탄과 수난의 종교였다. 원죄, 십자가의 수난, 마리아의 탄식 등. 동양의 종교에서는 이런 식의 구조를 찾기 힘들다. 잘 알다시피 불교든 도교든 동양의 종교는 생에 대한 무한한 긍정과 생성을 바탕으로 하고 있지 않은가. 그와 더불어 기독교의 교리적 근원이 되는 인격신이라는 설정도 납득하기 어려웠다. 원시유학에 상제上帝라는 개념이 있긴 했지만, 인격신적 요소는 사라진 지 오래다. 결국 연암이나 곡정이 보기에 그것은 원한에 찬 슬픔의 종교일 뿐 아니라, 소박하기 그지없는 '이단'에 지나지 않았다.

20세기 초 근대계몽기에 이르면, 이런 견해는 완전히 뒤집힌다. 창조설이나 천당지옥설 등 연암 당시엔 황탄하기 그지 없다고 평가되던 것들이 '유불도'를 넘는 최고의 원리로 격상되면서 문명의 빛, 진리의 빛으로 떠오른다. 옥시덴탈리즘은 역사 저편으로 사라지고, 오리엔탈리즘이 도래한 것이다. 역사는 이렇게 윤전을 거듭하는가?

인간을 넘어, 주체를 넘어

만물의 근원은 '먼지'

연암은 연행이 시작되자, 말 위에서 중원의 선비들과 만나면 어떻게 논변을 펼칠까를 궁리한다. 고심 끝에 내린 결론은 지전설, 지동설로 한판 붙어보는 것. 지구가 둥글다는 것은 이미 일반적인 상식이 되었지만, 지구가 돈다는 것은 아직 서양에서도 밝히지 못한 논변이다. 물론 그건 연암이 독자적으로 밝힌 이론이 아니라, 친구 정철조와 홍대용에게서 귀동냥한 것이다.

「곡정필담」鵠汀筆談에서 드디어 실전이 벌어진다. 곡정이 묻는다. "우리 유학자들도 근래에는 땅이 둥글다는 설地球之說을 자못 믿습니다. 대저 땅은 모나고 정지되어 있고, 하늘은 둥글고 움직인다고 하는 설은 우리 유학자의 명맥이지요. 한데, 서양 사람들이 그것을 혼란스럽게 만들어버렸습니다. 선생은 어떤 학설을 지지하시는지요?"

연암은 기다렸다는 듯이 이렇게 대답한다. "하늘이 만든 것치고 모가 난 것은 없습니다. 모기 다리, 누에 궁둥이, 빗방울, 눈물, 침 등속이라 해도 둥글지 않은 건 없습니다. 저 산하와 대지, 일월 성신도 모두 하늘이 만든 것이지만 그중에 모난 별이 있다는 말은 들어보지 못했습니다. 그러니 지구가 둥글다는 것은 의심의 여지가 없지요." 언뜻 보기에도 이런 전제와 논증은 코페르니쿠스나 갈릴레오의 방식과는 좀 성격이 다르다. 이어지는 설명에 따르면, 그는 '서양서적을 하나도 접하지 않았지만' 지동설을 확신했다. 둥근 것은 반드시 움직인다고 믿었기 때문이다. 그의 변증을 좀더 따라가보면,

대저 그 형태는 둥글지만 그 덕은 반듯하며, 그의 사공事功은 움직이지만 그 성정은 고요합니다. 만일 저 허공이 이 땅덩이를 편안히 놓아둔 상태에서 움직이거나 구르지 못하게 우두커니 공중에 매달려 있게만 한다면 이는 곧 썩은 물과 죽은 흙에 지나지 않으니, 즉시 썩어서 사라져버렸을 겁니다. 어찌 저토록 오랫동안 한곳에 멈춘 채 수많은 사물을 지고 실을 수 있으며, 황하와 한수처럼 큰물들을 담고서도 쏟아지지 않도록 지탱할 수 있겠습니까.

즉 '움직이지도 않고, 돌지도 않고, 생명도 없는 덩어리가 어떻게 썩지도 부서지지도 흩어지지도 않고 그대로 견딜 수' 있단 말인가? 이것이 그의 지전설의 기본전제이다. 그러나 "서양인들이 땅덩어리가 둥글다고 하면서도 그것이 구른다는 사실은 말하지 않았

혼천의 홍대용이 나경적에게 의뢰해서 제작한 우주모형이다. 나경적은 나주 출신의 과학자로 1759년부터 1762년까지 3년에 걸쳐 이 모형을 만들었다. 홍대용과 그의 친구들, 곧 북학파 지식인들의 우주에 대한 꿈과 상상이 담겨 있는 기구이기도 하다.

으니, 이는 둥근 것은 반드시 굴러간다는 이치를 모르는" 격인 셈이다.

연암의 논리는 여기서 한걸음 더 나아간다. "서양인들이 지전설을 말하지 않은 건 만일 땅덩어리가 돈다면 모든 전도躔度: 천체운행의 도수가 예측 불가능해질 것이므로, 이 땅덩어리를 붙들어서 말뚝을 꽂듯이 한곳에다 안정시켜놓아야 측량하기에 편리하리라는 생각이었을 겝니다." 예리한 반격! 의도했건 안했건 서구의 사고방식을 말뚝에 빗대고 있는 것은 정말 통렬한 바가 있다. 뉴턴 물리학을 비롯해 20세기 이후 서구에서 도래한 근대적 사고의 핵심은 그야말로 모든 사물과 사건들을 단선적 인과관계 안에 묶어놓는 것이 아니었던가. 정체성이나 자의식 혹은 민족, 인종 같은 인식론적 틀은 말할 것도 없고.

흔히 지전설이나 지동설은 서양서적을 통해 수입된 것으로 알고 있지만, 이처럼 서구적 경로와는 무관한 방식으로 도출되었다. 그 이치에 관한 한, 연암은 서구사상의 한계까지 지적할 정도로 자신의 논리에 강한 자신감을 표명한다. 물론 그의 변증은 과학적 원리의 습득을 통해 획득된 것이 아니다. 그보다는 철학적 입장, 즉 만물의 근원은 먼지라고 보는 '만물진성설'萬物塵成說에 젖줄이 닿아 있다.

티끌과 티끌이 서로 결합하여, 그 엉기는 것은 흙이 되고, 거친 것은 모래가 되며, 단단한 것은 돌이 되고, 축축한 것은 물이 되며, 따스한 것은 불이 되고, 단단히 맺힌 것은 쇠가 되고, 매끄러운 것은 나무가 되지요. 움직이면 바람이 되고, 찌는 듯 무더워 기운이 빽빽하면 여러 가지 벌레로 변화하게 됩니다. 우리 인간들이란 바로 그 여러 벌레 가운데 하나일 뿐입니다. (「곡정필담」)

만물의 기원은 먼지다. 먼지에서 물, 불, 나무, 바람이 만들어지고, 벌레가 만들어진다. 사람 또한 벌레 중의 한 부류이니 결국은 먼지에 속할 따름이다. 그리고 지구는 이 먼지들의 입자가 모여 만들어진 거대한 '구'球인 것이다. 사실 지전설이나 지동설보다 훨씬 문제적인 테제가 바로 이 '만물진성설'이다. 만물의 영장인 인간이 기본적으로는 먼지 덩어리에 불과하다는 걸 기꺼이 인정하기란 결코 쉽지 않기 때문이다. 그러니 연암에게 천주교의 창조론創造論 혹은 인격신 따위가 '어필'하기란 애시당초 불가능하다. 도무지 마주칠 접점이 없는 것이다. 나란히 달리는 평행선처럼.

데모크리토스와 에피쿠로스의 '원자론'을 연상시키는 이런 논리는 일종의 '연암식 유물론'이다. '인성론'人性論 역시 '만물진성설'이라는 유물론이 뻗어나가는 또 하나의 방향이다.

인성 · 물성은 같다!

18세기 철학사의 주요한 이슈를 하나 꼽으라면, 단연 '인물성동이人物性同異 논쟁이 될 것이다. 인성人性과 물성物性은 같은가? 다른가? 이것을 둘러싸고 연암이 속한 노론老論 경화사족들 내부에서 한바탕 논란이 벌어진다. 기본적으로 동양의 사유는 인성과 물성을 연속성의 차원에서 접근한다. 인간과 외부 사이에 확연한 경계를 설정하지 않는 것이 인식의 근본전제이기 때문이다. 물아일체物我一體 혹은 천인합일天人合一이 도道의 궁극적 지향점인 것도 그 때문이다. 이런 전제를 공유하면서도 그 내부에서는 인성/물성의 차이 및 상대적인 위계를 강조하는 쪽과 그 둘의 연속성을 극단적으로 지향하는 입장이 갈라졌던 것이다. 후자의 입장을 대표하는 것이 바로 담헌 홍대용이다.

사람에게는 사람의 이理가 있고, 물物에는 물의 이가 있다. …… 초목의 이는 곧 금수의 이이고, 금수의 이는 곧 사람의 이이며, 사람의 이는 곧 하늘의 이이다. 이라는 것은 인仁과 의義일 따름이다.

(『담헌서』, 「심성문」心性問)

오륜五倫과 오사五事가 인간의 예의라면, 무리를 지어 다니면서 함께 먹이를 먹는 것은 금수의 예의고, 군락을 지어 가지를 뻗는 건 초목의 예다. 인간의 입장에서 물을 보면 인간이 귀하고 물이 천하지만, 물의 입장에서 인간을 보면 물이 귀하고 인간이 천하다. 그러나 하늘의 입장에서 보면 인간과 물은 균등하다. (『의산문답』醫山問答)

이를테면 홍대용은 인성과 물성이 균등하다는 '인물균'人物均론을 펼친 것이다. 이를 이어받아 연암은 '인물막변'人物莫辯, 곧 인성과 물성은 구별할 수 없다는 입장을 펼친다.

〈호질〉虎叱이 그 대표적인 텍스트다. 흔히 〈호질〉은 타락하고 위선적인 사대부에 대한 풍자가 핵심이라고 간주되지만, 더 중요한 포커스는 범의 시점으로 인간 일반을 바라보는 데에 있다. 범은 말한다. "대체 천하의 이치야말로 하나인 만큼 범이 진정 몹쓸진대 사람의 성품도 역시 몹쓸 것이요, 사람의 성품이 착할진대 범의 성품도 역시 착할지니", 그런즉 인간의 도道보다 범의 도가 더 광명정대하다고.

말과 소가 수고를 다하여 짐을 싣고 또 복종하며 성심껏 네놈들의 뜻을 받드는 것은 아랑곳하지 않고, 날마다 푸줏간이 쉴 새도 없이 이들을 도살해서는 그 뿔과 털조차 남기지 않는다. 그것도 모자라 노루와 사슴까지도 잡아먹어버려, 산과 들에는 우리가 먹을 게 없는 지경에까지 이르렀다. 하늘이 이 문제를 공평하게 처리한다면 네놈을 잡아먹는 것이 마땅하겠느냐, 놓아주는 것이 마땅하겠느냐. 대개 남의 것을 취하는 것을 도盜라 하고, 생명을 해치고 남에게 못된 짓 하는 것을 적賊이라 한다. 너희들은 불철주야 팔을 걷어붙이고 눈을 부라리며, 남의 것을 빼앗으면서도 부끄러운 줄을 모른다. 심지어는 돈을 형옛날 돈은 구멍이 났으므로 공방형孔方兄이라 불렀음이라 부르질 않나, 장수가 되려고 제 아내를 죽이질 않나, 이러고도 인륜의 도리를 논할 자격이 있느냐. …… 춘추시대에는 덕치를 행한다는 명분을 앞세워 일으킨 전쟁이 열일곱 번이었고, 보복을 목적으로 일으킨 싸움이 서른 번이었다. 흘린 피는 천 리에 이어지고 쓰러진 시체는 백만 구나 되었다. 그렇지만 범의 세상에서는 홍수나 가뭄을 알지 못하기에 하늘을 원망하는 법도 없으며, 원수가 무엇인지 은혜가 무엇인지도 모른 채 살아가므로 다른 존재들에게 미움을 살 일도 없다. 천명을 알고 거기에 순종하므로 무당이나 의원의 간사한 속임수에 넘어가지도 않고, 타고난 바탕 그대로 천성을 온전히 실현하므로 세상 잇속에 병들지 않는다. 범을 착하고도 성스럽다叡聖고 하는 것은 이 때문이다.

사실 자연계의 입장에서 보면 인간만큼 포악하고 잔인하며 비굴한 종種도 없다. 남의 것을 무단으로 착취하고 돈을 숭배하며 어

베이징 동물원 우리 안에 있는 동물은 표(豹)이다. 호랑이와 표범 사이쯤에 있는 종류인 듯 했다. 예리한 눈빛, 순식간에 180도 회전을 할 수 있는 날렵함에서 야생성을 생생하게 느낄 수 있었다. 그러나 역시 창살 너머로 보는 그 모습엔 어딘가 우울함이 묻어 있다. 인성과 물성은 구별할 수 없다 했던 연암이 순전히 인간의 오락거리로 만들어진 오늘날의 동물원을 보면 어떤 표정을 지을지…….

슬픈 명분으로 전쟁을 일삼는다. 그에 비해 포악한 것처럼 보이는 범은 오히려 천명에 따라 사는 성스러운 존재이다. 그럼에도 인간은 온갖 허위의식으로 치장해 자신을 으뜸으로 삼으면서 다른 동물들을 무자비하게 차별한다. '인간 외부'의 시선으로 인간 보기 ──〈호질〉의 진짜 문제설정은 이것이다. 북곽선생北郭先生; 〈호질〉에 등장하는 고매한 척 하는 선비과 동리자東里子; 〈호질〉에 등장하는 수절을 잘한다고 알려진 젊은 과부의 위선을 과격하게 풍자할 수 있었던 것도 이처럼 인간과 사회를 넘어서는 '에콜로지컬ecological한 비전'을 확보하고 있기 때문이다.

범의 입을 빌려, 연암은 단호하게 말한다.

"네놈들은 이理를 말하고 성性을 논할 때, 걸핏하면 하늘을 끌어들이지만, 하늘이 명한 바로써 본다면 범이든 사람이든 다 같은 존재이다. 하늘과 땅이 만물을 낳아 기르는 인仁의 견지에서 논하자면, 범과 메뚜기·누에·벌·개미와 사람이 함께 길러져서 서로 거스르지 않아야 하는 법이다."

연암은 윤리적인 차원에서도 이런 태도를 실천하려고 했다. 사사로이 도살한 고기를 먹지 않았으며, "개는 주인을 따르는 동물이다. 하지만 기르면 잡아먹지 않을 수 없으니, 처음부터 기르지 않는게 낫다"며 집에서 개를 기르지 못하게 했다. 또 한번은 타고 다니던 말이 죽자 하인에게 묻어주게 했는데, 하인들이 공모하여 말고기를 나누어 먹은 일이 있었다. 연암은 살과 뼈라도 잘 수습하여 묻어주게 한 다음 하인의 볼기를 치며, "사람과 짐승이 비록 차이가 있다고는 하나 이 말은 너와 함께 수고하지 않았느냐? 어찌 차마 그럴 수가 있느냐?"며 내쫓았고, 그 하인은 문 밖에서 몇 달이나 죄를 빈 다음에야 비로소 집에 들어올 수가 있었다 한다.

열하에서 종마법種馬法에 대해 웅변을 토할 때도 그의 관점은 단지 실용적 차원에 머무르지 않는다. "무릇 동물의 성질이란 것도 사람이나 다름없어 힘들면 쉬고 싶고, 답답하면 풀고 싶고, 굽으면 펴고 싶고, 가려우면 긁고 싶어지게 마련이다. 비록 사람들이 여물을 줘야 먹는 처지이지만, 때로는 제 마음대로 편하게 늘어지고도

이도정(二道程)의 말 심양에서 산해관으로 가는 도중 이도정이란 곳에서 담벼락에 세워둔 말을 만났다. 내가 다가가자 몹시 귀찮아하는 눈치였다. 말에 대한 연암의 사랑은 지극했다. 그의 종마법에는 말을 건강하게 키우는 것만이 아니라, 인간과 말 사이의 진정한 교류까지도 담겨있다. 연암, 그는 분명 애니멀리스트(animalist)다!

싶을 것이다." 즉 모든 '지각 있는' 존재는 행복을 추구한다. 그 점에서 인간과 다른 동물 사이에는 어떤 차이도 있을 수 없다.

이런 전제에 입각해볼 때, 조선의 말 먹이는 법은 무식하기 짝이 없다. 편안하게 해주기는커녕 "뱃띠와 굴레가 느슨해질까 염려하여 될수록 단단히 졸라맨다. 그리하여 빨리 달릴 때엔 견마 잡히는 고통에서 벗어나지 못하고, 쉴 때엔 몸을 긁거나 땅에 뒹구는 재미를 맛보지 못한다". 이러니 사람과 말 사이가 언제나 뜻이 통하지 않아, "사람은 툭하면 욕질이 일쑤요, 말은 언제나 사납게 노기를" 띠는 실정이다. 즉 연암의 종마법은 종자를 잘 개량하여 부국강병의 기틀로 삼자는 식이 아니라, 말의 본성을 자상하게 배려하여 인간과 말 사이가 서로 소통하게 되면, 그 속에서 말의 종자는 저절로 '업그레이드'된다는 것이다. 이처럼 그의 '이용후생'에는 언제나 인간과 자연을 하나의 평면에서 파악하는 '생태주의'가 자리하고 있다.

네 이름을 돌아보라!

'인성과 물성이 같다'는 것은 인간과 동물, 인간과 자연 사이의 경계를 설정하지 않는다는 뜻이기도 하다. 모든 것이 '먼지'로 이루어졌을 뿐인데, 인간과 '인간 아닌 것' 사이의 존재론적 차이가 대체 뭐가 그리 중요하단 말인가. 그리고 이렇게 되는 순간, 인간 내부의 경계 또한 무의미해진다. 즉 개별인간들에게 부과된 고유한 정체성 역시 불변의 위치를 고수할 이유가 없다. 인연조건에 따라, 배치에 따라 일시적인 주체로 호명될 따름이지, 근원적으로는 모두가 무상無常한 것이다. 이런 이치를 깨닫지 못하고, 인간은 자아의 영원성을 지키기 위해 안달한다. 무엇보다 이름이 그러하다. 이름이란 대체 무엇인가? 한번 자신의 이름을 돌아보라!

그것이 네 이름이기는 하지만 너의 몸에 속한 것이 아니라 남의 입에 달려 있는 것이다. 남이 부르기에 따라 좋게도 나쁘게도 되고 영광스럽게도 치욕스럽게도 되며 귀하게도 천하게도 되니, 그로 인해 기쁨과 증오의 감정이 멋대로 생겨난다. 기쁨과 증오의 감정이 일어나기 때문에 유혹을 받기도 하고 기뻐하기도 하고 두려워하기도 하고 더 나아가 공포에 떨기까지 한다. 이빨과 입술은 네 몸에 붙어 있는 것이지만 씹고 뱉는 것은 남에게 달려 있는 셈이니, 네 몸에 언제쯤 네 이름이 돌아올 수 있을지는 모르겠다. (「선귤당기_蟬橘堂記」)

이 글은 연암의 직접화법이 아니다. 연암은 종종 제 삼자의 입으로, 즉 삼인칭으로 말하곤 한다. 여기서 언표주체는 매월당의 스승인 '큰스님'이다. 매월당 김시습이 "부처 앞에서 참회를 하고 불법을 닦겠다고 크게 맹세를 하면서 속명을 버리고 법호를 따를 것"을 원하니, 큰스님이 손바닥을 치며 웃고는 위와 같이 일렀다는 것이다. 하지만 이 언표는 발화주체에게로 귀속되지 않는다. 그것은 언표의 배후에 있는 또 다른 주어, 곧 연암의 목소리와 겹쳐진다.

이름이란 기본적으로 타자의 호명이다. 타자의 호명에 따라 영욕, 귀천, 애증이 일어나고 사라진다. "저 바람 소리에 비유해보자. 바람은 본시 실체가 없는 것인데 나무에 부딪침으로써 소리를 내게 되고 도리어 나무를 흔들어댄다. 너는 일어나 나무를 살펴보아라. 나무가 가만히 있을 때 바람이 어디에 있더냐?" 이름 또한 마찬가지다. "너의 몸에는 본시 이름이 없었으나 몸이 생겨남에 따라 이름이 생겨서 네 몸을 칭칭 감아 너를 겁박하고 억류하는 것을 알지 못하는 것이다."

그래서 "몸이 이미 여럿이다 보니 거추장스럽게 되어 무거워 다닐 수가 없게 된다. 비록 명산이 있어 좋은 물에서 놀고 싶어도 이것 때문에 즐거움이 그치고 슬퍼하고 근심하게 되며, 사이좋은 친구들이 술상을 차려 부르면서 이 좋은 날을 즐기자고 말을 해도 부채를 들고 문을 나서다 도로 다시 방으로 들어온다. 이 몸에 딸린 것을 생각하여 차마 떠나지 못하는 것이다." 그러니 이름이 지닌바 그 무거움을 몸뚱아리가 어찌 견딘단 말인가.

타자의 호명, 가족, 정체성 등 이름을 둘러싼 사회적 관계 및 그것이 만들어내는 중력의 법칙을 이보다 더 첨예하게 제기한 텍스트가 있을까. 이런 이슈들은 1990년대 이후 소위 '포스트모더니즘'에 의해 제기된 사안들이라는 점을 환기하면, 이 글이 던지는 물음은 더한층 신선하고 충격적이다.

사태가 이러하다면, 남는 문제는 '이름의 중력을 어떻게 떨칠 것인가'로 귀착된다. 연암 윤리학의 정점인 탈주체화의 여정은 여기서 비롯한다.

내가 지황탕을 마시려는데	我服地黃湯
거품은 솟아나고 방울도 부글부글	泡騰沫漲
그 속에 내 얼굴을 찍어놓았네	印我觀額
거품 하나마다 한 사람의 내가 있고	一泡一我
방울 하나에도 한 사람의 내가 있네	一沫一吾
거품이 크고 보니 내 모습도 커다랗고	大泡大我

방울이 작아지자 내 모습도 조그맣다　　小沫小吾

(중략)

시험 삼아 얼굴을 찡그려보니　　我試嚬焉

일제히 눈썹을 찌푸리누나　　一齊蹙眉

어쩌나 보려고 웃어봤더니　　我試笑焉

모두들 웃음을 터뜨려댄다　　一齊解頤

(중략)

이윽고 그릇이 깨끗해지자　　斯須器淸

향기도 사라지고 빛도 스러져　　香歇光定

백 명의 나와 천 명의 나는　　百我千吾

마침내 어디에도 자취가 없네　　了無聲影

아아! 저 주공은　　咦彼塵公

지나간 과거의 포말인 게고　　過去泡沫

이 비석을 만들어 세우는 자는　　爲此碑者

현재의 포말에 불과한 거라　　現在泡沫

이제부터 아마득한 후세에까지　　伊今以往

백천의 기나긴 세월의 뒤에　　百千歲月

이 글을 읽게 될 모든 사람은　　讀此文者

오지 않은 미래의 포말인 것을　　未來泡沫

내가 거품에 비친 것이 아니요　　匪我映泡

거품이 거품에 비친 것이며　　以泡照泡

내가 방울에 비친 것이 아니라　　匪我映沫

방울 위에 방울이 비친 것일세　　　以沫照沫

포말은 적멸을 비춘 것이니　　　　泡沫映滅

무엇을 기뻐하며 무엇을 슬퍼하랴　何歡何怛

(「주공탑명」塵公塔銘)

　이것은 주공스님이 입적한 뒤 제자들의 요청에 따라 쓴 탑명이다. 내용이 워낙 파격적이라 가상의 고승을 설정하여 불교를 비판하기 위해 쓴 글이라는 설이 있긴 하나, 일단 그 문제는 접어두고 작품을 있는 그대로 음미하기로 하자. 연암답게 주공도 탑명도 없는 기이한 형식의 글이 되었다. 모든 자취가 포말일진대, 주공의 실체를 찾아 무엇하며 또 무엇을 기린단 말인가? 주공이 포말이듯, 이 글을 쓰는 자신 역시 포말이다. 그리고 후세에 이 글을 읽을 모든 사람 역시 미래의 포말인 것을. 선승禪僧을 무색케 하는 설법 아닌가.

　하지만 이걸 단순히 연암의 뛰어난 테크닉의 소산으로만 이해해서는 곤란하다. 삶의 무상성, 이름의 허망함에 대해 연암만큼 깊이 체득한 인물도 드물다. 권력의 포획장치를 계속 무력화시키는 한편, 끊임없이 새로운 경계를 펼치는 삶과 사유의 궤적들, 낯설고 이질적인 것들과 소통하는 강렬도는 '무상한 연기緣起의 장' 속에 자신을 던질 수 있는 열정이 아니고는 불가능하다. 그런 점에서 연암 또한 일종의 구도자였다. 다만 그의 도량道場은 깊은 산정이 아니라, 암투가 그치지 않는 중앙정계의 언저리와 왁자지껄한 '저잣거리'였다는 점이 달랐을 뿐.

일생 동안 하나의 고정점을 갖지 않은 채, 때론 떠돌면서 때론 고요히 앉은 채로 유목을 했던 연암은 이처럼 이름은 무상한 것이라고, 이름에 대한 집착을 버리라고 거듭 말한다. 그의 사유의 핵심 범주인 '명심'冥心은 그러한 탈주체화의 극한이다.

나는 이제야 도를 알았다. 명심冥心: 깊고 지극한 마음이 있는 사람은 귀와 눈이 마음의 누累가 되지 않고, 귀와 눈만을 믿는 자는 보고 듣는 것이 더욱 섬세해져서 갈수록 병이 된다. 지금 내 마부는 말에 밟혀서 뒷수레에 실려 있다. 그래서 결국 말의 재갈을 풀어주고 강물에 떠서 안장 위에 무릎을 꼰 채 발을 웅송거리고 앉았다. 한번 떨어지면 강물이다. 그땐 물을 땅이라 생각하고, 물을 옷이라 생각하고, 물을 내 몸이라 생각하고, 물을 내 마음이라 생각하리라. 그렇게 한 번 떨어질 각오를 하자 마침내 내 귀에는 강물 소리가 들리지 않았다. 무릇 아홉 번이나 강을 건넜건만 아무 근심 없이 자리에서 앉았다 누웠다 그야말로 자유자재한 경지였다.

〈일야구도하기〉一夜九渡河記의 절정이자 대단원이다. '물을 옷이라 생각하고, 내 몸이라 생각하고, 내 마음이라 생각한다?' 이 경지는 대체 어떤 것일까? 목숨이 오락가락하는 순간에 이렇게 '태평'할 수 있으려면 어느 정도의 내공(!)이 필요할까? '박차도 없이, 고삐도 없이, 말모가지도 말대가리도 없이' 광야를 질주하는 '인디언의 말달리기'(카프카) 같은 것일까? 나로서는 실로 가늠하기 어렵다. 연암에게서 구도의 흔적을 느끼게 되는 건 이런 연유에서다.

아무튼 '강물과 하나되어 마침내 강물소리가 들리지 않게' 된 것은 마음을 청정하게 비움으로써 생사심生死心을 벗어나 우주와 내가 하나되는 경지를 뜻한다. 귀와 눈, 곧 감각과 선입견에 사로잡힌 분별심을 벗어나면 집착해야 할 '아상'我相이 사라지는데, 그러면 대체 무엇이 두려울 것인가? 그가 여행의 초입구에서 던진 화두, '여래의 평등안'과 '소경의 눈' 또한 같은 맥락에 있다.

『열하일기』가 발산하는 강렬도는 바로 '이름'의 중력에서 벗어나 무상한 흐름에 몸을 맡기고 끊임없이 새로운 것을 생성할 수 있는 '노마드'적 여정의 산물일 터, 이제 그 '천의 고원'을 나오면서 나는 다시 묻는다. 대체 연암은 누구인가? 물론 나는 아직도 그를 알지 못한다. 하지만 '미래의 포말泡沫'인 나에게 그의 묘지명을 쓸 자격이 주어진다면, 나는 다만 이렇게 쓰리라.

"살았노라. 그리고『열하일기』를 썼노라."

연암과 다산
─중세 '외부'를 사유하는 두 가지 경로

연암과 다산—중세 '외부'를 사유하는 두 가지 경로

그대가 태사공의 『사기』史記를 읽었다 하나, 그 글만 읽었지 그 마음은 읽지 못했구료. 왜냐구요. 「항우본기」項羽本紀를 읽으면 제후들이 성벽 위에서 싸움 구경하던 것이 생각나고, 「자객열전」傳을 읽으면 악사 고점리가 축筑을 연주하던 일이 떠오른다 했으니 말입니다. 이것은 늙은 서생의 진부한 말일 뿐이니, 또한 부뚜막 아래에서 숟가락 주웠다는 것과 무엇이 다르겠습니까.

아이가 나비 잡는 것을 보면 사마천의 마음을 얻을 수 있지요. 앞발은 반쯤 꿇고 뒷발은 비스듬히 들고, 손가락을 집게 모양으로 해가지고 살금살금 다가가, 손은 잡았는가 싶었는데 나비는 호로록 날아가 버립니다. 사방을 둘러보면 아무도 없고, 계면쩍어 씩 웃다가 장차 부끄럽기도 하고 화가 나기도 하는, 이것이 사마천이 『사기』를 저술할 때의 마음입니다. (「경지에게 답함 3」答京之三)

네가 지금도 『사기』를 읽고 있다니 그런 대로 괜찮은 일이다. 옛날에 고염무가 사기를 읽을 때 본기나 열전편을 읽으면서는 손대지 않은 듯 대충 읽었고 연표나 월표편을 읽으면서는 손때가 까맣게 묻었다고 했는데 그런 방법이 제대로 역사책 읽는 법이다. 『기년아 람』紀年兒覽 『대사기』大事記 『역대연표』와 같은 책에서는 반드시 범 례를 상세히 읽어보고 『국조보감』에서 뽑아 연표를 만들고 더러는 『대사기』나 『압해가승』에서 뽑아 연표를 만들어 중국의 연호와 여 러 나라의 임금들이 왕위에 오른 햇수를 자세히 고찰하여 책으로 만들어놓고 비교해보면 우리 나라 일이나 선조들의 일에 있어서 그 큰 줄거리를 알고 시대의 앞과 뒤를 구별하는 데 도움이 될 것 이다. (「학유에게 부치노라」寄游兒)

앞의 것은 연암 박지원의 글이고, 뒤의 것은 다산 정약용의 글이다. 한 사람은 『사기』를 쓴 사마천의 심정을 어린아이가 나비를 잡을 때와 같다 하였고, 또 한 사람은 『사기』를 제대로 읽으려면 연표를 놓고 하나씩 고증해야 한다고 했다. 나비를 잡으려다 놓친 아이의 심정이란 대체 어떤 것일까? 머쓱함, 아니면 분하고 안타까움? 그 것과 궁형宮刑이라는 비극을 겪은 뒤, 비감한 마음으로 써내려간 사 마천의 글쓰기는 대체 어떻게 연관된단 말인가?

읽을 때마다 아리송하고 그 생각의 깊이를 가늠할 수 없게 만 드는 것이 연암의 글이라면, 다산의 글은 투명하고 진지하다 못해 '냉각수'를 끼얹는 느낌이다. 그 박진감 넘치는 「본기」나 「열전」은 대충 보고 「연표」, 「월표」는 손때가 묻도록 읽으라니. 지루하고 따

丁若鏞先生真像

贇事求是創燉
收風能事大聖

작자 미상의 다산 정약용 초상 '과연 다산답다!'— 이 그림을 처음 봤을 때의 소감이다. 다산 초상을 보고 다산답다니, 웬 뚱딴지 같은 소리냐 싶겠지만, 이 「보론」을 읽으면 나의 이런 심정에 충분히 공감하게 될 것이다. 「보론」을 쓸 때 품었던 다산에 대한 이미지가 이 그림에 고스란히 담겨 있기 때문이다. 단도직입의 뚝심, 견결한 기상, 드높은 이념적 열정 등등. 이 책의 앞에 실려 있는 연암의 초상과 대비해서 보면, 내가 두 사람의 관계를 '평행선의 운명'에 빗댄 것이 결코 과장이 아님을 알게 될 것이다.

분한 주입암기식 공부법이 그거 아닌가. 그런데 그거야말로 '역사의 진수'라고 자식한테 권하는 다산의 심정도 이해가 안 되기는 마찬가지다.

어떻게 이렇게 극단적으로 다를 수가 있을까?

오만과 편견

연암 박지원(1737~1805)과 다산 정약용(1762~1836). 이 두 사람은 조선 후기사에 있어 그 누구와도 견주기 어려운 빛과 에너지를 발산한다. 두 사람이 펼쳐놓은 장은 17세기 말 이래 명멸한 수많은 '천재'들이 각축한 경연장이면서 동시에 그 모든 것들과 확연히 구별되는 특이성의 지대이다. 그래서인가? 그들이 내뿜는 빛에 눈이 부신 탓인가? 사람들은 이 두 사람을 서로 유사한 계열로 간주하고, 그렇게 기억한다. 그러나 앞에서 언뜻 엿보았듯, 그들은 한 시대를 주름잡은 천재요 거장이라는 공통점 말고는 유사성을 거의 찾기 어려울 정도로 이질적이다.

그런데 어째서 둘은 마치 인접항처럼 간주된 것일까? 그 이유는 간단하다. 둘을 비춘 렌즈의 균질성이 차이들을 평면화했기 때문이다. '중세적 체제의 모순에 대해 비판했고, 조선적 주체성을 자각했으며, 근대 리얼리즘의 맹아를 선취했다'는 식으로. 실학담론으로 불리는 이런 평가의 저변에 '근대, 민족, 문학'이라는 '트라이앵글'이 작동하고 있음은 말할 것도 없다.

그것은 비단 연암과 다산뿐 아니라, 조선 후기의 온갖 징후들을 근대성으로 재영토화하는 동일성의 기제이기도 하다. 이 장에 들어오는 한, 차이와 이질성이 예각화되기란 불가능하다. 모든 텍스트가 '근대적인 것'에 근접한가 아닌가 하는 척도로 계량화되는 까닭이다. 말하자면 거기에는 근대적 사유가 지닌 원초적 오만이 작동하고 있다. 오만이 낳은 무지와 편견!

연암과 다산은 18세기에 각기 다른 방식으로 중세의 외부를 사유했고, 실천했으며, 또 전혀 상이한 방식으로 근대와 접속했다. 근대적 척도의 오만과 편견에서 벗어날 수만 있다면, 지금까지 봉쇄되었던 차이와 이질성들을 자유롭게 뛰어놀게 할 수 있을 터, 자, 이제 그 장으로 들어가 보기로 하자.

그때 '다산'이 있었던 자리

비평사적 관점에서 볼 때 문체반정은 하나의 특이점이다. 일단 '문체와 국가장치'가 정면으로 대결한 사건이라는 점에서 그렇거니와, 무엇보다 그 사건으로 인해 18세기 글쓰기의 지형도가 첨예한 윤곽을 드러냈다는 점에서 그러하다. 『열하일기』가 이 사건의 배후조종자로 지목되었고, 연암이 정조의 당근과 채찍을 교묘하게 피해 갔음은 이 책 2부에서 밝힌 바와 같다. 그렇다면 그때 다산은 어디에 있었던가?

혈기방장한 20대 후반을 통과하면서 관료로서의 경력을 쌓고 있었던 다산은 문체반정이 일어나기 직전, 이런 책문을 올린다.

신은 혜성·패성孛星과 무지개·흙비 오는 것을 일러 천재天災라
하고 한발·홍수로 무너지거나 고갈되는 것을 일러 지재地災라 한
다면, 패관잡서는 인재人災 중에서 가장 큰 것이라 생각합니다. 음
탕한 말과 더러운 이야기가 사람의 심령을 방탕하게 하며, 사특하
고 요사스런 내용이 사람의 지식을 미혹에 빠뜨리며, 황당하고 괴
이한 이야기가 사람의 교만한 기질을 신장시키며, 화려하고 아름
답고 쪼개지고 잗다란 글이 사람의 씩씩한 기운을 녹여버립니다.
자제가 이것을 일삼으면 경사經史 공부를 울타리 밑의 쓰레기로 여
기고, 재상이 이를 일삼으면 조정의 일을 등한히 여기고, 부녀가 이
를 일삼으면 길쌈하는 일을 마침내 폐지하게 될 것이니, 천지간에
재해가 어느 것이 이보다 더 심하겠습니까. 신은 지금부터라도 국
내에 유행되는 것은 모두 모아 불사르고 북경에서 사들여오는 자
를 중벌로 다스린다면, 거의 사설邪說들이 뜸해지고 문체가 한 번
진작될 것이라 생각합니다. (「문체책」文體策)

참으로 과격한 논법 아닌가? 패관잡서를 천지간에 비할 데 없
는 재앙이라 규정지으며 책자를 모두 모아 불사르고 북경에서 사
들여오는 자를 중벌로 다스리라니. 마치 불순분자를 뿌리 뽑겠다
는 '공안검사'의 선전포고가 연상될 정도로 그의 태도는 단호하다.
그리고 그것은 바로 문체반정을 진두지휘한 국왕 정조의 입장과

그대로 '오버랩'된다.

경상도의 작은 고을 안의현의 원님 노릇을 하던 중 배후조종자로 낙인찍힌 연암과 최선봉에서 발본색원을 외치는 다산. 한 사람이 부富도, 권세도 없는 50대 문장가라면, 또 한 사람은 막 중앙정계에 입문한 패기만만한 청년이었다.

흥미롭게도 이런 대칭적 배치는 그들의 출신성분에서 보면 정확히 전도되어 있다. 연암이 집권당파인 노론벌열층의 일원인 반면, 다산은 집권에서 배제된 남인의 일원이다. 그럼에도 연암은 애초부터 과거를 거부하고 권력 외부에서 떠돌며 문체적 실험을 통해 새로운 담론의 장을 열어젖혔고, 그에 반해 다산은 정조의 탕평책에 힘입어 일찌감치 정계에 진출하여 국왕의 총애를 한몸에 받으며 화려한 경력을 쌓는 도중이었다. 한쪽이 권력의 중심부로부터 계속 미끄러져나간 '분열자'의 행보를 걸었다면, 다산은 주변부에서 계속 중심부를 향해 진입한 '정착민'의 길을 갔던 셈이다.

그간 연암과 다산을 동질적으로 느꼈던 건 많은 부분 둘 다 모두 정치적으로 낙척했다는 사실 때문이기도 하다. 하지만 정치 혹은 국가권력과 맺는 관계의 측면에서 볼 때, 둘은 상호 역방향을 취한다. 연암은 권력으로부터 계속 비껴나간 데 비해, 다산은 정조의 사후 유배생활 기간에도 중앙권력을 향한 의지를 버리지 않았다. 원심력과 구심력의 차이라고나 할까. 이 차이는 단순히 지배권력에 저항했는가 여부보다 훨씬 더 심층적인 차이다. 근본적으로 무의식적 욕망 혹은 신체적 파장의 문제라는 점에서. 그들이 생산한 담론의 이질성도 기본적으로는 이런 벡터의 차이와 연장선상에 있다.

서학(西學), 또 하나의 진앙지

꼭 짚고 넘어가야 할 사항이 하나 더 있다. 서학이 그것이다. 정조 집권시에는 노론계열을 중심으로 퍼져나간 패사소품 외에도 남인들을 중심으로 급속히 퍼졌던 서학 역시 정치적 소용돌이를 야기하는 또 하나의 진원지였다. 그럼에도 정조는 유독 전자를 문제삼음으로써 후자를 적극 보호해주었다. "서양학을 금지하려면 먼저 패관잡기부터 금지해야 하고, 패관잡기를 금지하려면 먼저 명말청초의 문집들부터 금지시켜야 한다"는 것이 그의 명분이었다. 서학과 패관잡기가 대체 무슨 연관이 있단 말인가? 언뜻 비약과 모순투성이로 보이는 이런 논법의 속내는 사실 매우 단순하다. 서학은 교리가 너무 이질적이어서 솎아내기가 쉽지만, 패사소품은 은밀하게 침투하기 때문에 알지 못하는 사이에 내부를 교란한다는 것.

이것은 노론과 남인 사이의 균형, 곧 탕평蕩平을 유지하려는 정치적 전략의 투영일 터이지만, 각도를 조금 달리 해서 보면 아주 흥미로운 논점을 내포하고 있다. 정조의 입장에서 볼 때, 서학은 확연히 구별되는 '외부의 적'이라면, 패사소품은 은밀하게 삼투하는 '내부의 적'이다. 명료하게 대척되는 외부의 적은 포획하기가 수월하기 때문에 통제불가능한 변이체들을 만들어내는 내부의 적에 비해 덜 불온하다. 개별인간이든 왕조든 혹은 지하조직이든 언제나 내부가 흔들릴 때 가장 위험한 법. 그렇다면 정조는 정치적 전략의 차원을 넘어 무의식적으로 서학보다는 패사소품의 파괴적 잠재력을 감지하고 있었던 게 아닐까?

그럼 여기에 대한 다산의 입지는 어떠했는가? 논란이 많긴 하지만, 다산은 천주교 신자는 아니다. 그의 고백에 따르면, 젊은 시절 친지와 가족들의 영향으로 서학에 깊이 경도되었으나 이후 "지식이 차츰 자라자 문득 적수로 여기고, 분명히 알게 되어 더욱 엄하게 배척하였다". 그러나 문제는 신앙의 수락 여부가 아니다. 신앙적 차원에서는 그 자신이 "얼굴과 심장을 헤치고 보아도 진실로 나머지 가린 것이 없고, 구곡간장九曲肝腸을 더듬어 보아도 진실로 남은 찌꺼기가 없"다 할 정도로 철저하게 서학과 결별하였다. 하지만 그렇다고 인식론적 기저에 각인된 흔적까지 지우기란 쉽지 않다. 그가 구축한 담론의 체계는 분명 심층의 차원에서 서학의 그것과 직간접으로 공명하고 있다. 특히 '상제上帝, 신독愼獨' 등의 개념이 지닌바 구조적 동형성은 부인하기 어려워 보인다. 그렇다면 천주교 신자건 아니건 이미 그의 사유는 중세적 지배질서와 동거하기 어려운 '외부의 하나'였다고 보아야 할 것이다. 다만 정조시대에는 정조의 적극적 비호로 그 적대성이 첨예하게 부각되지 않았을 뿐이다.

그럼, 연암은 서학을 대체 어떻게 평가했을까? 『열하일기』에서 보았듯이, 다른 북학파들과 마찬가지로 그 또한 서양과학에 깊은 관심을 갖고 있었다. 하지만 천주교의 교리에 대해서는 그저 불교의 윤회설보다 좀 낮은 수준의 '버전'으로 생각했을 뿐이다. 실제로 면천군수 시절엔, 천주교에 빠진 지방민들을 각개격파식으로 설득해서 모두 전향(?)하게 하는 쾌거를 올리기도 했다. 즉, 그에게 있어 서학은 '신종 이단' 이상도 이하도 아니었던 것이다.

결국, 다산과 연암은 중세적 담론 외부에 있었다는 점에서는 공통되지만, 둘이 그린 궤적들은 결코 마주치기 어려운 포물선을 그린다. 문체반정은 서로 반대 방향으로 달려가는 포물선의 배치를 적나라하게 보여준다는 점에서도 분명 하나의 '특이점'이다.

'표현기계'와 '혁명시인'의 거리

갈밭 마을 젊은 아낙네 울음소리 길어라	蘆田少婦哭聲長
고을문 향해 울다가 하늘에다 부르짖네	哭向縣門號穹蒼
수자리 살러 간 지아비 못 돌아올 때는 있었으나	夫征不復尙可有
남정네 남근 자른 건 예부터 들어보지 못했네	古未聞男絶陽
시아버지 초상으로 흰 상복 입었고	舅喪已縞兒未澡
갓난애 배냇물도 마르지 않았는데	
할아버지 손자 삼대 이름 군보에 올라 있다오	三代名簽在軍保
관아에 찾아가서 잠깐이나마 호소하려 해도	薄言往愬虎守閽
문지기는 호랑이처럼 지켜 막고	
이정里正은 으르대며 외양간 소 끌어갔네	里正咆哮牛去早
칼을 갈아 방에 들어가자 삿자리에는 피가 가득	磨刀入房血滿席

아들 낳아 고난 만난 것 스스로 원망스러워라	自恨生兒遭窘厄
무슨 죄가 있다고 거세하는 형벌을 당했나요.	蠶室淫刑豈有辜
민땅의 자식들 거세한 것 참으로 근심스러운데	閩囝去勢良亦憮
자식 낳고 또 낳음은 하늘이 준 이치기에	生生之理天所予
하늘 닮아 아들 되고 땅 닮아 딸이 되지	乾道成男坤道女
불깐 말 불깐 돼지 오히려 서럽다 이를진대	騸馬豶豕猶云悲
하물며 뒤를 이어갈 사람에 있어서랴.	況乃生民思繼序
부잣집들 일 년 내내 풍류 소리 요란한데	豪家終歲奏管弦
낟알 한 톨 비단 한 치 바치는 일 없구나	粒米寸帛無所捐
우리 모두 다 같은 백성인데 어찌해 차별하나	均吾赤子何厚薄
객창에서 거듭거듭 시구편*을 읊노라	客窓重誦鳲鳩篇

*시구편 : 통치자가 백성을 고루 사랑해야 한다는 것을 뻐꾸기에 비유해 읊은 시경의 편명.

다산의 시 「애절양」哀絶陽 전문이다. '애절양'이란 '생식기를 자른 것을 슬퍼하다'라는 뜻이다. 다산은 이 작품의 창작 동기를 다음과 같이 밝히고 있다. "이것은 가경嘉慶 계해년 가을, 내가 강진에 있으면서 지은 시이다. 노전蘆田에 사는 한 백성이 아이를 낳은 지 사흘 만에 군보軍保에 등록되고 이정이 소를 빼앗아가니 그 사람이 칼을 뽑아 자기의 생식기를 스스로 베면서 하는 말이 '내가 이것 때문에 곤액을 당한다' 하였다. 그 아내가 생식기를 관가에 가지고 가니 피가 아직 뚝뚝 떨어지는데 울며 하소연하였으나 문지기가 막아버렸다. 내가 그 사연을 듣고 이 시를 지었다." 사실 자체도 충격적이지만, 그것을 직서적으로 담아낸 다산의 '뚝심'도 만만치 않다. 민중성, 리얼리즘, 전형성 등 80년대 비평공간에서 다산의 시가 '스포트라이트'를 받은 것도 바로 그런 점에 기인한다.

거기에 비하면 연암은 상당히 '기교파'에 속한다. '레토릭'에 기댄다는 뜻이 아니라, 의미를 몇 겹으로 둘러치거나 사방으로 분사하는 방식을 취한다는 점에서 그렇다. 「양반전」을 예로 들어보자. 정선 부자가 가난한 양반에게 돈을 주고 '양반증'을 산다. 양반이란 무엇인가?

오경이면 늘 일어나 유황에 불붙여 기름등잔 켜고서, 눈은 코끝을 내리보며 발꿈치를 괴고 앉아, 얼음 위에 박 밀듯이 『동래박의』東萊博議를 줄줄 외워야 한다. 주림 참고 추위 견디고 가난 타령 아예 말며, 이빨을 마주치고 머리 뒤를 손가락으로 퉁기며 침을 입안에 머금고 가볍게 양치질하듯 한 뒤 삼키며 …… 손에 돈을 쥐지 말고 쌀값도 묻지 말고, 날 더워도 버선 안 벗고 맨상투로 밥상 받지 말고, 밥보다 먼저 국 먹지 말고…….

이게 첫번째 문서다. 이거야 뭐 몸만 잔뜩 피곤하고 옹색하기 짝이 없지 않는가. 고작 그게 양반이라면 한마디로 '밑천'이 아까울 뿐이다. 양반 문서를 산 부자가 "양반이라는 것이 겨우 이것뿐입니까"라고 투덜거리자, 두번째 문서가 작성된다.

양반으로 불리면 이익이 막대하다. 농사, 장사 아니하고, 문사 대강 섭렵하면, 크게 되면 문과 급제, 작게 되면 진사로세. …… 방 안에 떨어진 귀걸이는 어여쁜 기생의 것이요, 뜨락에 흩어져 있는 곡식은 학을 위한 것이라. 궁한 선비 시골 살면 나름대로 횡포부려, 이웃 소로 먼저 갈고, 일꾼 뺏어 김을 매도 누가 나를 거역하리. 네 놈 코에 잿물 붓고, 상투 잡아 도리질치고 귀얄수염 다 뽑아도, 감히 원망 없느니라.

증서가 반쯤 작성될 즈음, 부자는 어처구니가 없어 혀를 빼면서 "그만두시오. 그만두시오. 참 맹랑한 일이오. 장차 날더러 도적놈이 되란 말입니까" 하고 머리채를 휘휘 흔들면서 달아나버렸다. 거들먹거리며 호의호식하는 양반의 삶이 이 평민 부자가 보기에는 여지없는 '도둑놈 팔자'였던 것이다. "종신토록 다시 양반의 일을 입에 내지 않았다"는 게 마지막 문장이다.

결국 이 작품의 골격은 두 개의 문서가 전부다. 그것을 통해 양반의 위선과 무위도식, 패덕 등을 간결하게 압축하고 있다. 그러나 거기에는 언표 주체들의 겹쳐짐, 해학과 풍자, 아이러니와 역설 등 다양한 수사적 전략이 담겨 있어 저자의 의도를 한눈에 간파하기가 쉽지 않다. 게다가 이런 형식을 소설로 볼 수 있는가도 상당히 난감한 문제다. 문서 두 개로 진행되는 소설이라? 만약 그렇다면, 이건 마땅히 전위적인 실험의 일종으로 간주해야 한다.

자, 워밍업은 이 정도로 하고, 이제 본론으로 들어가보자. 단도직입적으로 말하면 연암이 표현형식을 전복하는 데 몰두한 데 반해, 다산은 의미를 혁명적으로 재구성하는 데 심혈을 기울였다. 그것은 두 사람의 비평적 관점에서도 그대로 확인되는 사항이다. 먼저, 연암 비평의 핵심은 주어진 언표의 배치를 변환하는 데 있다. 당대 고문이 지닌 경직된 코드를 거부하고 우주와 생의 약동하는 리듬을 포착하는 것이 '연암체'의 핵심이었다.

> 문장에 고문과 금문의 구별이 있는 게 아니다. ······ 중요한 것은 자기 자신의 글을 쓰는 것이다. 귀로 듣고 눈으로 본 바에 따라 그 형상과 소리를 곡진히 표현하고 그 정경을 고스란히 드러낼 수만 있다면 문장의 도는 그것으로 지극하다. (『나의 아버지 박지원』)

그가 보기에 당대의 문체는 경직된 코드화를 통해 생동하는 흐름을 가두고 질식시키는 기제이다. 중요한 건 삼라만상에 흘러 넘치는 '생의 에너지'를 있는 그대로 드러내는 것일 뿐. 그것을 위해서는 고문의 전범적 지위는 와해되어야 한다. '옛날, 거기'라는 초월적 허공에서 '지금, 여기'라는 지상으로의 착지!──이것이 연암이 시도한 담론적 실험의 요체이다. 그러한 욕망이 패사소품체와 접속하는 것은 지극히 당연하다.

그러나 그렇다고 해서 연암의 문체적 실험이 소품체로만 향하는 것은 결코 아니다. 『열하일기』가 잘 보여주듯이, 그는 고문과 소품체, 소설 등 다양한 문체들을 종횡했던바, 연암의 특이성은 고문과 다른 문체들을 절충하거나 중도적으로 활용한 데 있다기보다 그러한 유연한 '횡단성' 자체라고 보는 것이 더 적절하다. 대상 및 소재, 주제 혹은 의미 등 배치에 따라 자유롭게 변이할 수 있는 능동성이야말로 '표현기계'로서의 연암의 우뚝한 경지인 셈이다. 그는 스스로 문장을 이렇게 자부하였다.

> 나의 문장은 좌구명, 공양고를 따른 것이 있으며, 사마천, 반고를 따른 것이 있으며, 한유, 유종원을 따른 것이 있으며, 원굉도, 김성탄을 따른 것이 있다. 사람들은 사마천이나 한유를 본뜬 글을 보면 눈꺼풀이 무거워져 잠을 청하려 하지만, 원굉도, 김성탄을 본뜬 글에 대해서는 눈이 밝아지고 마음이 시원하여 전파해 마지않는다. 이에 나의 글을 원굉도, 김성탄 소품으로 일컬으니, 이것은 사실 세상 사람들이 그렇게 만든 것이다. (유만주, 『흠영』欽英)

그의 문체실험은 이렇게 고문이 매너리즘에 빠져 어떤 촉발도 일으키지 못한 반면, 소품문의 발랄함에 열광하는 시대적 분위기와 긴밀히 유착되어 있다. 그에게 있어 문장이란 신체적 촉발(혹은 공명)을 야기하는 정동情動, affection을 지녀야 한다. 그리고 그것은 단지 주어진 기표체계에 새로운 내용을 담는 식으로가 아니라, 아예 표현체계의 전복을 통해서만 가능하다. 물론 그 전복적 여정 속에서 고문이 구축한 견고한 의미화의 장은 파열된다. 주어진 언표 배치를 비틀고 변환함으로써 기존의 의미망들은 무력해지는 한편 그 자리에 생의 도저한 파노라마가 펼쳐지는 것이다.

다산은 그와 달라서 지배적인 담론에 대항하기 위하여 거대한 의미체계를 새롭게 구축한다. 연암이 그러했듯이, 그 또한 문장학의 타락을 격렬하게 비난하고 과거학의 폐해를 이단보다 심하다고 분개해 마지않았지만, 그것을 극복하기 위해 그가 제시한 대안은 그것들이 잃어버린 원초적 의미들 혹은 역사적 가치들을 다시 복원하여 역동성을 불어넣는 것이었다. 다산에게 있어 진정한 시란 역사의 거대한 흐름을 읽어내고, 세상을 경륜하려는 욕구가 충일한 상태에서 문득 자연의 변화를 마주쳤을 때 저절로 터져나오는 것이어야 한다. 그래서 "임금을 사랑하고 나라를 근심하는 내용이 아니면 그런 시는 시가 아니며, 시대를 아파하고 세속을 분개하는 내용이 아니면 시가 될 수 없"다. '군주'와 '시대', '역사' ──그의 비평담론은 언제나 이런 거대한 기표체계를 중심으로 움직인다. 일견 전통적인 도문道文일치론과 구별되지 않는 것도 핵심적 기표들의 유사성 때문이다.

하지만 그의 담론은 그런 표면적 동질성을 무화시킬 만큼 강렬한 질적 차이들을 담론의 내부에 아로새긴다. 무엇보다 그는 문장이 담아야 할 내용을 '수기'修己에서 '치인'治人, 즉 사회적 실천에 관련된 문제로 전환시킨다. 그리고 그것은 주자학적 체계가 지닌 추상적 외피들을 파열시키기에 충분할 정도로 강렬한 것이었다. 즉, 그가 생각한 시의 도는 '도덕적 자기완성의 내면적 경지'가 아니라, '외부로 뻗어나가 실제적 성취에 도달하는 것'이어야 한다.

그렇게 됨으로써 도道는 선험적 원리의 차원이 아닌 구체적 실천의 범주로서 변환되었다. 말하자면 그의 맥락에서는 '실천해야' 비로소 아는 것이다. 실천에 대한 이 불타는 열정이 그로 하여금 요, 순, 주공, 공자가 다스리던 '선진고경'先秦古經의 세계로 나아가도록 인도한다. 말하자면 다산은 경학經學이라는 의미화의 장을 통해 기존의 담론체계와 맞서고자 했던 것이다.

> 아버지가 자식을 사랑하지 않는다 하여 원망하면 옳겠는가. 그것은 안될 일이다. 그러나 자식이 효도를 다하고 있는데도 아버지가 자식을 사랑하지 않기를 마치 고수가 우순을 대하듯이 한다면 원망하는 것이 옳은 일이다.
> 임금이 신하를 돌보지 않는다 하여 원망하면 옳겠는가. 그것은 안될 일이다. 그러나 신하로서 충성을 다했는데도 임금이 돌보지 않기를 마치 회왕이 굴평을 대하듯이 한다면 원망하는 것이 옳을 것이다. …… 결국 원망이란 상대의 입장을 이해한 나머지 성인으로서도 인정한 사실이고, 충신, 효자의 입장에서는 자기 충정을 나타내는 길이다. 그러므로 원망을 설명할 수 있는 자라야 비로소 더불어 시를 말할 수 있고, 원망에 대한 의의를 아는 자라야 비로소 더불어 충효에 대한 감정을 말할 수 있다. (「원원」原怨)

원망하고 안타까워하는 힘, 이것이야말로 시를 추동하는 원동력이다. 왜냐하면 원망하는 마음은 지극히 사모하는 마음과 맞닿아 있고, 안타까워하는 마음은 세상을 구제하고자 하는 실천적 의지의 산물이기 때문이다. 이렇게 해서 유학적 전통에서는 낮게 평가되거나, 때로는 악한 것으로 간주되었던 정서의 격렬한 표출이 긍정되는 변환이 일어난다. 하지만 이런 감정의 분출은 공적이고 경세적 차원에서만 이루어져야 한다. 그로부터 벗어난 사사로운 욕망의 분출은 철저히 제어되어야 한다.

다산이 패사소품체를 격렬히 비난한 것도 이런 맥락에서다. 그가 보기에 소품문들은 "음탕한 곳에 마음을 두고 비분한 곳에 눈을 돌려 혼을 녹이고 애간장을 끊는 말을 명주실처럼 늘어놓는가 하면, 뼈를 깎고 골수를 에는 말을 벌레가 우는 것처럼 내어놓아, 그것을 읽으면 푸른 달이 서까래 사이로 비치고 산귀신이 구슬피 울며 음산한 바람에 촛불이 꺼지고 원한을 품은 여인이 흐느껴 우는 것 같은" 유의 것이다. 일단 그 타당성 여부는 차치하고, 이런 유의 과장된 수사학에는 감정 혹은 욕망에 대한 그의 태도가 분명하게 담겨 있다. 즉, 한 생각이 일어날 때, 그것이 '천리의 공公'이라면 배양 확충시켜야 하겠지만, '인욕의 사私'에서 나온 것이면 단연 꺾어버리고 극복해야 한다. 그의 비평담론이 지닌 혁명적 내용이나 그의 작품들이 지닌 봉건적 수탈에 대한 분노, 민중적 고통에 대한 절절한 연민 등은 이런 사유의 산물이다.

이처럼 그가 택한 행로는 혁명적이기는 하되, 성리학적 틀과 마찬가지로 거대한 '이항대립적 마디'들로 구성되어 있기 때문에 이 안에서 소수적이고 분열적인 욕망의 흐름이 틈입할 여지는 거의 없다. 왜냐하면 그 예측불가능한 흐름들은 중심적인 의미화의 장 자체를 불가능하게 만들어버리기 때문이다. 아이러니컬하게도, 경세가인 다산이 엄청난 양의 시를 쓴 데 비해, 정작 문장가인 연암은 시의 격률이 주는 구속감을 견디지 못해 극히 적은 수의 시만을 남겼다. 전자가 시에 혁명적 의미를 부여하는 것을 자신의 사명으로 삼았다면, 후자는 시의 양식적 코드화 자체로부터 탈주하고자 했던 것이다. 말하자면 두 사람은 전혀 다른 신체의 파동을 지녔던 셈이다.

몇 가지 접점들

연암의 미학적 특질이 유머와 패러독스라면, 다산은 숭고와 비장미를 특장으로 한다. 앞에서 음미한 「양반전」과 「애절양」을 떠올리면 쉽게 이해될 수 있을 것이다. 유머와 패러독스가 '공통관념'을 전복하면서 계속 미끄러져 가는 유목적 여정이라면, 숭고와 비장미에는 강력한 대항의미를 통해 자기 시대와 대결하고자 하는 계몽의 파토스pathos가 담겨 있다. 그리고 이런 미학적 차이 뒤에는 몇 가지 인식론적 접점들이 자리하고 있다.

먼저 말과 사물의 관계. 조선 후기 비평담론에 있어 언어와 세계의 불일치는 핵심적인 논제였다. 언어를 탈영토화하기 위한 다양한 모색이 이루어진 것도 그 때문이다. 크게 보면, 언어를 탈영토화하는 방향은 두 가지가 있을 수 있다. 하나는 낡은 상투성의 체계로부터 탈주하여 예측불가능한 표상들을 증식해가는 것이고, 다른 하나는 기존의 통사법을 뒤덮고 있는 먼지를 털어내고 최대한 투명하게 만드는 것이다. 연암이 전자의 방향을 취한다면, 다산은 후자의 방향을 취한다.

저 허공 속에 날고 울고 하는 것이 얼마나 생기가 발랄합니까. 그런데 싱겁게도 새 '조'鳥라는 한 글자로 뭉뚱그려 표현한다면 채색도 묻혀버리고 모양과 소리도 빠뜨려 버리는 것이니, 모임에 나가는 시골 늙은이의 지팡이 끝에 새겨진 것과 무엇이 다를 게 있겠습니까. 더러는 늘 하던 소리만 하는 것이 싫어서 좀 가볍고 맑은 글자로 바꿔볼까 하여 새 '금'禽 자로 바꾸는 경우가 있는데, 이는 글만 읽고서 문장을 짓는 자들에게 나타나는 병폐입니다.
아침에 일어나니 푸른 나무로 그늘진 뜰에 철 따라 우는 새가 지저귀고 있기에, 부채를 들어 책상을 치며 마구 외치기를, "이게 바로 내가 말하는 '날아갔다 날아오는' 글자요, '서로 울고 서로 화답하는' 글월이다. 다섯 가지 채색을 문장이라 이를진대 문장으로 이보다 더 훌륭한 것은 없다. 오늘 나는 참으로 글을 읽었다" 하였습니다. (「경지에게 답함 2」答京之之二)

마을의 어린아이에게 『천자문』을 가르쳐 주다가 아이가 읽기 싫어하는 것을 나무랐더니, 하는 말이, "하늘을 보면 새파란데 하늘 '천'天자는 전혀 파랗지가 않아요. 그래서 읽기 싫어요" 하였소. 이 아

이의 총명함은 창힐倉頡이라도 기가 죽게 하는 것이 아니겠소. (「창애에게 답함 3」答蒼厓之三)

연암의 이 척독尺牘: 짧은 편지들은 언어에 관한 '촌철살인'의 아포리즘이다. 새 조鳥자에는 '날아가고 날아오는', '서로 울고 화답하는' 새의 생기발랄한 호흡이 담겨 있지 않다. 또 하늘은 새파랗기 그지없지만, 하늘 천天 자는 전혀 푸르지 않다. 요컨대 '부단히 생생하는 천지'와 '빛이 날로 새로운 일월'을 문자는 온전히 담아내지 못한다. 그러므로 생동하는 변화를 담아내려면 의미의 고정점을 벗어나 증식, 접속, 변이를 거듭해야 한다. '사마천과 나비'의 비유가 말해주듯, 진정한 의미란 대상의 표면에 있는 것이 아니라, 잡았는가 싶으면 날아가버리는 그 순간에 돌연 구성되는 것이기 때문이다. 말하자면 그에게 중요한 것은 하나의 중심적 기표로 환원되지 않는 수많은 의미들의 산포, 혹은 다층적 표상이다.

그에 비해 다산은 의미의 명징성을 추구한다. 그는 "인仁, 의義, 예禮, 지智 넉 자도 모두 원초의 뜻이 있으니 먼저 그 원초의 뜻을 알고 나서야 여러 경전에서 한 말의 본지를 파악할 수 있다"고 말한다. 단어 및 개념들은 본래의 투명한 원의미를 지니고 있는 까닭이다. 따라서 중요한 건 그것을 철저하게 규명하는 일일 뿐이다. 그래야만 사물을 분별하고 이치를 뚜렷이 알게 된다. 다산은 이렇게 성리학적 추상성에 의해 감염된 언어들을 최대한 투명하게 다듬어 본래의 생기를 되찾아야 한다는 어원학적 태도를 견지한다. 소품문이나 소설이 허황한 말들로 언어를 오염시키는 점을 신랄하게 비난한 것도 그런 맥락에서이다.

다음, 우주와 주체에 대하여. '천'에 대한 연암의 관점은 '천기론'天機論의 지평 위에 있다. 연암을 비롯하여, 이덕무, 박제가, 이옥 등에 의해 구성된 '천기론'은 '천리론'天理論으로 표상되는 중세적 초월론을 전복하여 자연을 생성과 변이의 내재적 평면으로 변환시킨 것이다. 욕망, 여성, 소수성minority 등 기존의 체계에서 봉쇄되었던 개념들이 자유롭게 뛰어놀 수 있는 장이기도 했다. "참된 정情을 폄은 마치 고철古鐵이 못에서 활발히 뛰고, 봄날 죽순이 성난 듯 땅을 밀고 나오는 것과 같다"는 이덕무의 언급이 그 뚜렷한 예가 된다. 이옥의 다음 글은 가장 명쾌한 선언에 해당된다.

> 천지만물은 천지만물의 성性이 있고, 천지만물의 상象이 있고, 천지만물의 색色이 있고, 천지만물의 성聲이 있다. 총괄하여 살펴보면 천지만물은 하나의 천지만물이고, 나누어 말하면 천지만물은 각각의 천지만물이다. 바람 부는 숲에 떨어진 꽃은 비오는 모양처럼 어지럽게 흐트러져 쌓였으나, 변별하여 살펴보면 붉은 꽃은 붉고 흰꽃은 희다. 그리고 균천광악鈞天廣樂: 천상의 음악이 우레처럼 웅장하게 울리지만 자세히 들어보면 현악은 현악이고 관악은 관악이다. 각각 자기의 색을 그 색으로 하고 각각 자기의 음을 그 음으로 한다. (『이언』俚諺)

이 텍스트는 '차이를 생성하는 장'으로서의 천지만물에 대한 전복적 언표이다. 위의 논리를 이어 그는 이렇게 단언한다. "만물은 문자 그대로 만 가지 물건이고, 하나의 하늘, 하나의 땅이라 해도 서로 같은 순간, 동일한 곳이 단 하나도 없노"라고. 항구성, 동일성의 표상이었던 자연이 이제 정반대로 무수한 변이의 장으로 변환된 것이다. 이 내재성의 평면에는 따로이 중심적 가치가 존재할 수 없고, 다만 '지금, 여기'를 구성하는 삶이 있을 따름이다.

그에 반해 다산은 '천리'의 초월성을 '상제'라는 새로운 초월성으로 대체한다. 삼대의 다스림을 꿈꾸었던 그는 송유宋儒들에 의해 그 인격성이 제거되었던 '천'天에 다시 인격성을 부여한다. 상제는 천지의 운행과 만물의 생성을 주재하는 존재로서, 유형의 세계로부터 초월해 있으면서 동시에 이 세계를 창조하고 길러주는 '초월자'이다.

'이법'理法이라는 형이상학을 인격적인 초월자로 대체함으로써 언어적 명징함 및 의미의 투명성은 한층 더 강화될 수밖에 없다. 앞에서 지적했듯이, 이것은 분명 서학이 아니라 '선진고경'의 세계에 그 젖줄이 닿아 있는 것이지만, 그럼에도 둘 사이의 인식론적 동형성을 부인하기는 어렵다. 당시 히다한 지식인군들 중에서도 유독 다산이 속한 남인, 특히 녹암(권철신)계 지식인들이 천주교에 기울어진 것도 이런 점에서 매우 의미심장하다. 그들의 강학분위기는 종교적 제의에 가까울 정도로 경건함을 지향했던바, 서학에 대한 경도와 이런 지적 엄숙주의는 결코 무관하지 않을 것이다. 이 점에서도 다산과 주변인물들의 '진지무쌍함'은 '유쾌한 명랑함'을 자랑했던 연암그룹의 분위기와는 질적으로 구분된다.

한편, 18세기 철학적 논쟁의 하이라이트이기도 한 인물성동이 논쟁과 관련하여 볼 때, 천기론이 인간과 자연의 연속성을 강조한 동론同論의 입장과 연결된다면, 다산의 '상제관'은 이론異論과 궤를 같이 한다. 하지만 그것은 인격신의 설정을 통해 이론異論보다도 훨씬 더 과격한 인간중심주의를 표방한다. 다산에 따르면 인성과 물성은 '결단코' 다른 것이어서, 물성은 사물의 자연적 법칙에 한정된다. 인간의 존재는 이 물질계의 어떠한 유類로부터도 초월해 있으며, 이 모든 것을 '향유'하는 주체이다. 인간이 이러한 위치를 차지하는 것은 영명靈命 때문이다. 따라서 인간의 영명은 기타 물질계와의 연속성이 부정된 독자적인 인식의 주체로서 작용한다.

자연의 모든 사물이 인간을 위해 존재한다는 목적론적 태도 역시 그러한 인간중심주의의 산물이다.

아! 우러러 하늘을 살펴보면 일월日月과 성신이 빽빽하게 늘어서 있고, 구부려 땅을 살펴보면 초목과 금수가 정연하게 자리를 차지하고 있는데, 이들 가운데는 사람을 비추고 사람을 따듯하게 하고 사람을 기르고 사람을 섬기지 않는 것이 하나도 없다. 이 세상을 주관하는 자가 사람이 아니고 누구이겠는가? 하늘이 세상을 하나의 집으로 만들어서 사람으로 하여금 선을 행하게 하고, 일월성신과 초목금수는 이 집을 위해 공급하고 받드는 자가 되게 하였는

데……. (「논어고금주」論語古今注)

이러한 관점은 연암의 인식론과는 도저히 화해할 수 없을 만큼 대척적이다. 주지하는 바대로, 연암은 '인물막변'人物莫辨 —— 인성과 물성은 구별되지 않는다 —— 의 입장을 취한다. 나아가 '만물진성설'에 입각하여, 인간을 먼지에서 발생한 '벌레'의 일종으로 간주한다. 이런 구도하에서 만물의 영장이라는 인간중심주의가 들어설 자리는 없다.

'천'에 대한 이러한 차이는 주체를 구성하는 방식에 있어서도 매우 상이한 태도를 낳게 된다. 연암이 주체의 끊임없는 변이를 추구하는 '탈주체화'의 여정을 취하는 데 비해, 다산은 주체의 자명성, 확고부동함을 주창한다.

> 내가 지황탕을 마시려는데 / 거품은 솟아나고 방울도 부글부글 / 그 속에 내 얼굴을 찍어놓았네 / 거품 하나마다 한 사람의 내가 있고 / 방울 하나에도 한 사람의 내가 있네 / …… / 이윽고 그릇이 깨끗해지자 / 향기도 사라지고 빛도 스러져 / 백 명의 나와 천 명의 나는 / …… / 내가 거품에 비친 것이 아니요 / 거품이 거품에 비친 것이며 / 내가 방울에 비친 것이 아니라 / 방울 위에 방울이 비친 것일세 / 포말은 적멸을 비춘 것이니 / 무엇을 기뻐하며 무엇을 슬퍼하랴. (「주공탑명」塵公塔銘)

대체로 천하의 만물이란 모두 지킬 것이 없고, 오직 나룖만은 마땅히 지켜야 하는 것이다. …… 이른바 나룖라는 것은 그 성품이 달아나기를 잘하여 드나듦에 일정한 법칙이 없다. 아주 친밀하게 붙어 있어서 서로 배반하지 못할 것 같으나 잠시라도 살피지 않으면 어느 곳이든 가지 않는 곳이 없다. 이익으로 유도하면 떠나가고, 위협과 재앙으로 겁을 주어도 떠나가며, 심금을 울리는 고운 음악 소리만 들어도 떠나가고, 푸른 눈썹에 흰 이빨을 한 미인의 요염한 모습만 보아도 떠나간다. 한번 가면 돌아올 줄을 몰라 붙잡아 만류할 수도 없다. 그러므로 세상에서 가장 잃어버리기 쉬운 것이 나룖 같은 것이 없다. 어찌 실과 끈으로 매고 빗장과 자물쇠로 잠가서 굳게 지켜야 하지 않겠는가. (「수오재기」守吾齋記)

앞의 글은 연암의 것이고, 뒤의 것은 다산의 것이다. 극단적인 경우이긴 하지만, 이 두 텍스트는 주체에 대한 두 사람의 인식론적 차이를 극명하게 보여주는 예라 할 만하다. 연암의 경우, 인간뿐 아니라 이름 혹은 정체성이라는 고정점을 허망하기 짝이 없는 포말, 곧 물거품으로 보지만, 다산에게 있어 '나'는 실과 끈, 빗장과 자물쇠로 굳게 지켜야 하는 견고한 성채에 비유된다. 주체의 '자주지권' 自主之權은 상제가 부여해준 것이기 때문이다. 포말과 성채! 주체에 대한 두 사람의 상이한 지향을 이보다 더 잘 말해주기란 어려우리라.

그들은 만나지 않았다!

윤리학적 태도에 있어서도 그들은 전혀 달랐다. 연암이 '우도'友道를 최고의 가치로 내세운 데 비해, 다산은 '효제'孝悌를 일관되게 주창한다. 다산에게 있어 효제는 독서의 근본이자 수행의 근간이다. 고정된 의미화를 거부하는 연암의 철학적 태도는 필연적으로 '우정의 윤리학'으로 나아갈 수밖에 없지만, 그에 반해 주체의 명징성을 강조하는 다산에게는 우정보다는 '효제'라는 가치를 실천적으로 확충하는 것이 더 절실했던 것이다. 물론 이 차이는 그들의 구체적인 삶의 행로를 말해주는 것이기도 하다.

연암에게는 벗의 사귐이 일상의 요체였지만, 다산의 인맥은 대체로 가문과 당파를 중심으로 이루어졌다. 전자의 경우, 중심적인 가치로부터 벗어나 상하를 가로지르며 새로운 관계를 만드는 데 주력했고, 따라서 그것은 당연히 우정이라 이름할 수 있는 관계들의 확산을 의미하는 것이었다. 그에 반해, 후자는 이미 젊어서부터 국왕의 총애를 받았고, 한평생 국왕과 중앙 정계를 향한 시선을 거두지 않았으며, 유배지에서도 아들들의 학문에 심혈을 기울였다. 유목민과 정주민 —— 연암과 다산은 이토록 이질적이고 상이한 계열의 존재들이다.

끝내 풀리지 않는 미스터리가 하나 있다. 세대 차이가 있긴 하지만 연암과 다산은 동시대인이다. 게다가 둘 다 정조시대가 배출한 최고의 '스타'들이다. 문체반정시에는 양극단에서 맞서기도 했다. 박제가, 이덕무, 정철조 등 연암의 절친한 벗들과 다산은 직간접으로 교류를 나누었다.

그런데 둘은 어떤 교류의 흔적도 남기지 않았다. 몰랐을 리는 없다. 절대로! 둘 사이에 있던 정조가 연암의 사소한 움직임까지도 체크했는데, 정조의 지극한 총애를 받았던 다산이 어떻게 연암의 존재를 모를 수가 있단 말인가. 그 반대 역시 마찬가지다. 그렇다면 결론은 하나다. 그들은 서로 만나지 않았다, 그리고 서로에 대해 침묵했다!

평행선의 운명을 아는가? 두 선분은 영원히 만나지 못한다. 다만 서로 바라보며 자신의 길을 갈 뿐. 하지만 그들은 결코 헤어지지 않는다. 평행선이 되기 위해서는 서로가 반드시 있어야 하기 때문이다. 만나지는 못하지만 절대 헤어질 수도 없는 기이한 운명! 아, 연암과 다산은 마치 평행선처럼 나란히 한 시대를 가로지른 것인가?▪

* * *

"두 사물을 같은 것으로 보려고 마음먹는다면, 어떤 것에서도 비슷한 점을 발견하고야 말 것이다." 달라이 라마가 자주 인용하는, 대승불교 지도자 '나가르주나'(용수)의 말이다. 그간 연암과 다산을 비롯하여 중세적 가치들을 보는 우리의 시선이 바로 그와 같지 않았을까? 동일성에 대한 집착 혹은 차이를 보지 못하는 무능력, 근대적 합리성의 실체는 이런 것이 아니었을지. 이런 강박에서 벗어날 수만 있다면, 조선 후기는 이질적인 목소리들이 웅성거리는 '지적 향연'의 장을 우리 앞에 펼쳐 보일 것이다.

　연암과 다산의 차이는 단지 그 서곡에 불과할 따름이다.

■ 책머리에서도 밝혔듯이, 이때의 질문이 스스로 증식, 산포되어 마침내 2013년 여름 『두개의 별 두개의 지도』로 출간되었다. '다산과 연암 라이벌 평전'이라는 부제를 달고서.

부록

2003년 봄, 열하일기의 길을 가다[■]

천 개의 길, 천 개의 고원

길을 나서기도 전에 여행은 시작되었다. 지난 2년 동안 나는 『열하일기』에 대한 '지독한 사랑'에 빠져 있었다. 동서고금 어떤 테마의 세미나에서건 『열하일기』로 시작해 『열하일기』로 마무리했고, 밥상머리에서 농담따먹기를 할 때, 산에 오를 때, 심지어 월드컵축구를 볼 때조차 『열하일기』를 입에 달고 살았다. 나의 원시적(!) 수다에 견디다 못한 후배들이 한때 『열하일기』를 '금서'로 지정하는 '운동'을 조직하기도 했을 정도다. 그럴 때면, 나는 이렇게 맞섰다. "내가 『열하일기』를 말하는 게 아니다. 『열하일기』가 나를 통해 자꾸 흘러나오는 걸 대체 어쩌란 말이냐?"라고.

들뢰즈/가타리식으로 말하면 나와 『열하일기』는 강도 높은

■이 글은 2003년 5월부터 6월까지 『문화일보』에 연재되었던 것임을 밝혀둔다. 군데군데 내용을 약간씩 추가·수정하였다.

'기계적 접속'을 시도한 셈인데, 그 접속이 하나의 문턱을 넘어 『열하일기, 웃음과 역설의 유쾌한 시공간』이라는 책이 되어 나오는 그날은 공교롭게도 미국의 이라크 침공 개전일이었다. '아'我와 '비아'非我, 선과 악의 적대적 이분법, '우리가 너희를 자유롭게 하리라'는 복음주의적 이성이 화려한 진군을 개시한 것이다. 몸이 물먹은 솜처럼 가라앉았다. 그 순간 내 충혈된 시야를 어지럽힌 건 단지 미영제국의 폭격에 무방비로 노출된 이라크 민중만이 아니었다. 지금으로부터 150여 년 전, 이성과 휴머니즘의 명분 아래 북미대평원에서 소리없이 사라져간 아메리칸 인디언과 버팔로떼였다. 아니, 지금 이 순간, 죽음의 벼랑끝으로 내몰리는 야생동물들의 비명소리였다. 서구 혹은 근대와 더불어 시작된 이 '더러운 전쟁'은 대체 언제까지 계속될 것인가? 아, 이젠 정말 나로부터 떠나야겠다. 존재 자체가 '반생명'일 수밖에 없는 '나'로부터. 자본의 하수인이자 제국의 신민인 그 '나'로부터. '열하로 가는 먼 길'은 그때부터 시작되었다.

출발이 다가오면서 여행은 또 한 번 예기치 않은 문턱과 마주하게 된다. 느닷없이 '괴질에 대한 괴담'이 거리를 휩쓸고 다녔기 때문이다. 괴질이라는 '전설의 고향'식 이름은 곧 사스라는 '몹시 과학적인' 버전으로 바뀌더니 급기야 이라크 침공에 맞먹는 공포와 충격의 스펙터클을 연출하기에 이르렀다. 사람들은 떨기 시작했다. 그리고 말렸다. 여행을 떠나지 말라고. '떨고' 있는 사람들을 달래기 위해 나는 연암처럼 '유머'로 대응했다. "여행 취소했다가,

국내에서 걸리면 '가문의 망신'이다", "내가 이참에 사스를 싹 쓸어
버리고 오겠다", "사스에 걸리면 천운으로 알고 로또복권을 살 테
다" 등등. 너무 '썰렁'했나? 하지만 과도하게 '뜬' 분위기 '다운'시키
는 데는 '냉각전법'이 최고다. 덕분에 이제 여행은 그 자체만으로
스릴과 서스펜스를 확보하게 되었으니, 이걸 운이 좋다고 해야 할
지 어떨지, 참.

1780년 여름, 연암은 압록강을 넘어 생애 처음 중원땅을 밟는
다. 강을 건너면서 그는 말한다.

"그대, 길을 아는가?"
"길이란 알기 어려운 것이 아닐세. 바로 저 강 언덕에 있는 것을."
"이 강은 저와 우리의 경계로 언덕이 아니면 곧 물이지. 무릇 세상
사람의 윤리와 만물의 법칙은 마치 이 물이 언덕에 제際함과 같으
니 길이란 다른 데서 찾을 게 아니라 곧 그 '사이'에 있는 것이네."

'사이'란 무엇인가? 그것은 가운데가 아니다. 평균은 더더욱
아니다. 이것도 저것도 아닌, 전혀 낯설고 새로운 길, 시작도 끝도
없이 사방으로 펼쳐지는 고원이다. '천 개의 길, 천 개의 고원'!

그로부터 약 2세기 뒤, 요동벌판, 천지를 뒤덮는 모래바람 속
을 가로지르며 나는 묻는다. 『열하일기』와 나, 그리고 2003년 봄
중국, 이 세 개의 흐름 '사이'에서 대체 무슨 일이 일어날 것인가?
나는 진정 '나'로부터 떠날 수 있을 것인가?

오직 모를 뿐! 오직 갈 뿐!

잡초는 범람한다!

2003년 4월 14일 오후, 여행의 첫 기착지 선양瀋陽: 심양에 도착했다. 애초엔 배를 타고 단둥으로 갈 작정이었으나, 이런저런 이유로 일 정이 바뀌는 바람에 선양이 출발지가 되었던 것이다. 일행은 나를 포함하여 모두 셋. 연암이 장복이와 창대를 동반했듯, 나 또한 Y와 J, 두 명의 후배와 함께 했다. 연암이 유머의 천재라면, 장복이와 창 대는 연암조차 얼어붙게 할 정도의 '덤앤더머'였다. 그럼 우리 팀 은? '갈갈이 패밀리'쯤으로 이해하면 된다.

   Y, 중국어와 한국어에 모두 능통하고, 여성들만 보면 일단 말 을 걸고본다. J, 중국어는 물론 모국어인 한국어도 약간 더듬거린 다. 여성들 앞에선 더더욱 얼어붙는다. 공항에는 밤열차를 타고 달 려온 L이 우리를 맞아주었다. 우리 연구실(연구공간 수유+너머)에 선 그를 '인민의 입' 혹은 '통역기계'라고 부른다. 단지 입만 '산' 게 아니라, 중국의 흐름을 예리하게 파악하는 '눈'에다 폭넓은 네트워 크를 자랑하는 '발'까지 두루 갖춘 탁월한 '중국통'이다.

   세계적인 오염도시답게 선양의 하늘은 온통 잿빛이었다. 스모 그러니 하고 공항을 나서는데, 차고 거센 황토바람이 몸을 덮쳐온 다. 어린 시절, 태풍이 덮쳐왔을 때, 강원도 시골 산자락 밑에서 엄 마 품에 얼굴을 묻었던 기억이 흑백필름처럼 휙 스쳐지나간다. 아뿔사! 우리는 4월 황사가 용트림을 하는 계절에 그 진원지에 들어선 것이다. 겁대가리 없이.

'영웅들의 싸움터'라고 했던 연암의 말 때문일까. 나는 바람의 회오리 속에서 전사들의 말발굽 소리를 듣는다. 그들이 이 땅에 도래했을 때도 이런 흙먼지가 천지에 요동쳤으리라.

17세기 초 만주벌판에 누르하치라는 위대한 추장이 출현했다. 잡초처럼 떠돌던 '와호장룡'들이 그의 카리스마 앞에서 하나로 결집된다. '후금'後金; 금나라를 세운 여진족의 후예라는 의미에서 '청'淸으로 이어지는 건국의 역사가 시작된 것. 유목민의 국가라니? 형용모순! 하기야 그건 국가라기보다 일종의 '전쟁기계'였다. 요양, 무순, 심양 등지에는 수천 명의 청군이 십만 이상의 명나라 정예부대를 순식간에 박살낸 '전쟁서사'가 수두룩하다.

그래서인지 선양의 '고궁'은 궁이라기보다 차라리 야전부대의 막사처럼 보인다. 베이징의 자금성이 황제라는 초월적 기표를 향해 일사불란하게 나아가는 배치를 갖추고 있다면, 이곳은 넓은 뜰에 팔기군의 전각들이 사방에 포진하면서 한결 역동적인 분위기를 연출한다. 한낱 오랑캐들이 어떻게 중화제국의 거대한 뿌리를 단숨에 전복할 수 있었던 것일까? 연암으로 하여금 끊임없이 탄식하게 했던 물음이다. 고궁을 거닐며 L과 나는 연암의 물음을 슬쩍 비튼다.

"이라크전이 끝나면, 세계는 바야흐로 미국 자본의 지배하에 들어

가게 되겠지?"

"권력이 있는 곳에 저항이 있다'고 한다면, 저항 또한 본격화되겠죠. 반전시위가 그랬듯이, 앞으로 저항의 전지구화는 점차 가속화될 거예요."

"맞아. 제국을 해체하기 위해서는 탈영토화하는 운동들의 다양한 네트워크가 필요해. 국가, 민족, 자본의 경계를 넘는 강렬하고 유연한. 제국에 맞서기 위해 또 다른 제국을 구축하는 투쟁방식은 더이상 무의미하다고 봐."

"노마디즘의 정치를 꿈꾸는 건가요?"

"물론. 실제로 능동적인 접속과 변이가 가능한 '코뮤니티'들이 다양하게 구성되는 조짐들이 보여. 그것들은 조직적 중심이나 위계가 아니라, 오직 네트워크와 활동성, 다시 말해 강렬도intensity만으로 표현된다는 점에서 아주 새로운 실험이 될거야."

공허하다고? 맞다. 하지만, 인간만사 허망하지 않은 것이 있다던가. 제국이 가장 두려워하는 것도 바로 그것일 터. 모든 고정된 것을 연기처럼 사라지게 하는, 저주로서의 무상성! 그 무상함에 기꺼이 몸을 던질 수만 있다면, 노마디즘은 제국에 대한 치명적 전략이 될 수 있으리라. 누르하치의 '전쟁기계'들이 그러했듯이.

고궁을 나서며 우리는 낮은 목소리로 이런 노래를 흥얼거린다. "꽃은 아름답고, 양배추는 유용하며, 양귀비는 미치게 만든다. 그러나 잡초는 범람한다!."

사람이 살고 있었네

산해관을 지나서도 바람은 그치지 않았다. 차창 밖에서는 한겨울의 칼바람 같은 굉음이 들려오고, 고속도로 위의 나무들은 날아갈 듯 휘청댄다. 사진을 찍기 위해 차 밖으로 나설라치면 머리가 사방으로 곤두서고 다리가 꺾일 정도다. 맑은 하늘을 본 게 언제더라? 그래, 거기에 가면 좀 쉴 수 있겠지. 숲도 있고, 물도 있을 테니. 수양산 '이제묘'를 찾아갈 때의 심정은 대략 이랬던 것 같다.

아득한 고대, 은나라 고죽군孤竹君의 두 아들 백이伯夷와 숙제叔齊는 아버지인 왕이 세상을 떠나자 '형님 먼저, 아우 먼저'하며 군주의 자리를 양보했다. '흠, 훌륭한 덕을 갖춘 군자들이로군.' 주나라 무왕이 은나라를 정벌할 때 말고삐를 잡고 만류했으나 듣지 않자 수양산에 숨어서 고사리를 캐먹다 죽었다. 은의 주紂왕은 만민이 치를 떨었던 '폭군 중 폭군'이다. 근데, 왜 말려? 힘을 합쳐 싸우지는 못할망정. '폭력에 폭력으로' 맞서는 건 인仁이 아니란다. 치열한 비폭력주의일까? 아니면 인텔리의 고지식한 결벽증일까? 사마천이 『사기』「열전」에서 이 '고사리 형제'를 일순위로 올리면서 한껏 띄워주는 바람에 동아시아 유학자들은 이 문제를 끌어안고 오랜 세월 골머리를 앓는다. 하긴 성삼문은 한술 더 떠 '주려 죽을지언정 고사리는 왜 먹었냐고' 따졌으니, 조선의 선비들이 그 방면에 있어서는 한 수 위인 셈.

물론 연암의 '수양산 스케치'에는 그런 비장감보다는 특유의 위트가 넘친다. 관습에 따라 고사리 넣은 닭찜을 얻어먹었는데, 일행 가운데 한 말몰이꾼이 배탈이 나서, 숙제를 숙채熟菜;삶은 나물로 잘못 알아듣고 "백이, 숙채가 사람 죽인다"고 한바탕 소동을 벌였다나. 어떤 엄숙한 테마도 경쾌한 놀이로 변환하는 '호모 루덴스', 연암!

그런데 고속도로를 벗어나 꼬불꼬불한 황토길을 꽤나 갔는데도 도무지 수양산이 나타날 기미가 보이지 않는다. 하굣길인지 황토바람을 뚫고 청소년들이 무리지어 지나간다. 답답한 심정에 저만치 홀로 자전거를 타고 가는 청년을 붙들어 세웠다. 해맑은 표정이 마치 황무지에 핀 야생초 같다. 학생이 아니라 그곳 고등학교 역사선생이란다. 아, 이렇게 반가울 데가!

그는 한참 설명을 듣더니 바로 지척을 가리킨다. 거기엔 나무는커녕 풀 한 포기 없는 황토더미가 덩그러니 놓여 있었다. 맙소사! 저게 수양산이라고? "백이, 숙제가 고사리를 먹다 죽은 게 아니라, 고사리도 못 먹어서 굶어 죽은 게 아닐까요?" 누군가 유머랍시고 구사했으나 아무도 웃지 않는다. 청년의 자상한 설명이 계속 이어진다. 이제묘는 사라졌고, 그 위에 강철공장이 들어섰다는.

횅한 가슴을 추스르며 좀더 들어갔더니, 건너편 기슭에서 시뻘건 불을 내뿜는 강철공장이 몰골을 드러낸다. 마치 애니매이션 공포물에 나오는 악마의 소굴같다. 그 아래, 연암이 '맑은 빛이 거울'같다고 했던 '난하'灤河는 말라 비틀어져 형체만 덩그러니 남아 있다. 황토바람에 공장의 매연이 뒤섞여 눈을 제대로 뜰 수가 없어 한참을 허둥대고 있는데, 한 농민이 노새가 끄는 마차를 타고 태연하게 지나간다. 순간, 시야가 뿌예지면서 정체를 알 수 없는 설움이 북받쳐 오른다.

아, 이런 곳에서도 사람이 살고 있구나! 여기에 사는 사람들도 이 황량한 산하를 고향이라는 이름으로 추억할까? 또 정치적 이유로 실향민이 된다면, 일평생 이곳을 그리워하며 돌아오기 위해 몸부림칠까? 탄광촌 막장에서도 마주치기 어려운, 숨쉬기조차 힘든 이 지옥 같은 풍경들을. '이미지의 몰락', '역사의 덧없음' 따위를 떠올리는 것조차 유치한 감상이 되어버리는 '표상의 외부지대'! 고향이라는 의미로 결코 담을 수 없는 아, 모진 목숨들의 거처. 수양산은 없다! 백이, 숙제도 없다! 다만, 거기엔 사람이 살고 있을 뿐.

돌아 나오는 길, 차창 밖엔 어둠이 짙게 깔렸다. 흙먼지를 뒤집어쓴 채 자전거를 타고가는 '야생초 청년'의 뒷모습이 눈동자에 오롯이 박힌다. 그는 지금 '어디로' 가고 있는 것일까?

사상체질 총출동!

나는 '용가리통뼈'다. 너무 놀라지들 마시라. 마흔이 넘도록 뼈를 다치거나 삔 적이 거의 없기에 하는 말이다. 이번 여행 중에도 만리장성이 시작되는 첫 관문이 있다는 발해만渤海灣엘 갔다가 택시기사의 실수로 바퀴에 발목을 밟히는 '참사'를 당했건만, 5분 만에 멀쩡해졌다. 강원도 산골 출신이라 그런가보다 했는데, 알고 보니 신장이 튼튼해서 그렇단다. 사상의학적으로 보면 신장이 튼튼한 사람은 소음인에 해당된다. 소음인, 차분하고 내성적이다. 내가? 그럴리가! 하긴, 어린 시절엔 하루에 한마디도 하지 않았으니 그랬던 것도 같다. 하지만 지금은 아무도 그렇게 보지 않는다. 심지어 나 자신조차도. 아니나 다를까, 신장 못잖게 폐가 강하다. 날카로운 인상에 목소리가 높고 성질이 좀 급한 편이다. 에둘러가기보다 직선적으로 돌파하는 걸 좋아한다. 이건 태양인의 특질이다. 어설프게 종합해 보면 '소음성 태양인'에 해당한다. 연암이 '순양의 기품을 타고 난 태양인'이라면 나는 서로 상반되는 특징이 뒤섞인 '음양파탄지인'인 것. 한마디로 좀 질이 떨어지는 셈이다.

장기여행을 하다보면 교양이나 지식보다 기질적 차이가 원초적으로 드러나게 마련이다. 우리 일행 또한 그랬다. Y, 소음인. 별명 개미허리. 여성들 앞에서 말이 많아지는 허점(혹은 강점)이 있긴 하나, 매사에 치밀하고 성실하다. 검소한 생활이 몸에 뱄다. J, 태음인. 속이 깊고 무던해서, 갈등이 불거질 때 완충 역할을 훌륭히 해낸다. 곰과 관련된 별명을 여러 개 갖고 있다. 이번 여행 중 얻은 것으론 '베어 사피엔스', '호모 베어스' 등이다. 우리들의 '눈과 입', '발'이 되어준 L, 소양인. 음악, 차, 컴퓨터 등 다방면에 프로다. 그러니만큼 언제나 멋진 형식을 중시한다. '폼생폼사'! ──그의 신념이자 행동강령이다. 결국 우리 넷은 사상체질이 총망라된 집합체였던 것. 서로 다르다는 건 참, 멋진 일이다. 하지만 한번 부딪히면 아무도 못말리게 된다. 전장터는 주로 밥상이었다.

"멋진 여행을 즐기려면 돈이 좀 들더라도 각 지역 최고 요리를 맛봐야죠."(L)

"1원짜리 쿤둔(만두)도 괜찮은데."(Y)

"전 아무거나 좋아요. 많이 먹을 수만 있다면."(J)

그럼 나는? "싸고 간단하게 먹어!" 하다가, 실랑이가 길어지면, "아, 뭘 먹든 그게 뭐가 중요해. 남기지나 마!" 한다. 결국 전선은 L과 나 사이에 그어지고, 우리는 거의 매 끼니마다 처절한 신경전을 벌여야 했다.

뭐, 그깟걸 갖고 그러냐고? 모르는 말씀! 시쳇말로 다 먹자고 하는 일 아닌가. 시인 백무산도 말한 적이 있다. "밥상 위에는 모든 것이 있다"고. 권력, 자본, 그리고 혁명까지도.

중국 사람들은 정말(!) 많이 먹는다. 1인분이 보통 우리들 3,4인분이 넘을 정도다. 놀라운 건 그보다 훨씬 많은 양을 버린다는 거다. 우리나라 음식쓰레기가 연간 10조원에 달한다는 사실에 분노하고 있던 나는 중국인들의 그런 '엽기적 풍토'에 경악을 금치 못했다.

누구나 알고 있듯이, 중국의 대지는 사막화되어 가고 있다. 미야자키 하야오의 명작, 「바람계곡의 나우시카」에 나오는 부해腐海를 연상시킬 정도다. 문명의 오염으로 유독성의 기운을 내뿜는 균류菌類들이 번성하는 불모의 생태계, 부해. 근데 그토록 병든 대지에 그 엄청난 음식쓰레기를 퍼부어 대다니! 이거야말로 '죽음을 향한 질주'가 아니고 뭐란 말인가?

연암은 "청나라의 장관은 기왓조각과 똥거름에 있다"고 했다. '깨진 기와'와 '버려진 말똥'조차 소중하게 다루어 '천하의 아름다운 무늬'를 만드는 데 대한 경이의 표현이었다. 연암을 흉내내어 말해보면, 21세기 중국 문명의 미래는 음식쓰레기에 달려있다. 음식쓰레기야말로 인간의 탐욕과 자연에 대한 착취를 적나라하게 보여주는 프리즘이기 때문이다. 이런 습속을 전복하지 않는 한, 중국에, 아니 인류에게 희망은 없다. 단연코!

여성들이여, 제기를 차라

베이징에서 합류하기로 한 후발대 중 세 명이 낙오했다. 사스 때문이란다. 뭔 사스? 아, 그러고보니 우리는 그동안 사스를 잊고 있었다! 요동벌판을 가로질러 오는 동안 온갖 '산전수전'을 다 겪었기 때문이다. 황사의 괴력에다, 고속도로 위의 질주는 할리우드 블록버스터 뺨치는 수준이었다. 추월·과속은 기본이고, 중앙선을 자유롭게 넘나드는 현란한 액션에는 그저 아연할 따름이었다.

우리가 그렇게 원시적 공포에 시달리는 동안, 도시에선 사스가 한층 기세를 떨치고 있었던가보다. 폭우로 범람한 강을 건널 때, 누군가 연암에게 물었다. 소경이 애꾸말을 타고 밤중에 깊은 물가에 섰는 것이야말로 위태로움의 최고가 아니겠느냐고. 연암은 그렇지 않다고 말한다. 소경은 아무것도 보이지 않아 조금도 위험함

을 모르지만, 그걸 보고 있는 사람들이 공포에 떨 뿐이라고. ──'이
목耳目의 누累'! 정작 베이징보다 서울에서 더욱 공포가 증폭된 것
도 이런 격인 셈인가. 아무튼 '사선'(사스의 선)을 뚫고 입성한 두 명
은 의기양양해서, "이제 우리를 책임져!" 한다. 그러면 우리 선발대
는 눈을 내리깔고 말한다. "니들이 황사의 참맛을 아냐?"

　힘겹게 도착한 만큼 우리는 베이징 거리를 유쾌하게 싸돌아다
녔다. 틈틈이 '제기차기'로 팀웍을 다지며. 웬 제기? 연구실이 '발견
한' 운동 가운데 하나다. 우연히 시작했다가, 한의학적으로 '수승
화강'水升火降하는 효과가 있다는 '썰'을 들은 다음부턴 무시로 제기
를 차댔다. 어, 근데 이게 웬일인가? 베이징에선 곳곳에서 제기를
차고 있지 않은가? 그것도 주로 아줌마들이! 테크닉도 장난이 아
니다. 양발을 자유자재로 움직이는, 한마디로 '소림제기' 수준이다.
"인해전술이 아니라 다이다이로 붙어도 지겠는걸요?" 일행들은 중
국 아줌마들한테 '떨고' 있었다.

　연암은 한족 여인네들이 전족 때문에 '뒤뚱거리며 땅을 디디
고 가는 꼴'에 못내 안타까워했다. 전족이란 발을 작게 보이려고 어
릴 때부터 꽁꽁 싸매는 여성억압의 대표적 습속이다. 만주족들은
수없이 법으로 금지했건만, 한족들이 오히려 완강하게 고수했다고
한다. 종족적 정체성의 표지를 여성의 신체에 새겨넣었던 것. 전족
에서 제기를 차는 발로! 이 하나만으로도 문명사적 변환을 읽어낼
수 있다고 하면 지나친 과장일까?

　그에 비하면, 우리나라 여성들은 정말 운동을 하지 않는다. 헬

스나 에어로빅처럼 '몸매가꾸기'에만 주력할 뿐, 일상에 뿌리내린 운동에는 거의 무관심한 형편이다. 전족이 말해주듯, 권력은 언제나 신체를 통해 표현된다. 따라서 자기의 신체를 능동적으로 조절하고 변이하는 능력, 이것이 없이 여성해방은 불가능하다. 제도나 법은 부수적인 방편일 뿐. 감기의 변종에 불과한 사스에 놀라 위생당국의 명령에 낮은 포복으로 설설 기는 광경을 보라. 몸으로부터의 소외를 이보다 더 잘 보여주기도 어려울 터, '사스소동'은 임상의학이 신체를 훈육하는 억압적 기제임을 만천하에 드러냈다. 거꾸로 말하면, 몸에 대한 자율권을 확보하는 것이야말로 권력으로부터 탈주하는 길이라는 뜻도 된다.

여성들이여, 성과 권력의 배치를 바꾸고 싶은가? 그렇다면 국가와 병원에 의존하지 말고, 스스로 몸을 조절하고 관리하라. 등산을 하든 요가를 하든, 혹은 제기를 차든. 바로 그 순간, '자유의 새로운 공간'이 펼쳐질 터이니.

'앉아서 유목하기'

"건륭 45년 경자 8월 7일 밤 삼경三更에 조선 박지원이 이곳을 지나다." 이름이란 한낱 '물거품'에 지나지 않는다고 했던 연암이 이름을 남긴 곳. 그것도 남은 술을 쏟아 먹을 갈고, 별빛을 등불삼아 이슬에 붓을 적셔 자신의 흔적을 새겨넣은 곳, 고북구. 거용관과 산해관의 중간에 있어 험준하기로 이름난 동북부의 요충지다. 연암이

'무박나흘'의 고된 여정 속에서 통과했던 이곳을 우리는 베이징을 나선 지 불과 반나절 만에 도착했다. 백 개가 넘는다고 하는 입구 중 우리가 오른 곳은 반룡산蟠龍山에 있는 관문. '백두대간'을 연상시키는 천연의 요새 위로 장성이 아스라이 펼쳐진다. 마치 용의 비늘인 양 꿈틀거린다. 오, 놀라워라!

하지만 어쩐 일인가. 이 기념비적 축조물에서 제국의 위엄보다는 유목민에 대한 제국의 공포가 느껴지는 건. 대체 얼마나 오랑캐가 무서웠으면 이토록 엄청난 장성을 쌓았단 말인가? 실제로 이 장성이 완성된 뒤에도 오랑캐들은 중원에 대한 욕망을 멈추지 않았다. 거란, 여진, 몽고 등 초원의 '노마드'들은 수시로 이 장성을 넘어 중원을 '유린했다'. 들뢰즈는 말한다. '요새는 유목민의 절대적인 소용돌이 운동에 상대성을 부여하는 장애물'일 뿐이라고.

물론 제국의 역사는 반대로 기록한다. 오랑캐들에겐 문자도, 문명도 없다, 그래서 무지막지한 힘으로 제국을 침범하긴 했으되, 언제나 제국의 문명적 위엄 앞에 굴복했고, 흡수되었으며, 마침내 역사에서 사라져 갔노라고.

그러나 정말 그럴까? 오히려 그들에겐 문자도, 그 '잘난 역사'도 불필요했던 게 아닐까? 초원의 목초지를 따라 구름처럼 떠도는 '와호장룡'들에게 귀환해야 할 중심이나 위계 같은 건 필요없다. 어떤 기억을 시간의 장벽 속에 가두어버리는 역사 따위는 더더욱. 사건에 대한 기억이란 문자가 아니라 삶 속에서, 신체적 감응을 통해 곧바로 표현되는 것이므로. 그런 점에서 오랑캐의 패배를 힘주어

강조하는 건 그들에 대한 두려움으로부터 벗어나려는 제국의 안간 힘이 아니었을까. 연암이 이곳에서 본 것도 제국의 위용이나 영광이 아니었다. 승리에 대한 회상 따위는 더더욱 아니었다. "슬프다, 여기는 옛날부터 백 번이나 싸운 전쟁터이다." 그의 가슴에 사무친 것은 다만 형용할 길 없는 전쟁의 비애, 그것이었다.

고개에 걸린 초승달은 빛이 싸늘하기가 갈아세운 칼날 같고, 짐승 같은 언덕과 귀신 같은 바위들은 창을 세우고 방패를 벌여놓은 듯, 큰 물이 산 틈에서 쏟아져 흐르는 소리는 마치 군사가 싸우는 소리나 말이 뛰고 북을 치는 소리와 같다.

5천 년 이래 최고의 문장으로 꼽히는 〈야출고북구기〉夜出古北口記는 이렇듯 전쟁의 메타포와 음산한 귀곡성으로 그득하다.

이제 가공할 힘과 속도로 제국을 위협했던 오랑캐들은 더 이상 존재하지 않는다. 그럼 유목은 이제 불가능해졌는가? 아니다, 그렇지 않다! 그것은 이제 모든 종류의 국가장치 내부에 잠입해 전혀 다른 전쟁의 배치를 작동시킨다. 낯설고 이질적인 삶을 구성하기 위한 탈영토화운동으로. 도시의 '홈 파인 공간'을 가로지르며 '매끄러운 공간'들을 만들어내는 창조적 탈주선으로. 이 전쟁에선 더 이상 피가 튀고 살점이 흩어지지 않는다. 니체의 말처럼 "좋은 전쟁에선 화약냄새가 나지 않기" 때문이다.

따라서 이제 필요한 건 초원을 찾아 헤매는 것이 아니라, 자신이 선 바로 그 자리를 초원으로 만드는 일이다. '앉아서 유목하기', '도시에서 유목하기'. 장성을 벗어나 벚꽃이 눈부신 산길을 내려오면서 나는 나에게 묻는다. "과연 네가 발딛고 서 있는 곳은 초원인가? 아니면 제국의 영토인가?"라고.

열하, 그 열광의 도가니

"노새의 족보는?"

"엄마는 말, 아빠는 당나귀."

"맞았어. 말의 힘과 당나귀의 지구력을 겸비한 셈이지. 그럼, 엄마가 당나귀, 아빠가 말인 건?"

"그런 놈도 있나? 글쎄다~."

"버새!"

"그럼 힘도 없고 지구력도 딸리겠네? 그걸 워디에 써?"

"아니지, 그러니까 되려 상팔자지. 우리도 그렇잖아. 푸하하."

L과 N, 그리고 그의 연인 Z의 '개콘'식 대화가 계속 이어지고 있었다. 고북구를 나와 열하로 가는 길목 곳곳에서 노새와 당나귀들이 출몰(?)했기 때문이다. 연암은 '하룻밤에 아홉 번이나 강을 건너는'[一夜九渡河] 어드벤처를 겪었건만, 지금 그 강들은 겨우 형체만 알아볼 수 있을 정도가 되었고, 연암이 경탄해 마지않았던, 한 시간에 70리를 달리던 말들은 그 화려한 속도를 거세당한 채 노새로 전

락해 있었다. 근대문명이 제공하는 편의는 이렇듯 산문적 무료함이라는 가혹한 대가를 요구했다.

장엄하게 뻗은 산들의 행렬이 끝나자 문득, 넓고 툭 트인 평원이 펼쳐진다. 아, 마침내 열하에 도착한 것이다. 열하熱河, 장성 밖요해의 땅. 베이징에서 동북방 700리. 지금의 명칭은 승덕承德이다. 연암 일행이 '천신만고'를 겪으면서 이 낯선 곳에 이르렀던 연유는 무엇인가? 건륭제가 만수절(70세 생일) 행사를 위해 이곳에 행차했기 때문이다. 건륭제는 만주족이 중원을 정복한 이후 네번째 황제다. 할아버지가 '왕중왕'으로 꼽히는 강희제고, 아버지 옹정제 역시 저 머나먼 변방 관리들까지 손금읽듯 체크했다는 성군聖君이다. 강희제, 옹정제, 건륭제 ──이 트리오의 치세는 청왕조의 절정기이자 중국이 세계문명의 중심으로 웅비雄飛한 시기이기도 했다.

그러면, 건륭제는 대체 무엇 때문에 이 동북부 변방까지 행차를 했던가? 표면적인 이유는 피서다. 도시 한가운데 자리잡은 무열하武列河와 사방에 절묘하게 솟아 있는 산들의 형세는 피서지로서 과연 손색이 없다. 하지만, 연암은 말한다. 피서란 명목이었을 뿐이고, 실상은 북쪽 오랑캐들, 특히 몽고의 준동을 제압하기 위함이었다고. 거대한 스펙터클을 과시함으로써 이민족들의 사기를 꺾을 심산이었던 것.

과연 그러했다. 황제가 여름 한철을 보내기 위해 세운 피서산장避暑山莊은 베이징의 이화원보다도 더 규모가 크고 웅장했다. 배를 타고 도는 데만도 한 시간 이상 걸린다는 호수 곳곳에 전각들이 빼어나다. 재미있는 건, 호수 한쪽 귀퉁이에 진짜(?) 열하가 있다는 사실이다. 밑바닥에서 뜨거운 물이 솟아올라 '겨울에도 강물이 얼지 않는다'는데, 세계에서 가장 짧은 강이란다.

차츰 열하에 가까워지니 수레·말·낙타 등이 밤낮으로 우렁대고 쿵쿵거려서 마치 비바람 치는 듯하다.

연암에게 있어 열하는 이렇듯 천지를 진동하는 소리와 함께 다가왔다. 몽고, 위구르, 이슬람, 서양 등 청을 둘러싼 낯설고 이질적인 문명들이 용광로처럼 뒤섞이는 열광의 도가니! 이 우발적인 역동성으로 가득찬 '매트릭스' 안을 연암은 종횡무진 질주한다. 때론 '심연을 항해하고 돌아온 고래의 충혈된 눈'으로, 때론 '찰리 채플린의 경쾌한 스텝'으로. '무용지물'이어서 자유로운 '버새' 같은 처지였기 때문일까? 아무튼 그 와중에 조선조 역사상 가장 특이한 사건, 티베트 불교와의 마주침이 일어난다. 연암, 달라이 라마를 만나다! 대체 무슨 일이?

달라이 라마와 마르코스

ARS 퀴즈 하나. 달라이 라마와 마르코스(Marx가 아님)의 공통점은? ①유머로 승부한다. ②권력이 없다. ③지도자다. 힌트 — 한 사람은 인도 북부 다람살라에서 티베트 망명정부를 이끄는 수장이고,

또 한 사람은 멕시코 라칸도나 정글에서 사파티스타 민족해방군을 지휘하는 부사령관이다. 한 사람의 얼굴은 사방에 알려져 있고, 다른 한 사람은 언제나 검은 마스크에 가려져 있다. 답은? ①, ②, ③번. 요약하면 둘 다 권력이 없는 유머러스한 지도자.

근데 이게 말이 되나? 된다. 하지만 조건이 있다. 정치적 상상력의 배치를 바꿀 것. 자발적 추대에 의해 구성되는 카리스마, 이데올로기가 아닌 직관의 정치, 적대가 아니라 생성에 기초하는 조직 등등. 그리고 무엇보다 이 두 사람에게는 영토가 없다. 달라이 라마는 1년의 반을 세계를 떠돌며 지내고, 마르코스 역시 정글 속 인디언들의 옥수수집을 옮겨 다닌다. '언제나 길 위에 있다'는 것, 이거야말로 내가 지구 양끝에 떨어져 있는 두 사람을 오버랩시키는 진정한 이유이다.

사실 연암이 만난 건 달라이 라마가 아니었다. 정확히 말하면, 달라이 라마 다음인 2인자에 해당하는 판첸 라마 6세였다. 달라이 라마와 판첸 라마는 아주 오랫동안 환생을 거듭하면서 티베트고원을 통치해왔다. 환생은 스스로 다음생을 선택한다는 점에서 단순한 윤회와는 차원이 다르다. 「쿤둔」이라는 영화를 보면 이 신비로운 제도에 대해 대략이나마 짐작할 수 있다. 건륭제 당시에는 판첸라마 6세가 대보법왕大寶法王의 역할을 하던 때였고, 그의 행차는 중국 역사에서도 굉장한 사건이었던 모양이다. 열하에는 지금까지도 그 흔적이 뚜렷이 남아 있다. 티베트의 수도 라사에 있는 포탈라궁을 그대로 옮겨놓은 듯한 거대한 사원형 궁전 및 판첸 라마가 거주

했던 찰십륜포札什倫布, 또 티베트 전통 사찰의 모습을 그대로 간직하고 있는 무녕사 등등. 가장 인상적인 건 찰십륜포의 황금전각 위에 새겨진 용의 형상. 그것만으로도 건륭제가 판첸 라마를 스승으로 떠받들었다는 걸 실감하기에 충분했다.

환생이라는 제도도 그렇지만, 수행방식도 우리의 상상을 뛰어넘는다. 우리나라에선 삼천배가 통과의례지만, 티베트에서는 기본이 10만배. 그것도 온몸을 땅에 던지는 오체투지로. 말하자면, 티베트 민족은 일종의 '수행기계'인 셈.

따라서 황제가 조선 사신단으로 하여금 판첸 라마에게 경배를 드리게 한 건 일종의 시혜였다. 그러나 사신단에게 그건 날벼락 같은 소리였다. 만주족도 노린내 난다고 고개를 돌리는 판에 저 변방 야만족의 승려 따위에게 머리를 숙이라니. 가진 거라곤 '소중화 프라이드'밖에 없는 조선인들은 정사正使에서 말구종배에 이르기까지 울고불고 심지어 황제에게 팔뚝질을 해대는 등 갖은 '난리부르스'를 다 떤다. 하긴, 지금도 한국은 달라이 라마의 방문을 허용하지 않는 극소수 국가 중 하나다. 이것도 전통의 면면한 계승인가?!

하지만 연암은 달랐다. 그에게 판첸 라마의 존재는 충격과 감동 그 자체였다. 연암은 마치 '봉인된 비의'를 찾아헤매듯 티베트 불교의 역사와 내막을 추적한다. 수많은 사람들을 만나고, 묻고, 기록한다. 그리하여 마침내 『열하일기』에는 조선조에 산출된 문서 중 티베트 불교에 관한 유일한 기록이라는 독특한 이력이 새겨진다. 낯설고 경이로운 매트릭스를 거침없이 가로지르는 구도자, 연암!

기묘한 인연의 마주침인가. 그로부터 150년 뒤, 나 또한 달라이 라마가 던지는 화두를 끌어안고 불면의 밤을 통과한다.——과연 자비慈悲라는 우주적 지혜가 국가의 통치시스템이 될 수 있는가? 구도와 정치가 일치될 수 있는가? 내 신체는 이 물음들을 감당하기에 버겁다. 그러면 내 충혈된 눈을 향해 달라이 라마는 천진난만하게 이렇게 되묻는다. "대체 적에게가 아니면 누구에게 자비를 베푼단 말인가?" 설상가상(!)으로 마르코스의 입을 통해 사파티스타의 슬로건이 그 위에 겹쳐진다. "모두에게 모든 것을, 우리에겐 아무것도!"

낙타여! 낙타여!

"찾았다!" 열하에서 돌아오는 길, 승합차 뒷좌석에서 L이 갑자기 소리쳤다. 그러고는 『열하일기』의 한 페이지를 내 코앞에 들이밀었다. 놀랍게도 거기엔 연암이 수천 마리의 낙타떼를 목격하는 장면이 또렷이 서술되어 있었다. 순간 등골이 오싹했다. 『열하일기, 웃음과 역설의 유쾌한 시공간』 초판에서 연암이 낙타를 번번이 놓쳤다고 썼기 때문이다. 그간 『열하일기』를 수도 없이 읽어댔는데, 어떻게 이런 일이!

"텍스트 좀 제대로 읽으세요." L은 의기양양, 기고만장이다. 욱, 안 그래도 여행 내내 건건사사 신경전을 벌이는 도중이었는데. 이 결정타 앞에서 나는 허무하게 무너지고 말았다. 쓰라린 가슴을 쓸어내리는데, 이건 또 어인 곡절인가. 가슴 저 밑바닥이 뭉클해진다. 전공도 다르고, 이번 여행 안내를 위해 처음 『열하일기』를 봤을 뿐인데도 저토록 세심하게 짚어내다니. 상처는 상처고, 그와는 별개로 내 삶의 일부가 되어버린 『열하일기』를 열심히 읽었다는 사실에는 그저 감동하지 않을 수 없었다. 이런 걸 '쓰라린 감동'이라고 하는 건가. 적과 동지는 한끗 차이라더니, 허 참.

동물에 대한 연암의 관찰력과 애정은 각별하다. 그는 이국의 벗들과 중화문명의 정수를 접할 때와 똑같은 열정으로 동물들과 접속한다. 낙타와 코끼리를 비롯하여 사슴의 몸에 가는 꼬리가 있는 반양盤羊, 사람의 말을 능히 알아듣는 납최조蠟嘴鳥 등 『열하일기』에는 웬만한 동물 다큐멘터리 뺨칠 정도로 이색적 동물들이 출몰한다. 연암에게 동물이란 단지 호기심의 대상이 아니다. 그는 동물을 통해 사유의 깊은 심해를 탐사한다. 당대 최고의 문장으로 손꼽히는 〈상기〉象記는 코끼리의 형상을 주역에 빗대어 서술한 것이고, 그 유명한 〈호질〉虎叱 역시 호랑이의 눈을 통해 인간세계의 비루함을 갈파한 텍스트다. 들뢰즈/가타리는 말한다. '동물-되기'란 인간과 동물이 서로를 횡단하면서 변용시키는 실재적 과정이라고. 그렇다면 연암은 가장 드높은 차원에서 '동물-되기'를 시도한 셈이다. 단순한 횡단이 아니라, 인간과 동물의 경계를 넘어 우주적 비전을 펼치고 있다는 점에서.

처음 베이징에 입성하자마자 동물원을 찾았던 것도 이런 맥락에서였다. 베이징 동물원엔 '간판스타'인 팬더에서 아프리카 세렝

게티의 누우, 인디언과 함께 아메리카 평원에서 사라진 버팔로 등 진기한 야생동물들로 그득했다. 특히 연암으로 하여금 경탄을 금치 못하게 했던 코끼리의 모습은 여전히 감동적이었다. 하지만 그들은 더 이상 연암이 접속했던 그 동물들이 아니다. 자신의 고유한 특이성으로 인간을 변용시키는 존재가 아니라, 다만 '인간화된 변종'들일 뿐이다. 야생동물에 대한 인간의 완벽한 승리! 하지만 이 승리는 너무나 많은 걸 앗아갔다. 인간은 더 이상 동물과 감응하지도, 동물의 신체적 에너지와 분포를 확보하지도 못한다. 동물을 가두는 순간, 인간 역시 스스로의 감옥 안에 갇혀버린 것. 인간과 동물 사이의 이 철옹성을 부수지 않는 한, 우리의 삶과 사유는 결코 새로운 경계를 확보할 수 없으리라.

차창 밖으로 보이는 노새와 양떼들을 보며 우울한 상념에 빠져 있는데, 일행들이 저녁요리를 놓고 옥신각신한다. 순간, 내 눈꼬리가 올라간다. "아무거나 먹어! 사소한 일에 집착하기는." 그러자 L이 즉각 "그러니까 낙타를 놓쳤죠. 입 다물고 계세요."하며 상처에 왕소금을 뿌려댄다. 나는 곧 침묵한다. 아, 낙타여! 낙타여!

가는 곳마다 길이 되기를…

어디로 가야 하는 거지? 도무지 갈 데가 없었다. 로사老舍에서 보기로 한 경극도 취소되었고, 재래시장, 영화관 등 열린 광장들은 모조리 폐쇄되었다. 물어물어 연암이 다녀간 사찰들을 찾아갔건만, 거

기조차 스산한 공고문과 함께 문이 닫혔다. 엄마가 깨를 사오라고
했다는 J와 여름나기 알뜰쇼핑을 계획했던 Y의 희망도 물거품이
되고 말았다. L은 심각한 표정으로 여기저기 전화를 걸어댔고, 우리
들은 이름없는 공원에 주저앉아 멍한 눈으로 거리를 바라볼 뿐이
었다.

열하에 다녀오는 동안 베이징은 완전히 다른 세상이 되어 있
었다. 느긋하게 관망하던 중국공산당이 인터넷 여론에 밀려 마침
내 '사스와의 전쟁'을 선포한 것이다. 마스크의 행렬. 경계하는 눈
빛들. 귀국러시. 마치 외계인의 침입을 다룬 SF에서처럼 정체도, 원
인도 알 수 없는 육중한 공포가 베이징을 휘감고 있었다.

그러니까 우리가 루쉰박물관에 가게 된 것은 그야말로 우연
의 소치였다. 발길닿는 대로 떠돌다 문득 마주친 곳이기 때문이다.
L은 너무 많이 다녀간 곳이라 지겹다고 했고, 나 또한 이미 와봤던
곳이라 별다른 감흥이 없었다. 그나마 팀의 막내들이 열광적인 루
쉰 팬인데다 첫방문이라는게 다행(?)이라면 다행이었다. 물론 거
기도 적막하기는 마찬가지였다. 중국 공안 두 명이 감시인지 보호
인지 알 수 없는 표정으로 우리를 지켜볼 따름이었다.

무심하게, 정말 무심하게 박물관을 돌고 있는데 오, 놀라운 일
이 일어났다. 박물관을 반쯤 돌 즈음, 불현듯 루쉰의 초상 뒤에서
연암의 생애가 파노라마처럼 지나가는 것이 아닌가. 「광인일기」
「아Q정전」을 통해 중국사회의 낡은 관습에 통렬한 풍자를 감행했
던 초기 루쉰과 「양반전」, 「마장전」을 통해 양반사대부의 부조리를

여지없이 까발린 청년 연암. 잡문雜文이라는 특이한 스타일로 문학과 사상의 경계를 종횡했던 후기 루쉰과 촌철살인의 아포리즘으로 고문古文의 견고한 지반을 뒤흔들었던 중년 연암. 웃음과 역설이 연암의 무기였다면 풍자와 파토스는 루쉰의 '투창과 비수'였다.

하긴, 이런 식의 유사성은 사소한 것일 터, 시공을 가로질러 두 사람이 조우할 수 있다면, 그건 두 사람 모두 '걸으면서 질문하는' 이들이라는 사실에 있을 것이다. 그들은 언제 어디서나 물음을 던졌다. 걸으면서 묻고, 묻기 위해서 걸었다. 어떤 해답도 그들을 가로막지 못했다. 연암이 중세의 내부와 외부를 가로지르며 중세적인 것에도, 근대적인 것에도 결박당하지 않았던 것처럼 루쉰 역시 근대의 광풍이 밀려오는 그 순간에 이미 근대의 심연을 투시해버렸다. 이 난만한 '포스트 모던' 시대에도 우리로 하여금 새로운 물음으로, 아주 낯선 길로 유도한다는 것, 그거야말로 내가 두 사람을 헷갈린(!) 진정한 원천이었다.

연암은 말한다. "길은 강과 언덕, 그 사이에 있다"고. 그러면 루쉰은 이렇게 응답한다. "본디 땅 위에는 길이 없다. 누군가 지나가면 그것이 길이 되는 것이다." 그러고 보면 내가 길을 잃고 헤매다 루쉰을 만나고, 또 루쉰을 통해 연암을 다시 보게 된 건 실로 운명적 마주침이라 해야 하지 않을까.

덧붙이자면, 나는 자타가 공인하는 '길맹'이다. 남들은 눈감고도 가는 길을 두눈 멀쩡히 뜨고도 늘 잘못 들어선다. 하지만 박물관을 나오며 이제부턴 다르게 생각하기로 마음먹는다. 잘못 들어서는 길이란 없다! 길이란 본디 그렇게 만들어지는 것일 뿐이라고. 따지고 보면 내가 연암을 만난 것도, 중국 여행을 하게 된 것도, 또 이 설익은 여행기를 쓰게 된 것도 모두 '길을 잘못 들어선' 탓이 아니겠는가. 그러니 또 어쩌겠는가. 그 잘못 들어선 길들이 이미 내 '생의 한가운데'를 점령해버린 것을.

　여행은 끝났다. 하지만 여행이 끝나도 길은 계속될 것이다. 길이란 시작도, 끝도 없이 무한히 펼쳐지는 고원 같은 것이기 때문이다. 천 개의 고원, 천 개의 길! 그러므로 나는 또 다시 길을 나선다. 감히 이렇게 기원하면서. 나 또한 걸으면서 질문할 수 있기를! 그리하여 가는 곳마다 길이 되기를! 다른 이들이 한 곳에서 다른 곳으로 건너갈 수 있는 낯설고 경이로운 길이.

2012년 여름, 다시 열하로!

인트로 : 문득, 망망대해

2012년(임진) 7월(정미) 20일(임오) 오후 5시, 인천항 연안부두 제 1터미널에서 나는 대형선박에 몸을 실었다. 난생 처음하는 항해였다. 강원도 산간 지역 출신이라 그런지 그간 바다와는 통 인연이 없었다. 아니 그보다는 바다에 대한 욕구가 전혀 없었다는 편이 맞겠다. 내게 있어 바다는 그저 막막하고 심심한 곳이었다. 게다가 뱃멀미에 대한 공포도 적지 않았다. 『열하일기』의 시발점이 단동丹東이고 거기에 가기 위해선 배를 타야 한다는 걸 진즉부터 알고 있었지만, 늘 비행기를 타고 심양으로 간 다음 거꾸로 요양 쪽을 되짚는 방식으로 여행을 한 것도 따지고 보면 이런 연유 때문이다. 그랬던 내가 마침내 바다여행을 하기로 한 것이다. 우쩨 이런 일이?

　인생만사 다 그러하듯 시작은 정말 미미했다. 2010년 봄 우연한 기회에 경인TV(OBS)의 한 프로그램에서 『열하일기』 강의를 하게 되었다. 그런데, 그 프로그램을 담당한 한성환 PD가 『열하일

기』에 '꽂힌' 것이다. 그것도 아주 심하게! 해서 그 다음 해(2011년),
『열하일기』 다큐멘터리를 위한 프로젝트를 발주한 것이다. 그거야
참 좋은 일인데, 그 프로그램의 해설자를 나로 설정한 것이다. 헉!
솔직히 부담스러웠다. 여행만으로도 벅찬데 다큐멘터리를 찍어야
하다니. 『열하일기』를 세상에 알리고 싶은 마음이야 굴뚝같지만
방송체질이 아닌 데다 당시 나의 스케줄상 도저히 불가능했다. 이
런 마음이 통했던지 다행히 프로젝트가 불발이 되었다. 한PD는 몹
시 서운해했지만 나는 휴~ 하고 가슴을 쓸어내렸다. 그렇게 지나
가나보다 했는데 거기서 끝이 아니었다. 이후에도 한PD의 열정은
전혀 식지 않았던 것이다. 2012년에 다시 시도를 했고 결국은 성사
가 되고 말았다. 완전 방심하고 있다가 한방 먹은 셈이다. 그 전해
에 대충 허락을 한 셈이라 빼도 박도 못할 처지였다. 결국 나는 반
쯤 끌려가는 상태로 여행에 동참했고, 7월 20일 여름의 막바지에
단동으로 가는 배에 몸을 싣게 된 것이다.

　나에게 할당된 일정은 7월 20일에서 8월 6일까지! 방송을 찍
기에는 빠듯했지만 내 개인적으로는 엄청난 시간이었다. 지금까지
이렇게 긴 시간을 비운 적이 없기 때문이다. 이 시간을 확보하기
위해 원고며 강의 기타 등등을 미리 해두느라 파김치가 되기 직전
이었다. 그야말로 문득, 정신을 차리고 보니 망망대해인 형국이었
다. 그런데 갑판 위에서 헤아려보니 『열하일기』를 '리라이팅'한 해
로부터 딱 10년째 되는 때였다. 오! 그렇다면 시절인연이 나로 하
여금 이 망망대해를 건너게 했다는 뜻인가?

다큐팀이라 일행들이 만만치 않다. 총감독인 한PD를 비롯하여 촬영을 맡은 베테랑 장PD와 김PD, 그리고 젊은 피 양PD, 마지막으로 나의 동반출연자이자 미술학도인 사랑이(양PD와 사랑이는 28살로 동갑내기다). 나를 포함하여 6명이다. 약간의 어색함과 설렘을 지닌 채 일행들은 갑판 위에서 제각각의 상념에 젖어 있었다. 인천대교를 지날 즈음이었다. 바다와 인천대교, 그리고 갈매기떼가 연출하는 장관을 음미하면서 한창 무드를 잡고 있는데 갈매기한 마리가 나한테 똥을 뿌리고 지나갔다. 이런! 버럭 화가 났지만혹시 행운의 조짐이 아닐까… 싶어서 꾹 참았다(갈매기들한테는 똥이 선물일 수도 있겠다는 생각도 들고^^).

다른 일행은 일반여객실에 묵고 나와 사랑이는 단지 여성이라는 이유로 vip룸을 쓰는 특권을 누렸다. 실컷 자고 일어났는데 사방이 오직 물이다. 갑판에 나오니 운무가 자욱하다. 그야말로 망망대해다. 비행기는 구름과 땅의 변화무쌍한 흐름을 음미할 수 있고, 기차여행은 차창 밖의 풍경이 무상하게 흘러간다. 하지만 바다에는 정거장도 표지판도 신호등도 없다. 간간히 부표와 고기잡이 배만 떠다닐 뿐, 어디가 물이고 어디가 하늘인지조차 구별되지 않는다. 대체 이 텅빈 곳에서 어떻게 길을 찾아가는 거지? 문득 '호곡장'의 한 대목이 스쳐 지나간다. 열흘이 가도 산이 보이지 않는 요동벌판에 들어서자 연암은 이렇게 말한다. "나는 오늘에야 알았다. 인생이란 본디 어디에도 의탁할 곳 없이 다만 하늘을 이고 땅을 밟은 채 떠도는 존재일 뿐이라는 사실"을. 대체 여기에 처음 길을 낸

이는 누구일까.

하긴 지금 나의 여행도 마찬가지 아닌가. 길이 있어 나섰다기
보다 문득 나서고 보니 길 위에 서있는 셈이다. 그런데 마침 10년
째라고? 누군가는 생각하리라. 『열하일기, 웃음과 역설의 유쾌한
시공간』 출간 10주년 기념으로 이 여행을 계획했을 것이라고. 물
론, 전적으로 오해다. 하지만 과연 그럴까? 내가 시절을 만드는 게
아니라 시절이 나를 통해 자신을 드러내는 것이라면? 10여 년 전
처음 『열하일기』를 만날 때 그랬던 것처럼.

국경과 자본, 그 '사이'에서

16시간 항해 끝에 마침내 단동에 도착했다. 제일착으로 나오긴 했
지만 촬영장비 때문에 발이 묶였다. 중국정부의 허가를 받은 비자
를 보여줘도 막무가내였다. 우리를 담당할 중국관리와 현지 코디
(쫀)가 올 때까지 기다리는 수밖에 없었다. 모두가 빠져나간 대합
실에 덩그러니 우리 일행만 남을 즈음, 중국관리와 현지코디가 도
착했다. 그들 덕분에 간신히 통과하긴 했지만 그때부터 또 실랑이
가 시작되었다. 나와 사랑이가 단동 관문을 통과하는 장면을 찍으
려 하자 현지 관리들은 무조건 안된단다. 담당관리가 가지고 온 중
앙정부의 신임장도 현지에선 통하지 않는다. 공산당 일당체제인데
중앙정부의 명령이 통하지 않는 아주 '이상한 제국'이다.

다들 열을 받았지만 결국 포기하고 북한식당에 가서 만찬을

즐긴 뒤, 압록강으로 향했다. 두 개의 철교가 북한과 중국을 연결하고 있었다. 하나는 6·25 때 미군이 폭파해서 중간에 잘렸고 다른하나는 이어져 있긴 하나 일반인은 갈 수가 없다(김정일 국방위원장이 이 다리를 이용해 중국을 오갔다고 한다). 말 그대로 동아시아 현대사, 그 비극의 현장이었다. 그 기념비들이 이젠 관광객들을 불러모으는 상품이 되어 있었다. 기념비에서 상품으로! 세월의 무상함일까 아니면 인간 역사의 비정함일까?

작은 쪽배를 타고 북한 지역 근처로 접근을 시도했다. 난생처음 북한을 접하는 순간이었다. 소와 양이 풀을 뜯고 있는 풍경 사이로 간간이 마을 주민들과 아이들 모습이 보인다. 그리고 저 멀리언덕배기에 연암이 강을 건넜던 통관정이 보인다. 그 아래에 있는구룡정 근처가 촬영의 포인트. 하지만 카메라를 들이대면 중국가이드들이 거세게 말린다. 말리는 틈새로 찍고 또 싸우고 싸우면서틈틈이 찍고…. 나야 그저 구룡정 부근을 지켜보고 있으면 그만이지만 촬영감독의 처지에선 보통 곤혹스런 일이 아니다. 마침내 장PD가 폭발했다. "시끄러워, 그만해!" 순간, 만감이 교차한다. 230년 전 연암은 이 길을 가면서 중원땅을 밟는 설레임으로 가득했다.지금 나는 거꾸로 중국땅에서 구룡정으로 다가가기 위해 안간힘을쓰고 있다. 참으로 어처구니 없는 상황 아닌가. 연암 같은 예지력으로도 이런 장면은 감히 상상조차 하지 못했으리라. 그럼 대체 중국가이드들은 왜 그토록 북한으로의 접근을 금지하는 것일까? 국경의 장벽이 아직도 그렇게 높단 말인가? 그건 아닐 것이다. 만약 국경 문제라면 아예 배를 띄우는 일 자체를 금지했어야 한다. 더구나 배 위에서 보이는 북한의 시골풍경은 뉴스나 사진으로 수없이 알려진 장면들이다. 근데 왜? 이유는 간단하다. 자본이다. 이후에도 중국의 현지촬영엔 언제나 거액이 필요했다. 단 1분을 찍는 데 100만 원, 200만 원을 요구하기도 한다. 북한에 대한 촬영 역시 그렇다. 이렇게 과격한 리액션을 해야 해야 값이 올라가는 법이리라. 북한 쪽도 그렇고 중국가이드 편에서도 그렇다. 결국 핵심은 국경 자체가 아니라 자본이다.

강을 건너며 연암은 묻는다. "그대 길을 아는가?" 그리고 이렇게 답한다. "길은 저 강과 언덕 사이에 있다"고. 지금 또한 마찬가지다. 길은 대체 어디에 있는가? 국경과 자본, 그 '사이'에 있다. 21세기 들어 세계 곳곳에서 국경의 경계들은 여지없이 해체되고 있다. 디지털 자본의 가열찬 진군을 감히 누가 막을 수 있으랴. 하지만 자본은 국경이라는 기호도 적극 활용한다. 때론 묵살하고 때론 설설 기면서. 압록강은 중국과 북한, 그리고 대한민국, 이 세 개의 국경이 교차하는 현장이다. 앞으로도 이 압록강에선 국경과 자본 사이의 은밀한 밀당이 쉬임없이 벌어질 것이다.

그렇다면 이제 우리에게 통일이란 과연 무엇일까? 이 디지털의 유동성 속에서 민족과 혈통을 위한 통일이 과연 가능하기나 할까? 설령 통일이 된다 해도 그건 우리가 상상했던 것과는 전혀 다른 것이 아닐까? 더 나아가 통일이 되는 순간 통일이 아무런 '의미도 없는', 그런 시대가 도래하는 건 아닐까? 기타 등등. 압록강의 푸른 물결과 더불어 온갖 상념들이 일어났다 사라진다. 그 동안에도 장PD는 가이드의 눈을 피해 한 장면이라도 더 담기 위해 안간힘을 쓰고 있다. 역시 프로다!

카메라 : 권력과 은총의 화신

압록강을 건넌 후 연암 일행은 책문에 도착한다. 책문은 조선과 중국 사이의 경계, 곧 국경이다. 검문검색을 통과하느라 연암 일행은 온갖 곤혹을 치른다. 하지만 정작 그건 워밍업에 불과했다. 책문을 넘자 진짜 난관이 기다리고 있었다. 다름 아닌 폭우다. 한창 장마철에 떠난지라 폭우로 강이 범람하면 말도 사람도 꼼짝할 수가 없다. 노숙을 하면서 하염없이 머무르는 수밖에. 그러다가 홀연 날이 맑으면 정신없이 달려야 한다. 만수절 행사 전에 연경에 도착해야 하기 때문이다. 그렇게 천신만고 끝에 도착했건만 황제는 연경에 있지 않았다. 열하의 피서산장에 가 있었던 것. 게다가 만수절 행사에 조선사신단을 꼭 참여시키라고 특별명령까지 내렸다. 이런! 일행은 다시 짐을 챙겨 연경에서 열하로 달려가야 했다. 무박나흘의 강행군이었다. 야삼경에 고북구 장성을 통과하거나 하룻밤에 아홉 번 강을 건너는 대모험이 벌어진 것도 이때였다.

그에 비하면 우리의 여행은 그야말로 신선놀음이다. 두 대의 자동차를 전세냈으니 날씨와 상관없이 수시로, 어디로든 이동할 수 있고 시설 좋은 호텔에서 끼니마다 만찬을 즐겼으니 말이다. 하지만 우리의 여행도 도처에서 모험과 난관에 부딪혀야 했다. 연암에 비하면 택도 없겠지만, 나름 체력과 정신력이 엄청 소모되는 강행군이었다. 이유는 단 하나, 카메라 때문이었다. 우리의 모든 스케줄을 지배하고 우리의 기분과 체력까지 좌지우지하는 절대권력, 카메라! 카메라는 태양토템을 섬기는 족속이다. 빛, 곧 햇빛과 조명이 유일한 척도다. 그러니까 카메라의 권력은 햇빛과의 오묘한 관계에서 나온다고 하는 말이 더 정확하겠다. 단동항이나 압록강 등 정치적으로 민감한 곳에서는 중국공안들과 전쟁을 벌여야 했지만 그 모든 것이 다 허용된 곳에서는 이제 카메라와 빛 사이의 보이지 않는 '기싸움'이 시작되었다. 내가 참여한 일정은 전체 2주 정도였는데, 그 가운데 3분지 1이 비가 내리거나 혹은 흐렸다. 그런 날은 꼼짝없이 호텔방에서 뒹굴어야 한다. 하지만 우리의 일정 또한 데드라인이 정해져 있다. 처음엔 최고의 조명을 위해 기다리지만 시간이 임박하면 가차없이 타협을 할 수밖에 없다. 빗속이고 뭐고 간에 무조건 찍어야 한다. 구련성의 장터에서 인터뷰 장면을 찍는데 비가 계속 쏟아졌다. 근처 슈퍼에서 음료수를 마시며 비가 잦아들기를 기다렸다. 잠시 소강 상태가 됐기에 카메라를 설치하고 인터뷰를 시작하자 바로 폭우가 쏟아진다. 장비를 걷으면 그치고, 다시 찍으려 하면 쏟아지고… 마치 비와 카메라가 '밀당'을 하는 격이었다. 하기사 비 입장에서 보면 자신은 그저 자신의 길을 갔을 뿐인데 우리가 눈치코치 없이 카메라를 들이댄 꼴일 테지만.

한편 카메라는 끊임없이 우리의 인내력을 테스트한다. 4시간을 기다려 1분을 찍기도 하고, 하루 종일 이동하고 또 높은 산 정상에 오르는 수고를 거친 뒤에 겨우 30초를 찍기도 한다. 헐~ 이런 식의 알바는 처음이다. 그런가 하면 열하에선 간만에 날씨가 맑자 피서산장, 포탈라궁, 찰십륜포, 보녕사에 고북구 장성까지 모든 장면을 하루에 다 찍어버렸다. 이런 식이다 보니 기획은 수시로 변경된다. 다음날 촬영할 대목이라 해서 인터뷰 대사를 밤새 암기했는데, 다음날 현장에 가보면 대본은 이미 바뀌어 있다. 그러면 느닷없이 전혀 다른 장면이 추가되기도 한다.

그래서 다큐의 중심은 출연자가 아니라 촬영감독이다. 그래서 한PD는 늘 장PD가 컨디션을 유지할 수 있도록 온 신경을 집중한다. 또 장PD 뒤에서 은밀하게 움직이는 인물이 바로 현지코디 쭌이다. 쭌은 베이징에 사는 한국인인 데다 모두가 인정하는 명코디다. 의무려산 꼭대기에서 요동벌판의 광할한 스케일을 보여주기 위한 장면을 찍는데, 장PD 말로는 다 좋은데 2%가 부족하단다. 그런데 그 사이에 쭌이 잽싸게 산 곳곳을 뒤져 기막힌 뷰포인트를 찾아냈다. 그곳에 서자 장PD의 얼굴이 햇살처럼 밝아진다. 그러면 덩달아 팀 전체의 분위기가 업된다. 이 모든 흐름의 배후조종자가 바로 카메라다. 모두를 웃겼다 울렸다 하는 요~물 아니 '권력의 화신'이 따로 없다.

하지만 그 권력에는 보이지 않는 은총도 함께 존재한다. 카메라는 세상을 카메라로 절단하지만 전혀 예기치 않은 장면을 우리에게 선사하기도 한다. 봉황산 장면이 그랬다. 연암도 먼발치에서 보고 지나친 곳인데, 연암이 간 그 길을 부감으로 잡기 위해선 봉황산에 오를 수밖에 없다. 오, 그 장쾌함이란! 한편, 청석령 고갯마루를 찍을 때였다. 이 또한 카메라가 아니었으면 결코 밟아볼 수 없는 땅이었다. 그때의 촬영 콘셉트는 해가 지는 장면이었다. 한 시간 이상 카메라를 고정시켜놓고 그 다음에 그걸 초고속으로 돌리면 고갯마루에 해가 지는 장면을 근사하게 담을 수 있다(2초에 1장씩). 이런 기법을 '인터벌'이라고 한단다. 그때는 카메라 혼자 노동을 하고 일행들은 그 근처에서 한참을 웃고 떠들고 놀았다.

물론 카메라로 인해 겪는 모험도 적지 않다. 심양고궁에선 중국공안을 따돌리기 위해 작은 카메라(DSLR)를 몸에 숨기고 들어가 기습촬영을 했고, 천안문 광장에선 관광객들이 인산인해로 몰려드는 와중에 역시 공안들과 실랑이를 하느라 안 찍는 척하면서 인터뷰 멘트를 해야 했다. 그 와중에 내가 또 번번이 NG를 냈다. 한PD는 공안들의 감시를 따돌리고 장PD와 김PD는 카메라의 상태를 점검하고, 양PD는 주변 인파의 동선을 살피고…, 정말이지 첩보영화가 따로 없다. 체력소모가 엄청나긴 했지만, 내 인생에 언제 이런 일을 경험해본단 말인가. 이 또한 카메라가 준 은총이라면 은총이다.

이로써 보건대 카메라는 또 하나의 판타지다. 빛과 조명이 어우러져 탄생한 판타지! 하여, 결코 카메라를 믿지 마시라. 다큐조차 철저히 연출의 산물이다. 어떤 프레임으로 담느냐에 따라 전혀 다른 것이 된다는 점에서 그렇다. 연암은 열하의 한 광장에서 화려한 요술의 퍼레이드를 목격한다. 그리고 말한다. "눈이란 그 밝음을 자랑할 것이 못 된다. 요술쟁이가 눈속임을 한 것이 아니라 실은 구경꾼들이 스스로 속은"(《환희기 후지》)것일 따름이다. 이 환희幻戲의 절정이 카메라일 터, 이 현란한 스펙터클 속에서 과연 무엇이 참이고 무엇이 거짓인가? 아니, 대체 어디가 카메라의 안이고, 어디가 바깥이란 말인가?

'서프라이즈' 사랑

여행은 만남이다. 길 위에 나서면 누군가를 만난다. 낯선 이든 혹은 이국인이든. 이번 여행도 그랬다. 다큐팀과의 만남은 아주 생소하고 신선했다. 정규직과 함께 일을 해본 적이 없는 데다 다큐를 찍는 프로들이라 더더욱 그랬다. 평소엔 여유있고 유연하지만 일에 대한 긴장감은 결코 놓치지 않는다. 작업이 끝나면 반드시 회식을 하는 것도 역시 정규직답다!^^ 하지만 나는 잠이 많은 데다 회식체질이 아니어서 많은 대화를 나누지는 못했다. 대신 나의 룸메이트이자 동반출연자였던 사랑이와의 만남은 아주 특별했다.

처음 사랑이를 봤을 때 두 번 놀랐다. 얼굴이 꼭 인형같이 생겼다. 무슨 연예인을 데려온 줄 알았다. 동갑내기인 양PD와 비교해도 완전 '애송이'처럼 보였다. 또 하나 이름이 '사랑'이라니? 아이디나 예명인 줄 알았는데 진짜란다. 풀네임은 부모님의 성을 모두 써서 한유사랑인데, 언뜻 들으면 '한우사랑'처럼 들리기도 한다. 바람

불면 날아갈 것 같은 몸매로 어떻게 이 험한 여정에 참여하게 되었을까(체력은 아랑곳하지 않고 외모순으로 뽑은 게 틀림없다, 고 놀렸을 정도다). 아무튼 이래저래 '내 스타일'이 아니라 처음엔 몹시 어색했다. 또 반대로 사랑이 입장에서 보면 나라는 캐릭터가 얼마나 이상했겠는가. 다행히 술을 좋아하지 않고 잠이 많아서 우리는 차츰 일상의 리듬을 맞출 수 있었다. 또 금방이라도 쓰러질 것 같은 몸매지만 봉황산 꼭대기 바위 위에서 그림을 그릴 때나 이제묘가 있는 마을에서 2시간 이상을 쭈그린 자세로 탁본을 뜰 때는 끈기와 집념으로 사람들을 감탄케 하기도 했다.

그렇게 점차 서로에게 익숙해질 즈음, 아주 특별한 일이 벌어졌다. 비 때문에 차 안에서 갇혀 있을 때 내가 소일삼아 장PD의 사주를 봐준 일이 있었다. 여행 오기 직전 사주명리학을 인문학적으로 풀어쓴 『나의 운명 사용설명서』를 탈고한 터인 데다 이런 직업을 가진 사람들의 팔자는 어떨까? 하는 호기심이 동하기도 했다. 장PD는 일간日干이 경금庚金인데 불이 아주 많은 사주였다. 경금은 굳고 단단한 바위를 의미하니 카메라를 정교하게 다루는 작업과 잘 어울렸고, 불이 많다는 건 화려한 표현력과 활발한 인간관계, 그리고 술에 대한 욕망 등을 나타낸다. 이런 식으로 아주 기본적인 개념 몇 가지만 설명을 해주었는데도 다들 재밌어 했다. 내친 김에 사랑이 사주도 잠깐 봤더니 역시 간/심/신장이 다 약하다. 자신의 말로도 각종 질병에 시달리고 있을뿐더러 밤에는 종종 몽유병 증세까지 겪는단다. 쯔쯔, 역시 미모에는 대가가 따르나보다. 그때부터 사주를 빌미로 건강을 유지하려면 일상의 리듬을 바꾸어야 한다고 조언을 해주곤 했는데, 어느 날 문득 자기도 이 원리를 배우고 싶다는 거다. '엥? 정말이야? 그럼 매일 숙제를 내줄 테니 외워 보아라~' 하고 음양오행, 상생상극, 십신, 육친 등을 간략하게 일러주었다. 솔직히 한두번 배우다 말려니 했다. 그런데 웬 걸? 호텔에서건 차 안에서건 길거리에서건 틈만 나면 끙끙거리며 외우는 게 아닌가. 솔직히 사랑이는 한자에 너무 무식하다. 육십갑자 한자를 제대로 읽기가 어려울 정도였다. 그래서 내가 처음 붙여준 명칭은 '스투피드 사랑'이었다.

그런데 신기하게도 그런 무식함을 절대 개의치 않는다. '어메이징 스투피드'라고 놀려도 재밌어 죽는다. 자기의 무식함을 놀이로 삼다니 뭐 이런 애가 다 있담? 그러니 절대로 포기를 모른다. 그래서 나도 구박을 하면서도 뭔가를 계속 가르쳐줄 수밖에 없었다. 그렇게 일주일쯤 되니 벌써 초식을 읽는다. 친구는 또 어찌나 많은지 온갖 친구들의 사주를 알아내서는 그 얕은 지식으로 이리저리 짜맞추기 바쁘다. 와우, 서프라이즈! 역시 공부는 머리가 아니라 뚝심이다.

명리학을 배우게 되면 대화의 수준이 달라진다. 고상해진다는 뜻이 아니라, 온갖 숨겨둔 이야기를 다 꺼내놓게 된다는 뜻이다. 그 덕분에 우리는 불과 열흘 만에 서로에 대해 깊이 아는 사이가 되어버렸다. 병력이며 남친들의 신상, 가족의 내력까지. 명실상부한 '커플'이 된 것이다(그래서 사랑이는 한동안 나의 '동거녀'라고 떠들고 다

넜다).

　여기에 또 한 명의 친구가 합류했다. 다름 아닌 명코디 쭌이다. 알고보니 쭌은 중의사 출신이었다. 20대에 중국으로 건너와 중의 대를 졸업할 즈음 우연히 알바로 방송코디를 했다가 너무 잘해낸 나머지 그 길로 들어서버리고 만 것이다. 팔자가 핀 건지 꼬인 건 지 모르겠다. 그러니 동양의학과 역학에 대한 공부가 나보다 깊은 수준이었다. 초짜인 사랑이, 고전평론가인 나 곰숙씨, 그리고 중의 사 출신의 코디 쭌. 나이도 출신도 체질도 다 다르지만 함께 이야 기하고 탐구할 수 있는 공통의 지반이 생긴 것이다. 그래서 평소엔 개그콘서트식 개그로 친분을 다지고 일이 끝나면 호텔방에서 사주 명리학 이야기를 하면서 즐겁게 놀았다. 세 사람의 사주를 맞춰 보 니 '해묘미'亥卯未 삼합이다. 내친 김에 '삼합회'라는 이름까지 만들 었다.

　그래서 다시금 실감하게 되었다. 세상을 연결하는 건 공부밖 에 없다는 걸. 좋은 음식을 먹고 서로에게 친절한 말을 하고 좋은 풍경을 보고……, 이런 여행도 나쁘지는 않다. 하지만 그건 돌아서 면 물거품이다. 이 허망을 벗어나려면 반드시 앎 혹은 지성이 필요 하다. 함께 공부하고 함께 탐구할 때 삶은 굳건히 이어진다. 이번에 도 과연 그랬다. 귀국하고 나서 사랑이는 많이 아팠다. 툭하면 쓰러 지고 입원을 하고 잠수를 타고……. 그런데도 사랑이와 나의 인연 은 더욱 깊어졌다. 사랑이가 계속 감이당으로 공부를 하러 왔기 때 문이다. 그 와중에 『고미숙의 몸과 인문학』에 들어가는 그림을 맡게 되었고, 이후 북드라망의 전담 일러스트레이터가 되었다. 쫀과의 인연은 말할 것도 없다. 명코디에 중의사라니, 인문의역학을 지향하는 감이당으로선 이보다 더 유용할 순 없다!^^

연암 박지원은 정말 우정의 달인이다. 『열하일기』로 끊임없이 나를 길 위에 나서게 하고 그 길 위에서 친구들을 만나게 해주니 말이다. 이 인연을 바탕 삼아 감이당의 비전이기도 한 '소수민족 의학기행'(Healing on the road)도 조만간 시도할 생각이다. 쫀이 현지코디를 맡고 나와 감이당 친구들은 글을 쓰고 사랑이는 그림을 그릴 것이다. 이래서 사람팔자 알 수 없다고 하는 건가 보다. 인생 도처유반전! 서프라이즈 사랑!

중국의 장관은 '상의실종'과 '슬리퍼'에 있다?!

"청문명의 장관은 버려진 기왓조각과 똥부스러기에 있다!" 『열하일기』 「일신수필」에 나오는 명문장이다. 기왓조각과 똥부스러기 하나도 버리지 않고 소중하게 재활용하는 하는 걸 보고 연암은 감탄을 금치 못했다. 거기에는 자기 삶에 대한 존중감이 깊이 배어 있기 때문이다. 변방의 가난한 사람들까지 이렇게 자기 삶을 배려할 수 있다면, 그것이 곧 태평천하가 아니겠는가, 이것이 바로 연암의 생각이었다.

그럼 지금 중국은 어떤가? 연암이 갔던 그 중국과는 달라도 너무 다르다. 일단 무지하게 먹고 가차 없이 버린다. 한마디로 쓰레기

천국이다. 이번엔 더 심했다. 단동과 책문 근처의 작은 마을들은 폭격을 맞은 듯 황폐했다. 자본주의하에서 가난과 더러움은 동의어다. 돈이 되지 않으면 그대로 방치해버린다. 반면 도시의 호텔과 빌딩은 눈부실 정도로 화려하다. 하지만 그것은 자발적 청결과는 거리가 멀다. 엄청난 자본이 투여되었다는 뜻일 뿐이다. 이렇듯 중국을 지배하는 것은 오직 돈이다. 그래서 중국 곳곳은 '공사중'이다. 백탑에 갔을 때도, 또 공자묘를 갔을 때도, 또 산속의 사찰에도 공사가 한창이다. 관광객을 유치하기 위해 총력을 기울이고 있는 것이다.

중국은 20세기 내내 역사적 실험의 현장이었다. 대장정에 항일전선, 그리고 사회주의의 건설, 문화혁명과 실용주의, 천안문 사태, 티베트와 위구르에 대한 침략 등등. 국가와 혁명의 이름으로 할 수 있는 모든 것을 다 해본 셈이다. 그럼 지금 중국의 구호는? 이성평화理性平和 문명규범文明規范! 단동시를 비롯하여 북경의 곳곳에서 발견한 구호다. 온갖 실험을 다 거치고 도달한 결론이 결국은 '근대화'다. 저 20세기 초 근대화의 모토가 이성과 문명 아니었던가. 게다가 지금의 이성과 문명은 자본의 논리 그 이상도 이하도 아니다. 혁명에서 문명으로? 이건 어떤 역사발전의 법칙일까? 아니 그 이전에 역사는 과연 진보하는가? 혹은 더 나아가 진보는 과연 좋은 것인가? 아, 정말 헷갈린다. 이제 정말 루쉰을 만나야 할 때가 된 것 같다. 루쉰이야말로 이 모든 가치들이 각축하는 시대의 어둠을 정면으로 돌파한 인물이 아닌가.

연암은 청문명의 실체를 파악하느라 모든 촉각을 곤두세웠지만 우리의 여행은 그 점에서는 별로였다. 중국의 빌딩들은 우리에겐 너무 익숙했고 각종 럭셔리한 상품들 역시 마찬가지였다. 하여, 시선은 아주 엉뚱한 곳으로 향했다. 거리 곳곳에 남성들이 훌러덩 벗고 다니는 모습이 그것이다. 헉! 2008년 베이징 올림픽 때 불법으로 규정해서 많이 사라졌는데, 그래도 습관은 어쩔 수 없단다. 한국에선 여성들의 '하의실종'이 있다면, 중국의 남성들은 '상의실종' 중이다. 물론 둘이 의미하는 바는 전혀 다르다. 한국 여성들의 하의실종은 지극히 부자연스럽다. 아이돌을 흉내내는 패션이다보니 획일적일뿐더러 그로 인해 여성들의 하체는 날로 빈약해진다. 반면, 중국의 상의실종은 패션이나 인기를 위한 것이 아니다. 벗고 있는 남성들의 몸매도 각양각색인데, 대개는 배불뚝이가 대세다. 그야말로 벗어야 편하니까 벗는 것이다. 처음엔 깜짝 놀랐지만 점차 익숙해지니 혐오스럽기보다는 절로 웃음이 나온다. 입장을 바꿔 생각해보니 이해가 되기도 한다. 이 지독한 더위에 얼마나 거추장스러울 것인가. 국가와 자본은 외국인을 끌어들이기 위해 각종 문화재들을 리모델링하고 있지만, 인민들의 몸은 외국인이고 뭐고, 돈이고 나발이고 일단 벗고 보자는 것. 쉽게 말하면 자본에 포획되지 않은 신체인 것이다.

한편 두 대의 차를 전세냈기 때문에 기사님도 두 분이었다. 둘 다 호인형이었는데, 그중 한 사람이 특히 우리 여행의 '진맛'을 더해주었다. 우리는 그를 '한따꺼'라 불렀다. 처음 그의 존재성이 드러나게 된 건 다름아닌 슬리퍼 때문이었다. 여행 초반, 배불뚝이 몸매를 가진 그가 편안한 반바지 차림에 짝짝이 신발을 신고 있지 않은가. 사연인즉, 꽤 비싼 샌들을 샀는데 하필 그때 한쪽 발을 다치는 바람에 두짝을 다 신을 수가 없었던 거다. 그러면 보통 발이 나을 때까지 기다리는게 정상이나 한따꺼는 일단 한쪽만 신고 다른 한쪽은 발가락이 노출되는 싸구려 슬리퍼를 신기로 한 것이다. 그 모습만으로도 웃긴데 사연을 듣고나선 모두가 '빵' 터졌다. 이건 서곡에 불과했다. 이후 그는 가는 곳마다 웃음을 전파하는 유머의 달인이었다. 촬영이 시작되면 하염없이 차를 대기해야 하는데, 그럴 때면 그는 주변에 있는 모든 이들과 친교를 나눈다. 그야말로 남녀노소가 따로 없다. 특히 여성들에겐 인기 짱이어서 한두마디만 나누면 벌써 오랜 친구가 되어 있다. 와우~ 연암의 친화력이 저런 것이었을까?

더 놀랍게도 그는 운전기사가 직업이 아니라 농업대학 관리직이라는 꽤 번듯한 직업을 갖고 있으며 베이징에 집이 세 채나 된다고 한다. 아니, 그런 부자가 왜 이런 알바를? 나이 차가 꽤 되는데도 쭌과는 오랜 친구지간이었는데, 그 인연으로 방학때면 이렇게 차를 운전하면서 쭌과 함께 중국 곳곳을 돌아다니는 게 낙이란다. 오호, 참으로 흥미로운 캐릭터였다. 어떤 권위와 관습에도 기대지 않고 자유롭게 흘러다니는 야생적 신체! 타인의 시선 따위는 아랑곳하지 않고 자신만의 독특한 리듬을 만들어내는 생기발랄함! 유머와 친화력의 원천도 거기에 있으리라.

이제 디지털은 제국의 경계와 그 제국을 떠받쳐온 거대담론들을 여지없이 격파할 것이다. 남는 건 시작도 끝도 없이, 여기에서 저기로 저기에서 여기로 흘러가는 유동적 흐름만 존재할 뿐! 국가 혹은 자본은 그 유동성을 포획하기 위해 안간힘을 쓸 것이다. 하여 이제 본격적으로 자본과 신체 사이의 생극(상생과 상극)의 파노라마가 펼쳐질 터, 그러므로 연암을 어설프게 흉내내어 나는 이렇게 말하리라. ──21세기 중국의 장관은 '상의실종'과 '슬리퍼'에 있다!

2012년 열하로 가는 길

7월 20일

단둥행 배를 타고 인천대교를 지나고 있다. 난생처음 하는 항해.^^

7월 21일

드디어 단둥에 도착.
압록강의 부서진 다리 위에서. 역사의 기념비는 어느덧 관광상품이 되었다.

7월 22~23일

단둥의 호산장성.
이곳 정상에서는 압록강 건너편의 북한이 한눈에 내려다보인다.

7월 24~25일

청석령 고개 위의 한 사찰. 불상보다 관운장의 소상이 더 화려하다.
연암이 『열하일기』에 따로 「요동백탑기」라는 글을 쓰기도 했던 요동 백탑.
현재 시립아동도서관으로 쓰이는 건물은, 병자호란 때 심양으로 끌려왔던
조선의 소현세자가 머물던 조선관이다.

7월 26~27일

청나라 초대 황제인 누르하치와 2대 황제 태종이 건립한 심양고궁.
연암도 심양에서 고궁을 둘러본 기록을 해놓았다. 패루 옆이 심양고궁이며, 원래 고궁의 전
경은 이 페이지 맨 아래 사진 같지만, 우리가 이런 전경을 찍을 순 없었고^^;;
건물의 부분 사진들만 겨우 찍을 수 있었다. 오른쪽 아래는 의무려산.

산해관 근처에 있는 대저택. 집안에 재물신을 지켜주는 신상과 청년들을 위한 학당도 있다.
천하제일관 산해관에서. 연암 당시에는 여기를 넘으면 황제의 땅 중원이었다.
산해관 광장에서 만난 낙타.

8월 1~2일

열하의 포탈라궁.
청나라와 티베트 불교의 왕성한 교류를 증언해주는 곳.

8월 3~4일

베이징 자금성과 천문대, 그리고 천주당에서.
오른쪽 밑에 있는 귀여운 남자가 명코디 '쭌'이다.

8월 5일

루쉰박물관에서.
2003년 여행의 마지막도 여기였는데, 2012년 여행에서도 마지막 코스가 여기였다.
이게 과연 우연의 일치일까?

『열하일기』의 원목차

도강록渡江錄 6월 24일에서 7월 9일까지. 압록강을 지나 요양遼陽에 이르는 15일간의 기록. 〈관제묘기〉關帝廟記가 실려 있다.

성경잡지盛京雜識 7월 10일에서 14일까지. 십리하十里河로부터 소흑산小黑山에 이르는 5일 동안의 기록. 〈속재필담〉粟齋筆談, 〈상루필담〉商樓筆談이 여기 실려 있다.

일신수필馹汎隨筆 7월 15일에서 23일까지. 신광녕新廣寧에서 산해관山海關에 이르는 9일간의 기록. 〈장대기〉將臺記가 실려 있다.

관내정사關內程史 7월 24일에서 8월 4일까지. 산해관에서 연경燕京에 이르는 11일 동안의 기록. 〈호질〉虎叱이 여기에 들어 있다.

막북행정록漠北行程錄 8월 5일에서 9일까지 연경에서 열하로 가는 5일간의 기록. '무박 나흘'의 대장정이 펼쳐진다.

태학유관록太學留館錄 8월 9일에서 14일까지 6일 동안의 기록. 열하의 태학에서 왕민호, 윤가전, 추사시 등 한족 선비들과 나눈 필담.

환연도중록還燕道中錄 8월 15일에서 20일까지 열하에서 다시 연경으로 돌아오는 6일 동안의 기록.

경개록傾盖錄 열하의 태학에서 만난 선비들의 리스트다.

심세편審勢編 조선 선비들의 폐단에 대해 심층적으로 분석한 글. 주자학, 중화주의에 대한 연암의 관점이 담겨 있다.

망양록忘羊錄 열하에서 왕민호, 윤가전과 함께 음률에 대해 주고받은 기록이다. 토론에 열중하느라 윤이 미리 마련해둔 '양 한 마리가 온통 식는 것도 잊었다'는 뜻에서 망양록이라 이름했다.

곡정필담鵠汀筆譚 곡정은 왕민호를 말한다. 왕민호와 그 주변의 인물들과 펼친 '종횡무진' 필담이다.

찰십륜포札什倫布 찰십은 티베트 말로 '대승이 살고 있는 곳'이라는 뜻. 그곳에서 판첸 라마를 접견하는 과정을 담았다.

반선시말班禪始末 반선은 판첸 라마를 뜻한다. 티베트 불교의 역사와 원리에 대해 논한 장이다.

황교문답黃敎問答 티베트 불교에 대해 열하의 선비들과 주고받은 취재록이다.

피서록避暑錄 열하의 피서산장에 있을 때 보고들은 바를 적은 글.

양매시화楊梅詩話 양매서가楊梅書街에서 중국 선비들과 주고받은 시화에 관한 기록.

동란섭필銅蘭涉筆 동란재銅蘭齋에 머무를 때의 수필. 생각나는 대로 써내려 간 잡록이다.

옥갑야화玉匣夜話 옥갑에서 비장들과 주고받은 이야기. 역관들에 관한 숨겨진 비화들이 주내용인데, 〈허생전〉이 그 가운데 끼어 있다.

행재잡록行在雜錄 청 황제의 행재소行在所에서 보고들은 기록.

금료소초金蓼少抄 중국에서 채집한 '의학적 노하우'를 모아 놓은 글. 『동의보감』東醫寶鑑에 관한 언급도 보인다.

환희기幻戱記 열하의 장터에서 본 요술에 관한 기록이다. 스무 가지쯤 되는 기막힌 요술이 생생하게 묘사되어 있다.

산장잡기山莊雜記 열하 산장에서 쓴 글로, 〈야출고북구기〉夜出古北口記, 〈일야구도하기〉一夜九渡河記, 〈상기〉象記 등 쟁쟁한 명문名文들이 여기 들어 있다.

구외이문口外異聞 고북구 밖에서 보고 들은 기이한 이야기들을 적은 것이다.

황도기략黃圖紀略 북경 황성皇城의 요소요소를 세밀하게 기록한 글이다. 〈황금대기〉黃金臺記가 여기 실려 있다.

알성퇴술謁聖退述 「황도기략」의 후속편. 역시 북경의 이모저모가 담겨 있다.

앙엽기盎葉記 「황도기략」의 부록쯤 되는 편으로, 홍인사弘仁寺로부터 이마두총利瑪竇塚; 마테오 리치의 무덤에 이르기까지 20여 개의 명소를 정리해놓았다.

『열하일기』 등장인물 캐리커처

장복과 창대, 그리고 말 | 연암의 수행인들. 장복은 하인이고, 창대는 마두馬頭다. 술은 입에도 못 대고, 일자무식인 데다 고지식하기로는 둘째 가라면 서러운 '환상의 커플'. 중화주의가 뼛속까지 침투하여 중국은 '되놈의 나라'라며 거들떠보지도 않는다. 종종 어이없는 해프닝을 저질러 연암을 질리게 한다. 갑작스럽게 열하행이 결정되면서 장복이만 연경에 남게 되자, 울고불고하는 바람에 연암이 그걸 빌미로 '이별론'을 한바탕 늘어놓는다. 창대는 가는 도중 부상에, 몸살에 거의 죽을 고생을 한다. 덕분에 연암이 창대를 돌보는 처지가 된다.

이 고지식 커플에 비하면 말이 훨씬 더 지혜롭다. 이름은 없지만, 여행 내내 연암과 한몸이 되어 '산전수전'을 다 겪었다. 〈호곡장론〉好哭場論, 〈일야구도하기〉一夜九渡河記 등 연암의 '불후의 명작'들은 모두 이 말 위에서 이루어졌다. 그래선지 연암의 '말 사랑'도 지극하다. 종마법에 대한 지식도 전문가 뺨치는 수준이고, 말고기 먹은 하인을 혼찌검을 내기도 한다.

득룡이 │ 열네 살 때부터 중국을 드나든 '중국통'. 중국어에 능통한 데다 처세술도 능란하기 이를 데 없어 사행단에선 없어서는 안 되는 인물이다. 중국으로 귀화할까봐 가족들을 인질로 잡아놓을 정도로 수완이 좋다. 책문을 통과할 때 청나라 사람들을 기막힌 수법으로 멋지게 속여 넘긴다. 이름하여 '살위봉법'殺威棒法!

정진사 │ 이름은 각珏. 연암의 동행인 가운데 하나다. 식자층이긴 하나 별로 똑똑한 구석은 없는 인물이다. 『열하일기』에 아주 많이 등장하지만, 대부분 '띨띨한' 모습으로 나온다. 연암이 벽돌론을 설파할 때, 말 위에서 졸다가 '벽돌은 돌만 못하고, 돌은 잠만 못하다'는 잠꼬대를 한 것으로 유명하다. 달걀을 특히 좋아해 '초란공'이란 별명이 붙었고, 한 점포에서 연암과 함께 〈호질〉을 베껴 쓰기도 했다. 물론 엉터리로 베껴서 연암이 다시 뜯어고쳤지만.

정사正使 박명원 │ 사행단의 총지휘자. 연암의 삼종형이다. 연암 같은 무직자가 연행을 할 수 있었던 건 순전히 이 '형님의 빽' 덕분이다. 근엄하면서도 결단력이 있다. 일정이 빡빡하자 폭우에도 아랑곳하지 않고 일행들을 재촉해 임무를 완수한다. 열하에선 판첸 라마 덕분에 몇 번이나 곤경에 처한다. 연암에 대해서는 자상한 배려를 아끼지 않는다.

쌍림雙林 │ 호행통관護行通官. 형식적으로는 조선 사행단의 '보디가드'인 셈인데, 실제로는 하는 일이 거의 없다. 시건방진 데다 덜떨어진 성품에 조선말도 서툴기 짝이 없다. 처음 만났을 때부터 연암과 신경전을 벌인다. 이 장면도 우스꽝스럽기 짝이 없지만, 장복이는 중국말로, 쌍림은 조선말로 시시덕거리는 부분은 여지없이 '허무 개그'의 원조다.

배생裵生과 그의 친구들 | 연암이 성경盛京: 심양에서 만난 장사치들. 연암의 박식과 호방함에 홀딱 반해 아낌없는 정성을 베푼다. 연암 또한 그들과의 사귐에 빠져 온갖 속임수와 기지를 동원해 객관을 탈출한다. 달빛을 받으며 이들이 접선(?)하는 장면은 한 편의 시트콤이다. 문자속은 연암에게 달리지만, 세상을 두루 떠돌아다닌 인물들답게 인생철학과 연륜이 만만찮다. 연암이 '유리창'琉璃廠에 가서 사기를 당할까봐 밤새워 '골동품 목록'을 상세히 적어주기도 한다. 〈속재필담〉, 〈상루필담〉이 그 생생한 보고서다.

왕민호 | 곡정이 그의 호다. 열하의 태학에서 만난 한족 선비. 뜻은 높으나 과거를 폐하고 재야의 선비로 살아가고 있다. 연암과 비슷한 처지인 셈. 연암과 의기투합하여 6일 동안 동서고금을 넘나들며 종횡무진 필담을 펼쳤다. 검열 때문에 필담 중간중간 종이를 먹어치우거나 태우곤 한다. 연암이 그 속내를 캐기 위해 다방면의 전략을 구사한다.「곡정필담」에서 그 진면목을 볼 수 있다.

추사시 | 왕곡정 주변의 젊은 선비. 생긴 것도 멀쩡하고 아는 것도 많은데, 속이 뒤틀려 있어 상대를 괴롭히는 게 취미다. 비분강개한 어조로 유불도를 넘나들며 궤변을 늘어놓는 광사狂士. 연암도 그의 수법에 말려 곤경을 치른다.

판첸 라마 | 서번(티베트)의 대보법왕. 원래는 달라이 라마 다음의 2인자지만, 달라이 라마 사후엔 최고통치자가 된다. 요즘으로 치면, 달라이 라마에 해당하는 셈. 『열하일기』의 가장 많은 페이지를 차지하는 인물이기도 하다. 물론 가까이 다가갈 수 있는 존재가 아니기 때문에 주로 문헌과 구전을 바탕으로 묘사되어 있다. 영적 능력으로 수많은 이적을 행한다. 이 판첸 라마로 인해 조선 사신단은 여러 가지 곤경에 봉착한다. 이름하여, '판첸 라마 대소동'! 그만큼 낯설고도 신비로운 존재였던 것. 지금의 달라이 라마께서 그 사실을 알면 어떤 표정을 지을지, 궁금하기 짝이 없다.

강희제·옹정제·건륭제 | 청나라의 성군聖君 트리오. 연암의 연행이 건륭제의 70세 생일을 축하하는 명목으로 갔으니, 청왕조로선 절정을 구가하는 한편 노쇠의 징후가 엿보이는 시대라 할 수 있다. 『열하일기』에는 건륭제뿐 아니라, 강희제·옹정제에 관한 수많은 이야기들이 등장한다. 미처 다 소개하지 못한 게 한스러울 따름이다. 그만큼 이 황제들이 남긴 치적과 카리스마는 대단했다. 건륭제는 아버지와 할아버지에 비하면 좀 떨어지는 편이긴 하나, 총명함과 정력은 세계제국의 중심을 이끄는 황제로서 손색이 없다. 조선 사행단에 대해 배려를 아끼지 않는다. 물론 사행단이 '판첸 라마 대소동'을 일으키는 바람에 몹시 실망하기도 한다. 『강희제』(조너선 스펜스 지음, 이준갑 옮김, 이산, 2001)와 『옹정제』(미야자키 이치사다, 차혜원 옮김, 이산, 2001)를 읽으면, 『열하일기』에 나오는 이 세 황제들에 대해 좀더 풍부하게 이해할 수 있을 것이다.

주요용어 해설

기계(machine) │ 분자생물학자 자크 모노에 의해 정립되었고, 들뢰즈/가타리에 의해 철학적으로 변용된 개념. 기계라고 하면 명령 혹은 프로그램에 의해 움직이는 고정된 시스템을 떠올릴 테지만, 그때의 기계는 mechanism에 해당한다. 들뢰즈/가타리가 말하는 기계, 즉 machine은 어떤 활동 내지 에너지의 흐름을 절단하고 채취하는 방식으로 작동하는 모든 것이다. 따라서 접속하는 짝이 달라지면 동일한 것도 다른 기계가 될 수 있다. 예컨대 입은 식도와 접속하여 영양(음식물)의 흐름을 절단하고 채취하는 경우엔 '먹는 기계'가 되고, 성대와 접속하여 소리의 흐름을 절단·채취하는 경우엔 '말하는 기계'가 되며, 연인의 입이나 성기와 접속하여 성적 에너지의 흐름을 절단·채취하는 경우에는 '섹스 기계'가 된다. 지금 이 순간 노트북과 접속하여 글을 쓰고 있는 나는 '글쓰는 기계'다. 이런 관점에서 보면, 모든 것이 기계인 셈. 즉 인간과 동물, 무생물과 사이보그 사이의 경계는 없다! 근대적 주체성 및 인간중심주의를 넘어서기 위한 철학적 모색을 반영하고 있는 핵심개념이다.

되기(영becomming, 프devnir, 독werden) | 간단히 말하면, 다른 존재가 되는 것을 의미한다. 동물-되기는 동물이 되는 것이고, 어린이-되기는 어린이가 되는 것이며, 여성-되기는 여성이 되는 것이다. 무슨 마법사도 아니고, 멀쩡한 사람이 어떻게 동물이 되고, 어린이가 되고, 여성이 되냐고? 될 수 있다. 동물-되기란 동물로 변한다는 뜻이 아니라, 동물의 신체적 감응을 획득하는 것이다. 예를 들면, 헤비메탈 그룹의 목소리는 때때로 늑대의 울음소리처럼 들릴 때가 있다. 그 순간, 그 목소리의 주인공은 늑대의 감응을 만들어내는 것이다. 늑대-되기. 또 단거리 달리기 선수들이 전력으로 질주할 때, 그 순간 그들은 야생마-되기 혹은 치타-되기를 시도하는 것이다. 어린이-되기나 여성-되기도 그런 식으로 이해하면 된다. 플라톤 이래 서양 형이상학의 흐름은 모든 것(존재자)의 원천이자 근거가 되는 본질적이고 불변적인 실체에 대한 탐구였다. 이에 반해 들뢰즈/가타리는 '존재'가 아닌 '생성'을, 불변적이고 고정적인 실체가 아닌 유동적인 변화를 사유의 대상으로 삼는다. 되기란 바로 이러한 생성과 변화를 함축하고 있는 개념이다. 들뢰즈/가타리의 사유에서 뿌리가 아닌 리좀이 선호되고, 정착이 아닌 유목이 강조되며, 관성이나 중력에서 벗어나는 클리나멘을 강조하는 것은 이러한 입장과 밀접하게 결부되어 있다.

리좀(rhizome) | 들뢰즈/가타리 철학의 주요 개념. 간단히 말해 '덩이줄기'를 뜻한다. 뿌리와 다른 것은 곁뿌리나 잔뿌리들이 모이는 어떤 중심이 없다는 것. 중심이 없으니, 일정한 방향이나 도달해야 할 목적지 또한 있을 수 없다. 감자나 산더덕의 줄기를 떠올려보라. 산지사방으로 뻗어

나가 도대체 어디가 시작이고, 어디가 끝인지를 종잡을 수 없지 않은가. 아무리 캐내어도 어딘가에 잔뿌리가 남아 또 어디론가 뻗어나가는 끈질긴 생명력을 지니고 있다. 그런 우발성과 역동성이야말로 리좀의 특이성이다.

봉상스(bon sens) │ 양식 혹은 사회적 통념을 뜻하는 용어. 영어식 표현은 good sense다. 하나의 집단 혹은 사회에서 널리 통용되는 건전한 상식이라는 의미다.

아포리즘(aphorizm) │ 금언·격언·경구 등을 뜻하는 말. "인생은 짧고 예술은 길다" "인간은 생각하는 갈대다" 따위와 같은 것. 아포리즘의 묘미는 촌철살인의 예리함과 통렬한 풍자, 유쾌한 반어 등에 있다. 한마디로 길이는 짧지만 심오한 사유를 담고 있는 문장들을 두루 아우르는 명칭이다. 우리나라에서는 조선 후기에 유행한 소품체가 여기에 해당된다.

영토화/탈영토화/재영토화 │ 영토성이란 원래 동물행동학에서 나오는 '텃세'라고 번역되는 개념이다. 가령 호랑이나 늑대·종달새 등은 분비물이나 다른 사물들·소리 등으로 자신의 영토를 만든다(영토화). 들뢰즈/가타리는 이 개념을 변형시켜(일종의 '탈영토화'이다) 다른 개념들을 만들어낸다. 가령 '탈영토화'는 기왕의 어떤 영토를 떠나는 것이다. 이를 다른 것의 영토로 만들거나, 다른 곳에서 자신의 영토를 만드는 경우에 대해서는 '재영토화'라고 말한다. 그리고 이 개념을 모든 영역으로 확장해서 사용한다. 가령 어린아이가 직립하는 것은 '탈영토화'되는 것이고, 농민이 토지로부터 분리되어 추방되는 것도 탈영토화이다. 직립한 아이가 어떤 도구를 사용하게 되는 것은 그 도구에 손이 재영토화되는 것이고, 추방된 농민이 다른 땅에 정착하는 것은 재영토화이다.

오리엔탈리즘/옥시덴탈리즘 | 오리엔탈리즘은 동양에 대한 서양의 사고 혹은 지배방식을 가리킨다. 말할 것도 없이 거기에는 서양우월주의의 '오만과 편견'이 뿌리깊이 작동하고 있다. 동양을 신비화하고 낭만적 사회로 상상하게 하는 이미지는 대개가 오리엔탈리즘의 산물이다. 에드워드 사이드의 저서 『오리엔탈리즘』이 유명해지면서 더욱 널리 쓰이게 된 용어다. 그와 반대로 옥시덴탈리즘은 동양적 시각에서 바라본 서양, 그럼으로써 왜곡된 형상으로 이미지화된 서양상西洋像이다. 오리엔탈리즘과는 또 다른 차원에서 뿌리깊은 편견이 자리하고 있다.

유목민(nomad)/유목적 능력 | 유목遊牧이란 동물을 기를 때 우리 없이 방목을 하면서 목초지를 찾아 끊임없이 옮겨 다니는 것을 말한다. 그리고 노마드는 유목을 삶의 조건으로 삼는 사람 혹은 집단을 말한다. 이들은 한곳에 머물지 않으며 항상 새로운 삶의 조건들을 찾아 움직이기 때문에, 한곳에 뿌리를 박고 살아가는 정착민定着民과 대비된다. 그렇다고 유목을 단순한 이동이나 유랑과 혼동해서는 안 된다. 유목민에게 중요한 것은 이동이 아니라, 새로운 삶을 창안하는 것이다. 어디서든 들러붙어 능동적으로 삶을 구성하되, 그 대상이나 결과에 집착하지 않는 것, 어떤 것과도 접속할 수 있고 언제든 다른 존재로 변이할 수 있는 것, 이것이 바로 유목적 능력이라 할 수 있다. 그렇기 때문에 유목적 삶을 위해

굳이 초원이나 사막을 찾아갈 필요는 없다. 그보다 더 중요한 건 자신이 선 자리를 초원으로, 사막으로 만드는 것이다. 도시에서 유목하기, 앉아서 유목하기가 결코 반어가 아닌 것은 그 때문이다.

주름(영fold, 프pli) │ 라이프니츠의 원자론에 나오는 용어. 들뢰즈가 철학적으로 변용하여 적극 활용하였다. 예컨대 반으로 접힌 종이가 있다고 하면, 이 종이는 전체로는 한 장이지만, 면으로는 두 개인 셈이다. 이때 접혀져 있는 부분이 주름이고, 그것은 곧 이 종이가 지닌 잠재력이기도 하다. 따라서 주름이 많다는 건 그만큼 다양한 '펼침'의 가능성을 지니고 있음을 의미한다.

클리나멘(clinamen) │ 고대 그리스 철학자 에피쿠로스가 주어진 관성적 운동에서 벗어나려는 성분을 지칭하기 위해 사용한 개념. 가령 중력에 의해 낙하하는 것은 아무리 빨리 떨어진다 해도 속도를 갖는 것은 아니라고 할 수 있는데 그 이유는 다만 중력에 끌려 내려갈 뿐이기 때문이다. 자신의 고유한 속도는 그 중력을 이기는 힘, 중력을 벗어나는 힘에 의해 정의된다. 중력이나 관성에서 벗어날 수 있는 힘을 가질 때, 거기서 벗어나는 성분을 '클리나멘'이라고 한다. 들뢰즈/가타리는 '탈주'가 단순한 도망이나 도주, 혹은 파괴나 해체 등의 부정적인 것이 아니라, 관성·타성·중력 등에서 벗어나는 적극적이고 능동적인 힘이라는 의미에서 클리나멘을 통해 탈주의 개념을 정의한다.

탈코드화 │ 코드code는 법의 조항이나 언어 규칙처럼 규칙들의 집합을 뜻하기도 하고, 유전자 코드처럼 앞으로 펼쳐질 어떤 상태를 이미 담고 있는 정보의 집합을 뜻하기도 한다. 그런 점에서 코드화는 일상적이고 상투화된 용법과 관련되어 있다. 따라서 탈코드화는 그러한 코드화된 흐름으로부터의 일탈, 다시 말해 규칙에 대한 새로운 용법을 의미한다. 하지만 탈코드화된 흐름도 동일하게 반복되다 보면 다시금 일상적인 규칙의 집합이 되어버리는데, 그런 경우를 재코드화라고 한다.

포획/포획장치 | 포획이란 정치경제학적으로는 초과이윤을 착취하는 방식이고, 포획장치는 그것을 효율적으로 수행하기 위한 제도적 메커니즘을 뜻한다. 하지만 이렇게 정의하면 용어보다 해설이 한술 더 뜨는 설상가상의 상황에 직면하게 된다. 그냥 간단하게 말하면, 개인들의 잠재력을 특정한 방식으로 착취하여 이용하는 것 정도로 이해하면 된다. 입시제도 같은 것이 대표적인 포획장치에 해당된다.

홈 파인 공간/매끄러운 공간 | 홈 파인 공간은 자동차길이나 수로처럼 홈이 파여 있는 공간이다. 이런 공간에선 오직 주어진 방향으로만 가야 한다. 옆으로 '샐' 수가 없다는 뜻이다. 사회적인 차원에서는 학교교육이나 공무원체제가 거기에 해당된다. 구성원들로 하여금 단일한 방식으로만 행동하게 하는 시스템이기 때문이다. 맹목적으로 앞을 향해 질주하거나 아니면 낙오하거나 두 가지 선택지만 있는 것이 홈 파인 공간의 속성이다. 그에 반해, 매끄러운 공간은 초원이나 사막처럼 홈이 없이 평평하게 펼쳐져 있어서 사방 어디로든 나아갈 수 있다. 아이스링크장이나 알래스카의 설원을 연상하면 된다.

함께 읽어야 할 텍스트

『열하일기 1, 2, 3』, 김혈조 옮김, 돌베개, 2009 / 『열하일기 상, 중, 하』, 리상호 옮김, 보리, 2004

『열하일기』 완역본은 '돌베개' 판과 '보리' 판 두 가지다. 후자는 북한판을 보리출판사에서 재출간한 것이다. 전자는 명실상부한 완역본이다. 이전에 '민족문화추진회'(현 한국고전번역원)에서 나온 것이 있긴 했지만 한문식 고어투가 많아 읽어내기가 만만치 않았는데, 이 '돌베개' 판은 그런 단점을 말끔히 해소한 역작이다. 꼼꼼하고 치밀한 고증으로 기존의 오역을 잡아내고 동시에 문장도 아주 깔끔하고 매끄럽다. '보리' 판은 북한판이라 일상적 구어체를 적극 활용하고 있는 것이 특징이다.

『세계 최고의 여행기, 열하일기 상, 하』(개정판), 고미숙·김풍기·길진숙 옮김, 북드라망, 2013

『열하일기』를 누구나 편안하게 읽을 수 있도록 재구성한 책. 「도강록」에서 「환연도중록」에 이르는 연암의 여정 사이사이에 「황교문답」, 「환희기」, 「옥갑야화」 등 연암의 명문장을 선별해 엮어 펴냈다. 18세기 말의 문화적 시각자료를 풍부하게 담았고, 본문에 대한 적절한 설명과 현대어 번역으로 누구나 『열하일기』의 진수에 다가갈 수 있도록 했다. 한문학을 전공한 김풍기, 길진숙 선생을 꼬드겨 2003년부터 5년간 공동작업한 결과물이다.

『나의 아버지 박지원』, 박종채 지음, 박희병 옮김, 돌베개, 1998

연암의 둘째 아들인 박종채朴宗采가 쓴 『과정록』過庭錄을 평이하면서도 세련된 언어로 번역한 책. 연암의 일상, 문장론, 교유交遊관계 등이 두루 망라되어 있는, 일종의 평전이다. 이 책 1부 "나는 너고, 너는 나다"에 나오는 '삽화'들은 대부분 이 책을 바탕으로 재구성한 것이다. 읽을수록 계속 새롭게 다가오는 이상한 힘을 가지고 있다. '인간 연암'에 관심이 있는 이들에게 꼭 추천하고 싶은 책이다.

『비슷한 것은 가짜다』, 정민 지음, 태학사, 2000

연암의 산문들은 매혹적인 만큼이나 헷갈린다. 알 수 없는 흡인력에 한참 따라가다 보면, 머리가 띵해지는 게 태반이다. 웬만한 서구식 이론으론 '짬'도 날리기 어렵다. 그래서 좋은 안내자가 반드시 필요하다. 바로 이 책이 그런 경우다. 연암의 산문 중 에센스만을 모아 해설을 붙였는데, 번역도 정교하기 이를 데 없지만, 각 편마다 달린 해설 또한 감동적이다. 이 책이 없었다면, 나 같은 '문외한'이 감히 『열하일기』에 대한 책을 쓸 엄두조차 내지 못했을 것이다. 정민 선생께 깊이 감사드린다. 여기 실린 글들과 『그렇다면 도로 눈을 감고 가시오』(김혈조 편역, 학고재, 1997)를 함께 읽으면 연암 산문의 진수는 대략 맛볼 수 있다.

『열하일기 연구』, 김명호 지음, 창작과비평사, 1990

『열하일기』에 대한 가장 방대한 연구 성과. 깊이와 넓이를 동시에 갖추고 있다. 『열하일기』를 연구하기 위해서는 반드시 거쳐야 하는 관문에 해당된다. 문체에 관한 치밀한 분석 및 『열하일기』 각종 버전들에 대한 섬세한 고증, 텍스트에 대한 풍부한 해석 등, 일일이 주석을 달진 못했지만, 본문의 곳곳에 이 책의 흔적이 담겨 있다. 특히 2부 '1792년, 대체 무슨 일이?—『열하일기』와 문체반정'은 이 책과 「문체와 국가장치 : 정조의 문체반정을 둘러싼 사건들」(강명관,『문학과 경계』 2001년, 가을호)을 참조하였다. 『열하일기』에 대한 관심이 고조되어 연구자들뿐 아니라, 일반인들에게도 이 책이 널리 읽히기를 바란다.

『낭송 연암집』, 박지원 지음, 길진숙 풀어 읽음, 북드라망, 2021

연암이 중년 이후에 쓴 글들을 엮었다. 우리가 아는 연암의 글—소품문과 척독, 그리고 『열하일기』—은 대부분 50대 이전의 것들이다. 이 문장들이 너무 '눈부시다' 보니 중년 이후의 글들이 묻혀 버렸다. 하지만 연암은 50대 이후에도, 더구나 생계형 관직에 나선 이후에도 쉬지 않고 글을 썼다. 만년에 쓴 이 글들도 참 멋지다. 아들들한테 보내는 편지글에도, 고을원님이 써야 하는 공문서에도 지혜와 유머가 넘쳐난다. 이 문장을 읽지 않고서야 어찌 연암의 인생, 연암의 품격을 논할 수 있으리.

『산해관 잠긴 문을 한 손으로 밀치도다』, 홍대용 지음, 김태준 외 옮김, 돌베개, 2001

담헌 홍대용은 연암보다 여섯 살이나 위다. 뛰어난 과학자인 데다 음악,

서예 등 예술방면에도 조예가 깊었다. 지동설, 지전설 및 『의산문답』 등으로 중세를 전복하는 사유의 장을 열었을 뿐 아니라, 서양에서 들어온 양금의 탄주법을 하룻밤 만에 터득하여 널리 전파하기도 했고, 풍금의 원리를 수학적 이치에 따라 파악하는 통찰력을 발휘하기도 했다. 그런데 왜 우리는 '담헌그룹'이 아니라 '연암그룹'이라 하고, 담헌을 연암의 친구들 가운데 하나로 분류하는 걸까? 그게 궁금한 이들은 이 책을 꼭 읽으시라.

담헌은 연암보다 15년이나 앞서 중국을 다녀왔다. 당연히 중국기행문인 『담헌연기』湛軒燕記를 남겼다. 그런데 특이하게도 한글판 버전을 동시에 남겼다. 그것이 『을병연행록』(소재영 외 주해, 태학사, 1997)이다. 이게 정말 담헌의 작인지는 아직도 미지수다. 당시 사대부들에게 있어 한글로 된 저작을 남긴다는 게 그만큼 흔한 일이 아니기 때문이다. 하지만 누가 지었든 한글판이 있다는 것만으로도 든든하기 짝이 없다. 한글판이라 만만해 보일 테지만, 그게 꼭 그렇지만도 않다. 정성 어린 주석과 해설에도 불구하고, 고어체가 난무하는 원문은 일반독자들에겐 한문 못지않은 '외국어'일 뿐이다. 그래서 다시 그것을 한번 더 현대판으로 '업그레이드'시킨 것이 바로 이 책이다. 물론 전문全文이 워낙 방대해 군데군데 살을 좀 빼, 넉넉하면서도 부담스럽지 않게 만들었다.

아, 이제 본론으로 들어가자. 이 책에는 담헌 홍대용의 성격 및 풍모가 고스란히 담겨 있다. 술을 벗삼아 다닌 연암과는 달리 담헌은 술을 입에도 못 댄다. 그리고 초상화에서도 드러나듯, 연암의 카리스마 넘치는(좀 펑퍼짐하긴 하나) 모습과는 영 딴판이다. 단아하고 청초하기 이를 데 없다. 한마디로 담헌은 기질적으로 남 앞에 나서서 목소리를 높이거나 무리를 이끄는 유형의 인물은 아니었던 것. 오히려 뒤에서 지켜보고 받쳐주는 그런 '천재'(참, 드문 경우다)였던 것이다. 그렇게 기질적으로 달랐기 때문에 연암과 담헌은 둘도 없는 친구가 되었을지 모르겠다.

이 책의 하이라이트는 단연 절강성의 세 선비(엄성, 육비, 반정균)와 우정을 나누는 대목이다. 담헌과 '세 친구'는 유리창에서 만나 필담을 주고받으며 '천애의 지기'가 된다. 첫눈에 반해서 애틋한 정을 주고받는 장면하며, 인생과 우주에 대한 철학적 견해들을 토로하다 담헌의 지적 통찰력에 압도되는 장면 등은 당시 동아시아 지식인들의 사유와 감성의 결을 읽기에 충분하다. '짧은 만남 뒤의 긴 이별'! 이들의 우정은 이후 평생을 두고 계속되어 수많은 편지와 에피소드를 남긴다. 연암이 쓴 담헌의 묘지명도 그중 하나다.

『열하일기』와 함께 읽을 만한 여행기라면 나는 단연 이 책을 꼽을 것이다. 연암의 가장 친한 친구의 것이라는 이유도 있지만, 국경을 가로지르는 지성사의 교유라는 측면에서 단연 독보적인 위상을 지니고 있기 때문이다.

『조선의 협객 백동수』, 김영호 지음, 푸른역사, 2002

연암의 지기들 가운데 한 사람인 백동수의 일대기다. 백동수가 무인이기 때문에 협객들의 '비하인드' 스토리가 많이 실려 있다. 박제가, 이덕무, 박지원 등과 특히 가까웠기 때문에 연암그룹에 관련된 자료도 꽤나 보인다. 박지원에게 연암협을 안내해주는 장면이 특히 인상적이다.

그가 편찬한 『무예도보통지』(학민사, 1996)도 번역, 출판되었다. 창검술에 대한 자세한 그림과 사진도 실려 있다. 두 책을 함께 읽으며 조선의 무예를 익혀보는 것도 나쁘진 않을 듯. 아울러 다음의 책들을 섭렵하면, 연암 시대의 사상사적 지형도가 대략 잡힐 것이다. 본문에 나오는 인용문들은 모두 이 책들에 의거했다.

- 이옥, 『이옥전집 1, 2』, 실시학사 고전문학연구회 역주(소명출판, 2001)
- 이옥, 『선생, 세상의 그물을 조심하시오』, 심경호 옮김(태학사, 2001)
- 채운, 『글쓰기와 반시대성, 이옥을 읽는다』(북드라망, 2013)
- 박제가, 『궁핍한 날의 벗』, 안대회 옮김(태학사, 2000)
- 정약용, 『뜬세상의 아름다움』, 박무영 옮김(태학사, 2001)
- 정약용, 『유배지에서 보낸 편지』, 박석무 편역(창작과비평사, 1991)
- 정약용, 『다산문학선집』 / 『다산논설선집』, 박석무·정해렴 편역(현대실학사, 1996)
- 이덕무, 『한서이불과 논어병풍』, 정민 편역(열림원, 2000)

『달라이 라마와 도올의 만남 1, 2, 3』, 김용옥 지음, 통나무, 2002

아는 사람들은 알 터이지만, 달라이 라마는 내 마음의 스승이다. 영적 인도자일 뿐 아니라, 학문적으로도 그의 존재는 그 자체로 일종의 '화두'다. 제국주의도 아니고 민족주의도 아닌, 제3의 길을 의연하게 갈 수 있는 그 힘은 대체 어디에서 나오는 것일까? 자비가 한 국가의 정치이념이라는 게 대체 어떻게 가능하단 말인가? 등등, 그의 글을 볼 때마다 내게는 경이에 찬 물음들이 그치지 않는다.

이 책은 제목 그대로 김용옥 선생님이 달라이 라마와의 만남을 정리한 것이다. 1, 2권은 인도문화 답사기쯤 될 것이고, 진짜 만남은 3권에서 이루어진다. 도올 선생 특유의 박학과 재기발랄함, 그리고 달라이 라마의 유머와 자비가 어우러져 멋진 화음을 만들어내고 있다. 그 위에다 연암과 판첸 라마의 만남을 '오버랩'시키면 감동과 재미가 배가될 것이다.

『노마디즘 1, 2』, 이진경 지음, 휴머니스트, 2002

우리 연구실이 정말 '수유리'에 있을 때 처음 개설한 강좌가 질 들뢰즈와 펠릭스 가타리가 함께 쓴 『천 개의 고원』이었다. 당시 수강생은 주로 국문학 전공자들이었는데, 분위기가 정말 좋았다. 『천 개의 고원』은 사실 한 페이지는 고사하고, 두세 줄을 연달아 읽기가 힘든 책이다. 그럴 경우, 대개 덮어버리면 그만인데, 뭔가 끌리는 게 있어 쉽게 덮어버리지 못했다. 그런데도 재밌게 공부할 수 있었던 건 순전히 강사와 학생들이 '궁합'이 잘 맞았기 때문이다(사실 뭘 배웠는지는 도통 생각이 안 난다. 그냥 매번 즐거웠다는 것밖에는). 그때의 성공을 발판으로 동숭동으로 진출했다. 와이 빌딩에 있을 때 다시 또 강좌를 열었다. 엄청난 사람들이 몰려왔다. 역시 궁합이 잘 맞았다. 다시 대학로 한복판, 석마 빌딩으로 옮긴 뒤, 다시 한번 시도했다. 역시 반응이 뜨거웠다. 그리고 마침내 강의록이 책이 되어 세상에 나왔다. 거창하게 말하면, 이 책에는 연구실의 역사(!)가 고스란히 담겨 있는 셈이다. 그래서 그런가? 좀 두껍다. 두 권 합해 무려 1,550페이지나 되니. 다행히도 아주 쉽고 재밌다.

유목, 유목민(노마드), 리좀, 수목, 표현기계, 배치, 계열, 탈영토화, 재영토화 등등 본문에 나오는 좀 낯설고 특이한 개념들은 모두 이 책에서 배운 것이다.

『청년, 연암을 만나다: 함께 읽고 쓴 연암 그리고 공동체 청년 이야기』, 남다영·원자연·이윤하 지음, 북드라망, 2020

여기, 이런저런 인연으로 공부공동체인 남산강학원에 흘러들어 온 세 청년이 있다. 다시 이런저런 인연으로 함께 『연암집』을 읽었고, 또 함께 글을 쓰게 되었다. 그들에게 연암은 미지의 텍스트이자 미답의 대지다. 연암이 얼마나 드높은 고원인지 얼마나 심오한 경지인지, 이 청년들은 몰랐다. 그럼에도, 아니 그랬기에 그들은 연암에게 '해맑게' 질문하고, '시도 때도 없이' 말을 건넸다. 그렇게 그들은 연암의 벗이 되었다. 친구에 살고 친구에 죽은 연암에게 이보다 더 기쁜 마주침이 있을까?

『두개의 별 두개의 지도』, 고미숙 지음, 북드라망, 2013

역설적이게도 나는 『열하일기』를 통해 다산을 만났다. '실학자'라는 이름으로 한통속으로 묶어놓았던 연암과 다산, 그들이 달라도 너무 다른 존재라는 반전을 보여준 것은 『열하일기』였다. 그래서 『열하일기, 웃음과 역설의 유쾌한 시공간』의 말미에 이 둘을 다룬 짧은 글을 실었고, 언젠가 이들의 차이가 연출하는 '평행선의 지도'를 그려보리라 다짐했었다. 그러나 『임꺽정』을 만나고, 『동의보감』을 만나느라 바로 이 작업에 착수하지는 못했다. 그런데 2012년 여름, 『열하일기』를 처음 만났을 때처럼 나는 연암과 다산의 평전을 쓰겠다고 떠들어대기 시작했다. 그래서 탄생된 '다산과 연암 라이벌 평전'이 바로 이 책이다.

사실들을 연대기적으로 나열하는 평전은 지루하고 재미없다. 하여, 평전이되 평전이 아닌 책을 쓰고자 했다. 두 사람은 다르다. 그것도 아주 많이! 물과 불, 『열하일기』와 『목민심서』, 노마드와 앙가주망, 패러독스와 파토스 — 두 사람의 운명과 사유와 글쓰기가 갈리는 지점에서 탄생되는 사건들을 추적하다 보니 전혀 예기치 못한 '생의 지도'가 그려졌다. 게다가 그 지도를 손에 쥐게 되자 나도 모르게 담대해졌다. 연암과 다산뿐 아니라 이 두 사람을 둘러싼 인물들에 대해서도 좀더 조명해보고 싶다는 생각이 든 것이다.

그뿐 아니라, 다산과 연암이라는 두개의 별 외에 이탁오, 이토 진사이, 스피노자, 볼테르라는 별들이 각축을 벌였던 18세기 지성사 전반을 공부해보고 싶은 욕심도 생겼다. 이 책『두개의 별 두개의 지도』가 '다산과 연암 라이벌 평전' 1탄이 된 것은 이런 연유에서다. 앞으로 2탄, 3탄도 탄생될 것이라는 의미다.『열하일기, 웃음과 역설의 유쾌한 시공간』초판에서 '두별'의 탄생을 약속했듯이, 이제 20주년 기념판에서 '두별' 이후를 약속드린다.

찾아보기